Zondagochtend breekt aan

Van Nicci French verscheen eveneens
bij Ambo|Anthos *uitgevers*

Het geheugenspel
Het veilige huis
Bezeten van mij
Onderhuids
De rode kamer
De bewoonde wereld
Verlies
De mensen die weggingen
De verborgen glimlach
Vang me als ik val
Verloren
Tot het voorbij is
Wat te doen als iemand sterft
Medeplichtig

In de Frieda Klein-reeks:
Blauwe maandag
Dinsdag is voorbij
Wachten op woensdag
Donderdagskinderen
Denken aan vrijdag
Als het zaterdag wordt

Nicci French

Zondagochtend breekt aan

Vertaald uit het Engels door
Marja Borg en Els van Son

Ambo|Anthos
Amsterdam

MIX
Papier van verantwoorde herkomst
FSC® C014496

ISBN 978 90 263 3819 9 (paperback)
ISBN 978 90 263 3820 5 (gebonden)

Motto Shakespeare op p. 5 uit *Verzameld werk*, vertaling Willy Courteaux,
Uitgeverij De Bezige Bij, Antwerpen, 2014
Oorspronkelijke titel *Sunday Morning Coming Down*
Oorspronkelijke uitgever Michael Joseph
Omslagontwerp Marry van Baar
Omslagillustratie © Stephen Carroll / Trevillion Images
Kaart binnenwerk © Maps Illustrated, 2017
Foto auteur © Mark Kohn

Verspreiding voor België:
Veen Bosch & Keuning uitgevers nv, Antwerpen

Glyndwr: Uit woeste diepte kan ik geesten roepen
Heetspoor: Ach wat, dat kan ik ook en iedereen
De vraag is: komen zij als u hen roept?

William Shakespeare, *Hendrik IV (1)*
(derde bedrijf, eerste toneel)

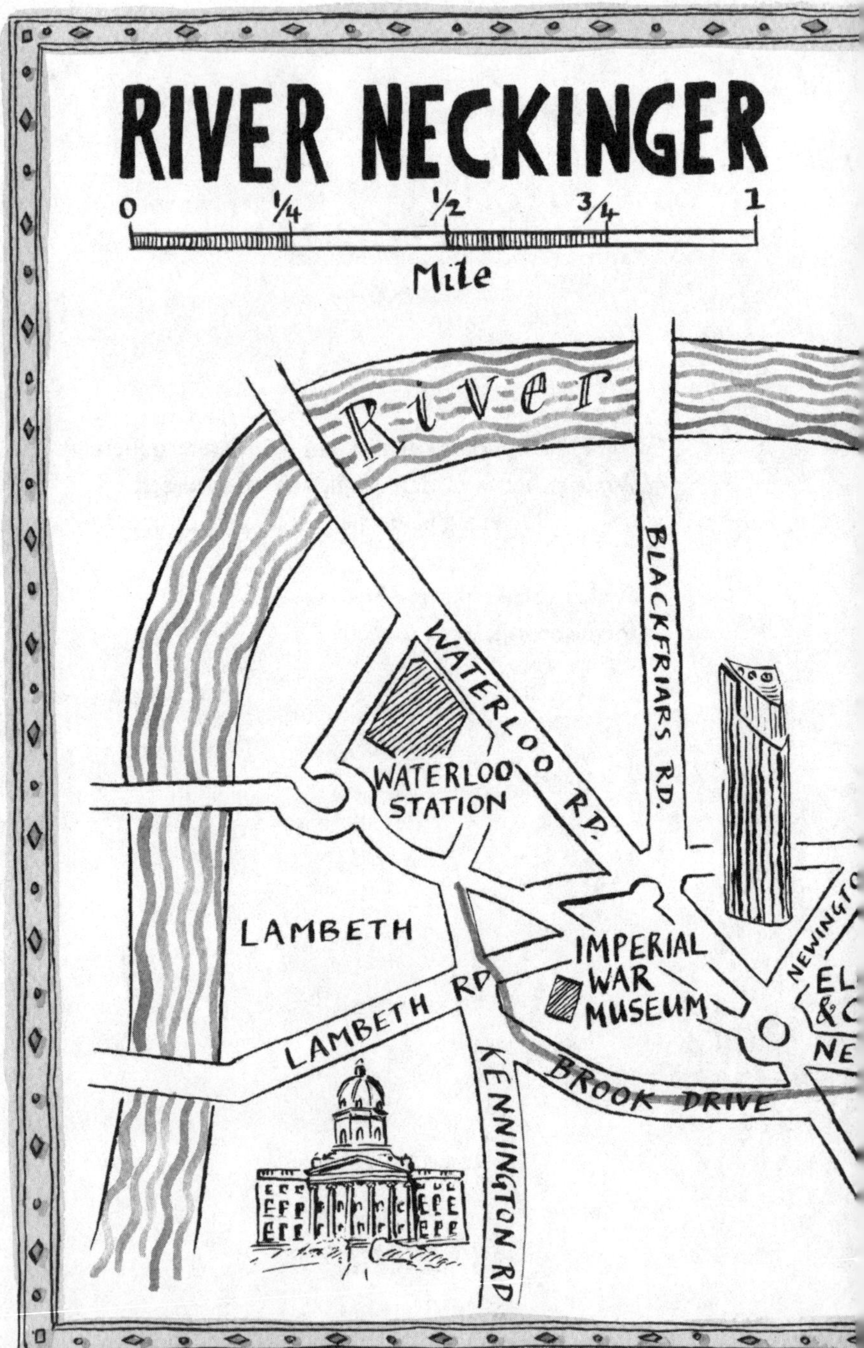

RIVER NECKINGER
0
1/4
1/2
3/4
1
Mile
River
WATERLOO RD.
BLACKFRIARS RD.
WATERLOO STATION
LAMBETH
IMPERIAL WAR MUSEUM
LAMBETH RD
KENNINGTON RD
BROOK DRIVE

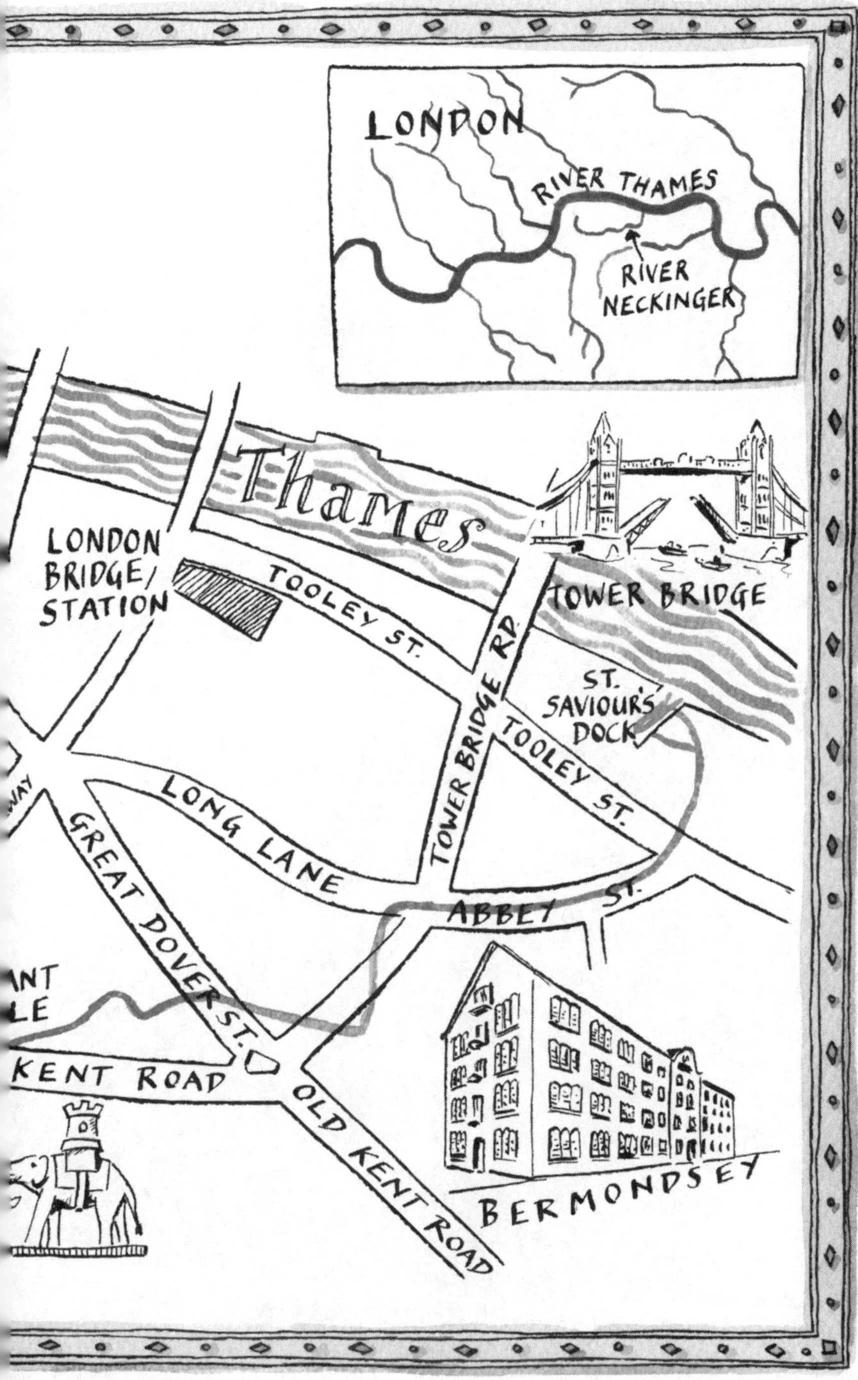
LONDON
RIVER THAMES
RIVER NECKINGER
Thames
LONDON BRIDGE STATION
TOOLEY ST.
TOWER BRIDGE RD.
TOWER BRIDGE
ST. SAVIOUR'S DOCK
TOOLEY ST.
LONG LANE
ABBEY ST.
GREAT DOVER ST.
KENT ROAD
OLD KENT ROAD
BERMONDSEY

I

HET LIJK ONDER DE VLOER

I

De flat was in één keer vol geluiden. De telefoon begon te rinkelen, stopte, begon opnieuw te rinkelen. Op de tafel piepte het mobieltje. Er werd aangebeld, één keer, twee keer, en tegelijkertijd werd er op de voordeur gebonsd. Hoofdinspecteur Karlsson hees zich vanuit zijn stoel op zijn krukken en ging opendoen.

Op de stoep stond een bijzonder kleine, bijzonder magere vrouw die hem fronsend aankeek. Ze had roodbruin stekeltjeshaar, met aan de voorkant een lange lok die over één oog viel. Haar gezicht was smal en bleek, lichtelijk asymmetrisch, met kleurloze wenkbrauwen en kaneelbruine ogen. Ze droeg een zwarte parka, een grijze slobbertrui, een donkere broek en oranje sneakers. Het regende en haar gezicht was nat. Boven haar kraakten de takken van een plataan.

'Ik ben inspecteur Petra Burge.'

Ze leek nog zo jong, vond Karlsson. Maar toen zag hij de fijne kraaienpootjes om haar ogen. En aan de linkerkant van haar hoofd had ze een litteken dat van haar oor tot in haar hals liep.

'Ik heb van u gehoord.'

Burge keek verbaasd noch gevleid. 'Ik moet u meenemen naar een plaats delict.'

Karlsson gebaarde naar zijn krukken. 'Ik heb ziekteverlof.'

'Het moet van de commissaris.'

'Bent u door Crawford gestuurd?'

'Hij zei dat ik u moest zeggen dat er een lijk is gevonden in Saffron Mews.'

'Saffron Mews?' Het was alsof hij een stomp in zijn maag kreeg en hij stak zijn hand uit om zijn evenwicht te bewaren. 'Wat is er gebeurd?'

'We gaan er nu heen. Ik ben met de auto.'

Toen Burge zich omdraaide en wilde weglopen, greep Karlsson haar mouw vast. 'Is ze dood?'

Ze schudde haar hoofd. 'Het is een man.'

Een man, dacht hij. Wat voor man? Het was alsof hij zichzelf van een afstandje bekeek. Hij hoorde zichzelf zeggen dat hij meteen meekwam en merkte dat hij zich in de deuropening omdraaide om zijn jas te pakken; hij voelde of zijn legitimatie in zijn zak zat, trok de krukken onder zijn oksels en deed de deur achter zich dicht. Terwijl hij dat deed, rook hij de aardappels in de oven. Daar zou niks van overblijven. Pech gehad.

Hij nam plaats op de achterbank, sleurde zijn krukken de auto in en merkte toen pas dat er al iemand zat.

'Ik vind het zo erg.'

Omdat het donker was, duurde het even voordat hij brigadier Yvette Long herkende. Ze boog zich naar hem toe alsof ze zijn handen wilde pakken. Haar haar, dat ze meestal in een staart had, hing los, en ze droeg een trui en een oude spijkerbroek. In haar stem klonk een snik door.

Met een gebaar van zijn hand legde hij haar het zwijgen op. Zijn been deed pijn en zijn ogen brandden. Hij zat tamelijk roerloos en rechtop naar de weg te kijken, die uit de natte duisternis voor hen opdoemde.

'Ze leeft nog,' zei hij.

Burge nam plaats naast de bestuurder van de politiewagen, van wie Karlsson alleen het korte haar en keurige baardje kon zien. Ze draaide zich om naar de passagiers op de achterbank.

'Gaan we nog niet?' vroeg Karlsson.

'Nog niet. Wat heeft dit allemaal te betekenen?'

'Ik weet niet waar u het over hebt.'

'Commissaris Crawford belt me thuis op. De commissaris. Ik heb hem nog nooit ontmoet, nog nooit gezien. En dan belt hij me thuis, vertelt me dat ik onmiddellijk naar een plaats delict moet en de leiding krijg over een onderzoek waar ik zelfs nog nooit van heb gehoord. En dat niet alleen. Onderweg moet ik een brigadier ophalen die ik niet ken en een hoofdinspecteur die met ziekteverlof is. Het is Frieda Klein, zei hij. Je moet uitkijken, zei hij. Het is Frieda Klein.'

Er viel een stilte.

'Wat is uw vraag precies?' vroeg Karlsson, die brandde van ongeduld.

'Waar krijg ik mee te maken?'

'Als Crawford u de zaak persoonlijk heeft toegewezen, betekent dat dat hij goede dingen over u heeft gehoord. Dus misschien kunnen we dan nu naar de plaats delict gaan?'

'Wie is Frieda Klein?'

Karlsson en Yvette keken elkaar aan.

'Is dat zo'n moeilijke vraag?' zei Burge.

'Ze is psychotherapeut,' zei Karlsson.

'En wat is uw band met haar?'

Karlsson haalde diep adem. 'Ze is betrokken geweest bij een aantal politieonderzoeken.'

'Als onderzoeker of als verdachte?'

'Een beetje van allebei eigenlijk,' zei Yvette.

'Dat is niet eerlijk,' zei Karlsson.

'Nou, het is toch zo? Ik bedoel, neem nou–'

'Hou op,' zei Burge. 'Ik wil alleen maar weten waarom de commissaris zich er persoonlijk mee bemoeit. Dat hoort niet. En waarom vindt hij dat hij me moet waarschuwen?'

Karlsson en Yvette keken elkaar weer aan.

'Ik heb al eerder met Frieda samengewerkt,' begon Karlsson.

'Wij allebei,' vulde Yvette aan.

'Ja, wij allebei. Ze heeft bepaalde gaven. Bijzondere gaven. Maar sommige mensen vinden haar...' Hij zweeg. Hoe moest hij het noemen?

'Ongelooflijk lastig,' zei Yvette.

'Dat is een beetje sterk uitgedrukt.'

'Ze jaagt mensen tegen zich in het harnas.'

'Daar kan ze niks aan doen,' zei Karlsson. 'Niet echt. Weet u nu voldoende?'

Burge knikte naar de bestuurder, en de auto begon te rijden. 'Wanneer hebben jullie haar voor het laatst gezien?' vroeg ze.

Karlsson keek op zijn horloge. 'Ongeveer drie uur geleden.'

Burge draaide zich razendsnel om. 'Pardon?'

'Ze was betrokken bij een zaak.'

'Wat voor zaak?'

'Ze probeerde iemand uit een inrichting te krijgen die daar ten onrechte zat.'

'Wie?'

'Hannah Docherty.'

'De zaak-Docherty? Was dat Frieda Klein?'

'Ja.'

'Dat is niet goed afgelopen.'

'Nee.'

Er viel een korte stilte. Karlssons gedachten vlogen alle kanten uit. Er waren zoveel vragen.

'Dat lijk,' zei hij. 'Is het iemand die Frieda kent?'

'Waarom vraagt u dat?' wilde Burge weten. 'Hebt u soms een vermoeden?'

'Niet speciaal.'

Ze deden er verder het zwijgen toe. De auto reed de drukke Euston Road uit, nam een paar bochten, en toen zagen ze de gloed van blauwe zwaailichten. De auto stopte aan de stoeprand. Terwijl Karlsson het portier opende, draaide Burge zich nog een keer naar hem om.

'Zijn jullie hier om haar te helpen of om mij te helpen?'

'Kan dat niet samengaan?'

'We zullen zien. Misschien kunt u me te zijner tijd eens uitleggen waarom u een therapeute inhuurt voor uw onderzoeken.'

'Het is niet echt een kwestie van inhuren.'

'U moet niet op uw eerste indruk van haar afgaan,' zei Yvette. 'En eigenlijk ook niet op uw tweede.'

Burge schudde geërgerd haar hoofd, opende het portier en liep snel weg. Bij Karlsson duurde het langer voordat hij was uitgestapt en zich op zijn krukken had gehesen. Yvette liep achter hem. Hij kon haar zware ademhaling horen. Er hadden zich al wat mensen op de stoep verzameld; ze werden tegengehouden door het afzetlint en een paar agenten in uniform. Dus het was waar. Opeens voelde hij zich kalm en afstandelijk worden. Dit was zijn wereld. Op zijn krukken haastte hij zich naar de plaats delict. Camera's flitsten. De verslaggevers waren er al. Hoe wisten ze het? Een van de journalisten was op een hoge muur geklommen.

Burge liet een van de jonge agenten snel haar legitimatie zien en liep verder. Karlsson voelde zich een oude, zieke man toen hij leunend op zijn krukken moeizaam zijn eigen legitimatie tevoorschijn haalde. De agent pakte het van hem aan en begon omstandig Karlssons gegevens in zijn boekje te noteren.

'Waarom hebt u haar niet tegengehouden?' vroeg Karlsson, wijzend naar Burge.

'Zij heeft de leiding,' antwoordde de man. 'We verwachtten haar al.' Toen keek hij op zijn horloge, schreef het tijdstip op en gaf de legitimatie terug, waarna hij het hele proces met Yvette herhaalde. Karlsson werd plotseling bekropen door het gevoel dat hij weliswaar terug was, maar nog niet helemaal.

Hij liep het straatje in. Zijn krukken glibberden over de natte kinderkopjes. Buiten het afgezette gebied stond een ambulance, met daarin een ambulancebroeder die over iets heen gebogen stond. Terwijl ze verder liepen naar het huis, kwam er nog een ambulance het straatje in rijden. Door het licht ervan verloor de smalle straat haar vertrouwde aanblik, was ze even gehuld in blauw en toen weer donker. Om hem heen zwijgende maar nadrukkelijk aanwezige mensen. Achter de ramen aan de overkant zag hij gezichten.

Naast de voordeur leunde een man tegen de muur. Hij droeg een witte overall, maar had zijn capuchon afgedaan en zijn mondkapje naar beneden getrokken. Hij stond te roken; hij trok hard aan zijn sigaret, blies de rook uit en inhaleerde opnieuw.

'Waar is de forensische recherche?' vroeg Burge.

'Dat ben ik,' zei de man.

'Wat doet u hier dan?'

'Ik had even een sigaret nodig.'

'U hoort binnen aan het werk te zijn.'

De man keek eerst naar Burge en toen naar haar metgezellen. Zelfs in het licht van de auto's en de straatlantaarns zagen ze dat zijn gezicht grauw en bezweet was. Hij zag eruit alsof hij elk moment kon overgeven.

'Ik doe voornamelijk inbraken,' zei hij. 'Auto-ongelukken. Zoiets als dit heb ik nog nooit gezien.'

Burge draaide zich met een schamper gezicht om naar Karlsson en Yvette.

'We moeten naar binnen,' zei Yvette op scherpe toon.

Een agent nam hen mee naar een politiebusje waarvan het achterportier openstond. Yvette en de agent moesten Karlsson helpen met het aantrekken van de overall, de plastic overschoenen, het mondkapje en de rubberhandschoenen, wat hem behoorlijk irriteerde. Hij was ongeduldig en bezorgd om Frieda. Toen Yvette hem wilde ondersteunen bij het lopen, duwde hij haar weg. Hij belde aan, zoals hij al ontelbare keren had gedaan, en de deur ging open.

2

Karlsson haalde diep adem en liep naar binnen. Hij werd verblind door de felle lampen op statieven, en de stank die hem in het gezicht sloeg, riep meteen een herinnering bij hem op. Een warme zomer; hij deed het deksel van een plastic afvalbak open waarin restjes vis en vlees dagenlang hadden liggen rotten, een zware zoete geur waarvan je moest kokhalzen.

Hij zag menselijke gedaanten, in witte pakken. Burge liep naar een van hen toe en zei iets, maar Karlsson kon niet horen wat. De andere gedaante had een grote camera in zijn hand, die een paar keer flitste, waardoor er zwevende blauwe slierten in Karlssons gezichtsveld bleven hangen. Hoewel hij vaak in deze kamer was geweest, leken de muren en het plafond anders dan anders in dit laboratoriumlicht; ieder scheurtje, iedere rimpeling, iedere oneffenheid was te zien.

De gedaanten keken niet naar de muren. Ze keken naar de grond en Karlsson volgde hun blik. Hij snapte het niet: waarom hadden ze de plankenvloer opengebroken? Waarom stonk het hier zo verschrikkelijk? Een angstig voorgevoel bekroop hem, maar meteen daarna, toen hij een glimp opving van wat er in het gat lag, trok er een golf van opluchting door hem heen. Hij leunde op zijn krukken, opgelucht, maar volkomen in de war.

Burge had hem al verteld dat het niet Frieda was, dat Frieda Klein niet dood was. Maar toch voelde het anders nu hij het met eigen ogen zag. Hij hoorde Yvette iets tegen hem zeggen, maar kon de woorden niet volgen. Hij kon niet denken, zelfs niet voelen. Hij bleef gewoon staan wachten tot de wereld om hem heen weer scherp werd. Pas toen nam hij het tafereel in zich op.

Het zag er allemaal zo raar uit. Er was geen vloer. In het midden van de kamer waren de planken verwijderd en op een slordige stapel gelegd. Hij boog zich voorover en keek het gat in. Hij kon de balken zien. Of waren dat binten? Zijn hersenen leken traag te werken. Rustig blijven, hield hij zichzelf voor. Ademhalen. Nadenken. Dit is waar je voor bent opgeleid. Hij kon de Londense grond zien, wat bijna onmogelijk leek. Wat zijn huizen eigenlijk dunne, kwetsbare dingen, hoewel bedoeld om de wereld buiten te houden.

Hij zag het nu, in een van de rechthoekige ruimten. Het was het lichaam van een man, maar op de een of andere manier klopte er niets van. De ogen die naar boven staarden, waren geel en ondoorzichtig. Het gezicht leek wel van was, gebroken wit en vol blauwe plekken. Het lichaam was opgezwollen en drukte tegen het blauwe overhemd aan waar donkere vochtplekken op zaten. Er waren tekenen van leven, moddervette vliegen, en op de grond om het lichaam heen, maden waarvan sommige bewogen en andere stillagen. Dood waarschijnlijk. Hoewel Karlsson het eigenlijk niet wilde, keek hij nog wat beter. De man had iets in zijn hand. Het was uitgedroogd en beschadigd en de kleur was verbleekt. Maar het was een bloem. Een narcis, dacht hij. Een lentebloem. Het was nu maart. Terwijl hij naar het afschuwelijke gezicht keek, drong tot hem door dat het beide oren miste. Ze waren er afgesneden.

Er zat iemand op zijn knieën bij het gat in een witte kist te rommelen. Karlsson wist dat die kist plastic en papieren zakjes bevatte om bewijsmateriaal in te verzamelen. Hij begon te praten, maar door het masker voor zijn mond, kwam er alleen maar gemompel uit. Toen hij het masker wegtrok, rook hij plotseling nog meer geuren, weeër en zoeter. Hij had het gevoel dat hij elk moment kon overgeven. Je bent hoofdinspecteur, hield hij zich voor. Dus wel de laatste die een plaats delict mag onderkotsen. Hij haalde diep adem, waar hij meteen spijt van kreeg.

'Hoelang ligt hij er al?' vroeg hij.

De gedaante bij het gat keek op en zei iets wat hij niet kon verstaan. Karlsson maakte een hulpeloos gebaar.

'De patholoog is onderweg,' zei de stem, zo te horen van een vrouw.

Karlsson was zich ervan bewust dat Burge naast hem was komen staan.

'Waar is Klein?' vroeg ze.

De gedaante wees naar de achterkant van het huis. Karlsson trok zijn masker weer voor zijn gezicht om de vreselijke stank niet te hoeven ruiken. Samen met Burge liep hij naar de keuken. Frieda Klein zat aan tafel, met rechte rug. Het was een hele overgang van die plek van dood en verderf naar deze oase van ordentelijkheid, met een pot basilicum op de vensterbank, een kat die voorzichtig water dronk uit een bakje op de grond, en oranje, nog niet helemaal open tulpen in een aardewerken kan. Even had Karlsson het gevoel dat hij een toneel betrad en dat de verschrikkelijke werkelijkheid zich achter hem bevond. Frieda draaide zich heel langzaam naar hen om en keek hen aan met die alerte donkere ogen van haar waar hij altijd een beetje zenuwachtig van werd, zelfs als ze lachten, en dat deden ze nu niet. Haar huid was nog bleker dan normaal. Ze keek ook anders dan anders, dacht hij. En toen begreep hij het: ze herkende hem niet, hoewel hij op krukken liep. Hij trok zijn capuchon naar achteren en zette zijn mondmasker af. Ze wierp hem een flauw lachje toe, maar zei niets. Burge deed een stap in haar richting. Ze zei wie ze was en ging daarna tegenover Frieda aan de keukentafel zitten.

'Kunt u praten?' vroeg ze.

'Ja,' zei Frieda.

'U zult een volledige verklaring moeten afleggen, maar eerst zal ik u een paar vragen moeten stellen. Denkt u dat dat lukt?'

'Mag ik eerst met mijn vrienden praten?'

'U zult eerst met mij moeten praten.'

'Goed.'

'U maakt een kalme indruk,' zei Burge.

Frieda's ogen kregen een donkere glans. 'Is dat erg?'

'Er is een lijk in uw huis gevonden. De meeste mensen zouden dat verontrustend vinden, schokkend.'

'Het spijt me,' zei Frieda zacht. 'Ik ben een slecht acteur.'

Buiten klonk een geluid, en toen Burge zich omdraaide, zag ze dat er in Frieda's kleine achtertuin iemand in de regen stond. Het puntje van een sigaret gloeide op en vervaagde weer.

'Wie is dat?'

'Een vriend van me. Hij heet Josef Morozov. Hij heeft het lijk gevonden en is daar nogal van geschrokken.'

'Hoe kwam het dat hij het vond?'

Frieda wreef zacht over haar slapen.

Burge zag dat ze op het punt stond om in te storten.

'Ik ben een paar uur geleden thuisgekomen, na een zware dag. Ik rook iets. Ik begreep niet waar de stank vandaan kwam. Josef is bouwvakker. Hij doet weleens klusjes voor me. Hij kwam hiernaartoe en trok een plank los. Ik dacht dat er een dode rat of zo zou liggen.'

'Weet u wie het slachtoffer is?'

'Ja. Hij is een ex-agent. Hij heet Bruce Stringer.'

Burge zei niet meteen iets. Ze wist nauwelijks waar ze moest beginnen. 'Hebt u enig idee wie dit kan hebben gedaan? En waarom het lichaam van een ex-agent in uw huis is gelegd?'

Nu was het Frieda's beurt om te aarzelen. Burge zag dat ze naar Karlsson keek. Hij knikte naar haar.

'Sorry,' zei Burge. 'Maar ontgaat me soms iets?'

'Goed dan,' zei Frieda. 'Ik zal u vertellen wat ik ervan denk. Ik ben er bijna zeker van dat Stringer is vermoord door een man die Dean Reeve heet. Hebt u weleens van hem gehoord?'

'Meent u dat?' vroeg Burge.

'Ik denk dat het zo is, ja, als u dat bedoelt.'

'Iedereen weet wie Dean Reeve is,' zei Burge. 'Hij was verantwoordelijk voor een aantal ontvoeringen en een moord. Het probleem is dat hij zeven jaar geleden zelfmoord heeft gepleegd.'

Frieda schudde haar hoofd. 'Als u weer op het bureau bent, zult u zien dat er een dossier over mij is. En in dat dossier staat onder andere dat ik blijf beweren dat Dean Reeve nog leeft en dat hij nog meer moorden heeft gepleegd.'

Burge wierp een blik op Karlsson.

'Gelooft u haar?'

'Ja,' zei Karlsson.

'Maar als dat waar is, waarom zou hij dan deze man hebben vermoord en de moeite hebben genomen om zijn lichaam in uw huis neer te leggen?'

Frieda veegde over haar ogen en haalde een keer diep adem, alsof ze zichzelf probeerde te kalmeren. Toen ze sprak, was dat met een zelfbeheersing die haar ongelooflijk veel moeite leek te kosten. 'Bruce Springer was voor me op zoek naar Dean Reeve, en ik denk dat hij hem heeft gevonden. En ik denk dat Dean Reeve het lichaam hier heeft neergelegd om mij iets te vertellen.'

'Wat dan?'

'Dat komt ervan als je naar me op zoek gaat.'

Burge stond op. 'Ik zal een auto voor u laten komen. U moet een verklaring afleggen. Wees voorzichtig met wat u zegt, tegen wie dan ook. Zelfs tegen uw vrienden. En nergens heen gaan. En niet met de media praten. En dan ga ik nu dat dossier over u maar eens bekijken.'

Ze knikte naar Karlsson en liep de keuken uit.

Karlsson zette zijn krukken tegen het aanrecht en ging zitten. Op de tafel stonden een glas water, een glas met een bodempje whisky erin en een fles whisky. Hij boog zich iets naar Frieda toe, maar geen van beiden zei iets. Toen stak ze hem haar hand toe, die hij tussen de zijne nam. Even deed ze haar ogen dicht.

'Waarom kun jij het onderzoek niet leiden?'

'Dat zou niet correct zijn.'

De achterdeur ging open en Josef kwam binnen. Hij zag er geschokt uit. Zijn kleren waren doorweekt en zijn haar lag plat op zijn schedel.

Karlsson gebaarde dat hij moest gaan zitten.

Josef keek hem wazig aan, liet zich toen met een plof op een stoel zakken en schonk het whiskyglas vol tot aan de rand. Hij dronk het in één teug leeg en schonk het bij.

'Ik heb vloer losgemaakt.'

Zijn stem sleepte een beetje.

'Dat was vast...' Karlsson maakte zijn zin niet af. Hij kon alleen maar gemeenplaatsen bedenken.

'Ik heb drie whisky op,' zei Josef. 'En nu neem ik nog drie.'

'Is dat jouw bestelbusje buiten?' vroeg Karlsson.

'Ik heb gereedschap meegenomen.'

'Misschien kun je beter met de bus naar huis gaan.'

'Hoe gaat het nu verder?' wilde Frieda weten.

'Ze zullen DNA willen afnemen. Maar alleen met jouw toestemming. En misschien willen ze ook je kleren.' Hij keek Josef aan. 'Dat geldt ook voor jou.'

Josef dronk zijn glas weer leeg. 'Mijn kleren?'

'Ze geven je wel andere. En ze zullen ook vingerafdrukken willen hebben. En haar. En van jullie allebei een verklaring. Dat zal allemaal wat tijd in beslag nemen.'

De deur ging open en Yvette kwam binnen. Ze deed haar mondkapje af en liep naar Frieda toe. Haar gezicht was vlekkerig. Karlsson zag dat er zweet op haar voorhoofd en bovenlip stond.

'Als je er met iemand over wilt praten,' zei ze. Haar stem klonk luid van verlegenheid en ontzetting.

'Dank je.'

'Ik ben waarschijnlijk de laatste die je daarvoor zou uitkiezen. Ik ben ook niet zo goed in dit soort dingen, maar als je...' Ze kon geen woord meer uitbrengen.

Frieda klopte op haar hand alsof ze haar wilde troosten.

Josef gaf Yvette het glas whisky. Ze nam een grote slok en begon toen hevig te hoesten. Er sprongen tranen in haar ogen.

'Nog wat?' vroeg Josef bemoedigend.

Ze schudde haar hoofd. 'Ik haat whisky. Daar krijg ik altijd vlekken van in mijn gezicht.' Tegen Karlsson vervolgde ze: 'De commissaris wil je spreken.'

Zuchtend trok hij zijn krukken naar zich toe. 'Ik zie je gauw weer.'

Frieda knikte, maar ze zei niets. Aan haar bleke gezicht was niet te zien wat ze dacht; ze staarde hem aan met haar donkere, verontrustende ogen. Hij wist niet eens of ze hem wel zag.

3

'Je weet toch wat dit betekent, Mal?' Commissaris Crawfords gezicht was rood. Hij trok zijn kraag wat losser.

Karlsson knikte.

'Ik werd weggeroepen van een diner in de Guildhall. Ik zat net aan de zalm en croûte, verdomme.' Hij pakte zijn kop koffie van het bureau en keek ernaar. 'Kan iemand me ook een kop verse koffie brengen?' schreeuwde hij tegen iemand die Karlsson niet kon zien. 'Wil jij ook?'

'Nee, dank je.'

'Ik weet wat je denkt.'

'O ja?'

'En ik weet ook wat zij denkt.'

'Wie?'

'Die Frieda Klein van jou denkt vast dat ze gewonnen heeft. Jij had gelijk en jouw geliefde dokter Klein had ook gelijk.'

'Volgens mij heeft ze nu wel wat anders aan haar hoofd.'

Crawford stond op van zijn bureau en keek naar buiten. Karlsson liep op zijn krukken naar hem toe en ging naast hem staan. Er was weinig te zien. Alleen het parkeerterrein van het politiebureau, omheind met een hoge muur met prikkeldraad erop.

'Heb je het lijk gezien?'

'Ja.'

'Lag het echt onder de plankenvloer?'

'Ja.'

'Dat wordt een groot verhaal. De pers is gek op dit soort zaken. Het lijk onder de vloer. Wat denk je dat dokter Klein zal zeggen?'

'Waarover?'

Crawford draaide zich fronsend naar hem om. 'Over de zaak! Over mij.'

'Over jou?' vroeg Karlsson. 'In welke zin?'

'Ik ben degene die het onderzoek naar Dean Reeve heeft stopgezet. Ik geloofde haar niet. En nu heeft Frieda Klein me precies waar ze me hebben wil. Ze zal wel in haar vuistje lachen.'

'Nou, ik kan je met de hand op mijn hart verzekeren dat ze niet lacht en dat jij op dit moment niet haar prioriteit bent.'

Crawford ging verder alsof hij niet had gehoord wat Karlsson zei. 'Je kent haar. We moeten een plan van aanpak bedenken.'

'Wat wij moeten doen, is de zaak oplossen.'

'Ja, dat is waar.' Crawford haalde een grote witte zakdoek uit zijn zak, vouwde hem open, depte er zijn voorhoofd mee en stopte hem weer in zijn zak. Toen hij het woord hernam, kwamen de zinnen er mompelend uit, alsof hij in zichzelf praatte. 'Ik heb een hele goeie op de zaak gezet. Echt een hele goeie. Heb je haar al ontmoet?'

'Ja.'

'Een vrouw. Misschien dat dat de boel in evenwicht brengt.'

'Ze hoeft alleen maar goed te zijn.'

'Dat is waar,' zei Crawford. 'Mijn leven staat op het spel.'

Toen Karlsson een halfuur later het bureau verliet, stapte Frieda net uit een politieauto. Ze liep de stoep op, geflankeerd door een agent. Toen ze naast Karlsson bleef stilstaan, legde hij een hand op haar arm, die aanvoelde als een stuk hout. Ze keek hem aan alsof ze nauwelijks wist wie hij was.

'Er moet iemand voor mijn kat zorgen,' zei ze.

'Ik regel wel wat.'

Frieda werd meegenomen naar een kleine kamer. In de hoek stond een ficus. Ze zag dat hij water nodig had. De luxaflex zat dicht en op de tafel stond een doos tissues. Net een therapiesessie, dacht ze. Al die tranen. Er kwam iemand binnen met een karaf water en twee glazen. Of ze soms thee wilde. Nee. Koffie? Nee. Koekjes? Ook geen koekjes. Aan de muur hing een klok: het was tien voor twaalf.

Ze trok haar lange jas uit die door iemand aan de haak op de deur werd gehangen. Nadat ze was gaan zitten, schonk ze een glas water voor zichzelf in. Haar handen trilden nauwelijks, haar hartslag was normaal. Ze kon de regen buiten horen. De kleine wijzer op de klok sprong naar voren.

Om vier minuten voor twaalf ging de deur open. Er stond een lange, jonge man in de deuropening. Hij had brede schouders, volle donkere wenkbrauwen en een neus die zo te zien een keer gebroken was geweest en niet goed gezet. Hij kwam verder de kamer in, met in zijn handen een dienblad met daarop drie kartonnen bekertjes koffie. Petra Burge liep achter hem. Ze liet een leren rugzak van haar schouders glijden en op de grond vallen.

'Dit is mijn collega, Don Kaminsky. We hebben ook koffie voor u meegenomen. Als u melk wilt, kan ik dat wel even gaan halen.'

'Dat hoeft niet.'

Petra Burge nam een slok koffie. 'Gewone inbraken zijn al traumatisch,' zei ze. 'Mensen voelen zich aangetast, aangerand.'

'Dat heb ik gelezen.'

'En dit gaat om een lijk. Van iemand die u kent.'

'Inderdaad.'

Petra Burge keek haar met samengeknepen ogen aan en knikte toen kort. 'Bent u in staat om een voorlopige verklaring af te leggen? Ik wil meteen beginnen, tenzij...'

'Ik denk er net zo over,' zei Frieda.

'Mooi.' Ze ging tegenover Frieda zitten en pakte een kladblok uit haar rugzak. 'Don zal precies noteren wat u zegt, maar misschien wil ik zelf ook af en toe wat opschrijven, als u het niet erg vindt. Als we klaar zijn, zullen we u vragen om uw verklaring te ondertekenen.'

'Ik snap het.' Frieda pakte een van de bekertjes. Ze was koud tot op het bot en de warmte van de koffie was troostend. 'Ik neem 'm toch maar.'

Meer dan twee uur later leunde inspecteur Burge achterover op haar stoel. 'We zijn klaar. U bent vast doodop.'

'Niet echt.' Frieda voelde zich juist scherp en helder.

'U hebt een zware dag achter de rug. U moet gaan slapen.'

'Ik moet lopen.'

'Volgens mij regent het nog. En het is al bijna halfdrie.'

'Dat weet ik.'

Burge nam haar even op en keek toen naar haar collega. 'Don, ga jij even kijken wie er vrij is.'

'Vrij voor wat?' vroeg Frieda, toen Don Kaminsky de kamer uit liep.

Burge reageerde niet, ze bekeek aandachtig de paar woorden die ze had opgeschreven, samen met een hele rits droedels. Ze had een diepe frons op haar voorhoofd.

Kaminsky kwam terug met een jonge agente. Ze had donkerblond haar, blosjes op haar wangen en leek nerveus. Burge zei dat ze Fran Bolton heette. Fran gaf Frieda een slap handje. Haar nagels waren afgekloven. Hoewel ze nachtdienst had, zag ze er vermoeid en bleekjes uit, alsof ze eigenlijk te laat was opgebleven.

'Trek je burgerkloffie aan,' zei Burge tegen haar.

De jonge agente verliet de kamer.

'Fran Bolton zal u begeleiden.'

'Ik heb geen begeleiding nodig.'

'Er is een lijk onder uw vloer gevonden en u denkt dat het daar is neergelegd door de moordenaar Dean Reeve. Bolton zal u begeleiden. Als u met een agent in uniform de straat op gaat, zal dat opvallen. Mensen zullen zich afvragen wat er aan de hand is. Ze zullen denken dat u gearresteerd bent of dat er iets gaat gebeuren. Het is natuurlijk een compromis.'

'Dean Reeve laat zich echt niet afschrikken door een uniform.'

De agente kwam terug, gekleed in een donkere broek en een bruin corduroy jack. Frieda was van plan geweest om naar de rivier te lopen en dan een stuk over de kade en vervolgens weer terug langs het kanaal. Maar het leek haar beter om deze jonge agente niet bloot te stellen aan wind en regen en een urenlange wandeling. En ze begreep ook niet goed hoe deze agente haar zou kunnen beschermen. Ze was klein en tenger en zag er bovendien uit als een schoolmeisje op stage. Ze had een portofoon. Misschien kon ze hulptroepen inroepen. Hoe dan ook, lopen had alleen zin als ze dat in haar eentje deed.

'Het is niet nodig. Ik ga niet lopen.'

'Ik zal kijken of we u vannacht ergens onder kunnen brengen,' zei Petra Burge.

'En dan mag ik morgen weer naar huis?'

'Absoluut niet. Morgen, of anders overmorgen, hebben we wel een permanent onderkomen voor u gevonden.'

'Dat bevalt me niks.'

Burge keek haar met een scheef hoofd aan. 'Toch moet het.'

'Voor vannacht hoeft u niets te zoeken. Ik heb zelf al wat geregeld.'

'Geeft u me het adres. Dan zetten we twee agenten voor het huis.'

'Moet dat?'

Na een korte stilte zei Petra Burge: 'Ik voer veel van dit soort gesprekken met mensen nadat er iets akeligs is gebeurd, een moord, een afgebrand huis, van die dingen. Soms huilen ze, soms zijn ze boos of bang, en soms klappen ze gewoon dicht. Maar u bent gewoon...' Ze zocht naar het woord. 'Normaal. Kalm.'

Frieda keek haar even aan. 'Hoe reageert u dan als er iets ergs is gebeurd?'

Burge trok nadenkend haar wenkbrauwen op. 'Dan krijg ik een stoot adrenaline.'

'Ik word juist erg kalm, is mijn ervaring,' zei Frieda. 'Alsof het mijzelf niet aangaat, alsof ik een toeschouwer ben.'

'U praat alsof u het over iemand anders hebt.'

'Nee, ik heb het echt over mezelf.'

In de auto vroeg Bolton waar ze naartoe gingen.

'Naar Reuben McGill, een oude vriend van me,' vertelde Frieda. 'En een andere vriend, Josef Morozov.'

'Dat is toch de man die het lijk heeft gevonden?'

'Ja. Hij woont bij Reuben.'

'O,' zei Bolton. 'Zit dat zo?'

'Nee, zo zit dat niet. Maar ik wil je even uitleggen hoe Reuben in elkaar steekt, je misschien zelfs voor hem waarschuwen.' Toen ze Boltons bezorgde blik zag, vervolgde ze: 'Hij is niet gevaarlijk of zo. Maar je weet toch dat je, als je opgeleid wordt tot psychotherapeut, zelf ook in therapie moet? Ik ben drie jaar bij Reuben in therapie geweest, vijf dagen per week. Hij was belangrijk voor me en we zijn bevriend geraakt. Diep vanbinnen is hij een intelligente, gevoelige man. Maar op het eerste gezicht is dat niet altijd meteen duidelijk. Dat is alles.'

4

Hoewel het al drie uur 's nachts was toen de auto voor Reubens huis stopte, brandde beneden nog overal licht. Voordat Frieda kon aankloppen, deed Reuben al open.

'Godsamme, kom binnen. Kom.' Hij sloeg zijn armen om haar heen.

Ze rook de aftershave die hij al tientallen jaren gebruikte, de sigaretten die hij had gerookt, de wijn die hij had gedronken, en even bleef ze met gesloten ogen tegen hem aan staan. 'Het is al zo laat,' zei ze. 'Je had niet op hoeven blijven.'

Hij keek haar aan. 'Dat meen je niet. Een lijk onder je vloer en dan had ik niet op hoeven blijven?'

'Ik wil niet...' begon ze, maar toen stopte ze. Ze wist zelf niet wat ze wilde zeggen.

'Gaat het wel? Frieda?'

'Ja.'

Met zijn arm om haar schouders nam hij haar mee naar binnen en wierp vervolgens een nieuwsgierige blik op Fran Bolton, die achter Frieda stond en haar legitimatie ophield. 'Ben je gearresteerd?'

'Ze moet me beschermen,' zei Frieda. 'Kom je ook binnen?'

'Wat u wilt,' antwoordde ze. 'Ik kan ook in de auto blijven zitten.'

'Je kunt haar toch niet in de kou laten zitten met dat droevige gezichtje van haar?' zei Reuben. Hij maakte zich los van Frieda, sloeg zijn arm om de schouders van een geschrokken Fran Bolton en sleurde haar zo'n beetje naar binnen.

Josef zat aan tafel. Te oordelen naar de flessen en glazen voor hem nam Frieda aan dat hij nog steeds met zijn zelfmedicatie bezig was. Hij stond op en liep wankelend en met open armen op haar af.

'Jij bent hier. We zijn allebei hier. Het leven is alles. We moeten altijd...' Zijn woorden stierven weg. Hij liet zich abrupt op de dichtstbijzijnde stoel zakken, nog steeds met uitgestrekte armen.

'Ik wou dat iedereen eens ophield met me steeds te omhelzen. Ik wil alleen maar douchen en dan slapen. De paar uurtjes die nog over zijn van de nacht.'

'Je zult wel bekaf zijn,' zei Reuben.

'Ik weet niet wat ik voel.'

'Shock,' zei Fran Bolton. 'Dat komt door de shock.'

'Eerst moet je iets eten,' zei Reuben.

'Nee, dank je.'

'Een omelet. Ik kan tegenwoordig heel goed omeletten bakken. Met bieslook. Of anders is er wel brood en kaas.'

'Mijn maanzaadcake,' zei Josef. Hij probeerde tevergeefs op te staan. 'Of mijn borsjtsj uit koelkast.'

'Ik hoef niks.'

'Ga zitten,' zei Josef. 'We moeten over veel praten. Heel veel.'

'Er zijn dingen waar we over moeten praten en dingen die moeten gebeuren. Maar niet nu. Ik kan het niet. Ik ga naar bed.'

'Kruik,' zei Josef. 'Thee.'

'Misschien kun je Fran vragen of ze iets wil.'

'Voor een vriendin van jou doe ik alles,' zei Reuben.

Frieda keek naar Fran. 'Ik zie je over een paar uur.'

Het voelde als meer dan een paar uur. Frieda zette op haar mobiel de wekker en lag toen met open ogen op het bed in Reubens logeerkamer. Eerst probeerde ze niet te denken, toen probeerde ze te denken aan trage, zware golven die vanuit een donkere zee geluidloos op de kust sloegen, maar zelfs door de golven heen bleef ze het gezicht zien dat haar aanstaarde. Misschien had het al dagenlang naar haar liggen staren, onder haar vloer, terwijl ze er argeloos overheen had gedrenteld. Ze sliep en ze sliep niet, maar toen de wekker ging, ontwaakte ze uit een of andere lawaaierige, chaotische droom. Ze had genoeg geslapen om zich duf en doezelig te voelen, maar niet genoeg om opgefrist te zijn.

Ze stond op, pakte haar schoenen en liep zacht de kamer uit. Het huis was in donker gehuld, alleen van beneden kwam een flauw licht. Ze ging de badkamer in en scheurde de blisterverpakking van een nieuwe tandenborstel open. Ze poetste haar tanden en waste haar gezicht met koud water. Toen keek ze naar zichzelf in de spiegel. Waar zou die persoon vanavond zijn? Vreemd om dat niet te weten.

Nog steeds op kousenvoeten sloop ze de trap af. Fran Bolton zat op de bank in de voorkamer een prentenboek door te bladeren.

'Je hebt niet geslapen,' stelde Frieda vast.

'Ik ben aan het werk. Ik word ervoor betaald om hier te zitten.'

De droge toon waarop Fran het zei, beviel Frieda wel. 'Nu niet meer. We gaan een eind lopen.'

Frieda trok haar schoenen aan en strikte haar veters. Zachtjes sloot ze de voordeur achter hen.

'Maakt u zich maar niet druk,' zei Fran Bolton. 'Ik denk niet dat ze daar wakker van worden.'

Frieda begon in de richting van Primrose Hill te lopen. 'Was het zo erg?'

'Ze raakten nogal geëmotioneerd. Ze hadden het over u.'

'Dat klinkt niet best.'

'Het was interessant.'

'Ik wil het niet weten.'

'En Reuben heeft me verteld dat hij kanker heeft.'

'Ja.'

'Is het ernstig?'

'Dat weet ik nog niet precies. Hij heeft het pas een paar dagen geleden te horen gekregen. Misschien wel.' Frieda versnelde het tempo.

'Ik kan wel een auto laten komen,' zei Fran. Het kostte haar moeite Frieda bij te houden.

'Lopen is goed.'

'Waar gaan we naartoe?'

'Naar Holborn.'

'Maar dat is kilometers lopen.'

'Ja.'

'Waarom?' vroeg Fran. 'Dat moet ik weten.'

'Ik wil het met iemand hebben over wat er is gebeurd.'

'Is diegene bij de zaak betrokken?'

'Het is de man die me in contact heeft gebracht met Bruce Stringer. Ik moet het hem vertellen. Voordat ik iets anders onderneem, moet ik het er met hem over hebben.'

'Het klinkt alsof hij erbij betrokken is.'

Frieda reageerde niet. Ze waren inmiddels in het park en liepen in de richting van de dierentuin.

'Zijn Josef en Reuben... u weet wel...'

'Een stel? Nee. Dat heb ik je al verteld. Ze zijn gewoon vrienden, en Josef woont een groot deel van de tijd bij Reuben.'

'Wat doet Josef? Waar kent u hem van?'

Frieda keek haar scherp aan. 'Je kunt maar beter uitkijken met Josef.'

'Ik dacht dat hij een vriend van u was.'

'Hij is een goede vriend. Maar vrouwen krijgen bij hem altijd de neiging om hem te bemoederen en dan...'

'Ik wil hem niet bemoederen.'

'Nou, precies.'

Ze staken het kanaal over, Regent's Park in, en toen ze de lange laan bereikten die er dwars doorheen liep, wees Frieda naar een bank. Ze gingen zitten.

'Even voor alle duidelijkheid,' zei Frieda. 'Ik neem aan dat je verslag moet uitbrengen over mij.'

'Zo klinkt het net alsof dat erg is,' zei Fran. 'Ik moet verslagen maken van alles wat ik doe. Dat weet u.'

'Ja, dat weet ik.' Frieda dacht een tijdje na. Toen ze begon te spreken, was het alsof ze hardop dacht. 'Ik heb me altijd verre van macht proberen te houden. Ik hou er niet van om mensen te vertellen wat ze moeten doen en ik hou er ook niet van als ze mij vertellen wat ik moet doen. Begrijp je wat ik zeg?'

'Ik zit bij de politie, dus...'

'Ongeveer een jaar geleden zat ik in de problemen. Ik was zelfs al gearresteerd, maar toen dook er een man op die Walter Levin heette, en hij heeft alle problemen opgelost. Hij heeft daarmee eerlijk gezegd iets heel gevaarlijks gedaan.'

'Ik begrijp niet wat u bedoelt.'

'Hij heeft me een dienst bewezen. Ik was hem toen een wederdienst verschuldigd, en die heb ik hem geleverd. Ik heb voor hem een zaak bekeken van een jonge vrouw die ervan was beschuldigd haar hele familie te hebben uitgemoord.'

'Is dat de zaak-Docherty?'

'Ja.'

'Het spijt me.'

'Mij ook. En daarna heb ik hem gevraagd of hij mij kon helpen om Dean Reeve op te sporen, en toen heeft hij me in contact gebracht met Bruce Stringer, en Bruce Stringer is nu dood.'

'Werkt die man ook bij de politie?'

'Nee.'

'Werkt hij voor de overheid?'

'Ik neem aan van wel, maar hij doet altijd een beetje vaag over waar hij werkt.'

'Waarom?' vroeg Fran. 'Waarom heeft hij u die dienst bewezen?'

Frieda keek haar even aan en glimlachte toen. 'Dat is een goede vraag. Je zou rechercheur moeten worden. Het antwoord is: ik weet het niet, maar ik zou het wel moeten weten. Hij werkt samen met een voormalige politieman, Jock Keegan, en ze hebben een kantoor en een assistente, en iemand moet daarvoor betalen, maar ik weet niet wie.'

Ze stond op, en ze liepen verder door het park waar het steeds drukker werd met joggers en fietsers en mensen die hun hond uitlieten. Over het algemeen vond Frieda het niet erg bevredigend om samen met anderen te lopen. Voor haar was lopen een manier van nadenken en ook een manier van naar de wereld kijken als door de ogen van een spion. Wanneer er iemand bij was, werd dat anders. Maar met Fran Bolton viel het mee. Ze leek niet de behoefte te hebben om continu commentaar te leveren op wat ze zag en dacht. Toen ze Euston Road overstaken, voelde Frieda even een steek. Ze waren nu zo dicht bij haar huis. Zou ze daar ooit weer echt gaan wonen? Hoewel ze niet bijgelovig was, had ze toch het gevoel dat plekken, of het nu gebouwen of steden waren, werden achtervolgd door hun verleden. Zou ze ooit weer in haar huiskamer kunnen zitten, haar blote voeten op de vloer laten rusten en dan het gevoel hebben dat haar niets kon overkomen?

Als ze naar huis had gewild, hadden ze rechts af moeten slaan, maar ze sloegen links af en liepen langs de universiteitsgebouwen en over Queen Square tot ze voor het pand stonden waar Frieda nog niet eens zo lang geleden zo vaak was geweest. Dat leek nu een ander leven.

'Je zult buiten moeten wachten,' zei ze. 'Als ik iets te horen krijg wat relevant is voor de zaak, zal ik het inspecteur Burge vertellen, dat beloof ik je.'

'Dat lijkt me een goed idee,' zei Bolton. 'Maar ik denk dat inspecteur Burge zelf ook met die man zal willen praten.'

'Dan wens ik haar daar veel succes mee.'

De deur ging open.

'Hallo, Jude,' zei Frieda.

De in fleurige kleren gestoken jonge vrouw met het stekeltjeshaar keek ongewoon somber. 'Ik wist niet zeker of u zou komen.'

'Natuurlijk ben ik gekomen.'

Levin en Keegan zaten in de voorkamer, met hun gezicht naar de deur, alsof ze bij hen kwam solliciteren. Ze waren allebei in pak; dat van Levin was donker gestreept, verkreukeld en stoffig, dat van Keegan grijs, een soort dienstpak, waardoor hij eruitzag als de rechercheur die hij ooit was geweest. Levin keek als altijd, met iets geamuseerds over zich. Keegans gezicht was ondoorgrondelijk.

Frieda ging tegenover hen zitten. 'Het is verschrikkelijk,' zei ze.

'Hij wist wat hij deed,' zei Keegan op vlakke toon.

'Nee, dat wist hij niet. Hij wist niet wat hij deed, anders was hij niet vermoord. En hij deed het voor mij. Dus wilde ik jullie komen zeggen dat ik het heel erg vind.'

'Oké,' zei Keegan.

'Had hij familie?'

'Hij had een vrouw en een zoontje van zeven en een dochtertje van vier.'

Frieda voelde een nog grotere schok dan op het moment waarop Josef de planken had losgemaakt en ze het lijk hadden zien liggen.

'Hij had dit niet moeten doen.'

'Het was zijn werk,' zei Keegan.

Er viel een lange stilte.

'Hoe hebben jullie het gehoord?' vroeg Frieda.

'Maakt dat wat uit?' Levin sprak op vriendelijke toon.

'Ik neem aan dat jullie zulke dingen altijd weten.'

'We doen wat we kunnen.' Onder het praten deed Levin zijn bril af, pakte een zakdoek uit zijn zak, ademde op de glazen en begon ze te poetsen. Hij nam er alle tijd voor. 'Het zal voor aardig wat ophef hebben gezorgd.'

'Ophef? Ja. Het heeft voor ophef gezorgd.'

Levin zette zijn bril weer op en keek Frieda aan met een blik die ze moeilijk kon duiden. 'Het moet een vreselijke schok voor u zijn geweest. Maar het zal toch ook als een zekere genoegdoening voelen.'

'Ik begrijp niet wat u bedoelt.'

'Ik bedoel het feit dat Dean Reeve bestaat. U beweert al jaren dat hij nog leeft en een gevaar vormt voor de maatschappij, maar u werd tegengesproken en beschimpt en ervoor bestraft. Nu zullen uw lasteraars de waarheid onder ogen moeten zien.'

Frieda haalde diep adem. 'Sommige mensen denken dat ik nu last heb van posttraumatische stress en willen me omhelzen en troosten, en dat vind ik benauwend. Maar een zekere genoegdoening, nee.'

'Begrijpelijk.' Levin knikte een paar keer. 'Begrijpelijk.'

'Ik neem aan dat het voor u een klap is. Per slot van rekening kende u hem.'

'Ik kende hem niet echt. Hij was meer een collega van Keegan.'

'Maar toch...'

Levin glimlachte even. 'Ik druk me waarschijnlijk ongelukkig uit. We zijn natuurlijk allebei erg geschrokken.' Hij wreef over zijn hoofd. 'Ik neem aan dat dit vooral gênant wordt voor commissaris Crawford.'

'Hoe bedoelt u?'

'Hij zal publiekelijk moeten toegeven dat u het bij het rechte eind had en hij niet.'

'Er is iemand vermoord,' zei ze langzaam.

'Precies. Het ziet er niet best voor hem uit.'

Frieda stond op. 'Er staat een agente buiten. Om me te bewaken. Ze zal nieuwsgierig zijn naar dit gesprek. Ik vind het altijd moeilijk om mensen uit te leggen wat u precies doet.'

Levin stond ook op. 'Het is nergens voor nodig om wie dan ook iets uit te leggen.'

'Ik bedoel, u bent geen politieman.'

'Ja,' zei hij. 'Ik bedoel, nee, ik ben geen politieman. Dat is altijd lastig aan taal. Je kunt op een negatieve constatering zowel ja als nee zeggen ter bevestiging.'

'U lijkt sowieso moeite te hebben met het beantwoorden van vragen. Ik heb weleens gedacht dat u voor Binnenlandse Zaken werkte.'

'O ja? Dat had u toch kunnen vragen?'

'Volgens mij heb ik dat ook gedaan.'

'Tja, de grenzen tussen de verschillende departementen vervagen nogal tegenwoordig.'

'Het enige wat u doet, is me geen antwoord geven.'

Hij keek haar glimlachend aan, maar zijn blik was kil. 'Beschouwt u me maar als een fikser.'

'Een fikser,' herhaalde ze. 'Is dat een soort consultant?'

'Het is eerder zo dat ik hulp bied dan dat ik raad geef.'

'Fiksen.'

'Wanneer dat kan.'

'Nu weet ik nog helemaal niets. Ik hoop dat u zult helpen bij het onderzoek.'

'Ik zal doen wat ik kan. Als een betrokken burger.'

'Ik laat haar wel uit.' Keegan hield de deur voor Frieda open.

In de gang begon hij iets te zeggen, maar toen stopte hij weer en liep met Frieda mee naar buiten waar Fran Bolton op de stoep stond te wachten. Frieda stelde hen aan elkaar voor.

'Ik ben een collega van u,' zei hij.

'Oud-collega,' zei Frieda.

Hij pakte een kaartje uit zijn portefeuille en schreef een nummer op de achterkant. 'Waarschijnlijk hebt u uw buik vol van me, en ik weet zeker dat de politie deze zaak snel zal oplossen, maar mocht het ingewikkelder worden...' Hij gaf haar het kaartje.

'Dank u,' zei Frieda.

'Er komt een begrafenis.'

'Laat me weten wanneer.'

Keegan keek Bolton aan. 'Pas goed op haar.'

Frieda bleef staan voor de etalage van een krantenkiosk. 'Nu al,' zei ze.

'Wat?'

'Dat.' Frieda wees naar het krantenrek. Voor zover ze kon zien, stond ze op de voorpagina van alle kranten. Haar huis stond erop, haar gezicht, haar naam. Sensationele koppen. HET HORRORHUIS. Ze wendde haar blik af.

Toen ze bij Reubens huis aankwamen, zagen ze een groepje mensen rondhangen. Langs de stoep stonden busjes geparkeerd. Heel even dacht Frieda dat er een ongeluk was gebeurd, tot ze begreep dat zij het ongeluk was, het spektakel dat iedereen wilde zien.

'Hoe wisten ze waar ik was?'

'Daar komen ze altijd achter,' zei Fran Bolton. 'Soms weten ze het nog eerder dan wij. Is er ook een achteringang?'

'Nee.'

'Niets zeggen.'

'Dat was ik niet van plan.'

'U mag pas iets zeggen wanneer we hebben bepaald wat ons verhaal is.'

'Ons verhaal?'

Iemand in het groepje draaide zich om en zag hen aankomen. Het was alsof de wind over een graanveld joeg: een rimpeling van mensen die zich omdraaiden. Ze werden aangestaard door gezichten, door camera's. Het kluitje mensen week uiteen en begon naar hen toe te lopen. Fran Bolton pakte Frieda bij de arm en siste iets, maar Frieda verstond het niet. Ze herinnerde zich wat ze de dag ervoor tegen Petra Burge had gezegd: alsof ze een toeschouwer was. Op dit moment zag ze zichzelf een weg banen door de meute journalisten. Ze riepen haar. Ze zag een vrouw die ze herkende, de mooie, lachende Liz Barron, die al jaren een vijandige belangstelling voor haar koesterde; een man met een haakneus en vurige bruine ogen, die voor haar ging staan en haar iets vroeg; nog een man, van middelbare leeftijd en zwaarlijvig, met een baard die in een krullerig randje langs de onderkant van zijn gezicht liep.

'Wie was het, Frieda?' werd er geroepen.

'Hoe voel je je?'

Een geroezemoes van stemmen. Ze zag Reubens gezicht achter het raam. Het was niet eerlijk om hem dit aan te doen.

Ze bereikten het kleine hekje.

'Klopt het dat je denkt dat Dean Reeve nog leeft?' Het was een luide, verdragende stem. 'Heeft dit met Dean Reeve te maken?'

Er viel plotseling een stilte, schokkender dan het geschreeuw was geweest. Frieda bleef staan, met haar hand op de klink van het ijzeren hekje. Ze voelde de hernieuwde opwinding achter haar rug als een elektrische flikkering in de lucht. Ze hoorde het gemompel weer beginnen, luider en dwingender, maar niets ervan drong echt tot haar door, alleen het herhaald en steeds krachtiger noemen van de naam Dean Reeve.

'Naar onze rust kunnen we voorlopig fluiten,' zei Fran Bolton bars, terwijl ze naar binnen liepen en de deur achter zich dichtdeden, de zee van hongerige gezichten buitensluitend.

5

Frieda en Reuben zaten in de keuken koffie te drinken. De luxaflex was dicht. Eerder die ochtend was een fotograaf erin geslaagd om in een boom aan de andere kant van de tuinmuur te klimmen en foto's te maken van Reuben in zijn geborduurde kamerjas.

'Ik had niet gedacht dat het hierop zou uitlopen,' zei Frieda. 'Ik had niet moeten komen.'

'Hoezo niet?' Hij keek haar met opgetrokken wenkbrauwen aan. 'Omdat ik kanker heb? Ik vind het fijn dat je er bent.'

Frieda zette haar mobieltje aan, maar toen ze zag dat ze drieënzestig gemiste oproepen had, deed ze het weer uit. Hoe kwamen ze aan haar nummer? Boven hen klonk een harde dreun. Gevolgd door een vloek van Josef.

'Kater,' zei Reuben.

Fran stak haar hoofd om de deur. 'De auto is onderweg om ons zo naar uw huis te brengen. Bent u klaar?'

'Ja.'

Hoewel het niet meer regende, waren de kinderkopjes nog steeds donker en nat. Bij het begin van de smalle straat stond een groepje verslaggevers, en er flitsten camera's toen ze er langsreden. Voor Frieda's huis stond een burgerauto van de politie, en de deur was afgezet met lint. Een man in een groene overall liet ze binnen en gaf hun plastic overschoenen, die ze aantrokken. Frieda was gewend aan de geur van haar huis: het hout van de plankenvloer, de bijenwas, soms tuinkruiden die op de vensterbank in de keuken stonden, en ook een droge maar aangename geur die ze was gaan associëren met oude boeken, houtskool, schaakstukken, toast. Nu rook het in huis echter naar scherpe chemicaliën, met misschien daaronder nog iets anders, iets wat tot in de fundering was gesijpeld. Ze bleef even staan om te kalmeren.

De kamer waar ze gewoonlijk voor de open haard zat of schaakpartijen naspeelde, werd fel verlicht door een lamp die daar door het forensisch team was neergezet. Er waren twee mensen in de kamer, van wie er een foto's nam. Door het gele licht heen keek Frieda naar het gat waar gisteren Bruce Stringer nog had gelegen. Er was natuurlijk niets meer van te zien. Zelfs geen maden en vliegen meer. Het was nog slechts een gat. De kamer was gewoon een kamer – met opgerolde kleden en opzijgeschoven meubels – maar hij voelde niet meer als haar kamer. Ze draaide zich om en liep de keuken in.

'Waar is mijn kat gebleven?' vroeg ze aan de man in de groene overall.

'Was er een kat dan?'

'Ja.'

'Ik heb hem nergens gezien.'

Frieda ging naar boven. Hoewel alles er nog hetzelfde uitzag, kon ze voelen dat ook hier mensen waren geweest. Het was alsof het allemaal niet meer van haar was. Snel pakte ze wat kleren uit laden en stopte ze in een canvas weekendtas; daarna deed ze er nog wat boeken en toiletspullen bij. Ze liep naar haar werkkamer op zolder om haar schetsboek en potloden te halen. Ze wist niet hoelang ze zou wegblijven. Hier wonen was een verre herinnering aan een andere Frieda. Een ander leven. Ze zag voor zich hoe Dean Reeve zich stilletjes door haar kamers bewoog, tussen haar kleren rommelde, de bladzijden van haar schetsboek omsloeg, zich bukte om haar kat te aaien. Waar was haar kat?

'Wat heb je voor me?' vroeg commissaris Crawford aan Petra Burge.

'We zijn net begonnen.'

'Het begin is het belangrijkst.'

'Ze zijn nu bezig met de autopsie, maar Ian denkt dat hij al vier à vijf dagen dood is. Het forensisch team weet vrijwel zeker dat hij ergens anders is omgebracht en daar later is neergelegd. Mijn mensen zijn nu bezig met buurtonderzoek en het bekijken van camerabeelden.'

'En Reeve?' Er trok een wrange grijns over Crawfords gezicht toen hij de naam uitsprak. 'Ervan uitgaande dat dokter Kleins vermoedens kloppen. Hoe ver zijn we met hem?'

'Het is natuurlijk lastig zoeken naar iemand die min of meer verdwenen is en die zeven jaar geleden al dood is verklaard. Frieda Klein heeft altijd geloofd dat hij nog in leven was, hoewel ze hem later nooit meer heeft gezien of gesproken. Maar twee bekenden van haar beweren dat ze hem nog wel gezien hebben. Josef Morozov is een bouwvakker uit Oekraïne. Ik weet niet precies wat zijn relatie met Klein is.'

'Seksueel waarschijnlijk,' zei Crawford.

'Dat geloof ik niet. Alles aan die man lijkt een beetje duister, ook zijn verblijfsstatus. Hij is Reeve tegengekomen op een bouwproject.'

'Wist hij wie hij was?'

'Nee. Reeve werkte er onder een valse naam. En Klein heeft een schoonzus, Olivia Klein, die getrouwd is geweest met Frieda Kleins broer. Olivia heeft Reeve in een café leren kennen. Ze was er nogal vaag over.'

Crawford schoof geïrriteerd heen en weer op zijn stoel. 'Wat is dit allemaal? Waar is Reeve mee bezig?'

'Het draait allemaal om Frieda. Op de een of andere manier heeft ze hem het bloed onder de nagels vandaan gehaald.'

'Nou, dat kan ik begrijpen. Ze haalt mij ook het bloed onder de nagels vandaan. Die vrouw is een lastpak van hier tot ginder. Maar wat wil hij? Wat wil hij doen?'

'Dat is niet duidelijk. Nog niet.'

'En de weduwe?'

'Ik heb vanochtend met mevrouw Stringer gesproken.'

'En?'

'Ze is natuurlijk ontdaan. Ze zit in een rolstoel. Ze heeft MS en blijkbaar zorgt hij al enige jaren voor haar. Ze hebben twee jonge kinderen.'

'Dat kunnen we er nog net bij hebben.'

'Ze leek niet precies te weten wat haar man deed. Er zijn nu agenten bij haar thuis om te kijken of we wat kunnen vinden.'

'Dat is alles?'

'We moeten bedenken hoe we het met de media doen.' Hoewel Crawford kreunde, liet ze zich niet van de wijs brengen. 'Ze kunnen ons van dienst zijn. Ik vraag me af of we Frieda Klein kunnen overhalen om een paar interviews te geven.'

Crawford mompelde wat.

'Hoe denkt u daarover?'

'Je weet nooit wat ze zal zeggen.' Met een bedrukt gezicht leunde hij naar voren. 'Is ze veilig?'

'Ze heeft vierentwintig uur per dag bescherming.'

'Dat met dat lijk onder de vloer, het is net alsof hij een spelletje met ons speelt. Als hij nog iets uithaalt, staan we er niet best op.'

'Nee,' zei Burge.

'Deze zaak zal veel stof doen opwaaien.'

'Ja.'

'Een zaak als deze kan een carrière maken... of breken.'

'Dat weet ik.'

Het werd donker en de wind trok aan, met in zijn kielzog nog meer regen. Voor Reubens huis stonden de verslaggevers dicht opeengepakt; er gloeide licht op van sigaretten en mobieltjes. Frieda maakte roerei en Reuben trok een fles rode wijn open. Frans aflosser, Kelman, pakte een rijk belegd broodje uit zijn tas en ging dat in de gang zitten opeten. Hij was een stevig gebouwde jongeman die onder het praten met zijn knokkels knakte.

Ineens hoorden ze rumoer buiten.

'Wat is dat?'

'Zo te horen iemand die schreeuwde,' zei Frieda, terwijl ze haar vork neerlegde.

Het geluid nam in kracht toe.

Frieda stond op. 'Ik ken die stem.'

'U kunt beter niet naar buiten gaan,' zei de agent toen Frieda langs hem heen beende.

Ze deed de deur open. Voor Reubens hek drongen mensen samen, die werden tegengehouden door een agent. Camera's flitsten. Er werden microfoons naar voren gestoken. In het midden van de menigte stond een jonge vrouw in een rode duffelse jas, op lompe zwarte laarzen; haar haar was aan één kant weggeschoren en ze keek woest uit haar ogen. Het was Frieda's nichtje, Chloë.

'Laat haar met rust!' stond ze te schreeuwen. 'Wegwezen jullie!' Ze wendde zich tot de man met de haakneus, die Frieda al eerder was opgevallen. 'Rot op!' schreeuwde ze in zijn verbaasde gezicht.

Pas nu zag Frieda dat ze een doos in haar handen had en dat de doos vervaarlijk slingerde. Chloë greep hem nog wat steviger beet toen er een kopje door het deksel werd gestoken. Haar kat. Zijn nekharen stonden overeind en hij had zijn bekje wijd open in een geluidloze jammerkreet.

Frieda liep ernaartoe, en de menigte draaide zich als één man naar haar om. Ze legde haar hand op de kop van de kat en duwde hem terug de doos in. 'Kom,' zei ze tegen Chloë.

'Hoe zit het met Dean Reeve?'

'Klopt het dat hij nog leeft?'

'Vertel ons iets, Frieda, dan gaan we weer weg.'

'Ik heb niets te zeggen. Behalve dat er een eindje verderop aan de linkerkant een warm café zit, en een paar deuren verder kun je bij de Ram's Head redelijk goed eten. Hier valt voor jullie niets te halen.'

Ze pakte haar nichtje bij de arm en trok haar weg bij de groep. Kelman duwde hen de gang in. Chloë keek de agent achterdochtig aan en hij keek net zo achterdochtig terug.

'Dit is een van de mensen die me bewaken,' zei Frieda. 'Die ons allemaal bewaken om precies te zijn.'

Chloë gromde wat.

'En dit is mijn nichtje,' ging Frieda verder. 'Die af en aan in mijn leven verschijnt en dan weer verdwijnt.'

'Wat ze bedoelt is dat ik haar alleen bel als ik in de problemen zit,' zei Chloë. 'En soms belt ze mij als zij in de problemen zit. En zoals u weet zijn haar problemen een stuk erger dan de mijne, wat heel wat wil zeggen.'

'Wat voor problemen?' wilde Kelman weten.

'Daar hoeven we het nu niet over te hebben,' zei Frieda. Ze bukte zich en tilde de kat uit de doos. Hij bleef in de gang staan, met gloeiende gele ogen en zijn haren alle kanten uit.

6

De volgende ochtend bevonden Frieda en Petra zich in het appartement waar Frieda tijdelijk zou wonen. Het bakstenen gebouw voelde zwaar en somber aan en de meubels leken uit een oud pension afkomstig: een paar versleten leunstoelen, een salontafel van donker hout. Aan de muur hingen een gravure van het oude Londen en een ets met als titel 'Margate 1922'. Het tapijt was donkerrood, als in de gang van een zakenhotel. Maar het licht dat door de grote ramen van de huiskamer naar binnen viel, was zo fel dat Frieda even verblind werd. Ze keek uit op Parliament Hill Fields, het zwembad, het spoor, de atletiekbaan en iets naar rechts op Parliament Hill zelf.

'Mooi uitzicht,' zei Petra Burge.

'Maar niks voor een kat.'

'Kunnen uw vrienden niet voor hem zorgen?'

'Eigenlijk wil ik gewoon naar huis.'

'Dat kan pas als het veilig is. Morgen om tien uur staat u de pers te woord. Komt u om halftien. We moeten u voorbereiden.'

'Waarop?'

'Ik heb uw dossier gelezen. Ik heb de krantenknipsels gelezen. Ik weet dat u een hekel hebt aan publiciteit. Ik weet dat u vaker in de maling bent genomen. Maar dit is anders. Wij hebben de touwtjes in handen, u en ik, en moeten ervoor zorgen dat we er wat aan hebben.'

'Hoe bedoelt u dat?'

'Ze zullen sowieso over u schrijven. Daar komen ze voor. Als u niets zegt of geprikkeld of sarcastisch reageert, wordt dat het verhaal. U moet onthouden dat er niet zoiets bestaat als een domme of agressieve vraag. U moet dit beschouwen als een kans om uw mening te geven.'

'Ik zal eraan proberen te denken.'

'Doe dat. U moet een narratief bedenken waarin u als aardige vrouw overkomt, zodat de lezers met u meeleven en u willen helpen en zich proberen dingen te herinneren die ze misschien hebben gezien, of mensen die ze verdacht vinden.'

Hoewel er helemaal niets grappigs aan was, moest Frieda toch glimlachen. 'Een narratief? Dat is een term uit de psychologie. Doen jullie daar nu ook al aan?'

'Ja.'

Frieda schudde haar hoofd. 'Soms wou ik dat therapie nooit was uitgevonden.'

Josef kwam langs met een pan pompoensoep en honingkoeken, voldoende voor een heel weeshuis. Toen Frieda zijn bezorgde blik zag, at ze een hele koek op om hem een plezier te doen, hoewel ze geen trek had. Hij at zelf een paar koeken en dronk drie mokken thee. Hij vertelde dat, toen hij klein was, zijn moeder iedere zondag honingkoeken bakte; de geur vulde het hele huis. Hij pakte zijn telefoon en liet haar de nieuwste foto's van zijn zoons zien. De oudste, Dima, was lang en behoorlijk fors, en de jongste, Alexei, nog klein en tenger, leek met zijn gevoelvolle blik zo op zijn vader dat Frieda verrast begon te lachen.

'Je zult ze wel vreselijk missen,' zei ze.

'Soms doet pijn,' zei hij. 'Mijn jongens.'

'Dat geloof ik graag.'

Hij legde een brede hand op zijn borst. 'Maar ik draag ze hier.'

Brigadier Yvette Long kwam langs met een fles wijn. Ze leek zich vreselijk opgelaten te voelen.

'Is er iets gebeurd?' vroeg Frieda.

'Waarom moet er iets gebeurd zijn? Als het een slecht moment is, zeg dat dan gewoon, dan ga ik wel weer. Ik weet dat we elkaar alleen maar zien als ik Karlssons knechtje ben. Je mag die fles sowieso houden.' Haar woorden waren er in een vloedgolf uit gekomen.

'Het is inderdaad een slecht moment,' zei Frieda. Meteen voelde ze zich schuldig. 'Maar ik ben blij je te zien.'

'Dat hoef je heus niet te zeggen. Ik zat echt niet naar een complimentje te vissen.'

'Hou op, anders stuur ik je echt weg.'

Frieda maakte de fles open en schonk twee glazen in.

'Je had hem niet meteen hoeven openmaken,' zei Yvette.

'Te laat.' Frieda gaf haar een van de glazen. Ze proostten.

'Ik wou dat jij op de zaak zat,' zei Frieda. 'Jij en Karlsson.'

'Dat zijn de regels. Emotionele betrokkenheid en zo.'

'Ben jij dan emotioneel betrokken?' vroeg Frieda glimlachend.

Yvette bloosde.

Frieda kende niemand die zo vaak bloosde als Yvette.

'Ik bedoelde alleen maar dat Karlsson een vriend van je is, en ik werk samen met Karlsson. Die ziekteverlof heeft. Bovendien zit ik op een andere zaak.'

Frieda nam een slokje. Waarom was Yvette hier dan wel? Toen Yvette begon te spreken, was het bijna alsof ze Frieda's onuitgesproken vraag beantwoordde.

'Ik weet dat je met de media gaat praten.' Ze stopte abrupt.

'Ja. Volgens Petra Burge kan dat nuttig zijn.'

'Ik heb een paar dingen opgeschreven.'

'O?'

'Die nuttig kunnen zijn. Ik bedoel, misschien ook niet. Of misschien had je ze zelf al bedacht. Of vind je ze stom. Maar ik heb ze toch maar opgeschreven. Voor het geval dat.'

'Wat aardig.'

Yvette begon woest in haar tas te rommelen zonder iets te vinden. Vervolgens klopte ze op haar zakken en kwam toen met een dubbelgevouwen correspondentiekaart op de proppen. 'Hier.'

Frieda vouwde de kaart open. Ze zag een in blokletters geschreven lijst, met opsommingstekens ervoor, van dingen die ze wel en niet moest doen.

- EENVOUDIGE KLEREN AANTREKKEN
- LANGZAAM EN IN VOLZINNEN SPREKEN
- ALLEEN ANTWOORD GEVEN OP DE VRAGEN DIE ZIJN GESTELD
- WATER DRINKEN VOOR JE ANTWOORDT OM JEZELF DE TIJD TE GEVEN
- NIET TE VEEL MAKE-UP OPDOEN
- NIET TE VEEL SIERADEN DRAGEN
- NIET TE VEEL GLIMLACHEN OF LACHEN
- NIET MET JE HANDEN WAPPEREN
- DENK ERAAN: NIETS ZEGGEN WAT JE NIET IN DE KRANT WILT HEBBEN

'Dank je,' zei Frieda. 'Ik zal het allemaal proberen te onthouden.'

'En ik vroeg me ook af hoe het met je ging,' zei Yvette. 'Vanwege wat je gevonden hebt.'

'Dat is attent van je.'

'Ik heb erover gedroomd,' vertelde Yvette. 'Ik ben toch wel wat gewend, maar dat beeld vergeet ik nooit.'

'Wat heb je precies gedroomd?'

'Gewoon, dat ik daar was,' zei Yvette. 'En het lijk zag. Alleen was het bij mij thuis, niet bij jou.'

'Wat naar.'

'Ze hebben me gevraagd of ik promotie wil maken. Dan moet ik een paar examens doen.'

'Dat is mooi,' zei Frieda. 'Je verdient het.'

'Ik weet het niet. Soms weet ik niet of ik hier wel geschikt voor ben.'

7

Om tien uur de volgende ochtend werd Frieda meegenomen naar een kamer waar de journalisten op haar zaten te wachten, op een lange leren bank. Voor hen stond een lage glazen tafel, met daarop drie koppen koffie en drie mobieltjes, klaar om het interview op te nemen. Toen Frieda binnenkwam, met de persvoorlichtster voor haar en Petra Burge achter haar, stonden ze allemaal op. Even overviel haar een gevoel van instinctieve afkeer. De drie gezichten straalden stuk voor stuk een gretige nieuwsgierigheid uit. Ze keken naar haar alsof ze een ding was, een specimen. Ze wist dat ze letten op wat ze droeg, hoe ze overkwam, haar stem, haar gezichtsuitdrukking. Ze wilden emoties zien, zwakte, leed. Ze gaf hun een kort knikje.

'Dit is Gary Hillier,' zei de persvoorlichtster. 'Van *The Chronicle*.'

Hillier schudde haar de hand. Zijn hand was groot, en hij hield de hare langer vast dan nodig was en keek haar strak aan. Hij had brede kaken, en zijn sikje en ronde brilletje met metalen montuur staken er eigenaardig klein bij af, net als zijn pruimenmondje. Hij droeg een sportjack en een zwarte broek die hem te strak zat; zijn buik bolde eroverheen. Niets aan hem leek echt bij elkaar te passen. Maar hij had een sluwe blik in zijn kleine blauwe ogen.

Toen hij iets begon te zeggen over trauma's en shock, maakte Frieda haar hand los en wendde zich tot Liz Barron.

'We kennen elkaar al,' zei ze, toen de persvoorlichtster hen aan elkaar wilde voorstellen.

'O ja, dokter Klein en ik kennen elkaar al heel lang,' zei Liz Barron opgewekt. Ze gaf Frieda een hand. Haar tanden schitterden; haar turquoise jasje glom. Op haar neus had ze sproetjes.

Frieda herinnerde zich hoe ze een keer de straat was overgestoken om haar te ontlopen en toen de voordeur voor haar neus had dichtgeslagen.

'Ik werk nog steeds bij de *Daily News*,' vervolgde Liz Barron. 'Dit moet verschrikkelijk voor u zijn. Onwerkelijk.' Toen ze haar hoofd schudde, zwiepte haar glanzende haar heen en weer. 'Onwerkelijk gewoon.'

'Helaas niet,' zei Frieda. Vanuit haar ooghoeken zag ze dat Petra Burge fronste.

Daniël Blackstock, een misdaadverslaggever voor een persagentschap dat het nieuws voor plaatselijke kranten verzorgde, leek zich te hebben gekleed voor een geheel andere gelegenheid, bijna alsof hij een heel ander vak beoefende. Hij droeg een blauwgeruit overhemd met een wit T-shirt eronder en daaroverheen een spijkerjasje. Frieda herkende hem als een van de verslaggevers die voor haar huis hadden gestaan, de man met de haakneus tegen wie Chloë was uitgevallen. Hij veegde zijn hand af aan zijn broek voordat hij haar begroette en zei dat hij het een eer vond dat hij haar mocht interviewen. Hij leek nerveus, alsof dit eigenlijk te hoog gegrepen voor hem was.

Ze gingen weer zitten. Frieda nam tegenover hen plaats in een zwarte verstelbare bureaustoel. Petra Burge en de persvoorlichtster, die met haar eigen toestel het interview opnam, zaten tegen de muur.

'Allereerst zou ik willen weten wat u precies voelde toen u het lichaam ontdekte,' stak Liz Barron van wal.

'Mijn gedachten gingen vooral uit naar Bruce Stringer. En later gingen mijn gevoelens uit naar zijn gezin.'

'Maar het was bij u thuis!' zei Liz. 'In uw eigen huiskamer! Onder de vloer!' Bij iedere uitroep boog ze zich verder naar voren. 'U zult toch wel in shock zijn geweest. Misschien bent u wel getraumatiseerd. U weet wel, posttraumatische stressstoornis. Zoals soldaten na de oorlog. Dat zou logisch zijn.'

'Ik ben niet getraumatiseerd,' zei Frieda. 'Misschien was ik wel in shock. Er was een man vermoord. Dat is schokkend.'

'Als het mij was overkomen, zou ik waarschijnlijk hysterisch zijn geworden. Maar u maakt zo'n kalme en beheerste indruk. Afstandelijk bijna. Was dat die avond ook zo?'

'Dat weet ik niet meer.'

Liz Barron krabbelde iets in haar notitieboekje. Ze leek niet erg tevreden met de antwoorden; Frieda kon zich maar al te goed voorstellen hoe ze haar zou beschrijven.

'Mag ik ook vragen waarom dit is gebeurd?' vroeg Gary Hillier.

Frieda wendde zich opgelucht tot hem. 'Ja. Daarvoor zit ik hier.'

'Er gaan allerlei geruchten.'

'U weet vast al wat ik ga zeggen.' Ze zag dat ze zich afwachtend naar haar toe bogen. 'Jullie hebben allemaal over Dean Reeve gehoord en ik neem aan dat jullie ook weten wat mijn band met hem is.'

Ze knikten.

'Er werd aangenomen dat Dean Reeve dood was, maar zelf weet ik al een hele tijd dat hij nog leeft.'

Zo kalm mogelijk vertelde ze hun alles wat ze wist: dat hij zijn tweelingbroer had vermoord en zo had weten te ontkomen, dat hij in de loop der jaren steeds weer was opgedoken, haar had gestalkt, beschermd, gewroken. Het nam een paar minuten in beslag. Ze keek naar hun gezichten terwijl ze luisterden, gretig, misschien ongelovig.

Toen ze was uitgesproken, vroeg Liz Barron: 'Dus hij houdt van u? U wilt beweren dat Dean Reeve verliefd op u is?'

'Ik beweer dat hij door mij geobsedeerd is. Ik ben degene die hem heeft ontmaskerd. Nu wil hij mij in zijn macht hebben.'

'Wat een rare manier om dat te laten zien,' merkte Liz Barron op.

'Ik geloof dat hij me een boodschap heeft gestuurd.'

'Wat voor boodschap?' vroeg Daniël Blackstock, terwijl hij haar met samengeknepen ogen opnam. Het was voor het eerst dat hij zijn mond opendeed. Hij leek een tikje verbijsterd.

'Bruce Stringer probeerde Dean Reeve voor me op te sporen.'

'Dus iedereen dacht dat hij dood was,' zei Gary Hillier. 'Alleen u niet.'

'Hij wilde verdwijnen,' zei ze.

'Maar nu is hij terug,' zei Blackstock.

'Ja.'

'Er wordt in deze zaak zware kritiek op de politie geuit,' zei Gary Hillier. Hij wendde zich tot Petra Burge. 'Ik zou graag uw commentaar daarop willen hebben.'

'U bent hier om dokter Klein te interviewen.'

'Oké,' zei Hillier. 'Dan vraag ik het dokter Klein. Klopt het dat de politie nooit heeft willen geloven dat Reeve nog in leven was?'

'Ik zit hier niet om kritiek te uiten op de politie,' antwoordde Frieda. 'Ik ben hier om te vertellen wat ik weet. Misschien dat een van jullie lezers iets weet of vermoedt.'

'Ik wil de echte Frieda Klein zien,' zei Liz Barron.

Frieda pakte heel langzaam een glas water en nam een slok. Het drong tot haar door dat ze daarmee Yvettes raad opvolgde. Ze moest voorkomen dat ze iets zei wat schadelijk was.

'Ik zal mijn best doen jullie vragen te beantwoorden,' zei ze met een beetje verstikte stem.

'Uw privéleven en uw openbare leven raken nogal eens verstrengeld, hè?'

'Ik heb geen openbaar leven,' zei Frieda.

'Uw vriend is vermoord. Op een tragische manier. U bent korte tijd verdachte geweest in die zaak. U bent zelfs op de vlucht geslagen.'

'Dat had niets met Dean Reeve te maken,' zei Frieda.

'Maar mijn lezers zijn nieuwsgierig naar de duisternis en het geweld in uw leven.'

Frieda draaide zich even om naar Petra Burge, die knikte, misschien bemoedigend, misschien waarschuwend.

'Dat klinkt wat al te dramatisch.'

'U bent bijna vermoord door een schizofreen, die daarna zelf werd vermoord, mogelijk door u.'

'Niet door mij.'

'U bent betrokken geweest bij andere steekpartijen en moordzaken.'

'Als u een vraag stelt, zal ik proberen die te beantwoorden.'

'Dean Reeve is een gewelddadig man. Bent u dat met me eens?'

'Ja.'

'Denkt u dat het iets in u is, een mooie vrouw die zich aangetrokken voelt tot duisternis en geweld' – (op dat moment sloot Frieda haar ogen, ze zag de krantenkoppen al voor zich) – 'denkt u dat Dean Reeve dat op de een of andere manier misschien fascinerend of zelfs aantrekkelijk vindt? Per slot van rekening bent u psychotherapeut. Een kenner van de duistere kanten van de mens.'

Frieda deed haar ogen weer open. 'Er zijn psychotherapeuten die belangstelling hebben voor geweld en het kwaad, maar daar hoor ik niet bij. Ik ben een therapeute die zich bezighoudt met dagelijks ongeluk. Ik heb geen interessante theorie over Dean Reeve. Ik ben hem alleen maar op een bepaald moment in zijn leven voor de voeten gaan lopen.'

Gary Hillier stak zijn hand op. Frieda knikte naar hem.

'Wat hebt u geleerd van uw ervaringen? Is er iets wat u andere vrouwen kunt meegeven?'

Het interview duurde nog een uur. Frieda werd gevraagd hoe haar jeugd was geweest, of ze single was, of ze kinderen wilde, wat haar mening was over depressiviteit, of ze aan sport deed ('Ik loop,' zei ze). Op een gegeven ogenblik onderbrak ze een ingewikkelde uiteenzetting van Daniël Blackstock om te vragen of ze iets kon zeggen.

'Is er een probleem?' wilde Hillier weten. Hij keek haar onderzoekend aan, op een manier die Frieda niet beviel.

'Ik neem aan dat we allemaal willen dat de moordenaar wordt gepakt,' zei Frieda. 'Dat hoop ik tenminste.'

'Vanzelfsprekend,' zei Liz Barron.

'Volgens mij moeten de dingen die vanzelf spreken vaak juist hardop gezegd worden.'

'Nu we het er toch over hebben,' vervolgde Barron. 'U weet dat u als een moeilijke vrouw wordt beschouwd?'

De persvoorlichtster stond op, kuchte en zei dat het misschien beter was om het interview te beëindigen.

'Mag ik een foto van ons samen maken?' vroeg Liz Barron.

Frieda was zo verbaasd dat ze geen woord kon uitbrengen, maar de persvoorlichtster zei 'natuurlijk', en ze pakte Liz Barrons mobieltje, en toen wilden Gary Hillier en Daniël Blackstock ook een foto en daarna werd er nog een groepsfoto gemaakt. Frieda had het gevoel dat ze in een vreemde droom zat waarin ze op een vreselijk feest was waar ze maar niet weg kon komen. Maar toen was het toch echt voorbij. Zodra de journalisten waren vertrokken, keek Frieda naar Petra Burge. 'Zo goed?' vroeg ze.

'Het kon slechter.'

De volgende ochtend stonden de interviews in de krant. Frieda bekeek ze online, maar kon zich er niet toe zetten om ze te lezen. Liz Barron noemde haar een 'ijskonijn' en zei dat ze in een 'dodendans' verwikkeld was met Dean Reeve. Ze had met de psychologische profiler Hal Bradshaw gesproken, die zei dat hij dokter Klein al lange tijd volgde en dat ze het gevaar liep als psychotherapeut een 'celebrity' te worden. Het oplossen van misdrijven was een vak, zei hij, geen deelname aan een talentenshow. Gary Hillier noemde haar 'indrukwekkend', en Daniël Blackstock vond haar 'somber'. Er waren pagina's vol foto's – van haar, van Dean Reeve, van haar met vrienden en familie, foto's waarvan ze niet eens had geweten dat ze bestonden. Hoe kwamen ze daaraan? De telefoon ging zo vaak – hoe kwamen ze aan haar nummer? – dat ze hem uitzette. Het regende sms'jes. Haar mailbox stroomde vol met berichten. Of ze in dit programma wilde praten, een interview geven voor dat programma, of ze haar eigen verslag van de feiten wilde schrijven, of ze commentaar wilde leveren in op z'n minst tien kranten. Ze wiste alle verzoeken, maar ze bleven komen.

Vroeg in de ochtend verliet ze met Fran Bolton de flat, en ze liepen zwijgend in de koude wind en regen naar Hampstead Heath en verder over Primrose Hill en door Regent's Park. Toen ze bij haar praktijk aankwamen, zei Bolton dat ze in de gang zou wachten. Frieda liep naar het raam en keek naar de reusachtige bouwplaats waar gehelmde miniatuurmannetjes met graafmachines door de bouwkrater reden. Ze pakte de dossiers die ze wilde hebben en noteerde de telefoonnummers van de patiënten die ze moest afbellen, maar daarna ging ze niet meteen weg. Ze bleef een tijdje in haar rode stoel zitten, met haar handen op de leuningen, en staarde naar de lege stoel tegenover haar. Wanneer zou ze weer patiënten ontvangen? Wanneer zou ze weer terug kunnen keren naar haar oude leventje, naar de oude Frieda?

8

Zoals iedere ochtend draaide de politieauto rond elf uur Saffron Mews in. Er stapten twee agentes uit, die Frieda's huis in liepen. Een van hen raapte de post van de deurmat.

'Dus jullie spreken nog een keer iets af?'

'Ik wacht tot hij iets van zich laat horen.'

'Maar vind je hem leuk?'

De post werd op de tafel gelegd.

'Ik weet eigenlijk niet wat we precies zoeken.'

'Als een van die brieven begint te tikken, gaan we er als een haas vandoor.'

'Dat is niet grappig. Maar zo te zien is het weer veel van hetzelfde. Rekeningen, reclame...' Ze stopte en hield een envelop op waarop Frieda's naam en adres in grote, kinderlijke letters geschreven stonden. 'Kunnen we niet beter iemand bellen?'

'Deze brief is aan u gericht.' Petra Burge hield een plastic zakje op.

'Wat doet u er dan mee?'

'We controleren uw post, dat lijkt me duidelijk, en we hebben uw toestemming nodig om hem open te maken.'

'Echt?'

'Het is een schemergebied.'

'Ga uw gang.'

Petra trok latex handschoenen aan en haalde de envelop uit de plastic zak. Geconcentreerd sneed ze de envelop aan de onderkant open en pakte er een vel papier uit dat doormidden was gevouwen. Ze sloeg het open, streek het voorzichtig glad en las de brief. Daarna draaide ze hem om.

Frieda boog zich voorover.

4 BUSH TERRACE

BESTE FRIEDA,

DAT KRIJG JE ERVAN ALS JE ME ZOEKT.

DANIËL GLASHER

'Vriend van u?' vroeg Burge.

'Nee.'

'Wie is hij dan?'

'Een ogenblikje.' Frieda pakte haar telefoon en belde Josef.

'Frieda?'

'Ken jij Daniël Glasher?'

Er viel zo'n lange stilte dat Frieda even dacht dat de verbinding was verbroken. 'Hallo? Josef?'

'Danny. Ja. Ik met hem gewerkt. Niet nu. Daarvoor.'

'Was hij degene die Dean Reeve had ontmoet?'

'Ja. Dat heb ik verteld toch?'

'Heb je hem onlangs nog gesproken?'

'Hij is verhuisd. Hoezo?'

'Dat vertel ik je wel als ik het zelf weet.' Ze stopte het toestel weer in haar zak.

'Dean heeft samengewerkt met Josef, in Hampstead, aan een groot huis dat helemaal gerenoveerd moest worden. Deze man, Danny Glasher, werkte daar ook. Hij is elektricien en blijkbaar degene die Bruce Stringer belangrijke informatie heeft gegeven, vlak voordat Stringer werd vermoord.'

'Waarom zou een elektricien u bedreigen?'

'Dat doet hij niet.'

'Hoe bedoelt u?'

'Je kunt het zelfs aan het handschrift zien. Neem nou die "B" in Bush. Die hele tekst, onvast, beverig. Hij heeft de woorden opgeschreven, maar niet zelf verzonnen. Dean Reeve heeft hem die brief gedicteerd.'

Fronsend bekeek Petra Burge de brief nog wat nauwkeuriger. 'Dat slaat nergens op. Waarom zou Reeve zich zo in de kaart laten kijken?'

'Omdat het niet uitmaakt.'

'En als je een dreigbrief schrijft, dan zet je er toch geen adres op?'

'Hij wil gewoon dat ik – of u – daarnaartoe gaat.'

'Denkt u dat het een val is?'

'Nee.'

'Goed, ik zal opzoeken waar het is en er dan met een team op afgaan.'

'Mag ik mee?'

Petra keek haar afkeurend aan. 'Dit is geen schoolreisje.'

Bush Terrace lag in Brent, in een woonwijk die pas veertig jaar oud was, maar er nu al uitzag alsof hij rijp was voor de sloop. Van de helft van de huizen waren de ramen en deuren dichtgetimmerd. De agenten waren met twee auto's en een busje gekomen waarmee ze het begin van de straat afzetten. Gewapend en met helmen op liepen ze, in formatie, behoedzaam op het huis af. Drie agenten droegen een zware ijzeren stormram.

Petra belde aan. Er kwam geen reactie. Ze knikte, en de drie agenten ramden de gammele voordeur open. Een van hen schopte het versplinterde hout weg. Ze stormden naar binnen; eerst klossend met hun zware laarzen over de linoleumvloer, later gedempter over de vaste vloerbedekking in de kamer. Ze verspreidden zich door het huis en riepen 'veilig'.

Petra liep door naar de keuken. Hoewel het huis er verwaarloosd uitzag, met beschadigde muren en een gebroken raam dat was afgetimmerd met een stuk karton, was het er netjes. De niet bij elkaar passende kopjes en borden en glazen waren afgewassen en stonden keurig gerangschikt op het druiprek. De kraan druppelde irritant. Ze wilde hem dichtdraaien, maar bedacht zich op tijd.

Toen ze een hand op haar schouder voelde, draaide ze zich om. Een agent. Hij had zijn helm afgezet en zag lijkbleek.

'Er is iets wat u moet zien. In de garage.'

Ze werd door het huis meegenomen naar de garage die de helft van de benedenverdieping in beslag nam. Er stond geen auto in. Achterin zag ze een vrieskist staan, geopend, zoemend. Ze liep ernaartoe. In de kist lag een groot stuk zwaar plastic, waaronder ze een gezicht zag dat omhoogkeek.

Frieda zat bij Olivia thuis in de keuken thee te drinken. Chloë was net vertrokken na een verhitte discussie met haar moeder, maar Frieda's vriendin Sasha was er nog, met op haar schoot Ethan, die dromerig met haar ketting zat te spelen. Sasha had Frieda net verteld dat ze het komende halfjaar met Ethan bij haar vader ging wonen om te proberen weer wat orde te scheppen in haar leven. Fran Bolton zat in de huiskamer. Frieda hoorde Olivia boven met meubels slepen. Buiten regende het, hard en koud; er hing een schemerig licht. Ze verlangde naar haar eigen kleine huis, ze wilde bij de open haard zitten, met haar kat als enige gezelschap.

Haar mobieltje ging. Ze zag dat het Petra was. 'Hallo.'

'Hij heeft zijn kaarten op tafel gelegd. Nu zullen we hem pakken.'

II

HET VERLOREN WEEKEND

9

Frieda deed de keukendeur open en liep het binnenplaatsje op. Het was warm en windstil; de kat lag in de zon te dromen, stuiptrekkend met zijn staart. Het had al weken niet geregend. Ze draaide zich om naar het huis dat langzaamaan weer aanvoelde alsof het haar thuis was. Josef had alle kamers geschilderd, in ruil voor wodka; iets anders had hij niet willen accepteren. Hij had een nieuwe vloer in haar huiskamer gelegd, en zelf had ze een tapijt met een druk patroon gekocht om de plek mee te bedekken waar Stringers lichaam had gelegen.

Ze hoorde water stromen in de badkamer, ging weer naar binnen en liep de trap op. 'Gaat het?' riep ze door de deur.

'Nee, het gaat niet verdomme.'

'Kan ik je ergens mee helpen?'

'Nee.'

'Mag ik binnenkomen?'

'Mij best.'

Frieda deed de deur open. Reuben stond over de wastafel gebogen; hij plensde water in zijn gezicht en ook op zijn kale, verbijsterend witte schedel.

'Moest je erg overgeven?' vroeg ze.

De verandering die hij in de afgelopen maanden had ondergaan, schokte haar nog steeds. Zijn gezicht was mager en slap; zijn mooie dikke haar waar hij altijd zo trots op was geweest en dat hij als een student tot over zijn kraag had laten hangen, was weg. Hij leek kleiner en ouder; zijn mooie kleren slobberden om hem heen.

'Ja.'

'Kom, dan gaan we naar beneden. Ik moet zo naar het politiebureau, maar ik zal eerst even thee voor je zetten. Ik heb al een taxi voor je gebeld.'

'Ik heb de pest aan thee. Sterke koffie, dat wil ik.' Hij keek haar boos aan. 'En een sigaret misschien.'

'Terwijl je net hebt overgegeven?'

'Precies.'

'Oké. Ik neem aan dat Josef en jij wel weer snel in jullie oude gewoonten zullen vervallen.'

Fronsend zei hij: 'Hij heeft al dagen niks van zich laten horen. En hij belt ook niet terug. Misschien denkt hij wel dat kanker besmettelijk is.'

'Hij zal wel aan het werk zijn.'

Toen Reuben langs haar heen de badkamer uit liep, keek hij haar even met opgetrokken wenkbrauwen aan. In een flits zag ze hem weer voor zich zoals ze hem had leren kennen – wild en aantrekkelijk en jong. Toen daalde hij langzaam de trap af, als een toneeldiva, een zieke man die een zieke man speelde.

Een halfuur later werd Frieda in het politiebureau meegenomen naar een zaaltje waarvan de luxaflex dicht was tegen de zon. Na al die maanden kon ze het zaaltje inmiddels wel dromen: de rechthoekige tafel, de karaf water, de hoge metalen trolley met kopjes en een stapel schoteltjes erop. Zowel 's winters als 's zomers te warm, een benauwde ruimte die naar luchtverfrisser en boenwas rook.

Er gingen net wat agenten aan tafel zitten, onder wie enkele vertrouwde gezichten, zoals dat van de grote, stevige Don Kaminsky. Hij leek zich weinig op zijn gemak te voelen. Toen hij haar zag, begon hij omstandig zijn papieren netjes te leggen en uitgebreid op zijn telefoon te kijken, daarbij vreemd met zijn mond trekkend. Ook Fran Bolton was er, ze zat in een hoek en stak haar hand even naar Frieda op.

Frieda nam zwijgend plaats aan tafel, wachtend op wat komen ging. Hoewel ze dat eigenlijk al wist.

Ze hoefde niet lang te wachten. De deur zwaaide open en Petra Burge kwam binnen, klein en tenger, gekleed in een zwarte slobberbroek en een wijd blauw T-shirt, zodat het net leek alsof ze de kleren van een oudere zus aanhad. Ze was bleek, haar sproeten leken vlekkerig. Ze werd op de hielen gevolgd door wat mannen in pak, die bars en ernstig keken. De achterhoede werd gevormd door commissaris Crawford. Zonder Frieda of wie dan ook aan te kijken ging hij aan het hoofd van de tafel zitten. Toen hem werd gevraagd of hij water wilde, schudde hij zijn hoofd. Frieda zag zijn kaakspieren bewegen. Zijn gezicht leek breder en roder dan normaal, het haar dat hij nog had, was in stekeltjes geknipt en zijn wangen zagen er fris geschoren uit. Hij had zich kennelijk gesneden bij het scheren, want bij zijn oor zat wat bloed. Hij zou het niet fijn vinden als hij wist dat ze medelijden met hem had.

Toen iedereen zat, viel er een ongemakkelijke stilte. Petra Burge liet haar blik over de aanwezigen glijden. Er kon geen glimlachje bij haar af toen ze Frieda aankeek. Nog voordat ze iets kon zeggen, ging de deur weer open.

Frieda draaide zich om. Het waren Karlsson en Yvette Long. Ze waren allebei buiten adem.

'Zijn we te laat?' vroeg Karlsson.

Ze gingen naast Frieda zitten.

'Ik wist niet dat jullie ook zouden komen,' zei Frieda.

'Ik ook niet.' Petra leek niet erg blij met hun komst.

'We dachten dat je misschien wel wat steun kon gebruiken.' Karlsson schonk een glas water voor zichzelf in.

'Het is alsof je naar een stierengevecht komt kijken,' merkte Crawford op.

'Wie is de stier?' vroeg Karlsson.

'Dat merk je zo vanzelf wel.'

Het viel Frieda op dat de commissaris zachter sprak dan anders. Hij maakte een vermoeide indruk.

'Kunnen we?' Petra keek nog een keer om zich heen en het

geroezemoes stierf weg. 'Een halfjaar geleden hebben we het lichaam van Bruce Stringer aangetroffen onder de plankenvloer in dokter Kleins huis. Hij was vermoord. Kort daarna werd ook het lichaam van Daniël Patrick Glasher gevonden. Zoals we allemaal weten. Het lijkt zeer waarschijnlijk dat Dean Reeve in beide gevallen achter de moorden zat. Dokter Klein beweerde al een hele tijd dat Reeve nog leefde, maar haar mening werd door de autoriteiten in twijfel getrokken.'

Petra slikte en nam een slok water. Frieda zag dat ze erg magere handen had. De nagels waren donkerblauw gelakt.

'Zoals jullie weten zijn we na die moorden een groot onderzoek gestart waar verschillende politie-eenheden bij betrokken waren. We hebben oproepen in de media gedaan, buurtonderzoek, we hebben forensische analyses uitgevoerd en camerabeelden bekeken.'

Ze wendde zich opeens rechtstreeks tot Frieda. 'Er zijn meldingen geweest van mensen die menen hem gezien te hebben, maar tot nu toe hebben we dat niet bevestigd kunnen krijgen. Ook de camerabeelden die we hebben, zijn niet overtuigend.'

'We hebben helemaal niets,' zei Crawford.

'Het onderzoek heeft helaas nog weinig opgeleverd,' vervolgde Petra. 'Maar de zaak wordt niet gesloten.'

Frieda knikte naar haar. 'Ik weet dat moordzaken nooit gesloten worden. Er komt gewoon de klad in en vervolgens raken ze in de vergetelheid.'

'Zoals ik al zei, wordt de zaak niet gesloten, maar we zullen niet meer alle middelen inzetten.'

'Blijft u wel aan de zaak werken?'

'Ik blijf beschikbaar waar nodig.'

'Nee dus.'

'Ik zal u niet voorliegen. Er zijn geen aanwijzingen. We hebben weinig hoop. Het spijt me.'

Petra keek weer naar de sombere gezichten van de mannen en vrouwen aan tafel. 'Nog vragen?' Toen niemand reageerde, vervolgde ze: 'Goed. Dan wil ik nu het woord geven aan commissaris Crawford.'

Crawford kuchte en gleed even met zijn vinger langs de binnenkant van zijn kraag. 'Over een halfuur geef ik een persconferentie. Inspecteur Burge heeft het onderzoek zeer professioneel aangepakt. Maar het ziet er niet best uit. Zowel binnen de politie als daarbuiten zijn er vragen gerezen. Er is geïnsinueerd dat ik me in een eerder stadium tegen het onderzoek zou hebben verzet.'

Frieda durfde niet naar Karlsson en Yvette te kijken. Ze wisten allebei maar al te goed dat die insinuaties niet ver bezijden de waarheid waren. Frieda kon alleen maar hopen dat Yvette haar mond zou houden en niet sarcastisch zou gaan kuchen.

'De kritiek op sommige besluiten van de politie is niet geheel onterecht geweest,' vervolgde Crawford. 'Nog steeds is het ons niet gelukt om deze belangrijke zaak op te lossen. Ik ben altijd van mening geweest dat ik als commissaris mijn verantwoordelijkheid moet nemen. Ik kan er niet langer omheen. Vandaag zal ik mijn ontslag indienen. Per direct.'

Niemand zei iets. De aanwezigen durfden elkaar niet aan te kijken. De man die naast Crawford zat, klopte hem even op de schouder, heel zacht, alsof hij bang was een ontploffing te veroorzaken.

De commissaris stond op. 'Het is me een eer geweest om samen met u te dienen.'

Geroezemoes in de zaal. Iedereen stond op.

Toen Crawford bij de deur was, liep Frieda naar hem toe.

'U hebt uw wraak, dat zal u genoegen doen,' zei hij.

'Ik wilde zeggen dat ik het jammer vind.'

'O ja?'

'Ja, ik begrijp niet waarom het zo heeft moeten lopen.'

'Echt niet?' vroeg Crawford op spottende toon. 'Misschien moet u dat dan eens aan uw vriend Walter Levin vragen.'

'Wat heeft hij er nu mee te maken?'

'Hoe moet ik dat weten?' zei Crawford. 'Ik ben maar een eenvoudige politieman. Ex-politieman.' Hij knikte naar Karlsson. 'Zorg ervoor dat ze haar niet vermoorden, Mal. Goed, en dan nu op naar mijn laatste persconferentie.'

Frieda, Karlsson en Yvette keken hem na.

'Zak,' zei Yvette.

'Dat moet je niet zeggen,' zei Karlsson verwijtend.

'Waarom niet? Hij loopt al jaren de boel voor je te verstieren.'

'Ik weet bijna zeker dat we hem zullen gaan missen.'

'Nou, dat weet ik niet,' zei Yvette. 'Maar misschien heb ik het gewoon gehad hier.'

'Doe nou maar eerst je examen,' zei Karlsson. 'Zorg dat je die promotie krijgt. En daarna kun je altijd nog bekijken of je er genoeg van hebt.' Met een bezorgd gezicht wendde hij zich tot Frieda. 'Het spijt me allemaal heel erg.'

Het eerste wat Frieda deed toen ze buitenkwam, was The Warehouse bellen, de kliniek waar ze af en toe werkte en die patiënten naar haar doorverwees.

'Ik neem weer nieuwe patiënten aan,' zei ze. 'Hoe eerder hoe beter. Hoe meer hoe beter. Ik heb te veel tijd verdaan met wachten op iets wat toch nooit zal gebeuren. Nu wil ik weer iets omhanden hebben.'

10

Frieda wandelde terug naar huis, via achterafstraatjes om de verkeersdrukte en uitlaatgassen te vermijden. De harde wind voerde regen mee en de stoepen lagen bezaaid met zwerfvuil en takken.

Toen ze bijna thuis was, zag ze een vertrouwde gestalte bij haar voordeur staan, Josef, gekleed in zijn oude linnen jasje, zijn haar nog wilder dan anders, met een tas over zijn schouder en een grote, oude koffer aan zijn voeten. Ineens zag ze dat er iemand naast hem stond, een magere jongen in een jas die hem veel te groot was.

'Josef!' riep ze, toen ze dichterbij kwam.

Hij draaide zich om. Opgelucht, zo te zien. Hij was ongeschoren en vies. Zijn jasje was gescheurd. Zijn zware schoenen zaten onder de modder en de veters waren losgeraakt. Hij keek haar met een smekende blik aan. De jongen naast hem had dezelfde grote bruine ogen. Frieda herkende hem van de foto's die ze in de loop der jaren te zien had gekregen. Ze boog zich naar hem toe. Hij had een mager en groezelig gezicht en keek haar angstig aan. Zijn jas viel bijna van zijn schouders. Zijn sneakers waren versleten.

'Alexei?'

Hij knikte.

'Je bent veilig.' Ze stak de sleutel in het slot, opende de deur en gaf Alexei met een gebaar te kennen dat hij naar binnen kon gaan.

Toen hij zijn vader vragend aankeek, legde Josef een arm om zijn schouders en zei iets in een taal die Frieda niet verstond. Hij sprak op een zachte, zangerige toon die ze niet van hem kende.

'Je bent teruggegaan,' zei ze tegen Josef, terwijl ze de deur achter hen sloot en de lampen aandeed. 'Ik bedoel, naar Oekraïne.'

'Ja.'

'Je kunt me er straks alles over vertellen. Maar eerst gaan we Alexei in bad stoppen. Ik zal wat eten voor hem klaarmaken. Hij zit er helemaal doorheen, zo te zien.'

'Hij bang, Frieda. Bedroefd.'

'Zeg hem maar dat ik het bad zal laten vollopen. Ik zal voor jullie allebei een handdoek pakken. Zitten daar kleren in?' Ze wees naar de grote koffer.

'Een paar.'

Ze ging naar boven om het bad dat Josef voor haar had geïnstalleerd te laten vollopen en legde een paar dikke witte handdoeken neer. Toen ging ze terug naar Josef en zijn zoon.

'Het bad is klaar. Ik zal koffie voor je maken, en voor je zoon warme chocolademelk.'

Ze keek hen na toen Josef Alexei mee de trap op nam, een grote man en een broodmagere jongen, hand in hand.

'Vertel,' zei ze.

Ze zaten in de keuken. Josef nam grote, luidruchtige happen van zijn toast met jam, die hij wegspoelde met sterke koffie. Hij stonk naar tabak en zweet en zag er uitgeput uit.

'Vera dood.' Onverwacht ontsnapte hem een snik, en hij sloeg even een hand voor zijn ogen. 'Mijn vrouw, weg.'

Frieda legde haar hand op de zijne.

'Heel snel. Zomaar ineens. Haar nieuwe man bellen om dat te zeggen.' Zijn gezicht vertrok. 'Ik was geen goede man, Frieda.' Hij liet zijn schouders zakken, zijn hoofd viel naar voren. 'We waren heel jong toen elkaar leren kennen. Maar ik van haar houden.'

'Dat weet ik.'

'Dus toen moest ik zonen gaan halen. Hun vader nodig hebben. Ik heb alleen Stefan verteld. Stefan heeft geholpen.'

Stefan was Josefs Russische vriend; Frieda wilde er maar liever niet aan denken hoe hij aan zijn geld kwam.

'Maar waar is Dima?'

'Dima niet willen.'

'Tja, Oekraïne is natuurlijk zijn thuis.'

Josef knikte. 'Familie daar.'

Frieda wilde net naar de reis vragen, vragen hoe hij Alexei Groot-Brittannië in had gekregen, toen ze het bad leeg hoorden lopen. Josef propte het laatste stuk toast in zijn mond en stond op.

'Hij heel erg geschrokken, Frieda. Niet praten, niet huilen, niets. Alleen maar stil en droevig.'

'Zoiets kost tijd.'

Toen Josef naar boven was verdwenen, belde ze Reuben om hem te vertellen wat er was gebeurd.

'Ze kunnen wel bij mij blijven logeren,' zei ze.

'Josef woont bij mij,' zei Reuben. 'Jij hebt niet eens een echte logeerkamer.'

'Weet je zeker dat je het aankunt?'

'Het is juist goed voor me,' zei hij op spijtige toon. 'Dan hoef ik niet meer de hele tijd aan mijn eigen ellende te denken.'

Frieda maakte roerei voor Alexei, maar hij raakte het nauwelijks aan. Ze maakte ook warme chocolademelk waar hij voorzichtig van nipte. Hij droeg een te korte trainingsbroek en een te groot rood T-shirt met lange mouwen, waardoor zijn handen in de mouwen verdwenen. Ze liep naar de huiskamer, tilde de kat op die opgerold in een stoel lag te slapen en legde hem bij Alexei op schoot. Hij aaide hem heel zacht, met gebogen hoofd, waardoor ze zijn gezicht niet kon zien.

II

Een halfuur later, toen Alexei in haar bed lag te slapen en Josef in de tuin stond te roken, ging Frieda's mobiel.

'Chloë?'

Ze hoorde iemand ademen, of misschien was het onderdrukt gesnik.

'Chloë? Wat is er?' Ze wachtte even. 'Zeg wat.'

'Waar ben ik?'

'Wat? Dat weet ik niet. Wat is er aan de hand? Gaat het wel goed met je?'

'Nee.'

'Oké. Ik kom er meteen aan. Vertel me waar je bent.'

'Waar ben ik?' vroeg Chloë weer met hese stem.

'Luister, Chloë. Zo komen we niet verder. Ben je thuis? Of bij Olivia?'

'Ik voel me beroerd.'

'Maar je weet niet waar je bent?'

Er kwam geen antwoord, alleen het geluid van een onregelmatige ademhaling.

'Kijk om je heen.' Frieda sprak zo luid en duidelijk mogelijk. 'Wat zie je?'

'Wat ik zie?'

'Ja.'

'Een boom.'

'Dat is niet genoeg. Wakker blijven. Wat nog meer?'

'Een kerk.'
'Je bent in de buurt van een kerk. Weet je hoe hij heet?'
'Nee.'
'Zijn er mensen in de buurt?'
'Alleen stenen.'
'Wat voor stenen?'
'Grafstenen.'
'Dus de kerk is vlakbij?'
'Om een boom heen. Heel veel. Allemaal bij elkaar.'
Plotseling wist ze precies waar Chloë was. 'Ik kom eraan,' zei ze. 'Ik kom je halen.'

Om de Hardy Tree op het kerkhof van St Pancras stonden de grafstenen vlak bij elkaar. Onder de stenen lagen oude botten, en erboven spreidden zich de takken van een es uit. Maanden geleden had Dean de schets gestolen die Frieda van die boom had gemaakt, om haar te laten weten dat hij in haar huis was geweest. Na afloop van de zaak-Docherty was Frieda er nog een keer naartoe gegaan om na te denken over alles wat er was gebeurd; haar vrienden waren toen ook gekomen. Nu leek het erop dat Chloë daar was, in de war, nauwelijks in staat om een woord uit te brengen.

Frieda hield een taxi aan, maar het verkeer rond King's Cross reed zo langzaam dat ze eerder uitstapte en door Camley Street begon te rennen, langs het kanaal. Daarna liep ze het kerkhof op en ging naar de boom die omheind was door een ijzeren hek.

Eerst zag ze Chloë nergens, maar toen ze om het hek heen liep, zag ze haar aan de andere kant van de boom zitten. Ze hing half tegen een grafsteen aan, met haar benen gespreid voor zich; haar gezicht was bleek en opgezwollen. Haar mascara was uitgelopen en haar haar was vettig en onverzorgd. Ze droeg een kort grijs hemdjurkje en sandalen. Naast haar lag een kleine canvas tas. Toen Frieda dichterbij kwam, zag ze krassen in haar hals en op haar blote benen. Hoewel Chloë haar ogen open had, staarde ze Frieda wezenloos aan, alsof ze haar niet echt zag. Frieda legde haar hand door het hek heen op Chloë's blote been; het voelde koud en klam aan.

'Frieda?'

'Ja, wacht even. Ik kom je halen.'

Omdat het hek op slot zat, moest ze eroverheen klimmen. Ze liep naar haar nichtje en greep haar handen stevig beet. 'Zeg wat.'

'Hm?'

Frieda pakte Chloë's schouders beet. 'Kijk me aan, Chloë. Ik ben het, Frieda.'

'Frieda.'

'Ja. Heb je ergens pijn?'

'Weet ik niet.'

'Wat is er gebeurd?'

'Ik voel me niet goed.'

Frieda streek het haar van Chloë's voorhoofd. Haar nichtje rook niet naar alcohol, maar naar zweet: zurig en muf. 'Ik zal een ambulance bellen en dan gaan we naar het ziekenhuis. Begrijp je wat ik zeg?'

'Waar ben ik?' vroeg Chloë weer.

'In de buurt van King's Cross.'

'Waarom?'

'Dat weet ik niet.'

'Ik wil naar huis.'

'Straks. Ik blijf bij je. Kun je je herinneren wat er is gebeurd?'

'Wat?'

'Het geeft niet.' Ze ging naast Chloë zitten en sloeg haar arm om haar schouders. Chloë liet haar hoofd tegen haar aan vallen. 'Heeft iemand je hiernaartoe gebracht? Met wie was je?'

'Dat weet ik niet,' zei Chloë. Ze praatte moeizaam, alsof haar tong te groot was voor haar mond. 'Ik heb koppijn. Dorst. Ik ben een beetje misselijk.'

12

Frieda ging met Chloë mee in de ambulance. Ze leek maar half bij bewustzijn. Veel van wat ze zei, was onsamenhangend, maar Frieda herkende ineens haar eigen naam. Ze boog zich naar haar nichtje toe. 'Wat zei je?'

'Niet tegen mama zeggen.'

'Ik heb haar al gebeld,' zei Frieda.

Chloë mompelde wat en leek in slaap te vallen. De jonge ambulancemedewerkster boog zich over haar heen, terwijl ze aan Frieda vroeg: 'Hoe heet ze?'

'Chloë.'

'Kun je me horen, Chloë?' vroeg de ambulancemedewerkster luid.

Geen reactie.

Ze sloeg zacht tegen Chloë's wang. 'Chloë. Wakker worden. Zeg wat.'

Chloë mompelde wat, maar Frieda verstond niet wat ze zei.

De ambulancemedewerkster keek Frieda aan. 'Heeft ze gedronken?'

'Ik geloof van niet.'

'Weet u wat ze heeft gebruikt?'

'Ik denk dat jullie haar moeten controleren op rohypnol.'

De ambulancemedewerkster trok een gezicht. Ze had vlammend rood haar, een gezicht vol sproeten en leek nauwelijks ouder dan Chloë. 'Daterape? We zullen zien.'

Chloë werd vanuit de ambulance meteen door een gang naar een hokje gereden, met Frieda aan een kant van de brancard en de ambulancemedewerkster en een arts aan de andere kant. Onderweg vertelde Frieda hun alles wat ze wist, wat niet veel was. Chloë werd uitgekleed en kreeg daarna een ziekenhuishemd aan. De arts vroeg Frieda om het hokje tijdens het onderzoek even te verlaten.

'Volgens mij kan ik er beter bij blijven,' zei ze.

Hoewel ze al veel erger had meegemaakt, vond ze het behoorlijk confronterend om te zien hoe het bewusteloze lichaam van haar nichtje werd onderzocht, ook inwendig, met de benen wijd. Het had iets weg van een lijkschouwing.

Toen de arts klaar was, ging hij rechtop staan. 'Geen inwendige kneuzingen,' zei hij. 'Geen teken van seksueel geweld.'

'Gelukkig,' zei Frieda. 'Dat is fijn om te horen.'

'Drinkt ze vaker zoveel?'

'Ik heb haar adem geroken. Volgens mij gaat het niet om alcohol.'

De arts scheen met een lampje in Chloë's oog.

'Volgens mij hebt u gelijk.' Hij knikte naar de verpleegster die zich op de achtergrond ophield. 'We gaan haar vocht toedienen.'

Hij deed een stap naar achteren en keek Frieda aan. Hij had kort grijs haar en zijn gezicht was bleek, met donkere wallen onder de ogen. Waarschijnlijk zat zijn dienst er bijna op.

'Soms dienen we maar ten dele vocht toe,' vertelde hij. 'Zodat ze nog iets van een kater voelen. Om ze een lesje te leren.'

'Is dat wel de taak van een arts?'

'Wel als je hier iedere vrijdagnacht weer dezelfde mensen ziet binnenkomen.'

De verpleegster vroeg hem even te komen kijken. Ze was bezig een infuus aan te leggen, maar deed een stap naar achteren, zodat de arts Chloë's arm kon bestuderen. Hij keek Frieda aan.

'Wat is jullie relatie?'

'Ze is mijn nichtje.'

'Zit ze in de problemen?'

'Ik zou het niet weten. Waarom vraagt u dat?'

'Ik weet niet wat ze heeft gebruikt,' zei de arts. 'Maar ik weet wel hoe. Kijk.' Hij wees naar Chloë's slappe, bleke linkerarm. 'Drie, vier gaatjes. Van een injectienaald.'

'Dat kan niet,' zei Frieda.

'Waarom niet?'

'Chloë gebruikt geen drugs.'

De arts zette zijn bril af en wreef over zijn vermoeide ogen. 'Als u eens wist hoe vaak ik heb meegemaakt dat vrienden of familie van een patiënt daar staan waar u staat en me vertellen dat hun zoon of dochter geen drugs gebruikt.'

'Dus u wilt beweren dat Chloë op maandagavond uitgaat en dan ineens zin krijgt om zichzelf een slaapmiddel toe te dienen.'

'Nou, zo ineens was het niet. Zoals u ziet zijn er op zijn minst vier gaatjes te zien. Dus ze is een beetje al te enthousiast geweest.'

'Chloë doet zoiets niet.'

Hij spreidde zijn armen. 'U hoeft mij nergens van te overtuigen. Ik ben alleen maar de arme sukkel van de Spoedeisende Hulp die de scherven op moet rapen. We sturen het bloed naar het lab. Dan krijgen we het vanzelf wel te horen. En maakt u zich geen zorgen, we zullen haar volledig rehydrateren.'

'Mag ik erbij blijven?'

'Hebt u dat bordje op de deur niet gelezen? Verzorgers zijn van harte welkom. Tenzij ze dronken zijn, of vechten of schreeuwen. Dan zijn ze wat minder welkom.'

Frieda zat op een stoel in het hokje voor zich uit te staren. Chloë had lastige perioden gehad, maar ze dacht dat dat allemaal verleden tijd was. Zou het weer beginnen? Het had echter geen zin om daarover na te denken. Dus bleef ze gewoon kijken naar haar bewusteloze nichtje van wie de borstkas regelmatig op- en neerging. Ze was net gewend aan de geluiden om haar heen, de stemmen bij de ontvangstbalie, een incidentele schreeuw van een patiënt, het geratel van karretjes, het gebliep van de monitoren, toen ze een bezorgde stem hoorde die ze herkende. Toen ze opstond en het gordijn openschoof, stond ze oog in oog met Olivia, Chloë's moeder. Met een betraand gezicht omhelsde Olivia haar.

Frieda voelde haar natte wangen, terwijl ze omhuld werd door de geur van parfum en witte wijn.

'Ik heb er zo lang over gedaan om hier te komen,' zei Olivia. 'De metro stond een tijdje stil. Er werd omgeroepen dat er iemand voor was gesprongen. Waarom kunnen die lui niet gewoon thuis zelfmoord plegen? Waarom moeten ze er anderen mee lastigvallen?'

'Zullen we het over Chloë hebben?' vroeg Frieda.

Olivia wierp een blik op haar dochter en begon te huilen.

Frieda zei dat ze moest gaan zitten en pakte een glas water voor haar.

Zodra Olivia weer bij machte was om te praten, had ze het tussen het snikken door over wat ze allemaal verkeerd had gedaan als moeder en wat Chloë allemaal verkeerd had gedaan als dochter.

'Natuurlijk hou ik van haar,' zei ze. 'Verder heb ik ook niemand. Maar ze belt me nooit als het goed met haar gaat. Ze belt me alleen als er iets ergs is gebeurd.'

'Ik heb je gebeld,' zei Frieda. 'Niet Chloë.'

'Dat bedoel ik.'

Algauw had Olivia het niet meer over Chloë, maar over een man met wie ze aan het daten was en vervolgens over een of andere verbouwing die uit de hand was gelopen, en toen werd het gordijn opengetrokken door een man met een klembord in zijn hand.

'Een van u is arts,' zei hij. 'Klopt dat?'

'Ik ben Chloë's tante,' zei Frieda. 'Ik ben psychotherapeut. Is dat relevant?'

'U bent degene die zei dat het om een daterapedrug kon gaan.'

'Ik zei dat daarnaar gekeken moest worden.'

'Nou, dat was het niet. En er zit geen alcohol in haar bloed. Wat we wel hebben aangetroffen, is fenobarbital.'

'Wat is dat?' Olivia's vraag eindigde in een soort brul.

'Het is een middel dat bij epilepsie wordt voorgeschreven,' vertelde Frieda. 'Maar het is ook een sterk kalmerend middel.'

'Dat zou Chloë nooit nemen.' Olivia klampte zich aan Frieda's arm vast.

'Dat heb ik ook al gezegd.'

'U moest eens weten wat ze allemaal slikken,' zei de arts. 'Ze spuiten alles wat los en vast zit.'

'Spuiten?' vroeg Olivia.

Er volgde een lang en pijnlijk gesprek, waarin Olivia tussen het snikken door en met een zakdoek voor haar mond probeerde te praten. Uiteindelijk werd besloten om Chloë de volgende ochtend uit het ziekenhuis te ontslaan.

13

Frieda wandelde terug naar huis. Josef en Alexei waren er niet, het enige teken van hun aanwezigheid was een grote, vieze rand van aangekoekt vuil in het bad. Ze belde Reuben, die haar vertelde dat ze veilig bij hem waren en dat Alexei wat pasta had gegeten, maar nog steeds geen woord had gezegd.

Ze sliep een paar uur en lag toen in het vroege ochtendlicht te denken, en proberen niet te denken, aan alles wat er de vorige dag was gebeurd. 's Ochtends trof ze Olivia in het ziekenhuis, waar ze een paar uur op de dienstdoende arts zaten te wachten die het ontslagformulier moest tekenen. Daarna namen ze samen met Chloë een taxi naar Olivia's huis. Chloë was nog steeds versuft. Ze zag er moe en droevig uit, compleet van de wereld. Zelfs het huis waar ze haar hele jeugd had gewoond, leek ze nauwelijks te herkennen.

'Ik wil in bad,' zei ze.

'Frieda?' Olivia keek haar schoonzus paniekerig aan. 'Ik denk dat het minder gênant voor haar is als jij haar helpt.'

Frieda nam Chloë mee naar de badkamer boven, kleedde haar uit en stopte haar in bad. Ze moest daardoor weer aan Alexei denken.

'Niet weggaan,' zei Chloë met een klein stemmetje.

Frieda was niet van plan om weg te gaan. Ze draaide de kraan open en waste Chloë alsof ze een meisje van vier was. Daarna trok ze de stop uit het bad en hielp Chloë met afdrogen. Olivia kwam een pyjama brengen en samen ondersteunden ze Chloë terwijl ze hem aantrok; Frieda knoopte het jasje dicht.

'Kan ze in haar oude kamer liggen?' vroeg ze.

'Ik heb het bed al opgemaakt.'

Frieda verwachtte een tienerkamer aan te treffen, vol pijnlijke herinneringen, zoals vergeelde posters van popsterren van tien jaar geleden. In plaats daarvan zag ze een kamer waaruit alle herinneringen waren weggevaagd; aan niets was meer te zien dat het ooit een tienerkamer was geweest. Chloë leek het echter niet te merken, en in elk geval stond er nog een bed. Frieda stopte haar nichtje in bed en trok het dekbed op tot aan haar kin.

'Heb je soms zin in thee?'

'Oké.'

'Gewone thee? Kamille?'

'Oké.'

'Welke van de twee?'

'Maakt niet uit.'

Chloë leek in niets meer op de bozige, assertieve jonge vrouw die Frieda al zo lang kende. Beneden maakte ze twee mokken kamillethee klaar en nam ze mee naar boven. Ze hield de mok voor Chloë vast zodat ze ervan kon nippen.

'Wil je erover praten?' vroeg ze.

'Moe,' zei Chloë.

'Vind je het erg als ik praat?'

Chloë schudde langzaam haar hoofd.

'Ik heb het je al eerder gezegd. Wat er ook gebeurt – wat dan ook –, je kunt altijd bij mij terecht. Altijd.'

'Dat weet ik.'

'Ik zou van alles kunnen zeggen over drugsgebruik: je kent de dosering niet, je weet niet hoe zuiver de middelen zijn, je weet niet of de naald schoon is.'

'Nee.' Het uitspreken van dat ene woordje leek Chloë al veel moeite te kosten.

'Ik veroordeel je niet.'

'Ik heb dat niet gedaan.' Chloë's ogen vulden zich met tranen.

Frieda zette de mok op het nachtkastje en nam haar in haar armen.

'Het spijt me,' zei Chloë tegen haar schouder.

'Dat is nergens voor nodig.'

Chloë mompelde iets.

'Wat zeg je?'

'Je weekend.'

'Hoe bedoel je?'

Chloë haalde diep adem en leek zich te vermannen. De woorden kwamen er een voor een uit. 'Het. Spijt. Me. Je. Weekend. Verpest. Je zondag. En gisteren. Zaterdag.'

Frieda reageerde niet meteen. Ze vroeg zich af of Chloë nog steeds last had van de naweeën van de verdovende middelen. Toen zei ze zacht: 'Het is vandaag geen zondag, Chloë. Het is dinsdag.'

Haar nichtje probeerde overeind te komen, maar Frieda hield haar tegen.

'Nee,' zei Chloë. 'Ik wil niet liggen. Ik moet zitten.'

'Wat is er gebeurd, Chloë? Je weet dat je het mij kunt vertellen.'

'Het is allemaal vaag. Alsof het heel ver weg en heel lang geleden is. Wat ik me wel herinner, is dat het vrijdagavond was en dat ik een jurk aantrok.'

'Die grijze?'

'Ja.'

'Die had je aan toen ik je vond.'

'O. Ik geloof dat ik naar een café in Walthamstow ging. Porter's. Daar had ik afgesproken met vrienden.'

'Wie?'

'Dee en Myla. Je hebt ze een keer ontmoet.'

Frieda knikte. Nog niet eens zo lang geleden had Chloë hen uitgenodigd voor een geïmproviseerd etentje dat ze bij Frieda thuis had gegeven.

'En Klaus zei dat hij misschien ook nog zou komen,' vervolgde Chloë.

'Wie is Klaus?'

'Gewoon, een jongen. Ik ken hem nog niet zo lang.'

'Een jongen.'

'Hij is leuk,' zei Chloë met iets van haar oude opstandigheid.

'Is hij nog gekomen?'

'Dat weet ik niet. Dat kan ik me niet herinneren. Misschien wel. Het is nogal wazig allemaal.'

'Wat herinner je je nog wel?'

'Niets. Ik kan me niet meer herinneren wat daar is gebeurd. En ik kan me ook niet herinneren hoe ik daar ben weggegaan. Vanaf dat moment is het... Je kent dat wel, soms heb je een droom gehad, maar kun je hem niet meer terughalen... Het eerste wat ik me echt herinner, is dat ik jouw gezicht zag. De dag erna.'

'Chloë.'

'Wat?'

'Dat was niet de dag erna. Dat was maandag.'

'Maandag? Hoe kan dat nou? Dan... dan is het hele weekend...'

'Ja, dat zei ik al.'

'Wat is er met me gebeurd?'

Frieda nam Chloë's bleke, geschrokken gezicht tussen haar handen. 'Je moet eerlijk tegen me zijn. Als je een weekend drugs hebt zitten spuiten, kun je daarna het gevoel hebben dat je de tijd kwijt bent. Dat mag je best toegeven. Ik zal het aan niemand doorvertellen.'

Chloë's gezicht betrok. Ze zag er opeens vreselijk jong uit.

'Spuiten? Je weet hoe bang ik voor naalden ben. Dat zou ik nooit doen.'

'Maar je bent op vrijdagavond uitgegaan,' zei Frieda. 'En we hebben je op maandag gevonden. Dat zijn drie nachten en twee hele dagen. Waar was je?'

'Kan dat? Dat je zoveel dagen kwijt bent?'

'Je zei dat het net een droom was,' zei Frieda. 'Kun je je er nog iets van herinneren? Wat dan ook?'

'Ik weet het niet.' Ze klonk weer vermoeid. 'Het is een soort mist. Er is iets met een auto. Geloof ik. Die hortend optrekt. Daar werd ik een beetje misselijk van. En er zijn geluiden, maar ik kan niks zien. Kan dat?'

'Ja, dat kan.' Frieda pakte haar telefoon en belde Karlsson. 'Kun je hiernaartoe komen?'

14

Karlsson zat op een houten stoel naast het bed. Er biggelden dikke tranen over Chloë's wangen. Ze leek net een klein kind, dacht Frieda. Zelfs haar gezicht, zonder make-up, leek ronder en zachter. Frieda zag dat ze kloofjes in haar lippen had en schrammen op haar schouder.

'Ik heb hoofdpijn,' zei Chloë.

'Dat lijkt me logisch.' Karlsson sprak op serieuze toon.

'En ik ben misselijk. Alsof ik vergiftigd ben.'

'Wat ook zo is.'

'Wat is er gebeurd?' Chloë keek van Frieda naar Karlsson alsof die het antwoord erop uit een hoge hoed konden toveren.

'Dat weten we niet,' zei Frieda. 'Maar daar komen we nog wel achter.'

'Iemand heeft je een hoge dosis fenobarbital toegediend, met een injectienaald,' vertelde Karlsson.

'Dat heb ik niet zelf gedaan. Dat geloven jullie toch wel?'

'Ja.' Frieda pakte haar hand even beet.

'Maar hoe kan dat nou? Ik was in een café. Dat moeten mensen toch gezien hebben?'

'Waarschijnlijk is er eerst iets in je drankje gedaan,' zei Karlsson. 'Rohypnol misschien.'

'Dat is niet in haar bloed aangetroffen,' zei Frieda.

'Na drie dagen kan dat ook niet meer.'

'Maar waarom?' Chloë kneep in Frieda's hand. 'Ik ben niet

verkracht. Ik ben niet beroofd. Waarom hebben ze dat dan gedaan?'

'Soms vindt zo'n griezel het gewoon leuk om te kijken,' zei Karlsson met een norse blik. 'Zo'n kerel pikt een vrouw op en kijkt dan hoe ze haar controle verliest. Zo heeft hij macht over haar zonder iets te doen.'

'Drie nachten en twee dagen,' zei Frieda.

Hij knikte.

'Wat is dat voor kijken?'

'Dat weet ik niet.'

Frieda keek Chloë aan. 'Ik wil met Dee en Myla praten.'

'Hun nummers staan in mijn mobiel.'

In de canvas tas die bij de Hardy Tree naast Chloë had gelegen, vond Frieda een kam, een portemonnee met een briefje van tien erin, een metropasje en Chloë's mobiel. Karlsson pakte de telefoon uit haar hand en zette hem aan.

'Geen telefoontjes in de tijd dat ze zoek is. Dat telefoontje naar jou is het eerste.'

'Wat zegt dat?'

Karlsson haalde zijn schouders op. 'Waarschijnlijk heeft de dader de simkaart eruit gehaald. Een toestel kan getraceerd worden, ook als het uit staat – maar niet als er geen simkaart in zit. Dan is zo'n toestel alleen maar een stuk plastic.'

'Dus de dader weet wat hij doet.'

'Dit zijn dingen die iedereen weet.'

'Ik wist het niet.' Frieda wendde zich tot Chloë. 'Ik wil Klaus ook spreken.'

'Klaus is aardig.'

'Hoe goed ken je hem?'

'Ik weet dat hij aardig is.'

'Dan vindt hij het vast niet erg om met me te praten.'

'Nee, vast niet.' Chloë deed haar ogen dicht. 'Oké, bel hem dan maar. Maakt mij het uit.'

'Is er verder nog iets wat je je kunt herinneren?'

Chloë's enige antwoord was een zacht gesnurk.

Karlsson stond op en liep bij het bed vandaan. Hoewel het

gips al maanden geleden was verwijderd, liep hij nog steeds een beetje mank.

Frieda trok het dekbed wat hoger. Daarna sloot ze de gordijnen en verliet met Karlsson de kamer.

Toen ze beneden kwamen, hoorden ze Olivia heel hard in de telefoon praten waarbij haar stem af en toe overging in gejammer. Ze liep geagiteerd van de keuken naar de huiskamer en terug, druk gebarend met haar vrije hand.

'Kunnen we even ergens rustig praten?' vroeg Karlsson.

Frieda deed de deur open naar wat Olivia haar werkkamer noemde, maar die zichtbaar in gebruik was als rommelhok. Hij stond volgepropt met lege wijndozen, oude kranten en tijdschriften, stapels ongesorteerde bankafschriften, kleren die Olivia niet meer droeg.

'We moeten Petra Burge bellen,' zei Karlsson, zodra de deur dicht was.

'Laten we het maar gewoon hardop zeggen. We denken allebei dat Dean Olivia heeft ontvoerd.'

'Zoals je boven al zei, dit was niet zomaar een of andere eikel die wat in Chloë's drankje heeft gedaan. Ze is een heel weekend kwijt. Ze is niet verkracht. Wat zit er dan achter?'

Frieda keek somber. Ze reageerde niet.

'En dan de plek waar je haar hebt gevonden. Een plek die je kent. Een begraafplaats. Hij is als een roofdier die om je heen cirkelt, je uit elkaar pulkt.'

Frieda sloeg haar handen voor haar ogen en sprak door het latwerk van haar vingers. 'Dus nu heeft Dean het gemunt op iemand van wie ik hou. Iemand die ik al haar hele leven onder mijn hoede heb.'

'Misschien alleen maar om je te tarten, nu het onderzoek nergens toe heeft geleid.'

Frieda hief haar hoofd en knikte. 'Ik moet met Chloë's vriendinnen praten. En met die Klaus.'

'En we moeten uitzoeken waar ze al die tijd is geweest.'

'Dank je.'

'Waarvoor?'

'Omdat je "we" zegt.'

Er gleed even een zachte uitdrukking over Karlssons gezicht. 'Ze kan niet het hele weekend bij die boom hebben gezeten,' zei hij toen.

'Ze herinnert zich niets meer – alleen een auto misschien.'

'Misschien dat ze zich later meer herinnert.'

'Misschien.'

'Ik zal met Petra gaan praten.'

'Ze hebben er net een halfjaar over gedaan om Dean niet te vinden.'

'Toch moet ze het weten.'

'Dat is waar.'

'Luister, eigenlijk moet ik een paar dagen iets met mijn kinderen gaan doen.'

'Waarom zeg je dat op een toon alsof dat erg is?'

'Omdat ik liever in de buurt blijf. Voor Chloë. En misschien heb jij me nog nodig.'

'Karlsson, je kinderen hebben je nodig. Wij redden ons wel. En trouwens, wat zou jij nou kunnen doen?'

'Niets, waarschijnlijk. Maar wees wel voorzichtig.'

'Ik weet niet eens wat dat betekent.'

15

Frieda sprak voor de volgende dag met Dee en Myla af in de koffietent vlak bij Shoreditch High Street waar Dee werkte. Het was een kleine zaak die vol zat met jongemannen met baardjes en jonge vrouwen met ronde brilletjes. Ook stond er midden in de ruimte een grote hond te niksen.

Toen Frieda arriveerde, zaten ze allebei aan een houten tafel bij het raam kruidenthee te drinken. Dee was klein en ze had kort, donker haar en een knokig, beweeglijk gezicht. Myla was langer; ze had iets heimelijks over zich. Frieda herinnerde zich dat ze tijdens het etentje nauwelijks haar mond had opengedaan.

'Wil je iets drinken?' vroeg Dee.

'Nee, dank je. Ik weet dat je zo weer aan het werk moet.'

'Waarover wilde je ons spreken?' viel Myla met de deur in huis. 'Is er iets gebeurd?'

'Zoals ik door de telefoon al zei, gaat het om Chloë.'

Dee boog zich naar haar toe. 'Is er iets met haar?'

'Jullie waren vrijdagavond samen uit.'

'Niet de hele avond. Hoezo?'

'Iemand heeft toen iets in haar drankje gedaan,' vertelde Frieda.

'Vrijdagavond?'

'Ja.'

'Shit,' zei Dee. 'Is alles goed met haar?'

'Ze voelt zich suf en misselijk.'

'Is ze bij de dokter geweest?' wilde Myla weten. Ze keek Frieda strak aan.

'Niets wijst erop dat ze is verkracht,' zei Frieda.

'Wat is er dan gebeurd?' vroeg Dee. 'Waar was ze?'

'Ze is achtergelaten op een kerkhof in de buurt van St Pancras.'

'St Pancras? Maar dat is een heel eind uit de buurt. Hoe is ze daar terechtgekomen?'

'Denk je dat wij erbij waren toen het gebeurde?' vroeg Myla.

'Dat weet ik niet. Ik hoopte dat jullie me iets meer konden vertellen.'

'We hadden beter op haar moeten letten,' zei Dee.

'Kunnen jullie me vertellen wat jullie nog van die avond weten, wanneer jullie haar voor het laatst hebben gezien?'

Dee haalde een hand door haar haar. 'We hadden afgesproken in Porter's, in Walthamstow. Ken je dat?'

'Nee.'

Een jongeman kwam aanlopen en zette een bord voor Myla neer. 'Avocado, zwarte bonen en zuurdesembrood,' zei hij. 'Eet smakelijk.'

'Rond acht uur, halfnegen. Toch?' vroeg Dee aan Myla.

Myla knikte.

'Wij waren er het eerst, Chloë kwam ongeveer een kwartiertje later. Ze leek oké. Ik bedoel, soms kan ze nogal humeurig zijn.'

'Dat weet ik.'

'Maar ze was in een goeie bui, we hebben gezellig gepraat.'

'Wat dronk ze?'

'Dat weet ik eigenlijk niet.'

'Bier,' vertelde Myla. 'Een fluitje.'

'En ze leek niet dronken of stoned?'

'Nee. Ze zei dat er misschien nog iemand zou komen die ze pas kende. Claude.'

'Klaus,' verbeterde Myla haar. Geconcentreerd sneed ze een driehoekje brood af, legde er wat avocado en bonen op en stak het in haar mond.

'O ja, Klaus. Ze zei dat hij leuk was. Ze leek zich erop te verheugen.'

‘Ga verder.’

‘Toen kwamen er nog wat mensen die we kenden en – weet ik veel. Chloë ging ergens anders staan.’

‘Is Klaus nog gekomen?’

‘Dat zou ik niet weten. Toen ik merkte dat ze weg was, dacht ik dat ze wel bij hem zou zijn. Het is geen moment bij me opgekomen dat er iets kon zijn gebeurd. God, wat erg voor haar. Is ze kwaad op ons?’

‘Ik geloof van niet.’

‘Wat voor engerd doet nou zoiets?’

‘Tja, dat is de grote vraag.’

‘Denk je dat het die Claude was?’

‘Klaus,’ zei Myla.

‘Ik heb geen flauw idee. Maar het punt is dat Chloë zich niet alleen die avond niet meer kan herinneren, ze kan zich het hele weekend niet meer herinneren.’

‘Helemaal niet?’

‘Een paar vage dingen. Dus ik zou het fijn vinden als jullie nog eens goed nadenken over met wie jullie haar hebben zien praten.’

‘Twee dagen! Waar was ze dan?’

‘Dat weten we niet.’

‘Wat ziek.’

‘Ik denk niet dat ik je kan helpen,’ zei Dee, terwijl ze met haar vingers tegen haar slapen drukte en haar ogen samenkneep. ‘Volgens mij heb ik haar niet echt met iemand zien praten. Ik merkte alleen opeens dat ze weg was.’

‘Myla?’

Myla schudde langzaam haar hoofd. ‘Precies wat Dee zegt, ineens was ze weg.’

‘Dat is alles?’

‘Sorry.’

‘Niks aan te doen. Toch fijn dat ik even kon komen.’

‘Het is mij ook een keer gebeurd,’ zei Myla bruusk. Aan haar gezicht was niets af te lezen.

‘Dat iemand iets in je drankje heeft gedaan?’

‘Ja. Ze hebben hem uiteindelijk wel te pakken gekregen. Het

bleek dat hij het bij heel veel vrouwen had gedaan. Het was de barman. Hoe simpel kan het zijn.'

'Dat heb je me nooit verteld.' Dee staarde haar aan.

'Ik weet het niet zeker, maar ik meen me vaag te herinneren dat ik Chloë met een man heb zien praten,' zei Myla tegen Frieda. 'Ik dacht dat het Klaus was. Maar dat was alleen omdat ze had verteld dat hij misschien ook zou komen. Dus toen ik haar niet meer zag, heb ik er verder niet meer bij stilgestaan.'

'Dus je weet niet meer hoe hij eruitzag?'

'Totaal niet.'

'Mocht je nog iets te binnen schieten...'

'Natuurlijk.' Met een somber gezicht prikte Myla wat in het restant van haar ontbijt. 'Een heel weekend kwijt. Dat slaat nergens op.'

Dee ging weer aan het werk.

Bij de ingang van de zaak wendde Frieda zich tot Myla. 'Ben je toen verkracht?'

'Ja.'

'Wat erg. Heb je er met iemand over gepraat?'

'Moet dat?'

'Het lijkt me beter van wel.'

Myla keek Frieda recht in de ogen. 'Zou jij met iemand gaan praten als je mij was?'

'Waarom vraag je dat?'

'Dat weet ik niet. Je lijkt me er gewoon het type niet voor.'

Het was lunchtijd. Karlsson kreeg te horen dat Petra Burge een stukje was gaan rennen.

'Dat doet ze bijna iedere dag,' zei de agent. 'Weer of geen weer. Zelfs als ze de hele nacht heeft gewerkt.'

'Ik wacht wel.'

Hij liep weer naar buiten, de hitte in. Hij voelde zich rusteloos, ongeduldig. In een opwelling kocht hij bij de krantenkiosk aan de overkant van de straat een flesje water, een pakje sigaretten – hoewel hij zijn kinderen had beloofd dat hij zou stoppen –, een aansteker en een krant. Hij ging op een laag muurtje vlak voor het bureau zitten, stak een sigaret op en sloeg de krant open. Vluchtig las hij de nieuwsberichten, daarna het sportkatern en de economiepagina's en vervolgens probeerde hij het cryptogram op te lossen.

Fronsend staarde hij voor zich uit. In de verte, in het felle zonlicht, zag hij een magere vrouw aan komen rennen: zwart broekje, fel lichtgroen shirt, dunne witte benen. Petra Burge liep regelmatig, met haar hoofd recht, ze bewoog zich zo soepel dat het leek alsof het haar geen enkele inspanning kostte. Zelf liep hij ook hard, voordat hij zijn been had gebroken tenminste, maar Petra was van een geheel andere klasse. Hij liet zijn sigaret op de grond vallen en stond op.

Ze bleef voor hem staan, nauwelijks buiten adem, maar wel met een licht bezweet gezicht en vochtig haar. 'Problemen?'

'Ja.'

Ze gingen naast elkaar op het muurtje zitten; hij gaf haar het flesje water.

Nadat ze een slok had genomen, vroeg ze: 'Gaat het over Frieda?'

'Deels.'

'Heb ik nog tijd om me even te gaan douchen?'

'Natuurlijk.'

'Ik ben over vijf minuten klaar.'

'Waarom bent u me dit komen vertellen? Waarom is Frieda zelf niet gekomen?'

Karlsson keek naar Petra Burge, die aan de andere kant van het bureau zat. Ze leek kwaad. Ze leunde naar voren, met haar vingers om de rand van het bureaublad geklemd. Haar schouders stonden strak en haar mond was een strakke lijn. Opnieuw viel hem op dat ze zo mager was. Toch maakte ze geen broze indruk; ze straalde een soort nerveuze energie uit. Hij had geen idee hoe oud ze was. In sommige opzichten leek ze wel een tiener, met haar korte koppie en haar skinny jeans. En hoewel het warm was, droeg ze toch een zwart T-shirt met lange mouwen. Ze had echter al wel wat rimpels en het haar bij haar slapen werd grijs.

'Ze heeft het nogal druk,' zei hij.
'Met de speurneus uithangen waarschijnlijk.'
'Ik geloof dat ze met wat mensen praat.'
Burge leunde naar achteren. 'Ik heb beloofd dat ik Dean Reeve zou vinden, maar dat is me niet gelukt. Eigenlijk ben ik verder van huis dan ooit. Alle sporen zijn doodgelopen.' Ze schoof een krant naar Karlsson toe. 'Moet u zien. Hier moest ik tijdens het hardlopen aan denken.'
Op de voorpagina stonden foto's van Frieda, van commissaris Crawford en van Petra zelf. De verslaggever zette in het begeleidende artikel duidelijk uiteen waarom deze zaak tot Crawfords ontslag had geleid.
'Lees nou.' Petra wees naar een zin halverwege de voorpagina. 'Hier staat dat de reputatie van inspecteur Burge een flinke knauw heeft gekregen.'
'Met dat soort zaken krijgen we allemaal te maken,' zei Karlsson. 'Zaken waar we 's nachts wakker van liggen. Dit is er zo eentje. De moordenaar die ermee weg is gekomen.'
'Ik probeer te bedenken wat ik fout heb gedaan, wat ik anders had moeten doen. Hij loopt daar verdomme nog steeds ergens rond.'
'En wat gaat u daaraan doen?'
'Denkt u dat het Dean is?'
'Alles wijst erop.'
'Denkt u echt dat hij zo brutaal is? Zo roekeloos? Ons inwrijven dat hij ons steeds een stap voor is...'
Karlsson wreef over zijn gezicht. Zijn been deed pijn op de plek waar hij gebroken was geweest. 'Bij Dean is alles een soort boodschap. Dat zegt Frieda.'
'Dat zegt Frieda. Wat maakt het nou uit wat Frieda zegt?' Burge trommelde boos op het bureaublad. 'We moeten hem gewoon zien te vinden.'

16

Nadat Frieda twee patiënten had gehad, wandelde ze van haar kantoor naar Islington, waar ze verder liep over het pad langs het kanaal. Vanwege het warme weer was het er druk: joggers, kinderen op stepjes, mensen die hun hond uitlieten, fietsers. Na weken van droogte voelde het pad hard aan; de bladeren aan de bomen hingen slap. Het was al bijna herfst. Wat een jaar was het geweest. Het was begonnen met de duistere en pijnlijke zaak-Docherty, gevolgd door de ontdekking van Bruce Stringers lichaam onder haar vloer, een zaak die in het afgelopen halfjaar vast was gelopen. En toen het leek alsof ze alles hadden gehad, Chloë: Chloë, die was achtergelaten onder de Hardy Tree. Het was als een beeld dat ze niet kon ontrafelen.

Ze dacht aan de vraag die Myla haar bij de deur had gesteld: mensen kwamen met Frieda praten, maar met wie praatte ze zelf? Misschien was dat haar taak: de verhalen die mensen haar vertelden met zich meenemen, ze veilig voor hen bewaren. Heel veel verhalen; haar kleine spreekkamer stond er bol van; haar hersens, haar lichaam zaten er vol mee. Verhalen waarmee mensen zich een rad voor ogen draaiden, verhalen waarmee ze zichzelf probeerden te beschermen, en ook rauwe en afgrijselijke verhalen. Maar hoe zat het met haar verhaal? Aan wie kon ze dat geven? Ze was natuurlijk zelf ook in therapie geweest, maar zelfs toen was ze zich continu bewust geweest van wat ze wel of niet vertelde. Jaren geleden was Reuben haar therapeut geweest, een man die ze bewonderde en vertrouwde, maar toch had ze hem niet alles verteld. Wanneer mensen te dichtbij kwamen, duwde ze die van zich af. Ze had het met haar patiënten over de kracht van het woord, over verhalen maken, maar zelf gaf ze zich op geen enkele manier bloot. Niemand kreeg haar diepste geheimen te horen.

Een klein meisje op een driewieler fietste haar tegemoet. Toen Frieda opkeek, zag ze dat ze bijna bij het park was. Het was tijd om eens te zien of Chloë's nieuwe vriend net zo aardig was als haar nichtje leek te denken. Het drong plotseling tot haar door dat ze wilde dat hij het was. Ze beet zo hard op haar lip dat ze bloed proefde: ze wilde dat Chloë was meegenomen door een engerd van wie ze dacht dat hij aardig was, dat ze door hem met verdovende middelen was geïnjecteerd en drie dagen was vastgehouden om redenen waar ze maar liever niet aan wilde denken. Toch wilde ze dat, want als hij het niet was, dan moest het Dean zijn geweest.

Klaus lachte veel. Hij had nerveus gelachen toen Frieda hem door de telefoon had verteld dat ze Chloë's tante was en dat ze hem wilde spreken. Hij had gelachen toen hij, nadat ze zich aan elkaar hadden voorgesteld bij de ingang van Victoria Park, in een hondendrol was getrapt en minutenlang bezig was geweest zijn schoen aan het vergeelde gras af te vegen. En hij had kort en gegeneerd gelachen toen Frieda hem had gevraagd wanneer hij Chloë voor het laatst had gezien.

'Misschien hebt u het verkeerde idee.' Hoewel hij met een zwaar accent sprak, was zijn Engels uitmuntend. 'Chloë en ik kennen elkaar pas een week. Ik begrijp niet precies waarom u mij wilt spreken. Uw telefoontje kwam als een verrassing.'

Frieda wist niet goed of hij lief, irritant of eng was. Ze keek hem kwaad aan. 'Dat is geen antwoord op mijn vraag.'

Klaus wierp haar een verbaasde blik toe en haalde toen zijn schouders op. 'Ik heb Chloë voor het laatst gezien op de avond dat we elkaar leerden kennen. Vorige week dinsdag.'

'Daarna heb je haar niet meer gezien?'

'Nee. Ik heb haar maar één keer gezien. Vandaar mijn verbazing over uw telefoontje.'

‘Heb je haar wel gesproken?’

‘Ja, een paar keer. Omdat ik haar graag terug wilde zien.’ Ze kwamen langs een vijver waarin een paar eenden dobberden. ‘Sorry, ik wil niet onbeleefd zijn, maar ik zou graag willen weten waarom u me al die vragen stelt. Chloë is een volwassen vrouw. Ze heeft geen bescherming nodig.’

‘Waar was je vrijdagavond?’

‘Hoezo?’

‘Chloë zei dat je een afspraakje met haar had.’

‘Nee, we hadden gezegd dat we elkaar misschien zouden zien. Dat is niet hetzelfde.’ Hij lachte niet meer. ‘Alstublieft, waar gaat dit over?’

‘Heb je haar gezien?’

‘Waarom vraagt u dat?’

‘Er is iets met Chloë gebeurd.’

Hij bleef staan. ‘Wat dan?’

‘Iemand heeft wat in haar drankje gedaan.’ Ze keek hem strak aan terwijl ze het vertelde. ‘Daarna is ze ergens mee naartoe genomen, we weten niet waar precies, en daar is ze het hele weekend vastgehouden.’

‘O nee.’

‘Dus misschien begrijp je nu waarom ik wil weten of je Chloë vrijdagavond hebt gezien.’

‘U denkt toch niet dat ik... dat ik het was die...’

‘En als je haar niet hebt gezien, waar was je dan wel?’

‘Denkt u dat ik het was?’

‘En de rest van het weekend, waar was je toen?’

‘Ik heb er niets mee te maken.’

‘Je hebt het niet gevraagd.’

‘Wat niet?’

‘Of ze is verkracht.’

‘Of ze... O. Nee. Ik bedoel, is dat zo?’

‘Heb je haar die avond gezien?’

‘Ik heb haar een berichtje gestuurd om te zeggen dat ik niet kon. Er kwam een vriend van me over uit Berlijn. Ik was die avond met hem. Kijk maar op haar telefoon.’

'De simkaart is eruit gehaald.'

'Dat verklaart veel.'

'Wat bedoel je?'

'Waarom ik haar niet te pakken kon krijgen. Ik wilde haar vragen om op zondag iets met ons te doen, voordat mijn vriend terugvloog.'

'Mag ik de naam en het nummer van die vriend?'

Er verscheen een diepe blos op zijn wangen. 'U wilt nagaan of het klopt?'

'Ja.'

'U gelooft me niet?'

'Ik wil het gewoon controleren.'

Hij knikte en zei toen: 'Hij heet Gustav Brenner. Ik zal u het nummer van zijn mobiel geven.' Hij pakte zijn eigen toestel uit zijn zak, scrolde langs de namen en hield haar toen het nummer voor. 'Tevreden zo?'

'Dank je.'

'Ik heb Chloë één keer gezien. Ik vond haar leuk. Het was gezellig. Dat was alles.'

'Ik zal Gustav bellen.'

Chloë was uit bed en droeg een korte spijkerbroek en een wijde blouse. Haar gezicht had een al wat gezonder kleurtje en haar haar was nog vochtig van het douchen.

'Jack komt zo,' zei ze.

'Ik ben blij dat je je wat beter voelt.'

'Ik voel me echt stukken beter. Jack was heel lief door de telefoon. Hij zei dat hij allemaal verschillende kaasjes voor me zou meenemen om te proeven.' Ze lachte even. 'Dat is zijn manier om me te troosten.'

Toen Frieda de supervisor was geweest van Jack Dargan, een verlegen en romantische jongen, had hij tot Frieda's grote schrik iets met Chloë gekregen. Maar inmiddels was het uit tussen hen, en Jack wist ook niet meer of hij nog wel therapeut wilde worden. Hij werkte nu in een biologischekaaskraam op de South Bank en was veranderd in een soort kaasfanaat die iedereen die hij maar tegenkwam overstelpte met kaasjes. Hij leek gelukkiger dan ooit, vond Frieda.

'Er zijn ergere manieren om iemand te troosten,' zei ze.

'Hij laat zijn baard staan.'

'Iedereen heeft tegenwoordig een baardje.'

'Zijn baardje heeft een heel andere kleur dan zijn haar. Hij lijkt net een zeerover. En niet per se op een goede manier.' Chloë haalde haar vingers door haar vochtige haar. 'Frieda, ik denk dat ik me iets herinner.'

'Wat dan?'

'Een geluid. Niet alleen dat van de auto. Vliegtuigen.'

Frieda probeerde haar teleurstelling te verbergen. 'Het is een goed teken dat je je dingen begint te herinneren. Misschien komt er nog meer terug.'

'Ze waren heel dichtbij. Echt heel dichtbij. Alsof ze vlak over me heen vlogen.'

Frieda dacht even na. 'Wat voor soort vliegtuigen?'

'Hoe moet ik dat nou weten? Ik heb totaal geen verstand van vliegtuigen.'

'Ik bedoel: waren ze groot? Klein? Ik vraag het om erachter te komen of je in de buurt van een groot vliegveld was of ergens bij een vliegclub.'

Chloë dacht even na. 'Het was niet zo'n klein sportvliegtuigje. Die klinken als speelgoedvliegtuigjes. Het was een zwaarder geluid.'

'Echt zwaar, als van een 747?'

'Wel zwaar,' zei Chloë weifelend. 'Maar ook weer niet zo zwaar. Ik was een keer bij een vriend van een vriend in Southall. Hun huis lag precies onder de aanvliegroute van Heathrow. Er kwamen continu gigantische vliegtuigen over, het was zo erg dat de grond ervan trilde, en je hoorde een zwaar ronkend geluid. Zo erg was het niet waar ik was.'

'Waren ze aan het landen of aan het opstijgen? Of allebei?'

'Het is net een droom die ik al bijna ben vergeten. Zulke dingen kan ik me echt niet herinneren.'

'Was het een constant geluid of een geluid dat voorbijtrok?'

'Je weet echt van geen ophouden, hè?'
'Probeer het ergens mee te vergelijken.'
'Wat bedoel je daarmee? Wil je dat ik zeg dat het op een hommel leek of op een motor?'
'Goed, dan vraag ik dat. Leek het op het geluid van een hommel of van een motor?'
'Nou, het klonk niet als een hommel.'
'Als een motor dan?'
Chloë sloot haar ogen even. Toen ze ze weer opendeed, knipperde ze een paar keer, alsof ze last had van het licht. 'Nee, het leek ook niet echt op dat van een motor. Maar het was zo'n geluid van... je weet wel... als iemand echt de macho uithangt op een motor, met veel gas geven en zo?'
'Ik weet wat je bedoelt,' zei Frieda.
'Nou ja, het helpt ons waarschijnlijk niet veel verder.'
'Dat weet ik niet. Misschien wel.'

Bij de voordeur liep Frieda Jack tegen het lijf. Chloë had gelijk wat betrof zijn beginnende baardje dat roodbruin was en niet kastanjebruin zoals zijn hoofdhaar. Hij droeg een groen overhemd met opgestroopte mouwen, zodat de tatoeages op zijn onderarmen goed zichtbaar waren, en hij hield voorzichtig een bruine papieren tas vast, alsof er iets breekbaars in zat. Ter begroeting stak hij een hand op. Het leek een hele tijd geleden dat hij haar pijnlijk verlegen en bewonderende student was geweest.
'Hoe gaat het met haar?'
'Al een stuk beter. Ze verwacht je.'
Zonder veel aandacht aan haar omgeving te schenken liep Frieda naar huis. Ze dacht aan vliegvelden: Heathrow, Gatwick, Stansted. Ze zei de namen zachtjes op. Vreemd dat ze de namen hadden behouden van de kleine dorpjes die ze van de kaart hadden geveegd. En ze dacht aan Chloë. Chloë was inmiddels een volwassen vrouw, maar voor Frieda droeg ze nog steeds alle jongere Chloë's met zich mee: de losgeslagen studente, de boze puber. Als Frieda naar haar keek, zag ze zelfs nog de peuter die haar eerste stapjes zette. Door de jaren heen had Frieda voor haar ge-

zorgd, had ze haar levenslessen geleerd, had ze zelfs met haar onder één dak gewoond. En nu was Chloë, vanwege haar relatie met haar, gedrogeerd en vastgehouden. Als Frieda daaraan dacht, voelde ze zich boos, maar ook beschaamd. Ze wilde tegen Dean Reeve zeggen: als je iemand iets wilt aandoen, pak dan mij.

Ze dacht aan de keren dat ze Dean Reeve had ontmoet, lang geleden, in Oost-Londen, waar de Lea uitmondt in de Theems, in Poplar. Ineens bleef ze staan. Ze had een idee.

17

Frieda stapte uit in Pontoon Dock Station. Ze had vanaf Bank de trein genomen door een landschap dat deels uit Hongkong-wolkenkrabbers bestond, deels uit bouwterreinen en deels uit een verlaten industriegebied, met hier en daar nog een paar restanten van het oude East End. Ze keek door het keurig aangelegde nieuwe park naar het water. Ze zag de Thames Barrier, net een rij reusachtige schelpen die in de rivier waren gedrukt.

Daar wilde ze echter niet heen. Ze keerde de rivier haar rug toe en stak de weg over waar de ene na de andere cementwagen overheen denderde. Ze sloeg links af, liep een tijdje langs een afgesloten hekwerk en ging toen rechtsaf een straat met huizen in. Dit was Silvertown, een eigenaardige kleine enclave, ingeklemd tussen de rivier en de weg aan de ene kant en aan de andere kant het grote Royal Victoria Dock, dat er in een halve boog omheen liep. Er stonden nog een paar oudere huizen die de bommen uit de Blitz hadden overleefd en door de overheid en de projectontwikkelaars over het hoofd waren gezien. Rechts bevond zich een gigantisch bouwterrein dat eruitzag alsof er net een burgeroorlog was uitgevochten. Links van haar lagen de rijtjeshuizen van een nieuwe woonwijk.

Frieda liep door tot ze bij het dok was. Toen ze pas in Londen was komen wonen, jaren geleden, was ze hier weleens geweest. Het was een vergeten deel van de stad, lege pakhuizen, een in onbruik geraakt dok, platgebombardeerde plekken waar nog steeds geen bouwplannen voor bestonden. De mensen die in de oudere huizen hadden gewoond – de dokwerkers, de stuwadoors en hun gezinnen – waren allang verdwenen.

Het zag er inmiddels totaal anders uit. Op het water werd een waterskiër in wetsuit voortgetrokken aan een kabel. In de verte zag ze het enorme conferentieoord en de hotels die namen droegen die je over de hele wereld zou kunnen aantreffen. Langs de kade stonden nog de resten van kranen, bewaard als sculpturen. Ze zag appartementencomplexen en cafés en wijnbars aan het water. In het weekend zou het hier waarschijnlijk een levendige boel zijn, maar nu was het er bijna uitgestorven. En stil.

Chloë had nadrukkelijk gezegd dat het geen echt grote vliegtuigen waren geweest die ze had gehoord, dus Heathrow was uitgesloten. Zou Dean haar meenemen naar Luton of naar een van de steden rond Stansted? Chloë was ontvoerd uit Walthamstow, in het noordoosten van Londen, dus het was mogelijk. Stansted was niet ver via de M11. Maar de vliegtuigen daar leken ook de verkeerde. Groot, had Chloë gezegd, maar ook weer niet zo groot.

Frieda hoorde een zacht, grommend geluid. Dit was wat ze zocht. Toen ze naar rechts keek, zag ze een vliegtuig tevoorschijn komen achter een deels afgebroken pakhuis. Het was een bijna absurd beeld toen het over haar heen vloog. Het middelgrote passagiersvliegtuig kreeg al snel hoogte en was in een paar seconden de rivier over, om daarna als een klein stipje in de wolken te verdwijnen.

In het redactielokaal duwde een jongeman die een poloshirt, een korte broek en teenslippers droeg, een karretje tussen de bureaus door, waarvan er veel onbezet waren. Hij bleef bij een van de bureaus staan en gaf de man erachter een bruine A5-envelop.

'Handgeschreven,' zei Daniël Blackstock. 'Dat zie je niet veel meer.'

De jonge vrouw aan het bureau tegenover hem, een stagiaire die erg haar best deed om een goede indruk te maken, lachte even nerveus.

Blackstock opende de envelop en keek erin. 'Een foto,' zei hij met een verbaasde blik.

'Is er iets?' vroeg de stagiaire. Haar ogen glansden van nieuwsgierigheid.

Hij hield de foto voor haar op.

'God! Wie is dat?' vroeg ze.

'Dat weet ik niet.' Hij draaide de foto om en keek naar de achterkant. 'O, shit.'

Zijn redacteur bestudeerde de foto. 'Ja, en?' vroeg hij.

'Dat was ook mijn eerste reactie,' zei Blackstock. 'Maar moet je eens op de achterkant kijken.'

De redacteur draaide de foto om. De naam Chloë Klein stond er in grote hoofdletters op geschreven. 'Moet ik weten wie dat is?'

'Het nichtje van Frieda Klein.'

'En waarom is dat interessant?'

'Ik heb een paar mensen gebeld,' zei Blackstock. 'Ze is een paar dagen vermist geweest. De politie denkt dat Dean Reeve haar misschien heeft ontvoerd.'

'Jezus. Dan is het inderdaad interessant.' De redacteur dacht even na en schudde toen zijn hoofd. 'Maar we kunnen hem niet publiceren.'

'Waarom niet?'

'Omdat we hem aan de politie moeten geven.'

'Het is een primeur.'

'Een primeur waar we niks mee kunnen. Het spijt me, Daniël.'

'Ik zal je in het vervolg wat minder interessante dingen proberen te laten zien.'

'Zo kan het wel weer.'

Daniël Blackstock knikte en maakte zich op om de kamer uit te lopen, met de envelop nog steeds voorzichtig in zijn hand. Bij de deur bedacht hij zich. 'Weet je, ik zou hem ook aan Frieda Klein kunnen geven. En dan kan zij ermee naar de politie.'

'Waarom?'

'Dan bewijzen we haar een dienst. Dat kan altijd nog van pas komen.'

Na een korte aarzeling knikte de redacteur. 'Ga je gang.'

Frieda liep naar een van de cafés. Omdat het een zonnige ochtend was, ging ze buiten aan een tafeltje zitten. Ze zag geen andere klanten. Er kwam een jonge vrouw naar buiten lopen, ze was aan het telefoneren en leek niet van plan om snel een einde aan het gesprek te maken. Toen ze het telefoontje eindelijk had beeindigd, keek ze Frieda vragend aan. De taal die ze had gesproken, deed Frieda denken aan Josef, wanneer hij zijn vrouw in Kiev had gebeld, smekend, kibbelend, verontschuldigend. Ze vroeg zich af of deze vrouw ook uit Oekraïne kwam, maar ze zei niets. Ze wist dat mensen dat niet prettig vonden. Ze waren bang dat je bij de immigratiedienst werkte of een agent in burger was. Dus bestelde ze alleen maar een zwarte koffie en toen die kwam, nam ze een slokje en begon haar gedachten op een rijtje te zetten.

Ze haatte termen als 'kan niet anders' en 'vast wel' en 'waarschijnlijk'. Toch was ze er bijna zeker van dat Chloë hier in de buurt was vastgehouden. Als om het te bevestigen, kwam er weer een vliegtuig over. Een klein vliegtuig hartje Londen. Waar kon het anders zijn?

Dit was typisch een plek die Dean Reeve zou hebben uitgekozen. Frieda wist dat mensen vaak terugkeren naar dezelfde plekken, dat misdadigers hun misdrijven vaak op dezelfde plekken plegen. Zeven jaar eerder had Frieda het huis bezocht waar Dean met een van zijn slachtoffers had gewoond. Inmiddels stond hij bekend als de moordenaar uit Poplar. Ze had gehoord dat hij zelfs een rol speelde in een East End-moordtrip: een zwart geschilderde dubbeldekker reed langs plekken die te maken hadden met Jack the Ripper, de Kray Brothers, de Richardson-bende en Dean Reeve.

Ze bestelde nog een koffie. Terwijl ze verder nadacht over Dean Reeve, verscheen er een frons van inspanning op haar voorhoofd. Dean Reeve had zich altijd aan de rand van haar leven opgehouden, als een wazig iets wat zich net buiten haar blikveld bevond, hoewel zijn daden steeds een zekere helderheid en doelbewustheid hadden gehad. Als Frieda A deed, reageerde Dean met B. De moord op Bruce Stringer was van een wrede logica geweest, met als boodschap: dat krijg je ervan als je me zoekt. Maar waarop had hij gereageerd met de ontvoering van Chloë, wat was de boodschap geweest? Dat hij haar vrienden en familie iets kon aandoen? Dat wist ze allang. Hoewel hij Chloë van alles had kunnen aandoen, had hij helemaal niets gedaan.

Slechts één ding was duidelijk. De dood van Daniël Glasher en de bijbehorende brief hadden het einde van iets geleken, alsof er ergens een streep onder was gezet. Maar nu was het geweld om de een of andere reden weer begonnen. Hij vertelde haar iets. Maar wat?

18

Frieda zat thuis aantekeningen te maken voor haar werk toen de telefoon ging. Het was Yvette Long.

'Is er iets?' vroeg Frieda.

'Waarom zou er iets zijn? Bel ik soms ongelegen? Ik wilde je spreken. Onder vier ogen.'

Frieda keek op haar horloge. 'Liever een andere dag. Ik heb nog een patiënt straks.'

'Het duurt niet lang.'

'O. Oké. Ben je in de buurt?'

'Ik sta voor de deur.'

'Waarom heb je niet gewoon aangebeld?'

'Ik weet dat je op je privacy gesteld bent.'

'Doe niet zo raar.'

Frieda ging opendoen. Yvette droeg een spijkerbroek en een leren jasje.

'Wil je binnenkomen?' vroeg Frieda.

'Je houdt toch van lopen?'

'Is er iets gebeurd?' vroeg Frieda toen ze even later Fitzroy Square op liepen.

'Ik ben geslaagd,' zei Yvette.

'Maar dat is fantastisch! Dus nu krijg je promotie?'

'Ooit wel.'

'Je mag wel een beetje trotser op jezelf zijn.'

'Hou op,' zei Yvette blozend. 'Ik wilde je iets anders vertellen.'

Frieda pakte haar arm beet en nam haar mee naar een bankje. Toen ze zaten, zei Yvette: 'Ik dacht dat je van lopen hield.'

'Zeg nou maar gewoon waar dit over gaat.'

'Toen ik hoorde dat ik was geslaagd, voelde ik niks.'

'Dat is geen ongebruikelijke reactie.'

'Laat me uitpraten voordat je met je diagnose komt. De laatste keer dat ik iets heb gevoeld, was toen ik dat lijk bij jou onder de vloer zag en daar later ook nog eens over droomde. Ik werd misselijk en bang.'

'Dat hadden we allemaal.'

'Ik ben vijfendertig. Het is nog niet te laat. Ik hoef dit niet te doen. Ik zou dit allemaal gedag kunnen zeggen en schooljuf worden. Of een man ontmoeten en dan kinderen krijgen. Dat is niet onmogelijk. Oké, ik geef toe, de kans is klein, maar...'

'Hou op. Wat wil je nu precies zeggen?'

'Ik neem een sabbatical. Ik wil een tijdje weg.'

'En wat ga je dan doen?'

'Dat weet ik niet. Gewoon niks. Misschien een beetje nadenken over wat ik verder wil.'

'Waar ga je naartoe?'

'Gewoon weg, alles is goed, als het maar niet hier is. Daarom wilde ik je ook spreken.' Ze pakte een stukje papier uit haar zak. 'Ik geloof niet dat ik altijd even aardig voor je ben geweest,' zei ze met trillende stem. 'Ik was geloof ik helemaal in de war. Ik beschouwde je als een raar soort rivale, maar tegelijkertijd wilde ik ook je vriendin zijn en wilde ik dat je in mijn geest zou kijken en al mijn problemen oplossen.'

'Wat staat er op dat papiertje?' vroeg Frieda.

'Gewoon mijn telefoonnummer. Van mijn privémobiel die ik bijna nooit gebruik. Zoals ik al zei, ga ik een tijdje weg. Maar mocht je ooit hulp nodig hebben of denken dat ik op de een of andere manier iets voor je kan doen, ik bedoel, omdat ik van de politie ben, maar wel aan jouw kant sta... Ik weet dat je Karlsson hebt, dus waarschijnlijk klinkt het belachelijk. Maar je kunt gewoon dat nummer bellen en dan kom ik en zullen we zien wat ik voor je kan doen. Niet dat je dat wilt natuurlijk.'

'Praat toch niet steeds zo negatief over jezelf,' zei Frieda, terwijl ze het papiertje aanpakte. 'En dank je wel. Kom, dan lopen we samen terug.'

'Als je er ooit over wilt praten...' zei Frieda, toen ze Saffron Mews in liepen. Ze maakte haar zin niet af, want ze zag een man voor haar huis staan. Hij keek naar haar ramen alsof hij probeerde te zien of er iemand thuis was. Bij het horen van hun voetstappen draaide hij zich om, deed een paar passen in hun richting en bleef toen verlegen staan. Hij droeg een dunne grijze broek en een wit T-shirt en hij had een papieren tas bij zich, die hij iets van zich afhield, alsof er iets breekbaars in zat en hij bang was dat de tas tegen zijn been zou stoten. Ineens herkende ze hem.

'Hallo,' zei hij. 'Ik ben Daniël Blackstock en...'

'Ik weet wie u bent. U bent journalist. En niet zomaar eentje. Ik heb gelezen wat u over Petra Burge en Crawford hebt geschreven.'

'Klopte dat niet dan?'

'Ik heb u niets te zeggen.'

'Het duurt niet lang.'

'Hebt u haar niet gehoord?' vroeg Yvette.

'Wie bent u?' wilde Blackstock weten.

'Dit is inspecteur Yvette Long,' zei Frieda.

'Nou, ik ben nog niet echt...'

'Ik wil u iets geven. Dat is alles.' De man klonk inmiddels ook boos.

'O?'

'Ja, daarom ben ik hier. Ik wist niet goed of ik het aan u of aan de politie zou geven.'

'Dan had u waarschijnlijk beter meteen naar de politie kunnen gaan,' zei Frieda.

'Wilt u niet weten wat het is?'

Met een blik op de papieren tas vroeg ze: 'Wat is het dan?'

Daniël Blackstock pakte een envelop met een harde rug uit de tas en gaf hem aan haar. 'Misschien wilt u hem liever binnen openmaken.'

Ze negeerde hem en keek in de envelop. Er zat een glanzende foto op A5-formaat in. Toen ze hem er langzaam uit haalde, zag ze eerst een stukje stenen vloer en daarna de rand van een matras. Met daarop eerst een smoezelige voet met afgebladderde nagellak op de tenen. Daarna blote benen, het ene gestrekt, het andere gebogen. De zoom van een grijze jurk. Ze kende die jurk, die benen. Nadat ze een paar keer met haar ogen had geknipperd, trok ze de foto helemaal uit de envelop. Chloë lag op de matras, met haar benen ongemakkelijk uit elkaar en haar jurk zo hoog opgetrokken dat je haar ondergoed kon zien; ze had één arm voor haar lichaam gevouwen, de andere lag opzij. Frieda kon duidelijk het gaatje van een injectienaald zien. Smerige handpalm. Vuile vlekken in haar hals, die schokkend wit leek op de enigszins overbelichte foto. En dan het gezicht van haar nichtje: bleek, lichtelijk opgezet, met de lippen van elkaar en gesloten ogen. Blauwige oogleden, en dat idiote kapsel waardoor ze er ineens als een gevangene uitzag. Frieda staarde naar de foto, een paar seconden slechts, maar ze leken een eeuwigheid te duren. Hoewel ze wist dat Chloë niet seksueel was misbruikt, moest deze foto de indruk wekken dat ze meermalen verkracht was en daar nu lag, opgebruikt en afgedankt, en God mocht weten waar.

Ze liet de foto aan Yvette zien, die zichtbaar schrok. Daarna stopte ze de foto weer in de envelop en wendde zich tot Daniël Blackstock. 'Hoe komt u hieraan?'

'Ik kreeg hem op de krant. Hij was aan mij geadresseerd. Ik heb hem zonder nadenken geopend en toen...'

'Waarom aan u?'

'Dat zou ik echt niet weten. Waarschijnlijk omdat ik over die zaak heb geschreven. Mensen ruiken een kans op publiciteit of erkenning of weet ik veel.'

Ze draaide de envelop om. Hij was afgestempeld, en geadresseerd aan Blackstock met het adres van de krant eronder, allebei in hoofdletters.

'Wie hebben dit nog meer gezien?' vroeg Yvette.

'Lindsay Moran, een stagiaire, die tegenover me zit. En daarna ben ik ermee naar mijn redacteur gestapt. Verder niemand.'

'Waarom bent u er niet meteen mee naar de politie gegaan in plaats van naar mij toe te komen?'

'Niet iedereen is eropuit om u een hak te zetten, hoor. Natuurlijk zal ik ermee naar de politie moeten, maar we vonden dat u hem eerst moest zien. Zelfs journalisten hebben af en toe fatsoen. Maar... kan ik hem aan haar meegeven of is ze de bodyguard?' Dat laatste zei hij met een blik op Yvette.

'Zé is niet de bodyguard.' Yvette kreeg een rood hoofd van woede. 'Ik ben een vriendin van haar.'

'Ik heb gelezen over de vrienden van dokter Klein,' zei Blackstock.

'Ik ben weinig waard als vriendin,' liet Yvette zich ontvallen.

Blackstock was meteen een en al oor. 'Hoezo?'

Yvette vertelde hem in wat voor relatie ze tot Frieda stond en zei dat ze haar een keer had teleurgesteld en dat ze daarom een sabbatical nam.

Blackstock, die zo te zien moeite had om Yvette te volgen, zei vriendelijk dat hij ook verlof zou nemen als hij zich dat kon veroorloven.

Frieda probeerde een eind aan het gesprek te maken. 'Yvette, je hoeft hem niks uit te leggen.'

'Ik dacht dat je het juist goed zou vinden als ik wat opener was.'

Frieda richtte zich tot Blackstock. 'Dank u dat u eerst naar mij toe bent gekomen.'

'Graag gedaan.' Na een korte aarzeling voegde hij eraan toe: 'Houd dat in uw achterhoofd als u iets te melden hebt.'

'Ik zal aan u denken.'

'Niet alleen aan me denken, ook met me praten graag.'

'We zullen zien.'

Nadat Blackstock was vertrokken, deed Frieda haar voordeur open.

'Ik moet hiermee naar het bureau,' zei Yvette. 'Het is belangrijk.'

'Zo meteen,' zei Frieda. 'Kom eerst even binnen en leg die foto op tafel.'

'Waarom?'
'Alsjeblieft.'
Yvette haalde de foto voorzichtig uit de envelop en legde hem op tafel.
Frieda keek er even naar. Toen pakte ze haar mobiel en maakte een foto.
'Ik weet niet of ik dat wel kan toestaan,' zei Yvette.
'Ik zal het niemand vertellen.'
'Dat bedoelde ik niet.'
'Ik laat de foto zelf wel aan Petra Burge zien,' zei Frieda.
'Jij?'
'Blackstock heeft hem aan mij gegeven. Dan ben ik een soort getuige geworden.'
'En blijf je erbij betrokken.'
'Ook dat.'

19

De leunstoel waar Petra Burge in zat, leek haar tengere gestalte helemaal op te slokken. Ze hield de foto voorzichtig bij de hoeken vast en bekeek hem aandachtig. Vervolgens keek ze naar de envelop met de naam en het adres in blokletters erop en naar de afgestempelde postzegel.

'Hij is in Londen op de bus gedaan.'

'Ja.'

'Wat ons geen stap verder brengt.'

'Niet echt.'

'De zon stond laag toen hij werd genomen. Kijk maar naar de lichtinval.'

''s Avonds dus,' zei Frieda.

'Of 's ochtends vroeg. Uit de foto kunnen we met geen mogelijkheid opmaken waar hij is genomen.'

'Misschien in de buurt van City Airport.'

Petra keek Frieda aan. 'Misschien? Waarom zegt u dat?'

'Chloë hoorde vliegtuigen. Heel laag, heel dichtbij. Geen grote jumbo's volgens haar, maar ook geen kleine sportvliegtuigjes. Dus dacht ik aan City Airport.'

Petra schudde haar hoofd. 'Het kunnen nog zoveel andere plekken zijn geweest.'

'Ik ben ernaartoe gegaan en kreeg sterk het gevoel dat het daar in de buurt moest zijn.'

'Een gevoel? Hebben we het dan over het zesde zintuig? Vrouwelijke intuïtie?'

'Een werkhypothese die overeenkomt met de feiten.'

Petra ging iets verzitten. 'Zelfs als u gelijk hebt, schieten we daar weinig mee op.'

'Dat is waar.'

'Maar het is wel een schokkende foto.'

Frieda keek nog eens naar de foto van Chloë op de smoezelige matras; zelfs ernaar kijken voelde al als een soort bezoedeling.

'Ik heb op een boodschap zitten wachten,' zei ze. 'En dit is 'm.'

'De foto is toch niet naar u gestuurd?'

'Niet rechtstreeks, nee.'

'Hij is naar een journalist gestuurd. Maar als het een boodschap is, wat vertelt het ons dan?'

'Ik weet het niet. Hebt u zin in een glas whisky?'

Petra Burge glimlachte. Meestal zagen mensen er jonger uit als ze glimlachten; Burge leek er ouder door. 'Ach ja, waarom ook niet? En zullen we elkaar dan ook maar tutoyeren?'

Ze dronken hun whisky in de achtertuin terwijl de zon onderging in de blauwgrijze lucht. In het begin zeiden ze niets. Frieda vond het prettig wanneer mensen niet de behoefte voelden om te praten. Ze nam kleine, snelle slokjes en voelde dat er iets loskwam in haar. Woede. Angst.

'De mensen van wie ik hou, lopen misschien wel gevaar alleen maar omdat ik van ze hou,' zei ze na een tijdje.

Petra keek haar aan over de rand van het glas.

'Dus wat gaan we daaraan doen?' Frieda hoorde zichzelf het ongebruikelijke 'we' bezigen en veranderde het meteen. 'Hoe kan ik ervoor zorgen dat hun niks overkomt?'

Reuben lag in bed. Het was net na tienen, en hoewel hij meestal later naar bed ging, was hij moe. Nee, meer dan moe, hij voelde zich uitgeput en zwak en bedroefd en bang, en zijn botten voelden hol aan, zijn ogen deden pijn, net als zijn borstkas. Hij was misselijk over zijn hele lijf. Hij droeg een pyjama, wat ongewoon voor hem was, en hij legde zijn hand op zijn maag, onder het katoenen pyjamajasje. Zijn ribben staken uit, hij was mager geworden. Zo voelde het vast als je heel oud was, dacht hij bij zichzelf, maar hij was nog niet oud, hoewel hij schrok van hoe hij eruitzag als hij in de spiegel keek. Hij was ziek. Misschien wel heel erg ziek. Misschien... Nee, daar wilde hij niet aan denken. Frieda hield hem steeds voor dat zijn lichaam vergiftigd werd door de behandeling die hij kreeg om de kanker te onderdrukken. Daarom voelde hij zich zo beroerd, door de behandeling, niet door de ziekte zelf.

Nou ja, zou kunnen. Hij sloot zijn ogen en probeerde er niet aan te denken en dacht er toch aan. Hij dacht ook aan alle dingen die hij misschien nooit meer zou doen. Met een vrouw naar bed gaan, de hele avond wodka drinken met Josef, zijn dandyachtige jasje dragen met kerst en dan heel hard zingen, voor een volle zaal lezingen geven over impotentie en mannelijke angsten. Zwemmen... O nee, hij had zwemmen nooit echt leuk gevonden. Zijn gedachten werden wazig, de slaap trok aan hem, maar opeens hoorde hij de deurbel, gevolgd door het geluid van de klopper op de voordeur. Hij wachtte tot Josef zou opendoen, maar bedacht ineens dat Josef en Alexei pizza waren gaan eten. Er werd nog een keer aangebeld. Reuben kwam overeind en stapte uit bed. Op de trap keek hij nog even of zijn pyjamajasje wel dichtzat. Even later deed hij open.

Eerst kon hij de gestalte in het donker niet goed onderscheiden, maar toen zag hij het. Een man in donkere kleren, met een kous over zijn gezicht. Of misschien was het een vrouw, dan was het haar gezicht. En hij had iets in zijn hand. Wat? Een koevoet misschien. Eigenlijk wist hij niet precies hoe een koevoet eruitzag. Het was gewoon zo'n woord dat mensen gebruikten. Hoe dan ook, het was een ding dat bedoeld was om mee te slaan. Hij maakte vast een zielige indruk, zoals hij daar in zijn pyjama stond, met open mond ademend en een hart dat veel te snel klopte. Het woord deerlijk kwam in hem op. Wanneer had hij iemand dat woord voor het laatst horen zeggen? Zijn moeder waarschijnlijk, heel lang geleden. Misschien zou hij uiteindelijk toch niet sterven aan kanker. Hij dacht aan al die dingen, terwijl hij tegelijkertijd de deur probeerde dicht te duwen, onhandig, waarbij hij bijna uitgleed over de zanderige vloer en de deurmat.

Hij kreeg de deur niet dicht. De gedaante stond er nog steeds, in de deuropening inmiddels. In de gang. Alles verliep erg traag en geluidloos. Zijn ademhaling; de ademhaling van de man naast hem. De arm die omhoogging, het ijzeren voorwerp dat met een klap op zijn schouder neerkwam. Hij lag al op de grond. Het leek alsof hij tijd had om de pijn af te wachten, en hij wist dat het erg zou zijn, maar het was nog veel erger. De volgende klap was in zijn gezicht; hij zag gele en blauwe flitsen en proefde bloed. Hij stikte er bijna in en spuugde het uit. Daarna een klap tegen zijn bovenlichaam. Vaag hoorde hij iets breken. Hij huilde inmiddels en probeerde weg te duiken voor de klappen, maar hij kon zich niet bewegen. Er kwam nog een klap en nog één, maar hij wist niet meer waar ze neerkwamen, hij bevond zich in een wolk van pijn en wilde alleen maar zijn bewustzijn verliezen. Of gewoon doodgaan. Eindelijk hield het op, en alles deed pijn en alles was nat en er hing een verschrikkelijke stank, maar nog steeds was hij niet bewusteloos. Hij kon zichzelf horen snikken en hij kon niets zien en hij kon zich ook niet bewegen.

20

Alexei zag hem als eerste. Hij wilde de deur openduwen die Josef van het slot had gedaan, maar dat lukte niet. Toen hij zich door de kier heen wurmde, stootte hij met zijn voet ergens tegenaan. Josef zei iets tegen hem van buiten, maar Alexei verstond hem niet. Hij hurkte neer in het donker en gleed met zijn hand over de zachte stof van Reubens pyjama, over een koud bloot scheenbeen en daarna over iets warms en plakkerigs. Hij gilde.

'Alexei? Wat is er?'

Josef duwde hard tegen de deur, en wat ertegenaan lag, schoof iets opzij.

Alexei stond op en zocht naar de lichtschakelaar. De gang baadde opeens in het licht. Het eerste wat hij zag, was zijn eigen hand op de schakelaar, onder het bloed. Toen hij naar de grond keek, zag hij Reubens lichaam, onbeweeglijk als een lijk, met een glimmende witte schedel en een gezicht dat zo was toegetakeld dat het bijna onherkenbaar was. Als aan de grond genageld bleef Alexei naar hem staan kijken tot hij, voor het eerst sinds de dood van zijn moeder, begon te huilen. Hij huilde en huilde en kon niet meer ophouden.

Reuben had een zijkamer in het ziekenhuis. Toen hij bij bewustzijn kwam, wist hij niet waar hij was. Flikkerend licht, witte muren, een klein raam waardoor hij alleen een klein stukje blauwe lucht kon zien. De geluiden die hij hoorde, hadden net zo goed in zijn hoofd kunnen zitten: weerkaatsende voetstappen, onophoudelijk gebliep, af en toe wat gejammer dat hem terugvoerde naar zijn jeugd. Hij sloot zijn ogen. Even was er niets, maar toen stroomden de herinneringen die leegte binnen. Een man met een kous over zijn hoofd, een koevoet tegen zijn hoofd, tegen zijn lijf. Hij herinnerde zich dat hij naar de vloer had gestaard waarop hij lag. En vooral herinnerde hij zich de verschrikkelijke stilte waarin alles had plaatsgevonden.

Dus hij was toch niet dood. Dit was een ziekenhuis. Hij opende zijn ogen weer en zag een wazig gezicht. Hij kneep zijn ogen samen tot hij gelaatstrekken kon onderscheiden.

'Frieda,' zei hij. Zijn stem klonk hees. Praten deed pijn. Zijn hoofd en zijn lichaam voelden aan alsof hij van een grote hoogte was gevallen.

'Reuben.'

'Fuck,' wist hij met moeite uit te brengen.

Hij zag dat ze glimlachte, maar verder keek ze vooral geschokt.

Er waren artsen. Verpleegsters. Agenten. Hij kon hun niets vertellen, alleen een deur die openging en een gestalte zonder gezicht. Josef kwam hem bezoeken met wodka in een plastic fles. Alexei staarde hem met zijn grote bruine ogen aan, en Reuben probeerde te glimlachen, maar zijn gezicht was opgezwollen. Jack kwam langs met kaas en het cryptogram dat ze samen niet wisten op te lossen. Olivia had bloemen bij zich en ging vreselijk tekeer toen ze te horen kreeg dat bloemen niet waren toegestaan in het ziekenhuis, en Chloë moest haar mee de gang op nemen.

Na twee dagen nam Frieda hem mee naar huis waar hij in bed naar de geluiden beneden lag te luisteren. Hij voelde zich erg zwak, als een baby, maar soms had dat wel iets troostends: hij kon zich overgeven aan alle goede zorgen. Soms moest hij huilen, en dan maakte Josef een washandje nat met warm water en depte zijn voorhoofd. Andere keren was hij misselijk en dan zat Josef met een plastic teiltje naast het bed. Wanneer Reuben in slaap viel, legde Josef zijn grote, eeltige hand op de blote schedel van zijn vriend en voelde het bloed in de aderen kloppen.

Frieda stond met een kop koffie in Reubens tuin. Ze keek naar het zonlicht dat door de appelboom viel, maar wat ze eigenlijk zag, was Reubens opgezwollen gezicht op het kussen. Hij zag er zo bang en oud uit. Toen ze iets achter zich hoorde, draaide ze zich om. Het was Alexei.

'Hallo,' zei ze glimlachend.

Alexei zei niets, maar deed wel een paar schuifelpasjes in haar richting. Een kleine jongen die haar met zijn grote ogen aanstaarde. Hij opende zijn mond alsof hij iets wilde zeggen, maar er kwam geen geluid uit. Ze vond hem er moe en angstig uitzien.

'Wat is er?' vroeg ze.

Zonder iets te zeggen stak hij zijn kleine hand in de hare, en zo bleven ze een paar minuten staan, hand in hand in de tuin.

'Je moet er eens uit, Josef,' zei Frieda.

'Nee, nee. Reuben mij nodig heeft. Ik bij hem blijven.'

'Alexei heeft je ook nodig. Hij loopt hier rond als een geestverschijning. Hij is bang en eenzaam. Ga een eindje met hem wandelen.'

'Echt?'

'Echt.'

Josef deed wat ze zei en ging met Alexei naar buiten, de zon in. Ze wandelden naar Primrose Hill. Onderweg praatte Josef tegen hem, hoewel Alexei geen antwoord af. Dat hij weer in zijn eigen taal kon praten, gaf Josef het gevoel dat hij heel lang onder water zijn adem had ingehouden en pas nu weer lucht kreeg.

De aanwezigheid van Alexei in Engeland was Josef bijna te veel, vooral na wat er met Reuben was gebeurd. Hij voelde zich gelukkig en bedroefd en bang en kwetsbaar tegelijk. En ook verlegen, beschermend, vol schuldgevoel over wat er in het verleden was gebeurd en vol hoop over de toekomst. Wanneer hij aan Dima dacht, die was achtergebleven in Oekraïne, verschoof er iets zwaars in zijn borst. Zijn vrouw, zijn ex-vrouw, was dood. Zijn oudste zoon was ver weg. Zijn jongste zoon was bij hem, maar zwijgend en mysterieus, als een code die hij nog niet had ontcijferd.

Alexei droeg nieuwe sneakers, nieuwe jeans en een nieuw T-shirt. Hij trok aan zijn vaders hand, en Josef wees naar de stad die aan hun voeten lag.

'Zie je die bouwkraan?' Sprekend in hun moedertaal probeerde hij zijn zoon af te leiden van wat er met Reuben was gebeurd. 'Tel maar van links naar rechts. Het gaat om de derde.'

Hoewel Alexei niets zei, zag Josef dat hij ze telde.

'Daar heeft papa gewerkt. Het is een groot project. We hebben wel vijfentwintig, dertig meter grond afgegraven.'

Josef vertelde zijn zoon over de grondgraafmachines, de bulldozers, de vrachtwagens die het puin afvoerden, de cementmolens, de heimachines. Alexei keek zijn vader met open mond aan.

'Ik heb op bulldozers gezeten, op vrachtwagens. Maar ik werk voornamelijk met mijn handen: drilboren, elektriciteit.'

Hij wilde nog meer vertellen, maar Alexei ontdekte ineens de dierentuin. Hij zag en hoorde hem.

'Wat voor dieren zijn daar?'

Josef bleef staan. Eindelijk had zijn zoon weer wat gezegd; hij had hem een vraag gesteld. Hoewel hij wist dat hij er niet al te veel van moest verwachten, kon hij een glimlach niet onderdrukken.

'Allerlei soorten,' antwoordde hij.

'Ook tijgers?'

'Weet je,' zei Josef. 'Binnenkort gaan we samen een keertje naar de dierentuin.'

Ze liepen naar de stenen trap die naar het kanaal leidde. Alexei vertraagde zijn pas. Zijn ogen glansden van een hervonden nieuwsgierigheid, en Josef voelde zich ineens overweldigd. Hij was helemaal vergeten hoe het was om vader te zijn. Hij zag een toekomst voor zich waarin hij dingen deed die vaders met hun kinderen deden, in het park wandelen, naar de dierentuin gaan, Alexei leren met zijn handen te werken, zoals hij dat van zijn eigen vader had geleerd. Zijn hart zwol op; het idee maakte hem gelukkig en droevig tegelijk. Hij keek naar zijn zoontje, dat er zo kwetsbaar uitzag en dat in zijn korte leventje al zoveel had meegemaakt. Hij kneep even in zijn hand.

Ze kwamen bij de overdekte markt van Camden Lock, waar

Josef eigenlijk niets aan vond, maar Alexei leek het prachtig te vinden, hoewel hij niets zei. Er was van alles te vinden. Ze dwaalden tussen de kramen en geuren door: geroosterd vlees, hete soep, salades, ijsjes, veelkleurige sapjes. Josef zei: 'Straks. We eten straks wel wat.' En daarna kwamen ze bij de kleren, de leren jacks en de jurken vol tierelantijnen, gothic en edwardiaans. Josef voelde Alexei's hand uit zijn vingers glippen. Zijn zoontje was blijven staan en stond naar een kraam vol vintage camera's te kijken. Toen zwierven ze weer verder, Alexei vloog alle kanten uit, er viel voor hem zoveel te zien. Hij vond het ook spannend dat Camden Lock tegelijkertijd een bouwplaats was. Hij wees naar een graafmachine.

Het werd steeds drukker.

Josefs mobiel ging. Hij nam op.

'Josef?'

'Ja.' Vanuit zijn ooghoek hield hij zijn zoontje in de gaten. Was hij te mager? Te bleek? Zorgde hij wel goed voor hem? Straks zou hij een maanzaadcake voor hem bakken zodat hij kon aansterken.

'Je spreekt met Jeannie.'

'Jeannie.' Even had hij geen idee wie ze was, maar toen wist hij het weer. Ze was mooi, vrolijk, spraakzaam. Ze had een man die haar verwaarloosde en een baan die ze niet leuk vond, en ze was eenzaam geweest tot ze Josef had leren kennen en gelukkig was geworden, wat hem een beetje had verontrust. Maar dat was voordat hij zijn zoon mee naar Engeland had genomen. Alles was veranderd, hij had geen tijd meer voor zulke dingen. Hij was vader, een vader die tegelijkertijd moeder moest zijn, van een zoontje dat de oorlog had meegemaakt en een sterfgeval, een zoontje voor wie gezorgd moest worden.

'Je hebt me helemaal niet meer gebeld.'

'Nee.'

'Waarom niet?'

'Ik kan niet,' zei hij zacht.

'Wat bedoel je?'

'Ik kan niet. Ik ben weer vader.'

'Wat?'
'Het spijt me,' zei hij.
'Maar...'
'Je bent lief,' zei hij. 'Maar is voorbij. Ik wens je geluk.'
Hij verbrak de verbinding. Uit de richting van het kanaal hoorde hij ineens trompetgeschal. Altijd weer die trompet of saxofoon. Soms zelfs een doedelzak. Er werden munten in de open koffer gegooid. Zou een mens daar echt van kunnen leven? Toen hij zich weer omdraaide, zag hij Alexei nergens meer. Maar er stonden ook een falafelkraam en een koffiekraam in de weg. Als hij de drom mensen volgde, zou hij zijn zoontje vanzelf weer zien.
Maar dat gebeurde niet.
Josef slaakte een zucht. Alexei moest iets hebben gezien. Hij liep om de kraam heen. Hij zag hem nog steeds niet. Er was een voetpad dat van het kanaal naar de hoofdstraat liep, maar dat had Alexei vast niet genomen. Tenzij hem daar iets interessants was opgevallen. Hij rende het pad over, links en rechts kijkend. Toen hij een beveiliger in een lichtgevend geel jack zag, riep hij: 'Ik mijn zoontje kwijt.' Hij gaf zijn lengte aan met zijn hand. 'Zo groot. Donker haar. T-shirt. Spijkerbroek.'
'Ik zal opletten. Hij is vast niet ver weg.'
Alexei was nauwelijks van zijn zijde geweken sinds Josef hem had meegenomen naar Londen. Hij was zijn bange schaduw, zijn dubbelganger in het klein. Hoewel hij zich niet kon voorstellen dat zijn zoontje daar was, rende hij toch naar de hoofdstraat. Hij keek wanhopig om zich heen, alsof Alexei elk moment kon opduiken. Niets. Hij rende terug naar de markt, een trap op, zodat hij overzicht had. Het was zo druk dat er bijna geen beweging in de mensenmassa zat; de dikke drom bewoog zich traag als een slak voort. En er waren ook zoveel kinderen. Toen Josef een donker kopje zag, voelde hij even een sprankje hoop. Maar het kind liep hand in hand met een oudere vrouw en droeg ook andere kleren.
Hij pakte zijn mobiel. Hij zou nog tien minuten wachten. Nee. Er waren al vijf minuten verstreken. Vijf minuten! Hij rende terug naar het kanaal. Aan de oever sprak hij een vuilnisopha-

ler aan die een karretje voortduwde dat was versierd met plastic tasjes. De man schudde zijn hoofd. Josef wist niet of hij hem wel had begrepen.

'Als u ziet, mij zeggen. Ik kom terug.'

Hij sloeg links af langs het kanaal en vroeg aan een stelletje dat hem tegemoetkwam of ze een klein jongetje hadden gezien. Ze haalden hun schouders op en zeiden nee. Josef liep weer terug naar de markt. Wat hij ook probeerde, er was bijna geen doorkomen aan. En al die tijd moest hij ook nog om zich heen blijven kijken. Aan de andere kant van de markt ging hij de brug op die naar Regent's Park leidde. Hij hield een vrouw in joggingpak staande. Omstandig en met tegenzin zette ze haar mp3-speler af en trok haar oortje uit. Of ze een jongetje alleen had gezien? Ze dacht van niet. Niemand leek te snappen hoe belangrijk het was.

Hij baande zich weer een weg door de menigte op de markt en vroeg het nog een keer aan de vuilnisophaler en aan de beveiliger. Hij rende terug naar de hoofdstraat. Hij keek op plekken waar hij al had gekeken. Dat was het dan. Hij pakte zijn mobiel weer. Hoewel hij ergens in zijn achterhoofd wist dat hij de politie moest bellen, kozen zijn vingers een ander nummer.

Hij belde Frieda.

'Blijf waar je bent,' zei ze.

21

Het voelde niet echt alsof de tijd langzaam verliep. Het voelde alsof de tijd niet bestond. Josef zat in een mist. Hoewel hij alles wilde doen om zijn zoontje terug te krijgen, kon hij zich niet bewegen en kon hij niets zien. Hij wilde dat er iemand kwam om dit allemaal te laten verdwijnen. Hij wilde dood. Dat verdiende hij. Zijn zoontje, wiens hand hij net nog vast had gehad. Hij had die hand niet los moeten laten. Ademhalen deed pijn; zijn borstkas en keel waren samengeknepen van angst.

Opeens hoorde hij het doordringende geluid van een politiesirene, hij zag zwaailichten, de onwaarschijnlijk felle en vrolijke blauwe en gele kleuren. De politieauto stopte en ging toen aan de verkeerde kant van de weg rijden, langzaam zijn kant uit. Hij stak zijn arm op. Hij was zo bang, hij voelde zich zo schuldig en beschaamd. Het was alsof hij zei: 'Ik was het. Ik heb het gedaan.'

De wagen ging brutaal half op het trottoir staan. Er dromden meteen nieuwsgierige mensen omheen. Een jonge agente stapte uit. Ze leek zelf nog wel een kind.

'Ik ben het,' zei Josef. Hij herkende zijn eigen stem niet.

'Hoelang?' vroeg de vrouw.

'Een kwartier. Minder. Alstublieft.'

Ze trok een gezicht naar de agent die achter het stuur had gezeten. 'Hij is waarschijnlijk afgedwaald,' zei ze.

'Nee,' zei Josef. 'Denk ik niet.'

De man ontving een oproep via de portofoon, en hij liep een

paar passen bij hen weg zodat Josef niet kon horen wat hij zei. Na een paar seconden voegde hij zich weer bij hen.

'De chef zegt dat we het...' Hij keek even naar Josef. 'Dat we het serieus moeten nemen. Dit heeft topprioriteit.'

'Hebt u een foto van hem?' vroeg de agente. Die had hij. Ze liet hem aan haar collega zien en gaf hem toen terug aan Josef.

'Blijf hier,' zei ze. 'Laat hem aan zo veel mogelijk mensen zien.'

De twee agenten liepen de markt op waar ze zich meteen verspreidden. Josef bleef naast de verlaten politieauto staan, met zijn toestel met de foto erop nutteloos in zijn hand geklemd, omringd door mensen die niet leken te kunnen beslissen of ze zouden blijven of weggaan.

Josef voelde een hand op zijn schouder. Dat kon Alexei niet zijn. Hij kon niet zo hoog komen. Hij draaide zich om. Een vrouw van middelbare leeftijd glimlachte naar hem.

'Die van mij deed dat ook de hele tijd,' zei ze. 'Hij beseft waarschijnlijk niet eens dat je hem zoekt.'

Josef had alleen maar zin om te brullen, om haar te slaan, om wie dan ook te slaan, om als een hond op de grond te gaan liggen rollen. Hij zei echter alleen maar: 'Ja. Misschien.'

Toen zei hij tegen niemand in het bijzonder: 'Alstublieft. Help alstublieft. Hij is mijn zoon.'

Er kwam nog een auto aan, en nog een. Ze vormden een hele rij. Karlsson stapte uit de tweede, gevolgd door Frieda. Josef zag haar eerder dan ze hem zag.

Hij had verschrikkelijke dingen meegemaakt met Frieda en hij wist dat Frieda in haar eentje nog verschrikkelijker dingen had meegemaakt. Maar hij had haar nog nooit zo zien kijken. Haar gezicht was lijkbleek en doods. Haar ogen waren daarentegen akelig levend, ze schoten alle kanten uit, scherp als zweepslagen. Toen ze hem zag staan, liep ze meteen naar hem toe. Hij kon geen woord uitbrengen. Hij was alles kwijt. Hij sloeg zijn armen om haar heen en begon te huilen, hij snikte het uit alsof hij weer een klein kind was. Hij kon gewoon niet stoppen, hij zou nooit meer kunnen stoppen. Hij voelde Frieda's handen op zijn schouderbladen, hij voelde dat ze hem een geruststellend klopje gaf, maar toen maakte ze zich van hem los.

'Daar is het nu niet het moment voor.'

Maar hij kon niet ophouden met huilen. Hij kon zijn gierende huilbui niet tegenhouden.

'Josef!' zei ze wat harder. En toen gaf ze hem een klap.

Een agent kwam naar hen toe.

'Rot op,' zei Frieda.

'Wat?' zei de agent. Hij was zo verbaasd dat hij verder geen woord kon uitbrengen.

Frieda pakte het mobieltje met de foto erop uit Josefs handen. 'Zo help je Alexei echt niet.'

'Mijn schuld,' zei Josef.

'Over schuld kunnen we het later wel hebben,' zei Frieda. 'En ik kan je nu al vertellen dat het niet die van jou is. Maar nu moeten we ons hoofd koel houden en doen wat er gedaan moet worden.'

'Doe jij maar,' zei Josef. 'Jij andere jongen ook gevonden. Nu Alexei vinden. Doe dat, ja?'

Even leek Frieda zichzelf niet onder controle te hebben, alsof ze onverwacht een stomp had gekregen. Toen zei ze: 'We doen allemaal wat we kunnen. Maar iedere seconde telt.' Ze wendde zich tot de agent. 'Sorry dat ik zo tegen u uitviel.' De man wilde iets zeggen, maar ze onderbrak hem: 'Breng meneer Morozov alstublieft naar een van de auto's. Hij heeft rust nodig, wat privacy.'

Josef wilde protesteren, maar Frieda hield voet bij stuk. Toen hij weg was, vroeg ze aan Karlsson: 'En nu? Het hele gebied afzetten?'

Karlsson zag er bijna net zo bleek en geschrokken uit als Frieda. 'Welk gebied?'

'De markt. Dat is te doen.'

'Dat is helemaal niet te doen. Er zijn wel zo'n dertig uitgangen en duizenden mensen.' Hij keek op zijn horloge. 'Hij is vast al meegenomen in een auto of in de metro. Of misschien hebben ze een stuk gelopen en toen de bus genomen.'

'Wat moeten we dan?'

'Kijken.' Karlsson keek om zich heen. Er was nog een politieauto gearriveerd. Agenten renden de markt op. 'Hoe oud was hij?'

'Is hij,' verbeterde ze hem. 'We moeten wel in de tegenwoordige tijd over hem blijven praten. Hij is acht.'

'Hij is acht. Hij spreekt nauwelijks een woord Engels. Hij is in een onbekende wijk van een stad die hij niet kent. Waarom zou hij met een vreemde meegaan?'

'Misschien is hij gedwongen. Alleen is het daar misschien te druk voor.'

Karlsson dacht even na. 'Dean Reeve was daar goed in, in kleine kinderen meelokken in zijn auto,' zei hij. 'Hij werkte samen met een vrouw. Kinderen vertrouwen vrouwen eerder.'

Frieda schudde haar hoofd. 'Niet op deze plek. Op de markt, in Londen, met zijn vader op een paar meter afstand.'

'Toch is hij weg.'

'Ja, hij is weg.'

Frieda wist hoe het verder zou gaan. Ze had het vaker meegemaakt. De eerste paar uur bestond nog de hoop dat het allemaal op een akelig misverstand berustte. Ze kende verhalen over jongetjes die opeens verstoppertje waren gaan spelen en dan uren wegbleven, misschien zelfs wel ergens onder een tafel in slaap vielen. Maar was dat een geloofwaardig scenario op de drukste markt van Londen?

Een uur later zag Frieda een groepje mannen met een zware uitrusting, zuurstofflessen en grote tassen vanaf de hoofdstraat naar het kanaal lopen.

'Hij kan niet in het water zijn gevallen,' zei ze. 'Het stikt hier van de mensen. Op het jaagpad is het altijd ontzettend druk.'

'Een ongeluk is zo gebeurd,' zei Karlsson. 'In het water is een lichaam zo verdwenen.'

Er werd niets gevonden. Om negen uur 's avonds maakte het journaal melding van de vermissing. Frieda zat naast Josef op Reubens bank toen de foto die Josef aan de agent had laten zien op het scherm verscheen. Toen Frieda uren later tegen Josef zei dat hij moest proberen te gaan slapen, keek hij haar ongelovig aan.

'Hij ergens daar is. In donker. Hoe ik dan slapen? Hoe ik ooit nog slapen?'

Frieda dacht er eigenlijk precies hetzelfde over. 'Morgen om tien uur is er een persconferentie. Daar moet je bij zijn.'

Josef schudde zijn hoofd. Hij staarde glazig voor zich uit.

'Dat moet echt. Het is belangrijk dat mensen een verdrietige ouder zien. Daar identificeren ze zich dan mee en dat maakt dat ze zich eerder dingen gaan herinneren.'

Frieda nam hem mee naar boven. Nadat hij in bed was gaan liggen, trok ze haar schoenen uit, ging met haar kleren aan naast hem liggen en pakte zijn hand. Ze hoopte dat hij een paar uur zou kunnen slapen. Ze dacht aan Alexei, die eerder die dag in de tuin vol vertrouwen zijn handje in de hare had gelegd, en ze deed geen oog dicht.

22

De volgende ochtend woonde Josef de persconferentie bij, gewassen en geschoren en met een das om. Hij zei niets. Hij kon geen woord uitbrengen. Zijn gezicht was opgezet en zijn ogen waren rood. Petra Burge las een verklaring voor die Frieda en Karlsson hadden opgesteld, in bewoordingen die Josef zelf zou hebben gekozen als hij daartoe in staat was geweest.

Er waren heel wat verslaggevers op afgekomen. Petra Burge zag Liz Barron zitten, fris en gretig; ze zag eruit alsof ze net terug was van een zonvakantie, haar gezicht was gebruind, en haar ogen glansden van nieuwsgierigheid.

Er werd gevraagd of de politie aanknopingspunten had. Petra antwoordde dat ze in het bezit waren van een wazig beeld van een bewakingscamera. Nadat een agent wat had ingetikt op een laptop, verscheen er een foto op het scherm achter hen. Hij was inderdaad erg vaag.

'Dat zou misschien Alexei Morozov kunnen zijn, maar misschien ook niet,' zei Petra Burge. 'En die man zou misschien Dean Reeve kunnen zijn.'

'Weet u welke kant ze uit gingen?'

'Nee.'

'Zijn er getuigen gevonden?' De vraag kwam van Gary Hillier, een van de journalisten door wie Frieda was geïnterviewd. Hij had zijn sikje afgeschoren en had nu een heel dun snorretje, alsof hij met een viltstift een streepje boven zijn mond had getrokken.

'We hopen dat deze persconferentie mensen ertoe zal aanzetten om zich te melden.'

'Denkt u dat Dean Reeve jullie probeert te stangen?' vroeg een man achterin met luide stem.

'Geen commentaar.'

'Hij is jullie altijd een stap voor.'

Na afloop werden Josef en Frieda met een auto teruggebracht naar Reubens huis. Josef, nog steeds met rode ogen en een matte blik, verdween met een fles whisky naar zijn kamer. Frieda bleef bij Reuben zitten. Geen van beiden zei iets. Er viel niets te zeggen.

Ze zetten ook de tv niet aan en keken niet op internet. Als er iets gebeurde, zouden ze het vanzelf te horen krijgen. Jij kunt hem wel vinden, had Josef op hulpeloze toon tegen Frieda gezegd. Het was waar dat ze al eerder een jongetje had teruggevonden. Maar nu had ze geen enkel aanknopingspunt.

Ze had het gevoel alsof ze grip probeerde te krijgen op een volkomen glad, hard oppervlak. Toch bleef ze nadenken, liet ze haar gedachten gaan over alles wat ze wist, en intussen was het middag en hadden ze nog steeds niets gehoord. Toen haar telefoon ging, was het alsof ze ontwaakte uit een trage en afgrijselijke droom. Ze keek op het schermpje. Karlsson.

'Het is zeventien over vier,' zei hij. 'Tenminste, dat was het twee minuten geleden. Het tijdstip waarop Josef je belde. Gisteren. Je weet toch wat dat betekent?'

'Ik wist wat het betekende toen ze begonnen te dreggen in het kanaal.'

'Je weet best wat ik bedoel. Je moet Josef voorbereiden. Er in elk geval mee beginnen.'

'Oké.' Ze beëindigde het telefoontje en liep langzaam de trap op.

De volgende ochtend kwam de zon om kwart voor zes op. Jemma Cowan liep ongeveer twee minuten later met Seamus, haar kleine jack russell, langs het kanaal in Bow. Ze hield van dit tijdstip. Het was dan nooit helemaal uitgestorven, meestal was er wel een fanatieke wielrenner. Vandaag kwam een hardloper haar tegemoetlopen, met een zonnebril op tegen de zon en een capuchon tegen de ochtendkoelte. Hij rende langs haar heen de trap op.

Seamus was aan het snuffelen, net zo betoverd als zij. Soms zag ze aalscholvers en ijsvogels en andere vogels waar ze de naam niet van kende, ze zag vissen met een traag blub-blub het metaalachtige oppervlak van het water doorbreken. Het was net alsof ze op het platteland langs een rivier wandelde, maar dan een rivier in een postapocalyptisch landschap, wat nog mooier was. Andere mensen renden en fietsten en wandelden met koptelefoons op. Ze snapte daar niets van. Zelf hield ze van de onverwachte geluiden, van het getjilp en geblaf en gekrijs. Voor haar waren die net zo belangrijk als de geur van vers brood die opsteeg uit de fabriek aan de andere kant van het kanaal.

Ze liep onder een brug door die zo laag was dat ze zich moest bukken, en toen ze er aan de andere kant uit kwam, zag ze iets wat ze niet meteen kon thuisbrengen. Een gestalte op een bank. Maar waarom was die gestalte zo klein? En waarom zo roerloos? Een beetje angstig keek ze om zich heen. Toen liep ze naar de bank toe.

Het was een jongetje. Donker haar, smerig gezicht, T-shirt, spijkerbroek, sneakers. Hij bood zo'n vreemde aanblik dat ze niet goed wist wat ze moest zeggen.

'Gaat het?' In de stilte klonk haar stem anders dan anders. De jongen keek haar ernstig aan, maar hij zei niets. 'Weet je waar je mama of papa is?'

De jongen keek naar zijn rechterhand die hij tot een vuist had gebald. Hij hield zijn hand voor haar op en opende hem. Er stond iets in zijn handpalm geschreven, in kleine blokletters.

Ze boog zich naar hem toe en las het woord hardop. 'Politie.' Ze pakte haar mobiel.

23

'Is er dan niets wat je ons kunt vertellen, Alexei?'

Fran Bolton en Petra Burge keken allebei naar het jongetje dat voor hen stond. Hij praatte niet, hij huilde niet, hij bewoog alleen zijn hoofd, ritmisch, alsof hij ermee tegen een onzichtbare muur bonkte.

'*Nana*,' fluisterde hij.

'Papa? Die komt zo, Alexei,' zei Burge. 'Kun je ons iets vertellen over de man die je heeft meegenomen? Was hij groot, klein? Dik, dun?'

Alexei keek haar niet-begrijpend aan. Toen klopte hij aarzelend op zijn rechterheup.

'Wat doet hij?' vroeg Fran Bolton.

'Ik denk dat er iets in zijn zak zit,' zei Petra Burge.

Nadat ze uit haar eigen zak latex handschoenen had gepakt, ging ze op haar hurken voor Alexei zitten.

'Kijk,' zei ze zacht. 'Ik trek deze speciale handschoenen aan. En dan zal ik in je zak kijken. Is dat goed?'

Hij knikte, al wist ze niet of hij haar wel had begrepen. Ze stopte haar vingers in zijn zak. Hoewel zijn broek strak zat, voelde ze toch iets. Het lukte haar om het met twee vingers beet te grijpen. Ze trok het er voorzichtig uit. Het was een stukje wc-papier met iets erin. Het woog bijna niets. Ze legde het op tafel en vouwde het open.

'Wat is dat?' vroeg Fran Bolton, terwijl ze instinctief achteruitdeinsde.

Het leek net een dik, opgekruld blad en er steeg een zoetige geur uit op, die Petra Burge aan vochtige paddenstoelen deed denken. Ze draaide het met haar vinger om. 'Het is een oor. Een stuk van een oor.'

'Van een varken of zo?' vroeg Fran Bolton.

'O nee. Ga onmiddellijk iemand van de forensische recherche halen.'

Deze keer mocht Josef van Frieda net zoveel huilen als hij wilde. Ze zaten samen achterin, en Josef leunde tegen haar schouder en snikte het uit. Toen ze het parkeerterrein van het politiebureau in Bow op reden, draaide Petra Burge zich naar hen om.

'Josef, luister naar me.'

Josef hief zijn hoofd en pakte de zakdoekjes aan die ze hem gaf. Hij snoot zijn neus en veegde zijn ogen en gezicht droog.

'Josef, we hebben je al verteld dat Alexei zowel lichamelijk als geestelijk ongedeerd is. Wat dat dan ook wil zeggen na wat hij heeft meegemaakt.'

'Nu naar hem toe?' vroeg Josef.

'Hij heeft nog geen woord gezegd sinds we hem hebben gevonden.'

'Hij geen Engels spreekt. En hij stil na dood van zijn moeder. Hij nog geen woorden heeft.'

'Oké. Kom maar met mij mee. Je zult begrijpen dat hij van streek is.'

Josef knikte. Even maakte hij een bijna angstige indruk; er glansden tranen in zijn bruine ogen. 'Kom jij ook, Frieda?'

'Ik kom zo. Het is beter als jullie even alleen zijn.'

Hij keek haar verontrust aan. 'Alsjeblieft. Kom.'

'Als je dat echt wilt.'

'Dat wil ik.'

Toen ze waren uitgestapt, legde Petra Burge even een hand op Frieda's schouder om haar tegen te houden. 'Twee dingen,' zei ze.

'Wat?'

'Ik zei dat Alexei niets had gezegd. Dat klopt niet helemaal.

Hij heeft een keer "nana" gezegd, en daarna alleen nog maar twee woorden, "Frieda Klein". Wat hem ook wordt gevraagd, dat is het enige antwoord dat hij geeft. Frieda Klein.'

'Wat raar,' zei Frieda langzaam. 'En dat andere? Je zei dat er twee dingen waren.'

'Er zat iets in zijn zak.'

'Wat dan?' vroeg Frieda, maar nog voordat Petra antwoord gaf, had ze al een vermoeden.

'Een oor, van een mens, in wc-papier gewikkeld.'

'Van Bruce Stringer.'

'Dat zou kunnen.'

'Het kan niet anders.'

'Maar waarom?' vroeg Burge.

'Je bedoelt waarom de ontvoering, waarom dat oor?'

'Alles. Je neemt de moeite om een kind te ontvoeren, maar laat hem dan weer gaan. En dat niet alleen, je geeft hem een trofee mee van een vorige moord.'

'Een trofee,' zei Frieda nadenkend. 'Dat denk ik niet.'

'O nee? Waarom niet?'

'Ik weet dat seksueel verlangen soms gepaard kan gaan met geweld. Zo iemand wil zijn misdaad steeds opnieuw beleven. Alleen de herinnering eraan is niet genoeg. Maar volgens mij zit Dean Reeve niet zo in elkaar. Want dan zou het veel eenvoudiger te zijn om hem te pakken te krijgen. Volgens mij doet hij alles wat hij doet met een reden.'

'En wat is zijn reden voor het oor?'

'Het vertelt ons dat degene die Alexei heeft ontvoerd ook Stringer heeft vermoord.'

'Maar waarom zou ons dat zo expliciet verteld moeten worden?'

'Als we binnen met Alexei zouden praten, en niet hierbuiten met elkaar, wisten we dat misschien al,' zei Frieda.

Petra keek haar koel aan. '"We". Je durft wel.'

Alexei zat aan een tafel, met de grote maar opmerkelijk fijngevoelige Don Kaminsky naast hem. Kaminsky zei niets, hij raakte de jongen niet aan, hij bood hem alleen beschutting. Alexei schonk geen enkele aandacht aan het pakje jus d'orange en het broodje voor hem. Hij droeg kleren die niet van hem waren. Zijn eigen kleren waren meegenomen voor onderzoek. Zijn gezicht was schoongeveegd, maar nog steeds uitdrukkingsloos. Toen hij zich omdraaide en Josef zag, bleef Josef even als aan de grond genageld staan. Hij kon alleen maar bezorgd naar zijn zoontje kijken. Toen liep hij naar hem toe, hurkte neer naast zijn stoel en nam hem in zijn armen. 'Je bent veilig.'

Na een korte aarzeling liet Alexei zich tegen zijn vaders schouder vallen en sloot zijn ogen. Josef snikte even, hoewel hij zijn best deed om zich te beheersen, en over Alexei's wang biggelde eindelijk een traan. Ze bleven even zo zitten, terwijl Josef het zachte donkere haar van zijn zoontje streelde en lieve woordjes fluisterde.

Toen ze elkaar loslieten, kwam Frieda in beweging. Ze ging zwijgend tegenover hem zitten.

Hij staarde haar aan. Zijn gezicht vertrok van inspanning. 'Frieda Klein,' zei hij toen. De naam klonk vreemd en buitenlands uit zijn mond.

Ze wees naar zichzelf.

Alexei fronste als een leerling die een vraag moet beantwoorden. 'Dit,' zei hij in het Engels.

Het was het eerste Engelse woord dat ze hem hoorde zeggen; ze had hem überhaupt nog nauwelijks iets horen zeggen, ook niet in het Oekraïens.

'Wat dit?' vroeg ze, zich bewust van de zinloosheid van haar vraag.

'Dit. Ben. Ik,' zei hij moeizaam.

Josef hapte hoorbaar naar adem. Kaminsky noteerde iets op een kladblok. Verder zei niemand iets.

'Kijk. Ergens.' Het was duidelijk dat hij zelf niet wist wat hij zei. Hij had de woorden uit zijn hoofd geleerd.

Niemand reageerde.

Ergens, dacht Frieda. Wat wil dat zeggen?

'Anders,' zei Alexei. En toen raffelde hij zijn zin af: 'Dit ben ik kijk ergens anders.'

Frieda keek Josef aan. 'Vraag hem hoe hij aan die woorden komt.'

Josef en zijn zoon fluisterden wat in hun eigen taal, en Frieda hoorde dat ze haar naam noemden.

Toen wendde Josef zich tot haar: 'De man hem woorden geleerd en tegen hem gezegd: tegen Frieda Klein zeggen.'

'Goed zo,' zei Frieda tegen Alexei. 'Dat heb je goed gedaan. Dank je wel.'

Hij keek haar niet-begrijpend aan.

'Josef, je moet hem nog één vraag stellen,' zei Petra Burge. 'Er zullen nog meer vragen komen, maar eerst deze. Vraag hem waarom hij met de man is meegegaan.'

Josef sloeg zijn arm om zijn zoontje heen, en opnieuw voerden ze fluisterend een kort gesprek. Josef leek ineens te schrikken.

'Wat is er?' wilde Petra weten.

'Hij zegt de man in Oekraïens zeggen, in heel slecht Oekraïens, ik breng jou naar mama.'

Frieda knikte. 'Dat werkt natuurlijk wel.'

'Maar Dean Reeve weet niet dat Alexei's moeder dood is,' zei Petra.

'Dat weet hij echt wel.'

'Maar waarom zou Alexei dan toch met hem meegaan?'

'Omdat hij een kind is dat zijn moeder heeft verloren.'

Petra knikte begrijpend. 'We weten nu in elk geval in welke buurt Dean Reeve zich vermoedelijk ophoudt.'

'Nee, dat weten we niet.'

'Waarom zou hij anders deze plek uitkiezen?'

'Het is de plek waar hij zijn broer heeft vermoord,' zei Frieda. 'Hij heeft een aandenken meegegeven, en hij heeft deze plek uitgezocht om ons te laten weten dat hij het is. Daar gaat het natuurlijk allemaal om.'

'Je praat in raadselen. Wat wil je nu eigenlijk zeggen?'

'Kunnen we even ergens onder vier ogen praten?'

'Als je wilt. Don blijft bij jou, Josef,' zei Petra tegen Josef.

Don Kaminsky knikte. 'Wil je soms iets drinken?'

'Wodka?'

'Ik dacht meer aan thee of koffie.'

'O.'

Even dacht Frieda dat Petra Burge een uitzondering op de regel zou maken vanwege Josefs droevige bruine ogen.

'Ik ben zo terug,' zei Petra. Ze nam Frieda mee naar een lege verhoorkamer, sloot de deur en gebaarde naar een stoel. 'Nou?'

'Ergens anders kijken. Je wilde weten wat dat betekende.'

'Volgens mij weet ik al wat je gaat zeggen.'

'De boodschap bestaat uit twee delen. Het eerste is dat Dean inderdaad degene is die Alexei heeft ontvoerd.'

'Ja. En het tweede?'

Frieda keek Petra Burge strak aan. 'Hij wil me vertellen dat hij niet degene is die Chloë heeft ontvoerd en Reuben heeft mishandeld.'

Petra knikte langzaam. 'Maar waarom zou hij die moeite nemen? Wat kan hem dat nou schelen?'

'Dat weet ik niet. Beroepsmatige trots misschien. Soms krijg ik het idee dat hij wil dat ik dingen weet. Daarom paste dat wat er met Chloë en Reuben is gebeurd, er ook niet bij. Dat hij Stringer en Glasher vermoordde, dat had iets logisch, en het was tegen mij gericht.'

'Zodra je het over Dean Reeve hebt...' begon Petra.

'Wat dan?'

'Dan klink je anders. Alsof jullie elkaar begrijpen.'

'Ga alsjeblieft niet de psychiater uithangen. Ik ben op de een of andere manier bij het leven van Reeve betrokken geraakt en nu kan hij me niet meer met rust laten. Ik wil alleen dat hij opgepakt wordt. Meer niet.'

'Goed. Maar laten we alle mogelijkheden eens bekijken.'

'Mij best. Wat zijn die volgens jou dan?'

Petra dacht even na. 'Het zou kunnen dat Dean liegt,' zei ze toen. 'Dat hij wel verantwoordelijk is voor die andere twee misdrijven.'

'Nee,' zei Frieda.

'Het zou best kunnen. Of misschien hebben deze twee zaken

wel niets met elkaar te maken. Misschien is je nichtje toevallig in handen gevallen van een psychopaat.'

'Ze is niet seksueel misbruikt.'

'Dat zegt niets. Er zijn mensen die opgewonden raken van de touwtjes in handen hebben, van alleen maar kijken.'

'Maar waarom zou hij dan een foto sturen naar een journalist die schrijft over de Reeve-moorden?'

'Dat is een goed punt,' erkende Petra. 'Maar de mishandeling van dokter McGill kan ook gewoon een poging tot inbraak zijn die verkeerd is afgelopen.'

'Er is niets gestolen.'

'Daarom noemde ik het ook verkeerd afgelopen. De derde mogelijkheid is dat er nog iemand anders in het spel is.'

'Ja. En wat doet hij precies?'

'Mensen komen op moorden af als vliegen op de stront.'

'Je denkt dat iemand Dean kopieert?'

'Dat is een mogelijkheid, ja: een copycat. Alle wegen leiden naar jou.'

Frieda stond op en liep naar het raam. Ze legde er een hand op, alsof ze er zeker van wilde zijn dat er glas tussen haar en de wereld zat. Toen draaide ze zich weer om naar Petra Burge en zei kalm en duidelijk: 'Dat is niet waar. Ze leiden naar mijn vrienden.'

'Maar het draait allemaal om jou.'

'Ik ben niet degene die wordt aangevallen.'

'Nog niet.'

'Je moet ze beschermen. Meteen.'

'Je vrienden?'

'Ja.'

'Al je vrienden?'

'Je hebt gezien wat er kan gebeuren. Reuben had wel dood kunnen zijn. Chloë...' Ze stopte, want ze zag ineens haar nichtje weer voor zich, op die smerige matras, wijdbeens.

'Hoeveel vrienden heb je?'

'Chloë en Reuben lopen nog steeds gevaar. Dan is er nog Chloë's moeder, Olivia. En mijn vriendin Sasha en haar zoontje Ethan, hoewel ze op dit moment een tijdje bij haar vader woont, een heel eind weg, dus waarschijnlijk is ze daar wel veilig. En dan heb je nog Josef en zijn zoontje. En mijn jonge vriend Jack Dargan.'

'En jij.'

'Ik kan wel op mezelf passen.'

'Het maakt niet uit. Het is toch niet haalbaar.'

'Is het een geldkwestie?'

'Het gaat om een professionele aanwending van beperkte middelen, en ja, het gaat ook om geld. Het zou sowieso ondoenlijk zijn geweest, maar we zijn met een kwart gekort, en dat is nog maar het begin. We kunnen nu al niet meer de dingen doen die we deden...'

'Maar we hebben het over mensen die gevaar lopen.'

'Ik ben niet degene die je daarvan hoeft te overtuigen.'

'Dus je gaat het niet eens proberen.'

'Hoor eens, als je gelijk hebt, en we zouden al deze mensen moeten beveiligen – wat dus onmogelijk is – dan zou de dader iemand anders kunnen uitzoeken, de kring vergroten. Als we deze zes personen beschermen, lopen er weer andere mensen die je kent gevaar. Het is gewoon niet haalbaar, hoe je het ook bekijkt.'

'Dus dat is het.'

'Helemaal niet. Er is een onderzoek gaande naar de ontvoering van Chloë, een ander naar de mishandeling van dokter McGill en nog eentje naar de ontvoering van Alexei Morozov. Dat is de manier waarop we je vrienden zullen beschermen. Door de dader van deze misdrijven op te sporen.'

'Aha.'

Petra keek haar argwanend aan. 'Wat ben je van plan?'

'Dat weet ik nog niet. Maar ik ga zeker iets ondernemen. Het zijn mijn vrienden.'

Toen Frieda naar huis wandelde, ging haar mobiel. Ze zag dat het Paz was, van de administratie van The Warehouse, en nam op.

'Ik heb twee nieuwe patiënten voor je,' zei Paz.

'Hè?'

'Je zei dat je weer nieuwe patiënten aannam. Je hebt zelfs gezegd: hoe meer hoe beter.'

Bijna verbaasd bleef Frieda staan. Dit kwam wel heel ongelegen. Maar opeens dacht ze: als ik het nu niet doe, wanneer dan wel? Als ze wachtte tot haar leven weer normaal was, zou ze nooit meer als therapeut aan de slag gaan.

'Goed,' zei ze. 'Laat ze maar contact met me opnemen.'

'Graag gedaan,' zei Paz.

'Sorry. Dank je,' zei Frieda, hoewel ze zich verre van dankbaar voelde.

De weg was vrij en dat kwam door Dean Reeve. Dean Reeve, die als een geestverschijning in de winter opdook en een lijk onder haar vloer legt, zodat alle ogen van de wereld op haar gericht zijn.

En wanneer de hele wereld kijkt, kan hij ook kijken. Niemand die hem ziet. Hij kan onzichtbaar zijn als rook onder een deur. Als Dean Reeve zelf. Er trekt een scheut door hem heen bij de gedachte aan hem, een klein elektrisch schokje van genot: ze zullen aan elkaar gekoppeld worden. Dean Reeve en hij.

Ze zullen Dean Reeve niet vinden. Niemand kan Dean Reeve vinden. Maar nu kan hij in Dean Reeves voetsporen treden. Hij kan uit zijn naam handelen. Niemand zal weten dat er twee van hen zijn.

Behalve Dean Reeve dan. Hij weet het. Dat blijkt uit wat er met dat jongetje is gebeurd. Het is net een duet. Hij reageert op mij en ik zal op hem reageren.

24

'Dit is weer net als vroeger,' zei Reuben.

Hij had gebroken ribben, zijn magere gezicht was bont en blauw, achter op zijn kale schedel zat een donkerrode snee, en hij liep een beetje mank, maar hij had een schoon overhemd aangetrokken dat Josef voor hem had gestreken en droeg ook zijn fleurige favoriete jasje. Hij had drie flessen wijn opengetrokken en ze op een rijtje op het dressoir gezet. Josef had wodka ingeschonken. Hij was de hele middag bezig geweest met het koken van een uitgebreide Oekraïense maaltijd. Alexei lag in bed; hij sliep onrustig, hij werd van tijd tot tijd wakker en riep dan om zijn moeder. *Matir. Ma.* Josef stoof dan de trap op om zijn hand vast te houden en hem lieve woordjes in het oor te fluisteren alsof Alexei weer een baby was. Daarna keerde hij terug naar de keuken waar de ramen waren beslagen en waar het rook naar aardappelkoekjes, gerstbouillon met knoedels en kruidige lamsstoofpot.

'We moeten kaarsen hebben,' zei Josef. 'Heel veel kaarsen.'

'Maar het is nog licht buiten.'

'Kaarsen voor speciaal.'

Dus stak Reuben kaarsen aan op de tafel die hij had gedekt voor tien. Hij voelde zich zwak, hij had overal pijn. Om de zoveel tijd dacht hij weer even aan het gezicht met de kous erover, de koevoet die op hem neerdaalde toen hij op de grond lag. Maar dit voelde fijn en veilig: vrienden onder elkaar, lekker eten op het fornuis, het geluid van het mes waarmee Josef groente sneed, wijn die in open flessen stond te chambreren en nu ook nog de aangestoken kaarsen op tafel. Zo werd de chaos even op afstand gehouden.

Chloë kwam rechtstreeks uit haar werk, nog in haar werkplunje en met zaagsel in haar haar. Jack, met piekerig haar, had blauwe kaas bij zich. Olivia kwam aangezet met een fles wijn. Aan de blosjes op haar wangen te zien was ze al een beetje aangeschoten; haar lange oorbellen slingerden, haar lippen waren vuurrood en ze omhelsde iedereen enthousiast. Reuben merkte aan alles dat ze elk moment in tranen kon uitbarsten.

'Waar is Frieda?' vroeg ze.

'Die zal zo wel komen,' zei hij.

Hij had gelijk. Ze kwam zo stilletjes binnen dat haast niemand merkte dat ze er was. Eerst ging ze even met Josef boven bij Alexei kijken, en daarna verzamelde iedereen zich in de keuken. Voor ze aan tafel gingen, dronken ze allemaal een glas wodka, die Josef voor hen had ingeschonken. Alexei kwam ook naar beneden en ging tussen Josef en Reuben zitten, met rode wangen en nieuwsgierige ogen. Josef, met schort om, haalde met een ernstige, ongeruste en trotse blik de deksels van de schalen.

'Wat lekker!' zei Olivia. 'Wel veel koolhydraten! Maar toch heerlijk en troostrijk na alles wat er is gebeurd.' Ze hikte geëmotioneerd en schepte wat soep op. 'Reuben en Chloë en Alexei.' Ze boog zich naar hem toe. Haar oorbellen zwiepten wild heen en weer, en haar knotje liet een beetje los. 'Schatje van me!'

Alexei keek haar met een mengeling van angst en verbazing aan.

'Ik wilde jullie allemaal bij elkaar hebben, omdat ik iets moet zeggen,' zei Frieda.

'Een toost,' zei Olivia. Ze hield haar glas op en vervolgde met trillende stem: 'Een toost op de vriendschap.'

'Geen toost,' zei Frieda. 'Ik wilde zeggen dat er verschrikkelijke dingen zijn gebeurd en dat het misschien nog niet voorbij is.' Ze liet haar blik rond de tafel glijden. 'Ik denk dat iemand het op jullie heeft voorzien, omdat jullie met mij bevriend zijn.'

'Dean Reeve,' zei Jack. 'Ja, dat weten we.'

'Dean Reeve heeft Alexei meegenomen. Maar hij was niet degene die Chloë heeft ontvoerd en ook niet degene die Reuben heeft mishandeld. Dat was iemand anders.'

'Iemand anders?' vroeg Jack. 'Maar waarom dan?'

'Dat doet er niet toe,' zei ze. 'Nu niet, tenminste. Waar het om gaat, is dat jullie misschien gevaar lopen. Jullie allemaal.'

'En jij ook,' zei Reuben.

'Dat zou kunnen. Maar we kunnen er niet omheen dat er iemand is die jullie in het vizier heeft, omdat jullie mij kennen.'

'Als het Dean Reeve niet is, kan het dus ook een vrouw zijn,' merkte Chloë op.

'Dat zou kunnen.'

Jack haalde een hand door zijn haar. 'Dit is niet zo best.'

'Ik heb de politie gevraagd of jullie beveiliging kunnen krijgen, maar dat zit er niet in.'

'Omdat ze denken dat we geen gevaar lopen?' vroeg Olivia.

'Nee, omdat ze er de middelen niet voor hebben.'

'Ik bescherm mijn familie,' zei Josef. Hij sloeg zo hard met zijn vuist op tafel dat het bestek rammelde. 'Mijn vrienden.'

'Ik ben een vrouw,' zei Olivia. 'En ik woon alleen.'

'Daar kom ik zo nog op. Josef heeft een vriend, Dritan. Hij heeft extra sloten in mijn huis aangebracht nadat ik had ontdekt dat Dean daar was geweest.'

'Nou, dat heeft dan bar weinig geholpen,' zei Jack.

Frieda negeerde hem. 'Hij gaat morgen eerst naar Olivia, en dan komt hij hier.'

'En Chloë dan? En ik?' wilde Jack weten.

'Ik wil dat Chloë weer bij Olivia intrekt.'

'Maar ik ben daar net weg.'

'En ik hoopte dat jij, Jack, daar ook kon logeren.'

'Jij bent tenminste een man.' Olivia pakte een nieuwe fles wijn bij de hals beet en schonk haar glas weer vol.

'Pardon,' zei Chloë. 'Ik kan mezelf heus wel verdedigen, hoor. Waarschijnlijk beter dan Jack.'

'Waarschijnlijk wel,' zei Jack.

Ze keken elkaar even aan, een korte opleving van hun oude liefde voor elkaar.

'Mooi,' zei Frieda. 'Zo passen we allemaal op elkaar.'

Josef boog zich naar haar toe. 'Waar ben jij, Frieda?'

'Kom ook bij ons logeren,' opperde Chloë.

'Ik stuur vriend,' stelde Josef voor.

'Nee. Je snapt toch wel dat er niemand bij mij kan logeren?'

'En Karlsson?'

'Hoezo?'

'Hij is toch een vriend van je?'

Dat had Petra Burge ook al gezegd.

'Dat is wat anders.'

'Waarom?'

'Daarom.'

Karlsson en Frieda zaten in Karlssons kleine tuin. Hoewel het al schemerde, was het nog zwoel. De lucht verbleekte en de vogels waren onzichtbaar aan het zingen. Een tijdstip voor vossen en vleermuizen, voor geheimen en ontboezemingen. Aan de horizon was vaag de omtrek van de maan te zien. Op de tafel tussen hen in stonden een fles whisky, een kleine karaf water en twee glazen. Frieda schonk voor hen allebei in. Ze voegde wat water toe aan haar eigen glas. Karlsson volgde haar voorbeeld.

'Het einde van een prachtige zondag,' zei hij.

'Toen ik klein was, had ik een hekel aan de zondag,' zei ze.

'Hoe kun je nou een hekel hebben aan de zondag?'

'Het was altijd een dag van verveling en stilte en niets te doen hebben en naar de kerk gaan en familie bezoeken die je helemaal niet wilde zien.'

'Daar ben je dan in elk geval overheen gegroeid.'

'Het is een dag dat mensen zich voor zichzelf verstoppen. Een dag dat ze proberen te vergeten wat ze op zaterdag hebben gedaan, en doen alsof de komende week heel anders zal zijn dan de vorige.'

'Ziet jouw week er hetzelfde uit als vorige week?'

'Nee,' zei ze. 'Ik begin weer met mijn werk. Ik heb morgen twee nieuwe patiënten.'

'Dat lijkt me een positief teken.'

'Ik zie op het ogenblik nergens een positief teken in.'

'Ik heb er nu al spijt van dat ik erover ben begonnen,' zei Karlsson met een spijtige blik op zijn glas. 'Maar zelf heb ik altijd wel van de zondag gehouden: brunchen, de kranten lezen, wandelen.'

'Over wandelen gesproken, heb je nog wat van Yvette gehoord?' vroeg Frieda.

'Ze is niet echt een Facebooktype. En ik ook niet.'

Frieda pakte het papiertje uit haar tas, dat ze al die tijd bij zich had gedragen. Ze liet het aan Karlsson zien.

'Wat is dat?'

'Yvette zei dat ik haar moest bellen als ik hulp nodig had. Ze zei dat ze dan meteen zou komen, waar ze ook was.'

'Dat zou ze ook echt doen,' zei hij.

'Misschien kan ik haar bescherming wel gebruiken. Wij allemaal.'

'Ja, je hebt me al gewaarschuwd,' zei hij met een flauw lachje.

'Ja.'

'Ik zal opletten.'

'Je hebt twee kleine kinderen.' Ze merkte dat hij een beetje verstijfde toen ze dat zei.

'Ik zal ook op hen letten,' zei hij zacht. 'En jij moet ook oppassen.' Met een humorloos lachje voegde hij eraan toe: 'Pas op voor vreemden.'

Frieda hield haar glas even tegen haar voorhoofd. 'Ik heb iedereen in gevaar gebracht,' zei ze na een tijdje. 'Iedereen die me vertrouwt.'

Hij zag haar ogen glanzen in het halfduister. 'Zo moet je niet denken.'

'De mensen die om me geven. De mensen om wie ik geef.'

Hij zei niets.

25

De volgende middag zat ze in haar spreekkamer, in een stoel die haar paste als een handschoen. Ze keek naar Morgan Rossiter en hij keek terug. Sommige patiënten vonden het lastig om haar recht aan te kijken, vooral tijdens de eerste sessie, maar hij niet. Rossiter droeg een geruit overhemd, een gebleekte jeans en afgetrapte schoenen. Hoewel hij eruitzag als een bouwvakker, was zijn taalgebruik er niet naar. Hij bleek docent aan de universiteit te zijn en was pas vorige week naar haar doorverwezen.

'Dokter Singh vertelde me dat u expliciet naar mij had gevraagd,' zei Frieda. 'Waarom is dat?'

'Ik krijg al jaren van mensen te horen dat ik in therapie moet. Vooral van vriendinnen. Maar ik heb altijd gezegd dat ik nooit met iemand zou kunnen praten voor wie ik geen respect heb.'

'Is dat een antwoord op mijn vraag?'

'Ik zou ook nooit een hotelkamer nemen die ik niet eerst heb bekeken, dus waarom zou ik niet kieskeurig zijn als het om therapie gaat?'

'Waarom vonden uw vriendinnen eigenlijk dat u in therapie moest?'

'Ik heb problemen gehad op mijn werk en er kwam een eind aan een relatie en toen ging ik naar mijn dokter en die zag eruit alsof ze ongeveer twaalf was, en ze had ook maar acht minuten tijd voor me.'

Er volgde een lange stilte.

'Een van de belangrijkste onderdelen van therapie is de reden waarom iemand het wil,' zei Frieda toen. 'Misschien kunnen we daarmee beginnen?'

Rossiter had zijn antwoord paraat, alsof hij zich had voorbereid. 'Toen die relatie stukliep – ik was degene die het uitmaakte overigens – vroeg ik me af of ik soms bindingsangst had. Ik heb steeds dat soort relaties. Ik ben trouw zolang ik een relatie heb. Meestal dan. Maar dan bereikt het een bepaald punt en dan maak ik het uit.'

'U vertelde dat u ook problemen op uw werk had.'

'Ach, gewoon.'

'Dat zult u me toch moeten uitleggen.'

Hij keek naar de grond. 'Ik ben veertig, ik publiceer te weinig dat van belang is, en dat alleen maar om mijn aanstelling te behouden, ik doe niet wat ik op mijn tweeëndertigste van mijn carrière had verwacht. Gewoon. Bla bla bla.'

'En dat was het moment waarop u besloot naar uw huisarts te gaan en om een verwijzing naar een therapeut te vragen. En die therapeut moest ik zijn en niemand anders.'

'Er zijn vast heel veel mensen die u als therapeut willen,' zei hij. 'Ik dacht dat er wel een wachtlijst zou zijn.'

'Dat is nog steeds geen antwoord op mijn vraag.'

Hij hief zijn hoofd en keek haar weer aan. 'Het leek me wel interessant, therapie bij de beruchte Frieda Klein.'

De andere nieuwe patiënt was een man van in de twintig. Hij heette Alex Zavou. Een halfjaar daarvoor was er in een café in de buurt van Caledonian Road een vechtpartij geweest, waar hij een einde aan had proberen te maken. Maar er had toen iemand een mes getrokken, wat de dood van een jonge jongen tot gevolg had gehad. Wanneer hij erover sprak, trilden zijn handen en werd hij lijkbleek, alsof hij het weer voor zich zag.

'Ik weet eigenlijk niet goed wat ik hier doe,' zei hij. 'Volgens mij heeft het geen zin om erover te praten. Ik heb al een paar van die sessies gevolgd... van... u weet wel...'

'Cognitieve gedragstherapie,' zei Frieda.

'Die vent probeerde me strategieën en oefeningen aan de hand te doen die ervoor zouden zorgen dat dat gemaal in mijn hoofd zou ophouden.' Onder het praten greep hij met zijn handen naar zijn hoofd. 'Maar het hielp totaal niet. En ik kreeg ook medicijnen. Maar ik blijf erover malen, ik vraag me continu af of het niet beter was geweest als ik niks had gedaan, of als ik het anders had aangepakt. Ik heb het mes niet gezien. Ik herinner me alleen dat die jongen tegen me aan viel en me heel verbaasd aankeek, met grote ogen, net als in een stripverhaal. En toen zakte hij op de grond en zag ik een soort vochtplek op de vloer verschijnen.' Hij keek haar bijna smekend aan. 'Ik weet dat u gaat zeggen dat ik er niks aan kan doen. Het mes raakte een slagader in zijn borst. Niemand kon hem nog redden. Dat zegt iedereen steeds. Het enige wat ik wil, is een medicijn dat ervoor zorgt dat dat gemaal stopt. Of een operatie waarbij er een stukje uit mijn hersens wordt gesneden, zodat het weg is. Ik zit er echt niet op te wachten om het steeds opnieuw te moeten vertellen.'

Er viel een stilte die Frieda pas na een poosje verbrak.

'Zoals u weet bestaat zo'n medicijn niet, en zo'n operatie ook niet. Er bestaat geen snelle oplossing, want zo zit het leven niet in elkaar.'

'Nou, u weet wel hoe u iemand moet troosten.'

'Ik zit hier niet om u te troosten en ook niet om bevriend met u te raken. Hebt u goede vrienden?'

'Een paar.'

'Praat u er met hen over?'

'Soms.'

'Dat is goed. Maar dit is anders. Ik zal u iets vertellen. Dit gaat niet weg. Dit zal altijd deel blijven uitmaken van uw leven, het is een deel van wie u bent. En dat hoeft niet per se slecht te zijn.'

'U hebt makkelijk praten,' zei Zavou. 'U zit daar lekker in uw stoel. U kunt zich niet voorstellen hoe het is om te zien wat ik heb gezien.'

Frieda dacht aan alles wat ze hem zou kunnen vertellen, maar natuurlijk zei ze niets. Het zou hem niet helpen.

26

'Het probleem is dat ze er nooit is,' zei Olivia, terwijl ze de deur van de koelkast opentrok om te kijken wat erin lag. 'Dus dat kun je geen bescherming noemen. Er is niks te eten. Hoe kan dat nou? Waar is mijn quiche verdomme gebleven?'

'Ik eet straks thuis wel iets,' zei Frieda.

'Er was nog een halve quiche. Die heeft zij natuurlijk opgegeten.'

'Het maakt niet uit.'

'Het maakt wel uit. Nou ja, gelukkig hebben we nog wijn genoeg.' Olivia pakte een fles uit de koelkast en zette hem met een bons op tafel, tussen de stapels tijdschriften, de vuile borden en de ongeopende rekeningen. 'Is wit oké?'

'Doe maar een halfje.'

'Nou, des te meer voor mij.'

'Wat ik je wilde vragen, is...'

'En als ze er een keertje is, sluit ze zich op in haar kamer. Met de koptelefoon op. Dus als er iets gebeurde, zou ze het niet eens horen.' Olivia ging steeds harder praten. 'Als ik bijvoorbeeld word vermoord, dan hoort ze me niet gillen; ze blijft gewoon meeneuriën met wat voor muziek het ook is die haar oren verpest.'

'Ik hoor je heus wel!' riep Chloë van boven.

'Zie je nou? Geen spat veranderd. Klein potje met grote oren, zo noemde je broer haar altijd.' Olivia schonk twee grote glazen vol en gaf er een aan Frieda. 'Voordat hij ons in de steek liet, zodat ik alles in mijn eentje kon opknappen.'

Frieda wist niet goed of Olivia al wat had gedronken of dat ze gewoon nog gestrester was dan anders. Haar schoonzus droeg een paarse jumpsuit en hoge hakken, een dikke gouden schakelketting die ze een paar keer om haar hals had geslagen en grote oorringen. Alles zat net een beetje verkeerd. Haar nagellak was geschilferd en haar knotje zat los.

'Mag ik...' begon ze.

'Moet je me niet vragen hoe het met me gaat?'

'Hoe gaat het met je?' vroeg Frieda.

'Niet goed. Verre van goed zelfs. Ten eerste kan ik vanwege al die nieuwe sloten en grendels en codes mijn eigen huis bijna niet meer in. Het lijkt wel een gevangenis.'

'Het is voor je eigen veiligheid.'

'Precies. Omdat er daarbuiten ergens een moordlustige maniak rondloopt. Ik lig de hele nacht wakker, omdat ik denk dat ik voetstappen voor mijn slaapkamerdeur hoor. Ik slaap sowieso al slecht, maar nu doe ik echt geen oog meer dicht. En dan Chloë, die weer hier woont.' Ze sloeg haar ogen op naar het plafond en begon overdreven te fluisteren. 'Ze staat verdomme altijd meteen met haar oordeel klaar. Ze vindt dat ik te veel drink, dat ik slordig ben. Ze heeft kritiek op mijn levensstijl. Nou ja, de pot verwijt de ketel... Ze heeft het aldoor over jou. De heilige Frieda. We schreeuwen tegen elkaar. Het is net alsof ik weer een lastige puber thuis heb.'

'En hoe gaat het met Jack hier?'

'Aan hem heb ik ook niet veel. Hij gaat vroeg weg en komt laat terug. Ik zie hem haast nooit.'

'Ja, maar...'

'En ik zit ook nog in de overgang, Frieda. De overgang! Dus continu zweten en huilen... Ik zit er helemaal doorheen, Frieda. Echt helemaal doorheen,' herhaalde ze bijna genotzuchtig. 'Nou kom ik nooit meer aan de man. Kieran was aardig, maar hij is uiteindelijk ook vertrokken.'

'Ik dacht dat jij het had uitgemaakt.'

'Uiteindelijk vertrekken ze allemaal. Dit is wie ik ben: Olivia Klein, een werkloze, gescheiden, eenzame vrouw van middelbare leeftijd.' Ze kreeg tranen in haar ogen. 'En ik was zo mooi toen ik jong was,' zei ze dromerig. 'Ik dacht dat het allemaal fantastisch zou worden. Het leven.'

Ze schonk haar glas nog eens tot aan de rand vol.

'Ik vind het allemaal heel naar voor je.'

'Nou ja,' zei Olivia op sombere toon.

'Je zegt dat je eenzaam bent.'

'Heb je dat soms van Chloë?'

'Nee, dat zei je net zelf.'

'Ze heeft je natuurlijk verteld dat ik aan het daten ben.'

'Nee, hoor.'

'Dat is gewoon omdat ik bang ben.'

'Hoezo?'

'Ik wil hier niet in mijn eentje zitten. Dus zorg ik ervoor dat ik zo af en toe gezelschap heb. Dan voel ik me veiliger.'

'Dus je wilt beweren dat het je een veilig gevoel geeft om hier vreemde mannen uit te nodigen?'

'Nou hoef je niet meteen zo streng te kijken! Ik weet wel van wie Chloë het heeft, niet dat zij recht van spreken heeft. Het is mijn leven. Ik mag doen wat ik wil. Ik doe er niemand kwaad mee.'

'Ik ben niet streng, Olivia. Ik wil alleen dat je voorzichtig bent.'

'Het is net een nachtmerrie.' Olivia legde haar hand op Frieda's arm.

'Kun je me vertellen hoe ze heten?'

'Wie?'

'De mannen met wie je aan het daten bent.'

'Dat meen je niet.'

'Gewoon voor de zekerheid.' Frieda vond dat ze als een politieagent klonk.

'O god. O lieve hemel. Oké dan. Eentje heette Bobby.'

'Achternaam?'

'Dat weet ik niet. Hij heeft het me wel verteld. Ik kom er nog wel op.'

'Hoe heb je hem leren kennen?'

'In een café.' Olivia bloosde, en ze keek Frieda uitdagend aan.

'Wat doet hij?'

'Iets bij de belasting.' Olivia snoof. Toen stak ze haar hand op. 'Astley, zo heet hij. Robert Astley.'

'Hoe vaak heb je hem ontmoet?'

Olivia wapperde wat met haar handen. 'Een paar keer. Donderdag zie ik hem trouwens weer.'

'Nog anderen in de afgelopen weken?'

'Wat is dit? Een verhoor? Er was een man die Dick heette. Van hem weet ik de achternaam echt niet. Ik heb hem maar één keer gezien. Hij was eerlijk gezegd een beetje eng. En Dominic. Die heb ik via zo'n single-site leren kennen, maar hij bleek helemaal niet single te zijn. Dominic Gordon, als je het precies wilt weten. En Oliver. Ollie. Die heb ik maar twee keer ontmoet. Hij was wel aardig. Maar jonger dan ik, hoewel hij dat niet weet. Of waarschijnlijk ook wel. Laat ik mezelf maar niks wijsmaken.'

'Hoe heb je hem leren kennen?'

'Hij belde aan en vroeg of ik mijn huis niet eens wilde laten taxeren en toen heb ik hem een kop koffie aangeboden.'

'Dus hij is makelaar?'

'Ja. Dat neem ik aan.'

'Oké.'

'Je denkt toch niet dat het een van hen is?'

'Ik wil dat je voorzichtig bent, Olivia. Je moet niet iedereen zomaar vertrouwen.'

'Ik ben bang.' Ze snikte even dramatisch. 'Ik wil gewoon dat dit ophoudt. En wat moet ik nou eten?'

'Zal ik anders iets maken voor ons?'

'Echt? Want ik ben er niet toe in staat.'

'Ga jij maar lekker even in bad, dan maak ik in de tussentijd iets eenvoudigs klaar.'

Frieda maakte een simpele Griekse salade. In de kleine vriezer vond ze nog wat broodjes die ze in de oven deed. Daarna begon ze de keuken op te ruimen; ze deed de afwas, schrobde pannen, maakte het aanrecht schoon, verzamelde alle kranten, tijdschriften en boeken die ze tegenkwam en legde ze op een stapel. Terwijl ze daarmee bezig was, kwam Chloë de keuken in.

'Je hoeft haar rotzooi toch niet op te ruimen? Dat doe ik straks wel.'

'Ik vind het niet erg.'

'Wat vind je van haar?'

'Maak je je zorgen om haar?'

'Ze is altijd nogal theatraal,' zei Chloë. 'Maar heb je ook niet de indruk dat het erger is dan anders?'

'Zou kunnen.'

'Weet je, toen ik klein was, was ik bang voor haar. Ik wist nooit hoe ik haar zou aantreffen. Het ene moment was ze lief en kon ze niet van me afblijven, het volgende moment lag ze in bed te huilen omdat ze verdriet had om een of andere man. Of omdat ze dronken was. Of omdat ze was gestopt met drinken en daardoor zwaar chagrijnig was.'

'Ik weet het.'

'Daarom was het zo belangrijk dat jij er was.'

'Ik ben er nog steeds,' zei Frieda.

'Ja. Maar ik hoor nu eigenlijk zelf volwassen te zijn.'

'Dat ben je ook. Maar dat wil nog niet zeggen dat je geen mensen meer nodig hebt.'

Chloë wreef over een harde knoest in de houten tafel. 'Ik vind het lastig om hier weer te wonen.'

'Ik hoop dat het niet al te lang nodig zal zijn.'

'Verschrikkelijk, hè? Wat er allemaal is gebeurd.'

'Ja. Vooral voor jou.'

'En voor Alexei en Reuben.' Chloë kreeg tranen in haar ogen. 'Hij ziet er zo ziek uit, Frieda.'

'Dat komt deels door de behandeling.'

'Heb jij dat ook weleens, dat je het liefst wilt dat de dingen altijd hetzelfde blijven?'

'Heb jij dat nu?'

'Ik wist niet dat het zo moeilijk zou zijn.'

'Volwassen zijn?'

'Zoiets. Soms wou ik dat ik nog in mijn eindexamenjaar zat en dat jij me dan hielp met die stomme scheikunde. Of dat ik nog met Jack was.'

'Je had een hekel aan school. En aan scheikunde. En dat jij en Jack uit elkaar zijn, heeft een reden.'

'Dat weet ik.'

'En je vindt het toch leuk wat je nu doet?'

'Ja, echt. Ik weet niet waarom ik zo somber ben. Sinds dat weekend voelt alles een beetje raar.'

'Dat weekend dat je kwijt bent?'

'Ja.' Ze wreef nog steeds fanatiek over de knoest in de tafel en Frieda kon haar gezicht niet zien.

'Heb je er nog over nagedacht of je er niet liever met iemand over wilt praten?'

'Wat moet ik dan zeggen? Ik herinner me helemaal niks. Wat moet ik nou zeggen over iets wat ik niet weet?'

'Wat we niet weten – de gaten, de stiltes – kan van meer invloed zijn dan wat we wel denken te weten.'

'Ik zal erover nadenken.'

'Doe dat. Volgens mij kan het je helpen. Maar er is iets anders wat ik je wilde vragen.'

'Wat dan?'

'Als ik gelijk heb en iemand heeft het op mijn familie en vrienden gemunt, dan is het waarschijnlijk iemand die een van ons kent, al is het maar oppervlakkig.'

Eindelijk hief Chloë haar hoofd. Ze keek Frieda strak aan. 'Dat is afschuwelijk.'

'Misschien is het niet belangrijk, maar zou je me kunnen vertellen welke mensen je onlangs hebt leren kennen?'

'Nou ja, Klaus natuurlijk,' zei ze met een flauw lachje. 'Maar die heb je al gesproken en ondervraagd.'

'Hij was het niet. Hij was bij een vriend uit Duitsland.'

'Dat is fijn om te horen.' Chloë knikte een paar keer. Ze zag er jong en ernstig uit.

'Zie je hem nog weleens?'

'Volgens mij heb jij hem afgeschrikt.'

'Sorry.'

'Maakt niet uit. Hij heeft zich wel erg snel laten afschrikken, en bovendien ben ik niet in de stemming voor dat soort dingen. Niet na wat er is gebeurd.'

'Dat is begrijpelijk. Verder nog nieuwe mensen leren kennen? Iemand van wie je weinig afweet?'

Chloë sloeg haar armen over elkaar en rilde, hoewel het een zachte avond was. 'Het voelt nu net of ik iemand beschuldig.'

'Over wie heb je het?'

'Er is een nieuwe collega op mijn werk. Schots. Hij heet William. William McCollough.'

'Hoe is hij?'

'Hij is ouder dan wij. Goed in zijn werk, maar houdt zich verder nogal afzijdig.'

'Oké.'

'Denk je echt dat het iemand is die een van ons kent?'

'Dat zou kunnen.'

'Waar moet dat heen?'

Frieda dacht na over Chloë's vraag, terwijl ze met snelle pas naar huis liep door de smalle zijstraatjes. Ze dacht aan Chloë's nieuwe collega die zich afzijdig hield. Ze dacht aan haar nieuwe patiënten, de jongen met het posttraumatische stresssyndroom en de man met bindingsangst. Ze zag voor zich hoe er met een koevoet op Reuben in werd geslagen, terwijl hij in zijn pyjama op de grond lag, ze zag Chloë voor zich zoals ze er op de foto had uitgezien die die journalist haar had gegeven, liggend op een matras.

Zoveel mensen. En dat was nog maar het begin. Als je eenmaal achterdochtig begon te worden, verspreidde zich dat als een olievlek. Waar moest het heen?

Ze was van plan geweest om de nieuwe kennissen van al haar vrienden na te trekken, maar begreep ineens dat dat onmogelijk was, absurd.

Aarzelend beet ze op haar lip. Hoewel ze het liever niet aan Karlsson wilde vragen, wist ze ook niet tot wie ze zich dan moest wenden. Ze draaide zich om en liep terug in de richting van Highbury.

'Wat is je vraag precies?' vroeg Karlsson toen Frieda was uitgepraat.

'Dat weet ik zelf ook niet zo goed.'

'Misschien omdat je het niet hardop wilt zeggen. Nou, dan doe ik dat voor je. Je wilt je eigen vrienden natrekken.'

'Voor hun eigen bestwil.'

'Daar zul je dan iemand voor in de arm moeten nemen.'

'Ik weet niet hoe dat moet.'

'Ik wel.'

'Hij moet wel goed zijn.'

'Net zo goed als Bruce Stringer?'

Hoewel zijn opmerking haar raakte, bleef ze hem recht in de ogen kijken. 'Dit gaat niet om Dean opsporen. Dit heeft niets met Dean te maken, behalve dan dat hij iemand anders geïnspireerd lijkt te hebben. Wat Dean betreft zal ik nooit meer om hulp vragen. Nooit.'

Karlsson knikte.

Frieda vond dat hij een vermoeide en matte indruk maakte.

'Ga je het ze vertellen?' vroeg hij.

'Nee.'

'Gevaarlijk terrein.'

'Ja, maar wil je me helpen?'

'Dat doe ik toch altijd?'

Alles komt toe aan hen die wachten. Zijn hart is vol. Hij voelt het kloppen. Ik ben, ik ben. En ik zal zijn. Iedere ochtend wanneer hij ontwaakt, iedere avond wanneer hij in bed ligt en de duisternis in staart.

Hij denkt aan het nichtje op de matras. Een naald in het zachte vlees van haar arm duwen. Machteloze lichamen. Voorwerpen. Er was niets misgegaan. Ze stond daar, in een bomvol café. Makkelijk zat. Mensen zouden beter moeten opletten. Vragen om moeilijkheden. Nou, dan kun je ze krijgen. Haar mee naar buiten nemen toen ze duizelig werd. Haar opvangen toen ze viel. Zwaarder dan ze eruitziet. Maar de auto staat klaar en hup erin en rijden maar. Leuke muziek aan. Hij en zij. Het nichtje van Frieda Klein in zijn auto. Een reusachtige giechelbui die zich had klemgezet in zijn keel. Hij had er traanogen van gekregen.

Toen hij was aangekomen, lag alles al klaar. Hij had haar neergelegd en naar haar gekeken. Het geluid was zo hard dat hij niet precies wist of het in of buiten zijn hoofd was. Zijn hele lichaam trilde mee.

Hij denkt aan de koevoet in de maag van Reuben McGill. De zachte bons. Het gejammer van de man die op de grond lag in die stomme pyjama van hem.

's Avonds opent hij zijn laptop en kijkt hij naar wat hij heeft, veilig opgeslagen in de cloud, zwevend. Zijn vingers bewegen over de toetsen. Haar gezicht verschijnt; dat van Dean. Hij voegt nieuwe toe. Hoofdinspecteur Malcolm Karlsson. Inspecteur Petra Burge. Re-

chercheur Don Kaminsky. Commissaris Crawford. Professor Hal Bradshaw.

En dat andere, stiekem wegtikkend. Zelfs Dean Reeve weet daar niets van. Nog niet.

27

Dennis Rudkin, privédetective, hield kantoor in Tottenham, boven een wasserette en naast een winkel waar ze Italiaanse pakken en puntschoenen verkochten. Nadat Frieda zich door de intercom had gemeld en was binnengelaten, liep ze de onverlichte trap op. Het kantoor maakte een armoedige, maar functionele indruk. Tegen de muren stonden dossierkasten en voor het raam een tafel met daarop twee computers, een papiershredder, twee camera's en wat stapels papieren en mappen. Op het kalende rode kleed lag een klein hondje met een spitse kop en alerte, grote oren; hoewel het niet naar haar blafte, volgde het al haar bewegingen.

Eerst zag ze Rudkin niet. Hij zat verscholen achter een van de computers, een magere man die wel wat weg had van zijn hond en zijn kantoor, vond ze. Hij droeg een gestreept overhemd met een witte kraag en had grijs dunnend haar en het getekende gezicht van een roker.

'Hallo,' zei hij, terwijl hij haar tussen de mappen door krachtig de hand schudde. Zijn knokige hand was verrassend groot en sterk. 'Frieda Klein.'

'Ja.'

'Ga zitten.'

Frieda deed wat hij zei.

'Goed om u te zien. Veel van mijn cliënten heb ik nog nooit gezien. Alles gaat per telefoon of mail.'

‘Voordat we beginnen, wil ik u iets vragen. Hoe noemt u zichzelf?’

Dennis Rudkin fronste, en zijn rimpels werden nog dieper. ‘Ik ben privédetective. Bedoelt u dat?’

‘Ik dacht dat dat tegenwoordig misschien beveiligingsconsultant of zo heette.’

‘De meeste mensen vinden me via internet. Dus dat is het woord dat ze googelen. En zo komen ze bij mij terecht. Maar u hebt me op een andere manier gevonden, hè?’

‘Ja. Ik kreeg uw naam van hoofdinspecteur Karlsson.’

‘Ik ben blij dat hij me niet vergeten is. Zo.’ Hij wreef in zijn handen. ‘Wat kan ik voor u doen?’

‘Ik weet niet wat u normaal gesproken doet,’ zei ze.

‘Een beetje van alles wat,’ zei hij opgewekt. ‘Niet alleen overspel, als u dat soms denkt: door slaapkamerramen gluren. Dat soort dingen doe ik nauwelijks; het meeste werk wordt hier gedaan, achter de computer. Ik verdien mijn geld voornamelijk met verzekeringsfraude. Zo ben ik ooit begonnen. In mijn vorige leven werkte ik bij een verzekeringsmaatschappij en handelde ik schadeclaims af.’

‘Waarom bent u daar weggegaan?’

‘Ik kreeg er schoon genoeg van om schadeclaims goed te keuren waarvan ik wist dat ze vals waren. Iedereen liegt.’

‘U dus ook.’

Zijn wenkbrauwen schoten omhoog. Over zijn volle bureau keek hij haar onderzoekend aan. ‘Maar nu niet meer. Ik ga nu op zoek naar de waarheid. En geef die dan door. Koffie?’ Hij gebaarde naar een waterkoker op een van de dossierkasten.

‘Nee, dank u.’

‘Waar wilt u precies de waarheid over weten?’

Hoewel Frieda haar uitleg zo beknopt mogelijk probeerde te houden, duurde het toch even voordat ze klaar was. De hond draaide zich een keer om op het kleed en kwispelde even. De zon scheen door de smerige ramen naar binnen.

Toen ze was uitgesproken, reageerde Rudkin niet meteen. Na een tijdje zei hij: ‘U wilt dus dat ik ga wroeten in het leven van uw vrienden.’

'Dat zei ik toch?'

'Inderdaad. Hebt u hun gegevens bij u?'

Frieda gaf hem een vel papier waarop ze de namen en adressen had genoteerd van Chloë, Olivia, Reuben en Jack. Onder Chloë's naam had ze de naam van William McCollough geschreven en onder die van Olivia de namen van alle mannen die ze in de afgelopen tijd had leren kennen. Josef had ze niet op de lijst gezet, nog niet. En Karlsson ook niet.

'Maar u bent niet naar iets speciaals op zoek?'

'Ik ben op zoek naar mogelijk gevaar.'

'Als ik niets vind, wil dat nog niet zeggen dat er niets is. Dat beseft u toch?'

'Ja, dat besef ik.'

'Het is een slag in de lucht.'

'Ja.'

'En ik ben er niet een-twee-drie mee klaar. Ik zal hulp moeten inhuren.'

'Wat voor hulp?'

'Iemand die wel vaker iets voor me doet,' antwoordde Rudkin.

'Ik zal het mijn vrienden natuurlijk wel vertellen,' zei ze. 'Dat is wel zo eerlijk.'

'Nee, dat doet u niet.' Hij stond op en kwam achter zijn bureau vandaan. Nadat hij de hond even over zijn roze buikje had gekrabd, ging hij voor het raam staan, met zijn handen op zijn rug. Frieda zag dat hij pantoffels aanhad. 'Een geheim onderzoek heeft geen zin als het niet geheim is. U wilt uw vrienden niet voor het lapje houden, dus vraagt u hun om hún vrienden voor het lapje te houden.'

'Ik snap wat u bedoelt,' zei ze.

Dennis Rudkin ging even op zijn tenen staan en liet zich toen weer op de grond zakken. Achter hem stopte een dubbeldekker, en Frieda kon de gezichten zien van twee jonge vrouwen voorin die het kantoor in keken.

'Iedereen heeft geheimen,' zei hij.

'Dat weet ik.'

'Nee, dat weet u niet. U denkt dat u dat weet.'

'Goed, ik zal het hun niet vertellen.' Na een korte aarzeling voegde ze eraan toe: 'Er is nog iets.'

'Vertel.'

Frieda pakte nog een vel papier uit haar tas. Ze gaf het hem echter niet meteen. 'Hoe discreet bent u?'

'Weet u hoelang ik al in deze business zit?'

'Nee.'

'Zevenentwintig jaar. Denkt u dat ik het zo lang had uitgehouden als ik niet discreet was?'

Ze overhandigde hem het papier.

'Alex Zavou,' las hij hardop. 'Morgan Rossiter. Ja, en?'

'Ik ben psychotherapeut,' zei ze. 'Deze twee mannen zijn nieuwe patiënten van me.'

'U wilt dat ik uw patiënten natrek?'

'Ja.'

Rudkin floot zachtjes tussen zijn scheve tanden en knikte een paar keer.

'Ik moet toegeven dat u lef hebt. Weet u wel wat u doet?'

'Als het ontdekt wordt, zullen ze me schorsen. En terecht.'

'Goed,' zei hij. 'Laat het maar aan mij over.'

'Dank u.'

'Wilt u niet weten wat mijn uurtarief is?'

'Wat is uw uurtarief?'

'Vijfenveertig pond. En hier gaan heel wat uren in zitten. Voor twee man.'

'Goed.'

'Plus btw.'

'Prima.'

'Het kan u echt niet schelen, hè?'

'Nee.'

Dennis Rudkin liep naar zijn bureau en pakte een formulier van een van de stapels. 'Vult u dit dan maar in.'

Terwijl Frieda haar bankgegevens en telefoonnummer noteerde, ging hij gehurkt bij de hond zitten en aaide hem zacht. Toen Frieda klaar was, stond hij weer op om haar een hand te geven, nog steviger deze keer. 'U hoort van me.'

28

Olivia vond dat het veiliger voor haar was om bij Reuben te gaan logeren. Er volgden wat tactvolle onderhandelingen. Daarna moest Frieda Olivia gaan helpen met pakken. Toen ze bij haar schoonzus aankwam, trof ze haar tussen de tassen, koffers, schoenen en stapels kleren aan.

'Je gaat bij iemand logeren, zo moet je het zien,' zei ze. 'Het is geen verhuizing.'

'Dat weet ik ook wel,' reageerde Olivia. 'Ik ben geen klein kind. Maar een logeerpartijtje is het ook niet. Ik neem alleen maar mee wat ik nodig heb om een erg uitgeklede en armzalige versie van mijn toch al zielige leven te leiden.'

Dus bestelde Frieda een taxibus, zo eentje waar kleine sportteams in werden vervoerd, en zij en de mopperende chauffeur hielpen Olivia met haar bagage. Ook Chloë kwam met een tas aanlopen.

'Denk erom, geen puinhoop van mijn huis maken, hè?' zei Olivia tegen haar.

'En wees voorzichtig,' vulde Chloë zelf alvast aan, terwijl ze Frieda aankeek en met haar ogen rolde. 'Jack is er ook. Meestal. En ik zal nergens in mijn eentje naartoe gaan. Ik zal niet in kroegen rondhangen, dus kan niemand meer iets in mijn drankje doen. Ik zal niet met vreemde mannen meegaan.' Ze keek Olivia weer aan. 'Dat laatste geldt ook voor jou.'

'Bel me als er iets raars gebeurt,' zei Frieda.

'Dames, de meter loopt, hoor,' riep de chagrijnige taxichauffeur luid.

'Ik weet het, ik weet het,' zei Olivia.

'U had niet gezegd dat het om een verhuizing ging.'

'Het is ook geen verhuizing.'

'U had beter een bestelbus kunnen huren voor al die troep.'

'Betaal ik u soms ook voor uw goede raad?' vroeg Olivia.

Frieda, die bang was dat er ruzie van zou komen, wist de boel te sussen. Olivia ging voorin zitten en Frieda op een van de achterbanken, ingeklemd tussen de kartonnen dozen en potplanten. Ze zag dat er wat potaarde op de bank terecht was gekomen.

Josef en zijn zoon stonden al op hen te wachten. Alexei's haar was heel kort geknipt, het leek net zacht fluweel. Hij maakte een stille, verloren indruk en volgde zijn vader als een schaduw. Frieda zag dat Josef zijn zoontje voortdurend aanraakte, hij legde zijn brede, eeltige hand op zijn schouder, op zijn korte haar, alsof hij zich ervan wilde vergewissen dat hij echt was. Het arme kind had net een afschuwelijke oorlog meegemaakt, zijn moeder was overleden, en nu dit.

Ze vroeg naar Reuben.

'Hij slaapt.' Josef schudde zijn hoofd. 'Hij slaapt, hij wakker wordt, ik hem drinken geven. Ik soep gemaakt; goede soep om sterk te worden. Hij weer slaapt.'

'En hoe gaat het met jou?'

'Met mij?'

'Je zorgt voor Reuben, je zorgt voor Alexei. Heb je eigenlijk nog wel tijd om te werken?'

Hij haalde zijn schouders op, nog steeds met een bezorgde blik naar Alexei kijkend. Toen wendde hij zich tot Frieda en klopte zichzelf plechtig op zijn borst, alsof het een deur was. 'Dit is mijn tijd,' zei hij.

Hij liet zijn blik over de chaotische Olivia glijden en boog toen even naar haar, maar Olivia had geen oog voor hem. In zichzelf mompelend pakte ze een gebloemde tas uit de taxi. Het viel Frieda nu pas op dat ze maar één oorbel in had, maar dit leek haar niet het moment om er iets van te zeggen.

Frieda, Josef en de taxichauffeur haalden snel de taxi leeg, gadegeslagen door Olivia. Josef droeg zoveel tegelijk dat hij bijna helemaal verscholen ging achter de tassen en dozen. Frieda gaf de chauffeur een fooi van dertig pond vanwege de modder op de bank ('Diefstal,' zei Olivia. 'Pure diefstal.'), terwijl Josef vertelde dat Alexei bij hem op de kamer kwam slapen om plaats te maken voor Olivia.

'Wat aardig van jullie,' zei Frieda, met een blik op Olivia.

'Toen ik zo oud was als hij, zat ik al op kostschool,' zei Olivia.

'Ik koffie en koek brengen,' zei Josef. 'Dit nou jouw huis. Alsjeblieft.'

In de voorkamer, die inmiddels vol stond met haar bagage, keek Olivia om zich heen. 'Allereerst moeten die koffers en tassen naar boven.'

'Olivia,' zei Frieda op waarschuwende toon.

'Wat?' Olivia keek eerst Frieda met grote ogen aan en toen ook Alexei. 'Moet ik het soms allemaal zelf dragen?'

'Daar gaat het niet om.'

'Je snapt gewoon niet hoe bang ik ben.'

'Ja, en omdat je bang bent, ben je nu hier, waar je je veilig kunt voelen.'

'Veilig?' zei Olivia. 'Hoe kun je dat nu zeggen? Mijn dochter is ontvoerd, en God mag weten wat ze met haar hebben gedaan. Reuben is in zijn eigen huis mishandeld. En nou breng je me naar zijn huis! Zijn we hier veilig of vormen we met z'n allen alleen maar een nog groter doelwit?'

Josef kwam de kamer in met een dienblad met mokken koffie en koekjes. 'Koffers naar boven brengen?' vroeg hij.

'Ja,' zei Olivia. Toen ze Frieda's blik opving, voegde ze eraan toe: 'Graag. Dank je wel, Josef. Dank je voor alles.' Er stroomden dikke tranen over haar wangen.

Omdat Josef niet van huis weg wilde, was hij aan Reubens tuin begonnen. Hij had Alexei ook taken toebedeeld, want hij dacht dat dat goed voor hem zou zijn.

'En daarna?' vroeg Frieda.

'Daarna?'

'De zomer is bijna afgelopen, Josef. Alexei moet naar school.'

'Wat kan ik doen?' Josef spreidde wanhopig zijn armen. 'Hoe hij naar school, Frieda? Ik ben niet...' Met een frons zocht hij naar het juiste woord. 'Niet officieel. Alles contant. Dus Alexei niet officieel.'

'Heb je al advies ingewonnen?'

'Nee, want dan zij weten dat ik hier ben, en dan problemen beginnen.'

'Je kunt je niet blijven verstoppen, vooral niet nu Alexei er is.'

'Misschien,' zei hij weifelend. 'Ik zal denken.' Zijn gezicht klaarde op. 'Tuinieren is goed.'

Ze moesten het kleine gazon uitgraven, de stenige aarde omkeren, de planten die er al stonden met wortel en al in plastic zakken doen, daarna de siertegels lichten, die ze gebruikten als rand voor de nieuwe bloembedden die ze later met aarde zouden vullen. Het was zwaar werk, maar de magere Alexei bleek zo sterk als een beer en hielp zonder morren, alsof hij gewend was aan lichamelijk werk. Omdat het warm was, trok hij zijn T-shirt uit. Met ontbloot bovenlijf ging hij zwijgend en geduldig verder met spitten. Olivia bracht hem glazen vlierbessensap met ijsklontjes; hij dronk ze zonder iets te zeggen leeg en ging daarna weer verder met zijn werk.

Josef was tevreden over de voortgang die ze boekten en vond dat hij hen wel even alleen kon laten om naar de ijzerwinkel op Camden Road te gaan en daarna naar de markt om inkopen te doen voor het avondeten. Hij zou een stoofschotel maken, zei hij, met lekker vlees en vol kruiden en specerijen. Eigenlijk was het winterkost, maar het was een beloning voor Alexei's harde werken, het zou Olivia troosten en Reuben zou ervan aansterken. Het zou het huis vullen met heerlijke geuren, de geuren van thuis.

29

Dennis Rudkin keek naar zijn aantekeningen, snufte en wreef over zijn neus. 'Heb ik u wel gewaarschuwd?' vroeg hij.

'U zei dat iedereen geheimen heeft,' zei Frieda.

'Als een echtgenoot contact met me opneemt en wil weten of zijn vrouw liegt, begin ik altijd met te zeggen dat ik hem gratis en voor niets kan vertellen dat ze liegt. Iedereen liegt. Iedereen heeft dingen die hij voor anderen verborgen houdt.'

'Dat weet ik,' zei Frieda. 'Ik ben psychotherapeut.'

'En denkt u dat uw patiënten u de waarheid vertellen?'

Een ongemakkelijk gevoel bekroop haar. 'Hebt u iets gevonden?'

Rudkin schudde zijn hoofd. 'Over uw patiënten nog niks. Ik pluk eerst het laaghangende fruit. Ik wilde gewoon zien of u dit echt wilt.'

'Daar hebben we het al over gehad.'

'Soms gaan mensen er anders over denken zodra ik dingen begin te ontdekken. Ik ben hier mijn kantoor nauwelijks voor uit geweest. Het meeste heb ik op internet gevonden. En ik heb een paar telefoontjes gepleegd.'

'Gaat het vaker zo?'

'Dat hangt ervan af.' Hij zette zijn bril op en wierp een blik op zijn aantekeningen. 'Uw nichtje. Chloë. Werkt als meubelmaker in Walthamstow.'

'Dat weet ik.'

Rudkin negeerde haar. 'Ze huurt daar in de buurt een kamer in een flat met nog twee anderen. Huisbaas is Gerry Travis William, een beruchte huisjesmelker.'

'O, dat klinkt niet goed.'

'Huisgenotes lijken in orde. Af en toe sprake van drugsgebruik. Wilt u daar meer over weten?'

Zwijgend schudde ze haar hoofd.

'Het punt is dat dit allemaal zo goed als niets te betekenen heeft. Het zijn jonge vrouwen, met veel volk over de vloer, mensen die soms een tijdje blijven. Het is onmogelijk om die allemaal na te trekken. Begrijpt u wat ik bedoel?'

'Dat dit tijdsverspilling is?'

'Dat ook weer niet, maar het is maar een deel van het verhaal.' Hij krabde aan zijn hoofd. 'Het is onvermijdelijk dat er bij zo'n onderzoek dingen boven water komen die er verdacht uitzien. Maar ze hoeven niet relevant te zijn voor wat u wilt. Ze kunnen het beeld ook vertroebelen.'

'Ik begrijp het.'

'Goed. Het werk van uw nichtje dan. Dat zou u kunnen interesseren. Sinds kort hebben ze daar een nieuwe collega. Weet u iets over hem?'

'Chloë heeft me over hem verteld en ik heb u zijn naam gegeven. William McCollough.'

'Precies. Hoeveel wilt u over hem weten?'

'Ik ben op zoek naar iemand voor wie ik bang zou moeten zijn.'

Rudkin sloeg een paar bladzijden van zijn aantekenboek om.

'Zo te zien hebt u aardig wat over hem gevonden,' merkte Frieda op.

'Dat valt wel mee. Hij woont ook in Walthamstow, vlak bij zijn werk. Viel onder de pleegzorg. Opgegroeid in Dundee.' Hij sloeg een bladzijde om. 'En nog ergens anders. Was getuige in een politieonderzoek. Een onderzoek naar een weeshuis.'

'Seksueel misbruik?'

'Er is niemand aangeklaagd. Maar dat was inderdaad de reden van het onderzoek.'

'Waarschijnlijk is dat niet relevant voor ons.'
'Maar hij is een collega van uw nichtje.'
'Ja.'
'Die ontvoerd is geweest.'
'Maar die McCollough was toch een slachtoffer? Als hij een getuigenis heeft moeten afleggen.'
'Bijna alle daders zijn ooit slachtoffer geweest.'
'Heeft hij een strafblad?'
Rudkin sloeg nog een bladzijde om. 'Diefstal, drugsgebruik.'
'Ook geweldpleging?' vroeg ze. 'Seksuele delicten?'
'Nee. Tenminste, geen veroordelingen.'
'Meer hoef ik niet te weten. Wanneer is hij voor het laatst in aanraking geweest met de politie?'
'Vijf jaar geleden. O nee, zes.' Hij sloeg zijn aantekenboek dicht. 'Dus dit is alleen nog maar het begin.'
'Dank u, meneer Rudkin.'
'Zeg maar Dennis. Als je dit wilt doorzetten, zullen we elkaar nog vaak zien.'
'Goed, Dennis. Ik wil dit doorzetten.'

30

Die nacht lag Frieda in bed na te denken over wat ze te weten was gekomen. Rudkin had gelijk: bijna alle daders zijn ooit slachtoffer geweest. Maar dat wilde nog niet zeggen dat alle slachtoffers ook daders werden. Maar toch. Had William McCollough zijn werkgever verteld over zijn verleden? Was hij dat eigenlijk verplicht? Voor Frieda was het heel belangrijk dat mensen als McCollough een tweede kans kregen, en een derde en een vierde. Maar als er iets met haar nichtje gebeurde? Moest ze haar waarschuwen? En wat kon Chloë met die waarschuwing doen, McCollough laten ontslaan?

Na een tijdje stapte ze uit bed en kleedde zich aan. Van slapen zou toch niets meer komen. Ze ging in de keuken zitten met een mok thee; ze dacht aan Reuben en zijn huis, waar nu ook Olivia, Josef en Alexei logeerden en aan Jack en Chloë, die in Olivia's huis in Islington zaten. Bijna iedereen om wie ze gaf, zat in een van die twee huizen. Behalve Sasha. En Karlsson. Ze zette de gedachte aan Karlsson meteen weer van zich af. Ze dacht aan Alexei met zijn stekelkoppie en aan de bezorgde blik van zijn vader. Ze dacht aan Reuben met zijn kale, kwetsbare schedel en zijn verschrompelde lijf en aan de kanker in hem. Zou hij nu slapen, of lag hij in het donker te wachten tot hij voetstappen zou horen?

Ze stond op en liep naar de huiskamer, waar ze de foto pakte van Chloë op die groezelige matras in een of andere kale, bedompte ruimte. Ze keek er een hele tijd naar, in de hoop dat ze er iets uit zou kunnen opmaken. Het gebroken ruitje, de scheuren in de gepleisterde muren, de driehoekige schaduw op de grond. Was die van degene die de foto nam of van iets anders? Het moest een verlaten plek zijn, maar wel in de buurt van de glooiing waar de Theems breder werd en waar vliegtuigen laag overvlogen. Ze stopte de foto terug in de envelop en deed die in haar tas. Ze had het gevoel alsof ze alleen maar zat te wachten op de volgende gebeurtenis, alleen maar reageerde op wat die man deed, niet Dean, maar iemand die Dean imiteerde, die in zijn voetsporen was getreden. Ze moest in actie komen. Die drang zat als een strakke knoop in haar maag, als een ijzeren band om haar hoofd.

Toen het eindelijk licht werd, het zilveren licht van de vroege ochtend, nam ze een douche, kleedde zich aan en deed haar nog natte haar in een staart. Ze zette sterke koffie, dronk de mok in vier slokken leeg en at een halve grapefruit. Daarna liep ze naar Holborn.

Nog voordat ze kon aanbellen, zag ze Walter Levin door de straat komen aanlopen. Hij liep met ferme passen, zwaaiend met zijn versleten aktetas. Hij straalde iets zwierigs uit.

'Wat een aangename verrassing,' zei hij toen hij voor haar stond.

'O ja?'

'Het is altijd fijn u te zien. Wilt u niet binnenkomen?'

'We kunnen hier ook wel even praten.' Ze keek naar Levin, met zijn bril met dikke glazen, zijn versleten das en dure overhemd, de stoffige brogues die hij altijd droeg, wat voor weer het ook was. 'U bent goed in dingen regelen, hè?'

'Ik vind het prettig om mensen te helpen, als u dat bedoelt.'

'Nee, dat bedoel ik niet. U hebt mij gebruikt om van commissaris Crawford af te komen, of niet soms? U wist dat hij me niet mocht, dus hebt u mij als wapen tegen hem gebruikt.'

Levin glimlachte. 'Niet zo bescheiden. Ik denk dat u ook een doeltreffend wapen bent zonder de hulp van iemand anders. En wat Crawford betreft...' Hij maakte een wegwerpgebaar. 'Hij had vijanden en hij deed zijn werk niet naar behoren. Een van beide kan nog, maar niet allebei tegelijk.'

'Ik had het moeten weten.'

Hij keek haar aan. 'U verbaast me.'

'Waarom?'

'Ik dacht dat u bozer zou zijn.'

'U zult nooit weten hoe ik ben.'

'Dat neem ik direct van u aan. Nou, als er verder niets meer is wat ik voor u kan doen...' Hij maakte zijn zin niet af.

'Er is wel iets. Daarom ben ik hier.'

'Ja?'

'Ik heb een vriend die graag de Britse nationaliteit wil. Hij heeft ook een jong zoontje. Hij heeft nooit een aanvraag durven indienen. Hij heet...'

'Josef Morozov. Uit Oekraïne.'

'Ja.'

'Laat het maar aan mij over.'

'Dat is niet wat ik vroeg.'

'Jawel.'

Ze ging niet meteen naar haar werk. Haar eerste patiënt had wegens de griep afgezegd; de tweede – Alex Zavou, die een posttraumatische stressstoornis had en wiens naam ze aan de privédetective had gegeven – verwachtte ze pas om halfelf. Ze had nog drie uur voor zichzelf. Ze pakte de foto van Chloë uit haar tas en staarde ernaar, alsof hij zijn geheim zou prijsgeven wanneer ze er maar lang genoeg naar keek. Daarna liep ze naar het metrostation en pakte de metro. Vervolgens nam ze een trein naar het uitgegraven en uitgeholde landschap van klei, hoge kranen en lege pakhuizen met gescheurde muren waarvan de verbleekte belettering nog naar het verleden wees: de glorietijd van spinnerijen en verffabrieken.

Ze stapte weer uit in Pontoon Dock en liep naar Silvertown. Ze wist zelf niet wat ze dacht te vinden. Alles zag er nog hetzelfde uit als de laatste keer dat ze hier was geweest. Toch was ze ervan overtuigd dat ergens in dit kleine gebied, tussen de rivier en de droogdokken, waar de vliegtuigen bulderend over kwamen,

Chloë had vastgezeten. Ze stond midden op straat, met het vervallen pakhuis achter zich en het rijtje niet bij elkaar passende victoriaanse twee-onder-een-kapwoningen voor zich. Ze zocht een verscholen maar toch bereikbare plek, waar iemand een bewusteloze vrouw een heel weekend kon verstoppen zonder angst voor ontdekking. Degene die Chloë had meegenomen, moest met een auto zijn geweest. Frieda keek alle kanten uit: naar de brede stroming van de rivier, waar aan de horizon de grote bouwkranen tussen de glanzende gebouwen stonden; naar de nieuwe wijk in aanbouw; naar de oude, vervallen fabrieken; de fonkelnieuwe bungalows die nog op bewoners wachtten. Het drong tot haar door dat ze bijna geen mens was tegengekomen, geen voetgangers, geen auto's. Hoewel er in de buurt druk werd gebouwd, was het nog steeds een verlaten plek.

Met samengeknepen ogen keek ze naar de stralende lucht en naar het pakhuis achter het afgesloten hek. Aan één kant van het gebouw stonden steigers; de ramen beneden waren allemaal dichtgetimmerd om inbrekers te weren, maar de ramen boven niet, en van sommige was het glas kapot. Ze probeerde zich al die lege ruimten voor te stellen, vol rondrennende ratten en muizen. Misschien waren er ook wel mensen binnen, geheime bewoners. Zou Chloë daar ergens hebben gelegen?

Alex Zavou was te laat voor zijn afspraak. Toen hij Frieda's spreekkamer in kwam stuiven, was hij buiten adem en nogal ontdaan.

'Ik durfde bijna mijn huis niet uit,' zei hij nog voordat hij was gaan zitten.

'Maar dat heb je wel gedaan. Je bent er en dat is goed.'

'Het is net alsof in paniek raken een gewoonte is geworden. En als het niet om iets specifieks is, dan zit die paniek er toch, in mij.'

'De gewoonte van paniek... Dat is interessant,' zei ze. 'Daar zullen we nog op terugkomen.'

'Ik zit vast. Het is een vicieuze cirkel.'

'Je bent hier om daaruit los te komen,' zei ze, met in haar achterhoofd de gedachte dat ze een privédetective opdracht had gegeven om hem na te trekken. 'Maar zoiets gaat stap voor stap.

Daar hebben we het tijdens de vorige sessie al over gehad. Ik wil dat je me nog een keer je verhaal vertelt, zo gedetailleerd mogelijk. En het kan zijn dat ik je tussendoor nog iets wil vragen.'

'Oké.' Hij slikte moeizaam. 'Daar gaan we dan.'

Mensen zijn stom. Het zijn net schapen die blatend achter elkaar aan sjokken. Ze weten niet wat ze denken tot een ander het ze vertelt. Ze denken dat ze goed zijn terwijl ze alleen maar gehoorzaam zijn. Verliefd terwijl het alleen maar de blinde begeerte van hun lichaam is. Ze denken dat ze vrij zijn, maar ze zijn gewoon onderdeel van een systeem. Mieren in een mierenhoop.

Maar Dean Reeve is niet stom. Frieda Klein is niet stom. Zij behoren tot een andere stam.

Dit zijn rare tijden. Rare mooie tijden. Zijn tijden. Hij stopt zijn handen in zijn zakken en balt ze tot vuisten; hij knijpt zijn ogen tot spleetjes en doet ze dan weer open. Hij heeft een brok in zijn keel van opwinding.

31

'Je bent snel,' zei Frieda. Ze was weer bij Rudkin op kantoor. Anders dan de beide vorige keren was zijn hond nu druk in de weer. Hij snuffelde in alle hoeken en gaten van de kamer.

'Je wilde mijn eerste bevindingen, en dit zijn ze,' zei Dennis Rudkin. 'Ik wil mijn werk niet simpeler voorstellen dan het is, maar het meeste heb ik hier achter mijn computer kunnen vinden. De voor de hand liggende dingen.'

'Wat heb je gevonden?'

'Oké. Je schoonzuster en haar nieuwe vrienden.'

Frieda schoof ongemakkelijk heen en weer op haar stoel; de hond kwam naar haar toe en duwde zijn snuit tegen haar been. 'En?'

'Het is een beetje ingewikkeld,' zei hij. 'Maar dat wist je waarschijnlijk al.'

'In welke zin?'

'Om te beginnen zijn ze allemaal getrouwd.'

'Allemaal?'

'Laten we met de eerste beginnen: Robert Astley.'

'De belastinginspecteur?'

'Voor de tweede keer getrouwd. Drie dochters, in de leeftijd van elf tot zeventien. En strikt genomen is hij geen belastinginspecteur.'

'Wat dan?'

'Hij is een voormalig belastinginspecteur. Nu zonder werk.

Hij had een gokprobleem, heb ik begrepen. Niet zo handig voor een belastinginspecteur.'

'O.'

'En Oliver Volkov is ook geen makelaar.'

'Dat dacht ik eigenlijk al. Hij ging van deur tot deur; zo heeft Olivia hem leren kennen. Wat is hij dan wel?'

'Lastig te zeggen. Hij doet van alles wat. Schilderen, behangen, soms ook tuinieren. Hij heeft negen maanden gezeten.'

'Voor wat?'

'Geweldpleging.'

'Dat klinkt niet goed,' zei ze.

'De andere twee zijn wat minder gecompliceerd. Boetes voor te hard rijden, parkeerboetes, dat soort dingen. Niks bijzonders.'

'Zit er iemand bij die in de buurt van City Airport woont?'

Rudkin bladerde even. 'Voor zover ik kan zien niet. Dominic Gordon woont in Beckton, dat is redelijk in de buurt.'

'Ja.'

'Maar een vriend van Jack Dargan woont daar wel vlakbij.'

'Wie dan?'

'Zegt de naam Tom Sylvester je iets?'

'Nee.'

'Jack en hij hebben de afgelopen paar weken veel contact via Facebook. Naar ik begrepen heb, zaten ze samen op school en zijn ze elkaar uit het oog verloren, maar nu heeft Sylvester de banden weer aangehaald. Hij wilde Jack erg graag ontmoeten. Wat ook is gebeurd. Als ik zo tussen de regels door lees, dan denk ik dat je vriend op school door hem werd gepest en deze Sylvester wilde zich daarvoor verontschuldigen, zaken rechtzetten, dat soort dingen, je weet wel.'

'Ja.' Frieda dacht aan Jack, aan zijn verlegenheid, zijn onhandigheid, aan de martelende onzekerheid waardoor hij steeds weer werd besprongen.

'Tom Sylvester is pas zevenentwintig, maar hij werkt in de City en heeft blijkbaar genoeg geld verdiend om een huis met drie slaapkamers in de buurt van de East India Docks te kunnen kopen.'

'Weet je verder nog iets over hem?'
'Niet echt.'
'Wat bedoel je daarmee? Zeg nou maar gewoon wat je weet.'
'Zowel zijn ouders als zijn jongere zus zijn vijf jaar geleden omgekomen bij een auto-ongeluk. Aangereden door een bus. Hij zat ook in de auto, maar raakte slechts lichtgewond.'
'Vreselijk.' Ze klopte de hond even op zijn kop. 'Maar niet verdacht.'
'In mijn werk vind je alles verdacht,' zei Rudkin.
'En Reuben?'
'Je zult het fijn vinden om te horen dat ik niks verontrustends heb gevonden. Hoewel dat misschien komt omdat hij ernstig ziek is en aan huis gebonden.'
Ze knikte. Dat had hem echter niet behoed voor een ernstige mishandeling. Ze zweeg even en vroeg toen: 'En mijn patiënten?'
'Dat hoor je de volgende keer.'

'Ik heb me verdiept in therapie,' zei Morgan Rossiter.
'Waarom?' vroeg Frieda.
'Ik dacht dat u dat wel fijn zou vinden. Alsof ik mijn huiswerk heb gemaakt. Als een brave leerling.'
'Ik weet niet of dat wel zo'n goed idee is.'
'Waarom niet?'
'Het leidt af. U moet nadenken over wat belangrijk voor u is.'
'Wilt u niet weten wat ik allemaal heb gelezen?'
'U mag hier zeggen wat u wilt.'
'Ik las over iets wat "overdracht" wordt genoemd.'
Een gevoel van vermoeidheid overviel haar. Ze wist al wat er ging komen.
'Dat gaat over patiënten die verliefd worden op hun therapeut. Komt dat echt voor?' Hij keek haar met een geamuseerde, uitdagende blik aan.
'Ik denk dat dat voor alle autoriteitsfiguren opgaat,' zei ze. 'Leraren, artsen, bazen. Mensen raken gefascineerd door zulke figuren, geobsedeerd zelfs. Het punt is dat je erover moet praten.'
Hij bleef haar glimlachend aankijken. 'Vindt u dat nooit een probleem?'

Ze keek hem aan. Hij verwachtte dat ze het nu over tegenoverdracht zou hebben, waarbij de therapeut sterke gevoelens voor een patiënt koestert. Maar op dit moment zag Frieda zich voor een heel ander probleem gesteld: het moment waarop de therapeut een grote hekel aan de patiënt begint te krijgen. Een van de moeilijke lessen die hieruit te trekken viel, was dat ze niet moest vergeten dat ook dit een vorm van bewijs was, iets wat gebruikt kon worden in de therapie.

'Dokter Singh vertelde me dat u, voordat u naar mij persoonlijk vroeg, erop stond om bij een vrouw in therapie te gaan.'

'Is dat een probleem?'

'Zoals alles in deze ruimte, is het iets waar we over kunnen praten.'

'Ik dacht gewoon dat ik me meer op mijn gemak zou voelen bij een vrouw.'

Frieda dacht even na. Toen zei ze: 'Vertelt u me eens wat over uw moeder.'

Rossiters glimlach stierf weg. 'Wat dan?'

'Beschrijf haar eens.'

Rossiters hele houding veranderde. Zijn ogen schoten alle kanten uit. 'Ik weet niet waar u op uit bent,' zei hij. 'Maar er is niks raars aan de verhouding tussen mijn moeder en mij.'

Frieda zei niets. Ze wachtte.

'Het is niet eens interessant, als u dat soms denkt.'

Frieda bleef zwijgen.

'Ik heb u meteen al gezegd dat ik problemen had met mijn relaties met vrouwen, dat ik van de een naar de ander ga. Als u soms denkt dat dat op een of andere goedkope freudiaanse manier terug te leiden is tot een probleem met mijn moeder, dan...' Hij maakte zijn zin niet af.

'Wat dan?' vroeg Frieda.

'Dan... Daar ben ik gewoon niet voor gekomen.'

Aha, dacht Frieda bij zichzelf. Het was wel duidelijk waar ze het over moesten hebben.

Toen Rossiter na de sessie door de wachtruimte liep, zag hij een andere man zitten.

'U bent aan de beurt,' zei Rossiter.

'Ik heb nog een paar minuten,' zei de man.

De twee mannen namen elkaar verlegen op, alsof er een band tussen hen bestond waar ze niets mee konden aanvangen.

'We mogen het er waarschijnlijk niet over hebben,' zei Zavou.

'Zoveel regels,' zei Rossiter, voordat hij verder liep.

32

Toen Dennis Rudkin Frieda belde voor een nieuwe afspraak, zei hij dat hij dan toch in het centrum was en wel naar haar huis kon komen. Het idee boezemde haar afkeer in, hoewel ze niet kon verklaren waarom. Ze had altijd de stelregel gehanteerd geen patiënten thuis te ontvangen. Dat zou tot een ongepaste nieuwsgierigheid naar haar privéleven kunnen leiden. Met die regel had ze echter gebroken toen Sasha zich van patiënt tot vriendin had ontwikkeld. Maar het idee dat Rudkin zou zien waar ze woonde, dat hij haar bezittingen zou zien, haar privédomein, leek onverteerbaar. Ze wilde zelfs niet met hem afspreken op een plek waar ze normaal gesproken naartoe zou gaan. Ze had het duistere vermoeden dat hij ook onderzoek naar haar eigen verleden had gedaan, misschien als onderdeel van zijn speurtocht naar het verleden van de mensen die ze kende, of simpelweg uit nieuwsgierigheid. Ze wilde hem niet nog meer informatie geven. Dus stelde ze voor om elkaar te treffen in een nabijgelegen café, de Duke of Rutland, waar ze zelf nog nooit was geweest.

'Is dat je stamkroeg?' had hij gevraagd.

'Nee, maar het is wel bij me in de buurt,' had ze geantwoord.

Toen Frieda arriveerde zat Rudkin in een hoek met een glas bier, een glas whisky en een open zakje chips voor zich. Frieda vroeg bij de bar om een glas tomatensap en ging bij hem zitten.

'Ik had je iets willen aanbieden,' zei ze.

'Ach, je betaalt er sowieso voor,' zei hij vrolijk. Nadat hij een slok bier had genomen, pakte hij een klein zwart aantekenboekje uit zijn zak en legde het op tafel. 'Je hebt gemengde gevoelens over mij, hè?'

'Ik heb gemengde gevoelens over mezelf. Jij doet wat ik had gedaan als ik dat had gekund.'

'Maar je wilt me niet bij je thuis hebben.'

'Ik wil je niet bij me thuis hebben, omdat je goed bent in je werk. Je weet waarschijnlijk al meer over me dan me lief is.'

'Ik wil graag weten voor wie ik werk,' zei hij.

'Het meeste wat je over me moet weten, is op internet te vinden. Helaas.'

Hij pakte zijn aantekenboekje en bladerde het even door. Toen legde hij het weer op tafel.

'Zeg het maar, over wie wil je het eerst wat horen?'

'Dat laat ik aan jou over.'

'Goed, dan zal ik het anders stellen. Koester je bepaalde verdenkingen tegen een van hen?'

'Hoor eens, het is een beetje aan de late kant om dat nu nog te zeggen, vooral tegen jou, maar beide mannen zijn patiënt van me. Vertel me nou maar gewoon wat relevant is. Verder hoef ik niks te weten.' Met nadruk herhaalde ze: 'Verder niks.'

'Oké,' zei hij. 'Dan begin ik met Alex Zavou, je dappere held. Hij heeft wel vaker met de politie te maken gehad.'

'Je bedoelt dat hij een strafblad heeft?'

'Nee, hij is nooit veroordeeld. Maar hij is iemand...' Hij zweeg even. 'Ik probeer me de Bijbelse term te herinneren. Alex Zavou is niet iemand die voor problemen wegloopt.'

'Bedoel je dat hij een barmhartige samaritaan is?'

'Nou, het is lang geleden dat ik op zondagsschool zat, maar voor zover ik me herinner ging de barmhartige samaritaan niet zelf de booswichten te lijf. Hij hielp alleen maar achteraf.'

'Wat heeft Zavou precies gedaan?'

'Twee jaar geleden raakte hij betrokken bij een vechtpartijtje in een kroeg in Walthamstow. Blijkbaar had iemand een vriend van hem beledigd. Er kwamen flessen aan te pas en er werd flink gevochten. Er zijn toen een aantal mensen gearresteerd.'

'Werd hij aangeklaagd?'

'Nee.' Rudkin glimlachte naar Frieda. 'Maar zoals je zelf ook weet, uit eigen ervaring, wil dat niet zeggen dat er geen sprake was van zware mishandeling.'

'Verder nog iets?'

'Een paar maanden daarna in een ander café weer ruzie. Deze keer over een meisje dat met een vriend van Zavou was. Er werd wat geroepen en geslagen en een paar mensen, onder wie jouw meneer Zavou, eindigden op de Spoedeisende Hulp. Weer geen aanklachten. Maar Zavou is iemand die de behoefte voelt om zich met dit soort dingen te bemoeien.'

'Misschien heeft hij gewoon een groot rechtvaardigheidsgevoel.'

'Daar heb ik geen mening over. Ik wil alleen maar zeggen dat het een kwestie van tijd was dat iemand bij een van de ruzies een mes zou trekken.'

'Maar dat was hij niet.'

'Nee. Hij gebruikt alleen zijn vuisten. En wat er maar voorhanden is. Toch lijkt hij me geen kwaaie jongen. Maar uit alles blijkt dat hij zich voelt aangetrokken tot geweld. Of dat er geweld uitbreekt als hij in de buurt is.' Hij glimlachte weer. 'Ik denk dat dat iets is waarover je het met hem kunt hebben.'

De herinnering aan het feit dat Alex Zavou een patiënt van haar was, maakte haar een beetje misselijk, maar ze reageerde er niet op. 'En hoe zit het met Rossiter?'

Rudkin pakte zijn aantekenboekje, bladerde het even door en legde het toen weer neer. 'Tien jaar geleden studeerde Rossiter in Cardiff. Een jonge vrouw, Delith Talling, is daar toen naar de politie gestapt en zei dat ze na een feest was verkracht door Rossiter.'

'Wat gebeurde er toen?'

'Rossiter beweerde dat ze het zelf ook wilde. De jonge dame had veel gedronken en was buiten bewustzijn geraakt. Het is nooit voor de rechter gekomen.'

Frieda zei niet meteen iets. Ze nam een paar slokjes tomatensap, want ze had het gevoel dat ze haar mond moest spoelen.

'Verder nog iets bekend over die zaak?' vroeg ze toen.

'Zoals altijd was het zijn woord tegen het hare. Ze was erg dronken en hij had veel mensen achter hem staan.'

'Was dat alles?'

'Er is nog iets.'

'Wat dan?'

'Hij had het eerder gedaan. Ik bedoel, naar verluidt.'

'Wat had hij gedaan?'

'Een halfjaar daarvoor had hij iemand anders verkracht. Of beter gezegd, daar werd hij van beschuldigd.'

'Wat is er toen gebeurd? Heeft dat wel tot een rechtszaak geleid?'

'Het meisje in kwestie had niet eens aangifte gedaan. Maar ze meldde zich bij de politie toen de tweede zaak liep. De aanklager wilde haar als getuige oproepen. Om een patroon vast te stellen. Maar het lukte Rossiters advocaat om de getuigenis van het eerste meisje uit te sluiten, met als argument dat het nadelig voor haar cliënt was. De aanklagers kwamen tot de conclusie dat ze zonder die getuige geen zaak hadden. Overigens, de advocaat van Rossiter was een vrouw.'

'Wat heeft dat er nu mee te maken?'

'Ik vond het wel ironisch.'

Frieda dwong zichzelf kalm te blijven. Een discussie over het feit dat Rossiters advocaat een vrouw was, zou nergens toe leiden.

'Sorry dat ik zo uitviel,' zei ze. 'Maar ik neem aan dat je het wel gewend bent dat mensen boos worden als je slecht nieuws voor ze hebt.'

Rudkin haalde een envelop uit zijn binnenzak. Hij schoof hem over de tafel naar haar toe. 'Nu we het toch over slecht nieuws hebben...'

Ze pakte de envelop. Haar naam stond erop. Ze herkende Rudkins handschrift. 'Is dit iets waar ik me zorgen om moet maken?'

'Het is mijn factuur.'

'Prima,' zei ze, terwijl ze de envelop openscheurde. Daarna pakte ze haar chequeboek uit haar zak en begon een cheque in te vullen. 'Je hebt goed werk verricht. Ik wou dat ik ook kon zeggen dat je mijn bange vermoedens hebt weggenomen.'

'Graag gedaan.'

'Eigenlijk ben ik wel benieuwd naar hoe je aan al die informatie komt, maar tegelijkertijd denk ik dat ik het niet zou moeten willen weten.'

'Het is een kwestie van de juiste contacten hebben en weten aan wie je het moet vragen.'

'Zo gemakkelijk zal het toch niet zijn?'

'Ik zei niet dat het gemakkelijk was. Verder nog iemand?'

Ze vond het idee bijna grappig. 'Ik denk dat je beter kunt stoppen zodat ik nog een paar illusies kan houden.'

'Je komt op mij niet over als iemand die al te veel illusies koestert.'

33

Jack had spaghetti klaargemaakt. 'Wil je ook?' vroeg hij hoopvol. 'Er is genoeg voor een heel weeshuis.'

'Graag,' zei Frieda, niet omdat ze echt trek had, maar om zijn vergenoegde blik te zien.

'Ik moet mijn kookkunsten uitbreiden,' zei Jack. 'Ik ken een paar pastagerechten en kan vrij goed risotto maken. Maar dat is toch een beperkt repertoire.' Hij schepte de spaghetti in een schaal en deed de saus erover.

'Hoe gaat het met de kaaskraam?'

'Ik ben beter met mensen die kaas kopen dan ik was met patiënten die mijn hulp nodig hadden.'

'Je moet het wat tijd gunnen. Misschien dat je weer terugkomt. Hoe is het om hier te wonen?'

'Een beetje maf. Chloë slaapt weer in haar oude kamer, ik zit in de logeerkamer. Maar het is toch gauw voorbij?'

'Ik hoop het. Is er nog iets waar je het met me over wilt hebben?'

Jack schepte de spaghetti op twee borden.

'Zo is het voor mij genoeg,' zei Frieda.

'Vraag je dat als therapeut of als vriendin?'

'Ik vraag het als iemand die zich zorgen om je maakt.'

'Wil je soms weten of er een nieuw iemand in mijn leven is?'

'Dat is iets waar we het over zouden kunnen hebben.'

'Of wil je weten of Chloë en ik weer wat hebben?'

'Is dat dan zo?'

'Nee.'

'Verder geen nieuwe mensen in je leven?'

'Mensen komen en gaan.'

'Op dit moment ben ik alleen maar geïnteresseerd in de mensen die komen.'

'Oké. Er heeft bijvoorbeeld een oude klasgenoot van me contact met me opgenomen.'

'O?' zei ze zo neutraal mogelijk.

'Ik had hem in geen jaren gezien. Al wel tien jaar niet meer. En ik heb altijd mijn best gedaan om ook niet aan hem te denken.'

'Waarom?'

'Omdat hij twee jaar lang mijn leven tot een hel heeft gemaakt.'

'Pestte hij je?'

'Ja, en hij was er goed in ook. Hij pestte me niet in zijn eentje, hij wist alle anderen zover te krijgen dat ze met hem meededen. Behoorlijk indrukwekkend eigenlijk.'

'Heb je het ooit aan iemand verteld?'

'Nee, zelfs niet toen ik in therapie zat. Niet echt. Dat kon ik op de een of andere manier niet. Maar ik was dus behoorlijk verbaasd toen hij ineens weer contact met me opnam.'

'Heb je hem ook ontmoet?'

'Een paar keer. Hij ziet er nog precies hetzelfde uit, alleen wat ouder. Rond gezicht, roze wangen. Alle docenten waren gek op hem, hij kwam heel eerlijk over. Het was raar. Hij wilde dat ik het hem vergaf. Ik denk dat hij in therapie heeft gezeten en heeft besloten om alle mensen op te zoeken die hij iets heeft misdaan.'

'En heb je het hem vergeven?'

'Hij heeft zelf ook iets rottigs meegemaakt. Een paar jaar geleden zijn zijn ouders en zus omgekomen bij een auto-ongeluk. Hij zei dat hij daardoor met andere ogen naar de wereld was gaan kijken. Misschien zijn we allemaal wel op onze eigen manier beschadigd.'

'Misschien. Denk je dat jullie contact blijven houden?'

'Dat weet ik niet. Eerlijk gezegd mag ik hem nog steeds niet, al ben ik dan niet meer kwaad op hem. Lijden maakt mensen niet per se aardiger.'

'Nee.'

'Maar daardoor moest ik wel weer aan alles denken wat ik altijd heb proberen weg te stoppen. Voor het eerst sinds maanden zie ik ook weer het nut van therapie in, en niet alleen de nadelen.'

'Je moet beide kanten blijven zien. Altijd.'

Frieda had overwogen om haar volgende sessie met Morgan Rossiter af te zeggen, maar uiteindelijk deed ze dat niet. Ze vond het een akelig idee dat hij gewoon vrij rondliep en als docent met jonge vrouwen te maken kreeg. De zaken die Rudkin had ontdekt, stamden uit zijn studententijd. Maar misschien had Rudkin wel iets belangrijks over het hoofd gezien. Wat had Rossiter na zijn afstuderen gedaan? Of deed hij dat soort dingen niet meer? Er viel iets voor te zeggen om hem te blijven zien. Als er een wesp in de kamer was, kon je maar beter weten waar.

Bij de volgende sessie ging hij gewoon zitten en begon te praten. In het begin kon Frieda zich nauwelijks concentreren op wat hij zei. Ze zag alleen zijn lippen bewegen, ze zag de lachrimpels om zijn ogen. Hij zat breeduit in de stoel, met zijn benen wijd, alsof hij zo veel mogelijk plek wilde innemen, de ruimte wilde domineren.

'Sorry,' zei Frieda. 'Maar hier moet ik u even onderbreken.'

Er viel een stilte.

'Zeg het maar,' zei Rossiter, bijna alsof hij de leiding had over de sessie en zij hem had gevraagd of ze iets mocht zeggen.

In een andere context had Frieda dit misschien met haar patiënt besproken. Therapiesessies mondden soms uit in een strijd waarbij de patiënt de macht wilde overnemen. Maar dat was niet iets waar ze zich op dit moment druk over maakte.

'Het doel van de eerste sessies is om vast te stellen wat...' begon ze.

'Sorry, maar is er een probleem?'

'Laat me even uitspreken. Het doel van de eerste sessies is om vast te stellen of dit de juiste therapie voor u is, of ik de aangewezen therapeut voor u ben. Ik ben tot de conclusie gekomen dat ik dat niet ben.'

'Waarom niet?' wilde hij weten. 'Wat is er dan?'

'Ik zal dokter Singh schrijven en haar een paar namen voorstellen.'

'Waarom wilt u dokter Singh schrijven? Als het volgens u niet werkt, dan kunnen we er toch over praten en er dan iets aan doen?'

Frieda durfde hem nauwelijks aan te kijken. Ze vond het gênant dat ze hem had laten natrekken en had liever niet geweten wat ze nu over hem wist. Hoewel ze zich zorgen maakte over de gevolgen van de beëindiging van de therapie, zag ze geen alternatief. Vaag had ze het gevoel dat ze mensen moest waarschuwen voor deze man, maar wie dan en hoe en in welke hoedanigheid? Toch verdiende hij nu een antwoord op zijn vraag.

'Ik heb sterk het gevoel dat u therapie nodig hebt,' zei ze. 'Maar wat u tijdens onze vorige sessie zei, over dat u per se een vrouw als therapeut wilde, en dan specifiek mij, trof me. Ik ben ervan overtuigd dat u juist een mannelijke therapeut nodig hebt.'

Rossiter greep de stoelleuningen zo stevig beet dat de aderen op zijn handen opzwollen. 'Ik heb naar u gevraagd,' zei hij.

'Dat is niet aan u. Het is geen supermarkt.'

'Maar als het nou belangrijk voor me is om een vrouwelijke therapeut te hebben? Als ik nou denk dat u de enige bent die me kan helpen?'

'Dan is dat iets waarover u moet praten,' zei ze. 'Met een mannelijke therapeut. Laat het duidelijk zijn dat ik deze sessie niet in rekening zal brengen.'

'Dat lijkt me inderdaad duidelijk, want zo heb ik er natuurlijk niks aan.'

Hij stond nog steeds niet op. Stel dat hij gewoon niet wegging?

Toen hij opnieuw het woord nam, was dat op veel zachtere toon. 'Waarschijnlijk wilde ik veel te graag indruk op u maken,' zei hij. 'U weet wel: zorgen dat Frieda Klein belangstelling voor me krijgt. U wilt me zeker geen tweede kans geven?'

Opeens moest Frieda denken aan de twee jonge vrouwen uit

Morgans studententijd. Waar waren ze nu? Hadden ze er nog last van? Last van wat hij hun had aangedaan?

'Misschien kunt u het met uw nieuwe therapeut hebben over de moeite die het u kost om naar een ander te luisteren.'

Rossiter stond op. 'Ik heb verdomme helemaal geen therapeut nodig.' Hij stormde de kamer uit en sloeg de deur met een klap dicht.

En toen ging het opeens heel makkelijk. Makkelijker dan de eerste keer. Makkelijker dan het nichtje. Makkelijker dan Reuben McGill. Precies zoals hij zichzelf steeds had voorgehouden: je moet leren improviseren, continu klaarstaan voor het moment suprême.

Dat moment kwam toen hij het niet verwachtte, maar hij was erop voorbereid.

Als mensen boos zijn, willen ze praten. Ze willen je hun kant van het verhaal vertellen. Binnen de kortste keren waren ze bij de man thuis. Hij hoefde er niet eens om te vragen. Hij had zijn vriendelijke gezicht opgezet, meelevend en belangstellend. Een glimlach die steeds groter werd en die hij aan zijn mond voelde trekken. Hij deed alsof hij kuchte en sloeg een hand voor zijn mond om zijn opwinding te verbergen.

En dan was er nog steeds die andere. Wegtikkend.

34

Karlsson zat in de keuken bij Crawford, ooit commissaris, nu met vervroegd pensioen en zijn hele carrière overschaduwd door het einde ervan. Karlsson wist niet wat hij in dit kleine huis in Hammersmith deed en voelde zich niet op zijn gemak.

Crawford maakte koffie met een enorm apparaat dat bijna het hele aanrecht in beslag nam en dat siste en stoomde en gorgelde. Het leek net alsof hij ermee in gevecht was. Zijn gezicht was nog roder dan anders, zijn ogen leken kleiner. Zijn buik hing over zijn broekband. Het was vreemd om hem in gewone kleren te zien, in zijn eigen huis. Hij leek te groot voor de kleine keuken, te groot voor het kleine huis.

'Hoe gaat het nou met je?' vroeg Karlsson.

Crawford trok hard aan een hendel. Er begon koffie in een kopje te druppelen. 'Het is allemaal jouw schuld, Mal.'

'Hoezo?'

'Jij hebt haar in mijn leven gebracht. Zonder haar zou ik nog steeds het werk doen waar ik goed in ben, en zou de politiek zich niet met ons bemoeien. Er zou niks aan de hand zijn.'

Karlsson wist niet wat hij moest zeggen.

'Nou ja, het was ook mijn eigen schuld natuurlijk,' vervolgde Crawford. 'Ik weet dat ik het heb verkloot.' Hij gaf Karlsson het kopje koffie. 'Kijk niet zo boos. Ik weet dat ze een speciaal plekje in je hart heeft.'

'Ze is gewoon een vriendin.'

'Je zegt het.'
'Je wilde me spreken, zei je.'
'Ik wilde je om een gunst vragen.' Hij kwam met zijn eigen koffie naar de tafel lopen, deed er een paar suikerklontjes in, roerde fanatiek en nam toen een klein slokje. 'Je kent Hal Bradshaw toch?'
Karlsson kende Hal Bradshaw inderdaad: psycholoog, profiler die af en toe werd ingeschakeld door de politie. Als de media een of andere quote wilden over een bijzonder akelig misdrijf dook hij steevast op, en hij had bij meerdere zaken de degens gekruist met Frieda. Daarbij kwam ook nog dat Dean Reeve zijn huis in brand had gestoken.
'Ja,' zei hij alleen maar.
'Hij heeft nu een of andere serie op tv. Ik ben de naam vergeten. *Misdrijf in gedachten* of zoiets. Ik heb toegestemd in een interview.'
'O?'
'Ja. Maar nu zie ik ertegen op. Ik wilde jou – als oude vriend – vragen of het je een slecht idee lijkt.'
Karlsson probeerde niets van zijn verbazing te laten merken. Crawford had op zijn ontslag aangestuurd. Hij had Frieda met een vijandigheid bejegend die op het laatst bijna pathologisch was geworden. Had de man zo weinig vrienden dat hij Karlsson al als een vriend beschouwde?
'Het lijkt me dat je moet uitzoeken waar dat interview precies over zal gaan.'
'Het gaat over een aantal zaken waar ik in de loop der jaren bij betrokken ben geweest. Kan ik Hal vertrouwen, denk je?'
'Tja, iedereen heeft zo zijn eigen geheime agenda.'
'Dat weet ik.'
'En hij haat Frieda.'
Er verscheen een glimlachje op Crawfords brede, blozende gezicht.
'Ik zou voorzichtig zijn als ik jou was,' zei Karlsson zacht. 'Misschien gebruikt hij je wel.'

Het was de geur.

Sofie Kyriakos volgde een broodbakcursus en thuis in haar flat in Dalston was ze voornamelijk in de kleine keuken te vinden. Ze maakte een desemstarter en vervolgens zuurdesem, daarna kneedde ze het deeg dat langzaam tot een zacht kussen oprees. Maar onder de geur van het zuurdesem rook ze ineens iets anders – een rottingslucht, met iets zoets erdoorheen dat nog erger was. Zou er ergens een dode rat liggen? Ze had weleens gehoord dat dat stonk. Een rat at gif, werd ziek, kroop ergens in een hoekje onder de plankenvloer of achter de muur, stierf dan en rotte weg, en je kon er niks aan doen, alleen maar wachten tot de stank vanzelf weer verdween. Maar dit was te erg.

Ze liep de openbare hal in. Op haar verdieping waren nog drie andere flats en een verdieping lager nog eens drie. Daar stonk het nog erger. Ze klopte op een van de deuren. Geen reactie. Ze klopte op de andere twee, met hetzelfde resultaat. Iedereen was aan het werk of weg. Ze kende niemand van de andere huurders. Mensen kwamen en gingen, de flats werden onderverhuurd, of er bleven vrienden slapen. Ze zag de namen van mensen op de enveloppen die zich ophoopten achter de voordeur, maar de meesten woonden er allang niet meer.

Na nog een dag had ze het helemaal gehad. Ze sprak de man van flat 3, die zei dat het aan de riolering lag. Volgens Sofie lag het daar niet aan. Ze probeerde de huisbaas te bellen en mailde hem en stuurde hem berichtjes. Maar hij woonde ergens buiten Londen. Hij liet alleen van zich horen als iemand achterliep met de huur, en dan alleen maar via een brief van zijn advocaat. Dus belde ze de gemeente, maar daar kreeg ze een computer aan de lijn. Ten einde raad belde ze de politie. Of ze bij alle huurders langs was geweest? Of ze de ongediertebestrijding van de gemeente al had gebeld? Of het niet gewoon aan de afvoer lag?

Uiteindelijk kwamen er twee jonge agenten langs. Ze keken verveeld en geïrriteerd toen ze de deur beneden voor hen opendeed en vertelde dat ze helemaal boven moesten zijn, drie trappen op. Hijgend stonden ze even later voor haar deur.

‘Ruiken jullie het nou?’ vroeg Sofie.

Ze roken het. Ze keken elkaar aan, en daarna ging het allemaal erg snel. Via hun portofoons namen ze contact op met het bureau. Sofie wilde weglopen, maar een van de agenten zag het en zei dat ze moest blijven.

'Ze komen eraan,' zei de ander.

Ze begonnen Sofie te ondervragen, zonder enig resultaat. Ze wist niet wanneer ze de huurder voor het laatst had gezien, want ze wist niet wie het was. Ze wist zelfs niet of het om een man of een vrouw ging. Of ze iets had gehoord? Ze hoorde altijd van alles, maar ze zou niet kunnen zeggen welke geluiden uit welke flat kwamen.

De agenten liepen naar beneden. Vlak daarna hoorde ze gebonk van laarzen op de trap. Er kwamen zoveel mannen in uniform de hal in dat Sofie algauw de tel kwijtraakte. Een zwaargebouwde man met grijs haar kwam naar haar toe.

'U bent de buurvrouw die had gebeld?'

'Ja.'

'U moet hier blijven. Maar u kunt beter iets naar achteren gaan staan.'

Twee agenten kwamen aanzetten met een ijzeren stormram. De gang was te smal voor het gevaarte en ze kregen de stormram niet in de juiste hoek tegen de deur, wat tot veel overleg en geschreeuw leidde.

'Gewoon van opzij rammen,' zei de man met het grijze haar.

Vier mannen pakten de stormram beet, twee aan elke kant, en ramden ermee tegen de deur. Er waren verschillende pogingen voor nodig voordat de deur versplinterde en openzwaaide. De golf van hitte die uit de flat kwam zetten, voelde Sofie zelfs op een paar meter afstand.

Twee agenten gingen naar binnen, en ze hoorde ze vloeken en naar adem happen. Een van de twee kwam met een bleek en bezweet gezicht weer naar buiten en zei tegen de man met het grijze haar: 'Dit moet u zien.'

'Kan ik nou weg?' vroeg Sofie.

'Nog niet,' zei de man. Hij liep de flat in.

De andere agent kwam ook naar buiten. Hij leunde naast

Sofie tegen de muur en ademde een paar keer diep in en uit.

'Wat is het?' vroeg ze, maar hij stak alleen zijn hand op. Hij leek niet in staat om iets te zeggen.

Na een paar minuten kwam de man met het grijze haar de flat weer uit.

'Godverdomme,' zei hij. 'We moeten de hele santenkraam laten komen.'

'Wat is het?' vroeg Sofie weer.

Hij keek haar aan alsof hij haar voor het eerst zag. 'Er ligt daar een lijk. In beroerde staat. Het gas was nog aan, alle pitten.' Na een korte stilte vroeg hij: 'Dus u kende hem niet?'

'Nee.'

'Frieda Klein,' zei de man.

'Wat?'

'Kent u iemand die Frieda Klein heet?'

35

Petra Burge had er een hekel aan als iets niet opschoot. Het was druk: ze kwamen nauwelijks vooruit. De zon brandde door de autoruit, ze had het warm en haar geduld was op. Bij de stoplichten zei ze dat ze het laatste stukje ging lopen, deed het portier open, stapte uit en begon te rennen, zigzaggend om de voetgangers te ontwijken. Eindelijk bereikte ze de ingang van Saffron Mews; ze ging langzamer lopen om op adem te komen en haar gedachten te ordenen. Frieda wist dat ze kwam, maar niet waarom.

Toen Frieda de deur opende, viel het Petra op hoe bleek ze eruitzag ondanks de hitte die nu al wekenlang duurde en hoe donker haar ogen afstaken bij haar witte huid. Petra's eigen gezicht zat vol zomersproeten van de uren hardlopen in de zon, door parken en langs kanalen, kilometer na kilometer, tot haar lichaam pijn deed en haar geest enigszins kalmeerde.

'Kom binnen,' zei Frieda. 'Wil je iets drinken? Thee?'

'Water is goed.'

Ze gingen naar de keuken, waar Frieda de kraan liet lopen tot het water koud was, een glas vulde, er een ijsklontje in deed, haar handen droogde aan een theedoek en het glas aan Petra gaf. In de vensterbank stond een basilicumplantje en op de keukentafel een vaas gele rozen. Frieda droeg een grijze blouse met opgerolde mouwen en een katoenen broek, haar haren waren in een losse wrong opgestoken in haar nek. Ze zag er koel en beheerst uit. Alles wat ze deed was zo ordentelijk, terwijl haar leven één gewelddadige wanorde was.

Ze gingen zitten. Frieda keek haar aan en knikte.

'Ken je ene Morgan Rossiter?' vroeg Petra.

Frieda leek iets ineen te krimpen. Haar gezicht verstrakte. 'Dat is een patiënt van me geweest.'

'Niet meer, dus?'

'Ik was niet de juiste therapeut voor hem. Hoezo?'

'Hij is dood.'

'Wat?'

'Vermoord. Zijn lijk is gisteravond gevonden. Je zult je wel afvragen waarom ik hiermee naar jou toe kom.' Ze wachtte even, maar Frieda reageerde niet. 'Jouw naam is aangetroffen op de plaats delict.'

'Hij zat bij mij in therapie,' zei Frieda zacht.

'Is het normaal dat een patiënt de naam van zijn therapeut op de muur kalkt?'

Frieda's hand ging naar haar keel; de stilte hing zwaar tussen hen in. 'Een boodschap,' zei ze na een tijd.

'Ja.'

'Weet je of hij het zelf heeft gedaan?'

'Dat zoeken we nog uit, maar ik denk dat we kunnen aannemen dat dat niet zo is.'

'Dus heeft degene die hem heeft vermoord het geschreven.'

De twee vrouwen keken elkaar aan, en Frieda stond abrupt op. 'Zullen we een stuk gaan lopen?'

'Lopen?'

'Ja. Ik moet lopen.'

'Waarnaartoe?'

'Maakt niet uit.'

'Oké.'

Ze verlieten samen het huis. Frieda stapte stevig door en sloeg ogenschijnlijk lukraak de ene na de andere hoek om, totdat ze na de wirwar van smalle straatjes uitkwamen op een groot plein met in het midden een parkje. Daar gingen ze in. Frieda liep naar een bankje in de schaduw van een grote plataan en ging zitten. Aan de andere kant van het parkje was een tennisbaan, waar twee vrouwen een wedstrijdje speelden.

'Iemand heeft mijn nichtje ontvoerd,' zei Frieda. 'Ze is een heel weekend vastgehouden; er zijn foto's van haar genomen terwijl ze bewusteloos op een matras lag, die voor mij bestemd waren. Iemand is naar Reubens huis gegaan en heeft hem zo mishandeld dat hij nog steeds amper kan lopen... en dat bij een man die kanker heeft en heel ziek en zwak is. Het had zijn dood kunnen zijn! En die iemand heeft nu een man vermoord die mijn patiënt was.'

Petra knikte.

'Ik had hem net verteld dat ik zijn therapeut niet langer kon zijn.'

'Waarom niet?'

'We waren geen goede match,' antwoordde Frieda kort. 'Dat is iets wat regelmatig voorkomt – niets uitzonderlijks.'

'Oké. Kun je me nog meer vertellen?'

Frieda draaide haar gezicht af. Haar handen lagen in haar schoot en Petra zag dat ze die even tot vuisten balde.

'Nee, geloof ik.'

'Oké.'

'Ik denk–' begon ze aarzelend.

'Ja?'

'Ik denk niet dat dit Reeve is. Die heeft zijn boodschap al duidelijk gemaakt via Alexei. En volgens mij is het Dean ook niet omdat dit onbeheerste en woeste acties lijken. Karlsson heeft me ooit verteld dat Dean van vissen houdt. Hij kan urenlang aan het water zitten wachten tot er eentje bijt. Dean is heel geduldig en beheerst. Maar degene die dit doet is dat niet, helemaal niet zelfs. Hij heeft haast. Hij is losgeslagen. Of zij. Of misschien is het een groepje. Drie mensen in drie weken, en de derde is dood. Vanwege mij.' Ze keerde haar gezicht naar Petra toe. 'Wie is de volgende? Olivia?'

'Jij?'

'Ik ben zijn publiek.' Ze zweeg. Toen ze weer begon te praten was dat zo zachtjes, dat Petra haar nauwelijks kon verstaan. 'Misschien zou hij ermee stoppen als ik er niet was. Als zijn publiek er niet meer was om het te zien.'

Het was stil in het parkje in de hitte; de enige geluiden waren die van de tennisbal die heen en weer werd geslagen, af en toe een uitroep van een van beide vrouwen en soms het gekwinkeleer van een vogel. Een vliegtuig liet een witte streep condens achter in de strakblauwe lucht.

'Dat is één mogelijkheid,' zei Petra empathisch.

'Is er nog een andere dan?'

'Als het, zoals wij denken, om een copycat gaat, is Dean zijn publiek, niet jij.'

'En wat doen wij intussen?' vroeg Frieda. 'Gewoon afwachten tot die copycat zijn volgende kans ziet?'

'Ik heb een voorstel. Dat je overigens niet zal bevallen.'

'Wat?'

'We lichten de pers in.'

Frieda's intuïtie zei dat ze 'nee' moest zeggen, maar omdat ze geen goed alternatief wist, besloot ze af te wachten wat Petra wilde.

'De vorige keer hebben we drie journalisten geregeld om jou te interviewen. Nu moeten we het groter aanpakken: televisie, kranten, wat dan ook. We leggen de link tussen jou, de ontvoering, de gewelddadige overval en de vermoorde man, en jij bent bereid interviews te geven.'

'Goed,' zei Frieda. Haar stem klonk vlak.

'Ik wist dat je het een rotidee zou vinden.'

'Dat klopt. Maar dat betekent niet dat ik het niet doe.'

'Ik ga het regelen.'

Frieda zuchtte diep en wreef over haar voorhoofd. 'Ik moet het met Chloë bespreken. Zelfs als we haar naam niet noemen, zal het toch gauw bekend zijn dat zij het was, denk je niet?'

'Zoiets is moeilijk geheim te houden.'

'Oké, ik bel haar meteen.'

Frieda keek Petra na terwijl ze door het parkje wegliep: een kleine, pezige gestalte met lichte O-benen en een stevige tred. Ze leek jonger, maar tegelijkertijd ook ouder dan ze was. Een nieuwsgierige vrouw. Had ze haar moeten vertellen over Rudkin en wat hij te weten was gekomen over Morgan Rossiter? Ze had het bijna gedaan.

Ze belde Chloë, en na een korte aarzeling antwoordde haar nichtje 'dat het goed was, natuurlijk. Als Frieda dacht dat het nodig was.'

Frieda beëindigde het gesprek. De zon scheen tussen de slappe groene bladeren door. Ze wist met wie ze moest gaan praten.

Er is een liedje dat hij maar niet uit zijn hoofd krijgt. Als een oorwurm. Afgrijselijke benaming. Nu kan hij de gedachte dat er een worm in zijn oor zit en zich langzaam naar binnen wringt niet uit zijn hoofd zetten. 'It was a Monday morning that I beheld my darling, she looked so neat en charming in every fine degree.' *Zoiets was het.* 'Dashing away with the smoothing iron. Day after day.' *Hij kan niet ophouden het te neuriën.* 'In every fine degree.' *Hij kende niet de hele tekst.*

Hij heeft geen slaap nodig en nu wil hij ook geen eten meer. Hij duwt het van zich af. Hoopjes aardappelpuree. Stukken vlees. Hij krijgt het niet door zijn keel. Hij voelt zich hol, licht op zijn benen, maar zijn hoofd is helder.

36

Frieda schonk twee glazen whisky in. Ze zette een kannetje water tussen hen in en gebaarde dat Karlsson kon bijschenken. De kat kwam de kamer in en wreef langs haar benen. Hij wilde geaaid worden. De zon was onder, en de kamer was schemerig omdat de luiken dicht waren en er maar één lamp brandde, die een zacht geel licht verspreidde.

Karlsson bracht zijn glas naar zijn mond, nam een klein slokje en voelde de whisky branden in zijn keel. Frieda zag er slecht uit, vond hij: hij had haar maar zelden zo gezien. Haar gezicht was hoekig en vol schaduw; haar donkere ogen stonden dof. 'Vertel.'

Frieda keek hem peinzend aan, duidelijk bezig een besluit te nemen.

'Ik vertel je dit omdat ik je beschouw als vriend,' zei ze uiteindelijk.

'Waarom maakt me dat nerveus?'

'Je weet dat ik die privédetective heb ingehuurd.'

'Rudkin.'

'Ik heb hem gevraagd de mensen na te trekken die sinds kort een rol spelen in de levens van Olivia, Chloë, Reuben en Jack.'

'Dat klinkt logisch.'

'Ik heb Josef niet genoemd, wat misschien een fout is. Het is lastig te bepalen bij wie je ophoudt.'

'Dat kan ik me indenken.'

Frieda's hand ging naar haar keel, een gewoonte die ze pas

sinds kort had. Ze leunde naar voren. 'Het was waarschijnlijk niet echt logisch. Ik had het idee dat degene die dit doet op de een of andere manier in onze nabijheid is, met onze levens is verwikkeld en ik moest iets doen.'

'Heeft Rudkin iets bruikbaars ontdekt?'

'Ik weet niet of het bruikbaar is, maar hij heeft zeker een aantal dingen ontdekt.'

'Zoals?'

'Zoals: dat een collega van Chloë als kind is misbruikt en ook met de politie in aanraking is geweest. Dat Olivia een hoop enge vrienden heeft die zich voordoen als single, maar gewoon getrouwd zijn, of doen alsof ze werk hebben terwijl dat niet zo is. Jack heeft een ontmoeting gehad met een man die hem vroeger op school vreselijk heeft gepest, rijk is geworden op de beurs en wiens ouders een paar jaar geleden zijn omgekomen bij een auto-ongeluk.'

'Dus je weet nu dingen die je niet hoort te weten.'

'Ik heb mijn vrienden laten natrekken.'

'Voor hun eigen bestwil.'

Frieda maakte een grimas van afkeer en schonk nog wat whisky in zijn glas.

'Maar hier gaat het niet om.'

'Waarover dan? Ik luister.'

'Ik heb hem ook gevraagd twee van mijn patiënten na te trekken. Ze zijn allebei nieuw. Waren.' Ze wachtte even op een reactie. De uitdrukking op Karlssons gezicht veranderde niet. 'Ik hoef je niet te vertellen dat dat niet mag. Bovendien is het verkeerd. Ik bedoel moreel gezien verkeerd. Rudkin kwam erachter dat een van hen een aantal geheimen heeft: hij heeft ernstige seksuele delicten gepleegd. Hij is nooit veroordeeld. Toen ik dat wist, kon ik hem niet langer als patiënt houden en dus heb ik hem verteld dat ik niet de juiste therapeut voor hem was. Hij was woedend.'

'Tsja...'

'En toen is gisteren zijn lichaam gevonden.'

Karlsson staarde haar aan.

'Morgan Rossiter was bij jou in behandeling?'

'Ja. En mijn naam stond op een muur in zijn appartement gekalkt.'

'Jezus, Frieda!'

'Ik weet het.'

'Ik weet niet goed wat ik hierop moet zeggen.'

'Laat mij dan maar beginnen: moet ik Petra Burge vertellen dat ik Rudkin heb ingehuurd?'

Karlsson zweeg lang: een minuut, twee minuten, Frieda kon het verkeerslawaai van Euston Road horen.

'Nee,' zei hij uiteindelijk.

'Je moet dit niet zeggen omdat je denkt dat ik dit wil horen.'

Hij schudde zijn hoofd. 'Ik zal je vertellen wat er dan gebeurt: iemand lekt het naar de media, je carrière is voorbij en het helpt het onderzoek geen zier verder. Bovendien is de politie binnen vijf minuten achter dat soort geheimen uit zijn verleden.'

'Je hoeft het niet te zeggen om me gelijk te geven.'

'Weet je, Frieda, ik zou achter je staan, ook al vond ik dat je iets verkeerds gedaan had. God weet dat ik altijd al achter je heb gestaan in zo'n geval. Deze keer heb je de juiste beslissing genomen, denk ik, hoewel het niet helemaal zuiver op de graat is. Maar je moet bedenken wat er anders gebeurd zou zijn. Wat gáát er gebeuren, trouwens?'

'We maken het openbaar. Morgenochtend komt het groots in de media. Petra Burge verwacht dat dat resultaten zal opleveren.'

Karlsson knikte. 'Dat zou goed kunnen.'

'Het is gedaan met het verstoppen.' Ze keek de kamer rond. 'Gedaan met de privacy.'

'Zie je ertegen op?'

'Dat doet er niet toe. Iemand moet iets weten.'

Karlsson stond op. 'Nog één vraagje.'

'Wat?'

'Heb je mij ook laten natrekken?'

Voor de eerste keer die avond verscheen er een glimlachje op Frieda's gezicht. 'Nee.'

'Waarom niet?'

‘Had ik dat wel moeten doen dan?’
‘Ik ben ook een vriend van je.’
‘Ja, dat ben je zeker.’

37

Alles was anders nu: eerst ging het om ontvoering of mishandeling, maar nu was er ook iemand vermoord. Morgan Rossiters gezicht was op het televisienieuws en stond in alle kranten. Een man in de bloei van zijn leven die wreed was afgeslacht, naar het leek zonder motief. Frieda werd nog in geen van de berichten genoemd, maar ze wist dat dat anders zou worden.

Die hele ochtend tijdens de interviews had ze het gevoel dat ze iemand anders was, niet Frieda Klein, maar een vreemde die Frieda Klein speelde. Dezelfde vragen en dezelfde antwoorden, zinnen die ze eindeloos herhaalde tot ze op het eind niet meer wist of ze ze nou had uitgesproken of juist niet: het leek allemaal onecht.

Ze zat in televisiestudio's in het felle licht en de hitte en deed haar verhaal; ze had het gecomprimeerd tot enkele minuten, een geordende chronologie van wanorde. Ze hoorde haar eigen, kalme stem. Hetzelfde deed ze voor de radio. Steeds een glas water voor haar, een microfoon op een paar centimeter van haar mond. Petra was er ook: zij werd ook geïnterviewd. Frieda merkte op dat zij er goed in was: ze sprak met autoriteit maar werd nooit pompeus. En dan was er nog een vrouw, een persvoorlichtster, die Frieda's elleboog vasthield als ze in en uit de auto stapte. Ze noemden Chloë's naam niet, maar beschreven haar als 'een naast familielid'. Reubens naam noemden ze wel. Morgan Rossiter was de focus van alles: een man die was vermoord om het simpele feit dat hij een patiënt van Frieda was.

Toen was er een persconferentie; een ruimte vol verslaggevers en flitsende camera's. Frieda zag gezichten die ze al eerder had gezien. Liz Barron, natuurlijk op de eerste rij, fris als een lentebloem en met glanzende ogen – zou ze nou nooit verdwijnen? Daniël Blackstock, die ze voor het laatst had gezien toen hij haar de foto van Chloë gaf en ze hem had afgesnauwd. Gary Hillier van *The Chronicle*, in een zwart pak alsof hij net van een begrafenis kwam. Andere gezichten die ze in de loop der jaren had leren kennen. Uit haar ooghoek zag ze iemand die ze niet had verwacht: Walter Levin, met zoals altijd iets geamuseerds over zich, energiek en mysterieus. Wat deed hij hier? Haar stemming verbeterde iets toen ze ontdekte dat Karlsson er ook was. Hij stond achterin en leunde tegen de muur. Hun blikken ontmoetten elkaar en hij knikte kort, maar zonder glimlach.

Petra sprak als eerste en vertelde kort over de zaak-Dean Reeve en daarna over de recente, onrustbarende gebeurtenissen waaraan nu dus ook een moord was toegevoegd, die allemaal te maken leken te hebben met het feit dat iemand een vriend of bekende was van dokter Frieda Klein. Bij het noemen van haar naam, gebaarde ze naar Frieda, die links van haar zat. Frieda voelde dat alle ogen op haar gericht werden. Ze zat heel stil, met haar handen op tafel. Petra legde uit dat de politie, hoewel Dean Reeve niet helemaal kon worden uitgesloten als verdachte, uitging van de hypothese dat dit het werk was van iemand anders. Een copycat. Ze vertelde over de voortgang van het onderzoek en vroeg het publiek zich te melden als iemand informatie had. Toen keerde ze zich naar Frieda en vroeg haar het woord te nemen.

Frieda staarde naar de zee van gezichten voor zich.

'Iemand moet iets weten,' zei ze. Ze hield op met praten. Het werd muisstil, maar ze wist niet wat ze eraan moest toevoegen. Gary Hillier, vlak voor het podium, staarde haar aan alsof ze een ingewikkelde knoop was die moest worden ontward. Frieda voelde Petra's hand op haar onderarm en ging verder: 'Het gaat om iemand die een doodzieke man in elkaar heeft geslagen, iets in het drankje van een jonge vrouw heeft gedaan en haar daarna heeft ontvoerd, en nu een man heeft vermoord, blijkbaar omdat die contact had met mij. Deze persoon is psychisch gestoord en zeer gevaarlijk. Hij of zij moet worden gestopt, niet alleen om wat hij tot nu toe heeft gedaan, maar vooral om wat hij in de toekomst nog kan doen.'

Er klonk geroezemoes, er waren stemmen die daarbovenuit probeerden te komen, van journalisten die vragen stelden over Morgan Rossiter en haar relatie met hem. Liz Barron vroeg Frieda hoe ze zich voelde, hoe ze er emotioneel aan toe was, maar Frieda antwoordde haar niet. Ze reageerde ook niet toen iemand achter in de zaal opperde dat ze misschien vervloekt was. Daarna waren er diverse vragen voor Petra over het falen van het politieonderzoek.

'Bent u bang?' riep iemand nog naar Frieda, terwijl de persvoorlichtster aankondigde dat de bijeenkomst ten einde was.

'Ja,' antwoordde ze. Ze kon niet zien wie die vraag had gesteld. Er waren te veel mensen. 'Natuurlijk ben ik bang. Zou u dat niet zijn?'

III

HET LIJK ACHTER DE DEUR

38

'Bent u bang?' vroeg Daniël Blackstock.

'Ja, natuurlijk ben ik bang. Zou u dat niet zijn?'

Ze keek zijn kant op, maar hij dacht niet dat ze hem echt zag. Misschien kon hij een een-op-een krijgen over een paar dagen, ze was hem tenslotte iets verschuldigd. Toen was de bijeenkomst voorbij en verdween ze, weggeleid door een vrouw die haar bij de elleboog vastpakte. Petra Burge liep achter hen aan.

Daniël Blackstock stond op en hing zijn canvas tas over zijn schouder. Op weg naar de uitgang stuitte hij op Liz Barron.

'Wat vind jij hier allemaal van?' vroeg ze. Haar ogen glommen en zelfs haar haar leek meer te glanzen dan normaal.

'Verschrikkelijk,' zei hij kortaf.

'Natuurlijk, maar–'

Hij wachtte het einde van haar zin niet af. Die vrouw was een ramp en kon niet eens behoorlijk schrijven, maar desondanks was ze een van de nieuwe sterreporters van de *Daily News*. Het leven was niet eerlijk.

Een collega-misdaadverslaggever sloeg hem kameraadschappelijk op de rug. 'Jij hebt haar ooit geïnterviewd, toch? Misschien lukt je dat nog een keer.'

Daniël Blackstock liep naar buiten, de hete blauwe ochtend in. Hij kocht een beker koffie in het café aan de overkant en nam er kleine slokjes van terwijl hij langzaam zijn weg zocht door het drukke verkeer. Hij besloot het hele eind naar metrostation Bank te lopen, om zijn gedachten te ordenen en intussen zijn artikel alvast in zijn hoofd te componeren. Het zou de volgende dag zeker op de voorpagina staan, met een dubbele pagina binnenin, waarschijnlijk ook van hem omdat hij de Frieda Klein-expert begon te worden. Misschien moest hij dat vastleggen. De buitenlandse pers begon interesse te tonen. Hij kreeg het druk.

De eerste alinea was het belangrijkst. Niet sensatieachtig: hij was geen Liz Barron, die elk zelfstandig naamwoord met ten minste twee bijvoeglijke naamwoorden aandikte.

'Somber', dat was het woord dat hij zou gebruiken om te beschrijven hoe Frieda Klein er op het podium bij had gezeten. En bang, ja, ze had gezegd dat ze bang was. Natuurlijk was ze bang, hoe zou ze niet bang kunnen zijn, en toch had ze niet bang geleken. Intussen was hij bij de ingang van Bank aangekomen. Hij nam de laatste slokken koffie en gooide het lege bekertje in een afvalbak voordat hij de lift naar beneden nam.

Hij kende deze route zo goed, dat hij in zijn slaap de stations kon opnoemen: Shadwell, Limehouse, Westferry, Poplar, Blackwall, East India... Hij wist hoe snel Londen overging in een landschap van vervallen fabrieken en pakhuizen en enorme, half voltooide bouwprojecten. Hij stapte uit op West Silvertown, slechts een paar minuten van zijn huis. En ook een paar minuten van die andere plek – zijn geheime plek. Er ronkte een vliegtuig boven zijn hoofd, net opgestegen van City Airport. Het was als een welkom-thuis.

Er klonk een claxon, een paar keer achter elkaar. Hij keek op. Het leek wel of hij wakker schrok: hij stond midden op North Woolwich Road en op enkele meters van hem vandaan kwam een wit busje met piepende remmen tot stilstand. De man achter het stuur leunde vloekend en tierend uit het raampje. Blackstock nam de moeite niet iets terug te zeggen en stak verder de straat over.

Op het trottoir ging zijn telefoon. Hij keek op het schermpje. Het was zijn redacteur. Of een van zijn redacteuren. Er waren er zoveel, en ze bleven maar komen en gaan. Maar ze hadden allemaal één ding gemeenschappelijk: ze droegen hem op wat hij moest doen. Dit was Brian.

'Waar zit je in godsnaam?'
'Ik ben naar de persconferentie geweest.'
'Welke persconferentie?'
'Over het Frieda Klein-onderzoek.'
'En is die nog steeds aan de gang?'
'Nee.'
'Dus waar ben jij dan?'
'Op weg naar huis om er een stuk over te schrijven.'
'Op weg naar huis? In welke eeuw denk je dat we leven? Hoe zit het met de andere artikelen waar je mee bezig bent? Schrijven die zichzelf of zo?'

Daniël Blackstock luisterde met een soort fascinatie naar de andere Daniël Blackstock, de Daniël die andere mensen zagen, de gespeelde Daniël, de onechte, de publieke Daniël, terwijl hij in de telefoon mompelde dat hij ook bezig was met de andere artikelen en het hem echt speet dat hij niet op de redactie was maar er thuis ook goed aan kon werken en morgenochtend heel vroeg weer present zou zijn. Daniël Blackstock hield helemaal niet van de Daniël Blackstock naar wie hij luisterde. Het zou afgrijselijk zijn om echt zo te zijn.

Toen het gesprek was afgelopen, liet hij een diepe zucht ontsnappen. Als ze eens wisten wie hij was, wat hij kon doen, wat hij had gedaan. De overbekende straten zagen er anders uit vandaag: feller van kleur, scherper. Hij kon de kamer voor zich zien, zijn geheime plek.

'Wat vind je ervan?'

Daniël keek naar zijn vrouw, die tegenover hem aan tafel zat. Wat hij ervan vond? Waarvan? Wat bedoelde ze? O, het eten! Ze had over haar dag zitten praten en hij had niet geluisterd. Het was alsof de radio in de kamer ernaast aanstond. Af en toe had hij iets gemompeld en een beetje geknikt, maar nu verwachtte ze iets wat op een antwoord leek. Hij keek naar zijn bord met daarop de resten van zijn maaltijd. Hij kon zich nauwelijks herinneren dat hij had gegeten. Het botje van een lamskoteletje, een klodder aardappelpuree, boontjes. Wat kon je daarover zeggen? 'Lekker.'

Hij keek weer naar zijn vrouw. Lee Blackstock, geboren Bass. Als ze thuiskwam, trok ze altijd eerst iets vrijetijdsachtigs aan. Vanavond was dat een gebloemde blouse met een lichtblauw vest erover. Ze zag dat hij haar opnam en haar bleke wangen kleurden lichtroze. Wit gezicht, dof haar, fletse ogen.

'Hoe was jouw dag?' vroeg ze.

'Goed.'

'Wat heb je gedaan?'

'Wil je dat ik elke minuut beschrijf?'

'Ik toon gewoon interesse.'

'Ik ben naar de Frieda Klein-persconferentie geweest.'

'O,' zei Lee. 'Frieda Klein.'

'Wat wil je daarmee zeggen? "O, Frieda Klein",' deed hij haar na.

'Niks.'

'Je wilt er toch wel íéts mee zeggen, want waarom zeg je het anders?'

'Gewoon, dat het een onderzoek is dat je interesseert.'

'Het "interesseert" me niet, het is mijn werk.'

'Ik vraag gewoon naar je werk.'

Ze deed hem denken aan een keffend hondje dat naar zijn enkels hapte. Hij had haar het liefst weggetrapt. Hij wilde dat ze haar kop hield. Toen hij besefte hoe ze haar best deed, wist hij dat het unfair was, maar het was onmogelijk voor haar om het te begrijpen. Het was voor iedereen onmogelijk om het te begrijpen. Hij begreep het zelf nauwelijks. Er gebeurde zoveel in zijn hoofd. Hij moest de dingen op een rijtje zetten. Hij stond op. 'Ik moet aan het werk.'

'Maar we zitten nog te eten.'

'Het is dringend.'

'Ik dacht...' begon ze, maar ze zweeg toen ze zijn gezicht zag.

'Jij wilt weten hoe het op mijn werk is?' vroeg hij. 'Nou, dat zal ik je vertellen. Ze houden iedereen, elke baan, elke paperclip onder de loep. Maar dit is het type verhaal dat iemand beroemd kan maken en ík heb het. En ik heb ruimte nodig.'

'Ik wil je alleen maar helpen.'

'Op dit moment kun je helpen door me met rust te laten en me niet lastig te vallen met vragen.'

Hij draaide zich om en liet zijn vrouw met de half leeggegeten borden achter aan tafel. Hij liep de trap op naar zijn werkkamer aan de achterkant van het huis. Die had hij zo eenvoudig mogelijk gehouden. Er stond een computer op het bureau onder het raam dat uitkeek op een klein, betonnen plaatsje met een achtermuur die de begrenzing vormde met het plaatsje van het huis in de straat erachter. Er was maar één raam zichtbaar van dat huis, een raam met matglas erin, daar zou de badkamer wel zijn. Soms bewoog er een vage schim achter. Behalve het bureau stonden er alleen maar een bureaustoel en een dossierkast in zijn werkkamer. Er hing niets aan de muren. Ooit had Lee gevraagd of ze er iets mocht ophangen. Dat was eens, maar nooit weer. Op het bureau lag niets, alleen de computer stond er. Er mocht helemaal niets liggen wat niet gebruikt werd. Zelfs geen pen. Dossiers gingen terug in de dossierkast, pennen en inktcartridges hoorden in de la.

Hij ging op de stoel zitten en staarde zonder iets te zien naar het zwarte scherm. Wat hij wel zag, in gedachten, was een jonge vrouw, bewusteloos, die op een matras op de vloer lag. Hij had goed opgelet dat hij geen enkel spoor op haar achterliet, maar hij herinnerde zich hoe ze rook, haar warmte. Hij had zijn gezicht tegen de zachte huid onder haar kaaklijn gedrukt. Het was niet iets seksueels. Totaal niet. Ze was helemaal in zijn macht geweest. Hij had haar kunnen uitkleden, met haar kunnen doen wat hij wilde. Maar hij had niet eens de verleiding gevoeld. Dat zou ook meelijwekkend zijn. Zoiets zou hij nooit doen. Zelfs toen niet, toen het zo eenvoudig was.

Vervolgens zag hij een man van middelbare leeftijd, hulpeloos onder zijn slagen. Dat was niet bevredigend geweest. Het was belangrijk, maar te haastig, te nerveus gegaan. Er waren te veel dingen geweest die fout konden lopen: hij kon gezien worden. Desondanks had het hem dichter bij haar gebracht. Daniël Blackstock had in de krant over de man gelezen: hij was een vriend van Frieda. Een vaderfiguur. Misschien wel meer dan een vaderfiguur.

Beide beelden begonnen te vervagen in zijn hoofd, hoewel hij een foto had van het nichtje, wat in ieder geval iets was. Maar Rossiter was helder. Zodra Daniël Blackstock aan hem dacht, was hij terug in diens flat. Dan zag hij de verbijsterde blik na de eerste klap weer en daarna het doven van het licht in zijn ogen, de spiegel van de ziel, die veranderde in twee blubberige slijmballen. Dat heb ik gedaan, dacht Daniël Blackstock, dat heb ik echt gedaan. Dat heb ik veranderd in de wereld.

En de andere – maar dat was nog niet af.

Er kwam nog een gezicht in zijn verbeelding op. Frieda Klein. Toen hij haar voor het eerst ontmoette, echt ontmoette, toen ze vlakbij was en ze elkaar aan konden kijken, had zijn hart zo snel geklopt dat hij nauwelijks nog kon denken, laat staan coherente vragen stellen. Maar op de een of andere manier was het hem gelukt. Nu, achteraf, herinnerde hij zich fragmenten, flitsen: haar manier van praten, zacht en duidelijk met een licht accent dat hij niet kon plaatsen. Haar gladde handen, lange vingers, haar scherpe jukbeenderen, een lok haar die voor haar gezicht viel die ze wegveegde, ze had op haar onderlip gebeten, misschien van ongeduld. Het best herinnerde hij zich haar ogen: donker en helder en hoe die af en toe met een aandacht op hem waren blijven rusten waardoor hij dacht: ze weet het! Ze weet het.

En achter alles was er natuurlijk nog die andere, schimmige figuur. Daniël Blackstock kende Dean Reeves gezicht slechts van één foto, de foto die altijd in de kranten stond. Het was waarschijnlijk een oude paspoortfoto. Dean Reeve kijkt je op die foto recht aan. Zonder glimlach. Glimlachen is niet toegestaan op een paspoortfoto. Maar net als bij Frieda had Daniël Blackstock het gevoel dat Dean Reeves ogen hem echt zagen, hem begrepen. Want hij wilde gezien en begrepen worden. Dat hij een van de eerste journalisten was geweest die ter plekke waren toen het lijk van Bruce Stringer was gevonden, had zo moeten zijn. Toen hij had gehoord wat er was gebeurd in Frieda Kleins huis, was hij bijna in lachen uitgebarsten en had hij wel willen applaudisseren! Het was zo geniaal, zo grappig! Wat een manier om een boodschap te sturen! Daarmee vergeleken waren zijn eigen boodschappen slechts slordige kattebelletjes. Maar hij ging vooruit.

Plotseling voelde zijn werkkamer benauwd en verstikkend. Hij moest eruit. Hij liep de trap af en trok zijn jas aan.

Toen hij de voordeur opende, kwam zijn vrouw de woonkamer uit lopen. 'Waar ga je naartoe?'

'Een pak melk kopen.'

'Zal ik meegaan?'

'Ik kan echt wel zélf een pak melk halen.'

Buiten voelde bevrijdend. Hij liep langs de plek, maar ging er niet naar binnen, hoewel hij er als door een magneet naartoe werd getrokken. Hij liep naar het Victoria Dock en staarde uit over het water. Plotseling voelde het goed. Hij had Dean Reeves leven nageplozen. Als hij de brug overging, was het maar een klein eindje naar Canning Town, waar Dean Reeve had gewoond. Dean was een van de weinigen die zouden begrijpen hoe Daniël zich nu voelde. Hij deed zijn ogen dicht en speelde het moment steeds opnieuw in zijn hoofd af: het moment waarop het leven uit Morgan Rossiter was verdwenen – als een dovend licht. Al de rest – het napluizen, het bespioneren van Frieda en haar vrienden, de ontvoering, de gewelddadige aanval – was onbeduidend en onbetekenend. Maar nu was hij een nieuwe wereld binnengegaan. Het was net zoiets als wat ze zeiden over het verliezen van je maagdelijkheid. Behalve dan dat het verliezen van zijn maagdelijkheid niet veel had ingehouden voor hem: een beetje gerommel op zijn vijftiende en de wereld was er geen zier door veranderd. Maar dit was anders. Nu hoorde hij bij de club: de club van moordenaars. Dean Reeve had misschien al over hem gehoord. Waarschijnlijk vond hij het amusant en vleiend. En dit was nog maar het begin!

Daniël Blackstock keek om zich heen. Er zat een groepje mensen aan een tafeltje op een terras. Een van hen liet de anderen iets op zijn telefoon zien en ze begonnen allemaal te lachen. Als ze hem al opmerkten, zou hij waarschijnlijk onbetekenend overkomen. Ze moesten eens weten! Dat was een deel van zijn kracht, dat hij in staat was zoiets te doen en het niet nodig vond dat aan anderen te vertellen. Hij kon de manier waarop ze hem op het werk behandelen verdragen, hun respectloosheid. Het maakte allemaal niets meer uit. Hij wist wie hij werkelijk was.

Hij keerde zijn gezicht naar de buurt waar Dean Reeve had gewoond. Het leek wel of hij zonnestralen op zijn wangen voelde. Met tegenzin keerde hij zich om en langzaam liep hij terug naar huis.

'Heb je de melk?'

'Vergeten.'

'Maakt niet uit. We hebben nog een vol pak.'

'Probeer je me ergens op te betrappen?'

Lee werd doodsbleek. 'Hoe bedoel je?'

'Laat maar.'

Hij ging weer naar boven, naar zijn werkkamer. Hij moest een artikel schrijven, maar begon er niet meteen aan. Eerst nadenken. Dat was niet handig geweest: hij was betrapt op een stomme, volkomen overbodige leugen. Of geloofde Lee dat hij melk was gaan halen en het toen was vergeten? Hij moest serieus nadenken over zijn vrouw. Was zij een risico? Kon ze iets vreemds aan hem hebben gemerkt? Hij voelde zich anders. Zag hij er ook anders uit?

In ieder geval was er geen enkele reden om aan te nemen dat iemand de kamer met die matras op de vloer zou ontdekken. En op zijn werkkamer hier lag ook niets waar hij zich zorgen over hoefde te maken. In zijn dossiers was niets te vinden, buiten de knipsels en de persberichten die iedere misdaadjournalist zou hebben. Dat gold niet voor zijn computer, dus had hij die beveiligd met een wachtwoord. Vroeger had hij al een lang wachtwoord gehad, maar nu had hij het nog langer gemaakt: tweeëntwintig letters. Bestaande uit de twee meisjesnamen van zijn beide grootmoeders, de postcode van het huis waarin hij had gewoond toen hij op de school voor journalistiek zat en als laatste, het belangrijkste: de datum waarop hij Frieda ging vermoorden.

39

De volgende dag wilde de krant dat hij een stuk schreef over de geplande parkbrug over de Theems, dat hij de voors en tegens ervan belichtte, en een kort telefonisch interview hield met een Londense zakenman die zijn geld had verdiend met oud ijzer en nu een liefdadigheidsinstelling had opgericht.

'Denk je niet dat het belangrijker is om achter het Frieda Klein-verhaal aan te gaan?' vroeg hij.

'Zijn er dan nieuwe ontwikkelingen?'

'Het is het enige verhaal dat belangrijk is op dit moment.'

'Wat heb jij dan wat de andere kranten niet hebben?'

'Daar heb ik juist tijd voor nodig. Ik volg dit al vanaf het begin.'

'Ik dacht erover om Suzie er iets over te laten schrijven. In het kader van de vrouwelijke invalshoek.'

Blackstock voelde de woede opborrelen in zijn borstkas, dik als lava. Zijn ogen brandden. Het plaatsje achter het huis leek wit in het felle daglicht, de hemel trilde helblauw.

'Ik weet alles wat er te weten valt over Frieda Klein,' zei hij. 'Ik zit al vanaf het begin op die zaak! Ik ben degene die je er een artikel over moet laten schrijven. En als ik iets nieuws heb, kan de krant dat over de hele wereld verkopen.'

Het bleef even stil. Geld werkte altijd.

'Je hebt tot na het weekend.'

'Waar ga je naartoe?'

'Naar mijn werk. Of was je vergeten dat ik werk? Dat ik de rekeningen betaal, zorg voor eten op tafel.'

'Ik werk ook,' reageerde Lee timide.

Blackstock keek naar zijn vrouw. Ze werkte in een verzorgingstehuis. Als ze thuiskwam, vooral na een nachtdienst, rook ze anders: zoetig en tegelijk scherp. Als hij erover nadacht wat ze deed – met al die hulpeloze lichamen die verzorging nodig hadden – ging er een huivering door hem heen. Het betaalde een schijntje. Op de krant vertelde hij nooit wat ze deed, daar zei hij dat ze in het onderwijs zat.

'Tsja... Ik ga.'

'Heb je enig idee hoe laat–'

Maar hij stond al buiten in de warme ochtend en voelde zijn stemming opklaren. Hij keek op zijn mobieltje en bedacht dat hij nog net genoeg tijd had om een bezoekje te brengen aan zijn geheime plek, waar hij zich werkelijk zichzelf voelde, en daarna zou hij een kijkje bij Frieda nemen.

Er stonden nog steeds een paar fotografen in Saffron Mews, maar ze vertelden hem dat Frieda Klein eerder die ochtend was vertrokken en zonder haar hoofd op te tillen voor een foto langs hen heen was gebeend. Blackstock stond even in gedachten verzonken en draaide zich toen om. Hij zette koers naar het appartementengebouw waar, wist hij, haar praktijkruimte was, een kleine tien minuten lopen vanaf haar huis. Het gebouw keek uit over een bouwterrein vol kraters.

Hij kocht een flinke beker koffie in de winkel op de hoek en liet er drie suikerklontjes in vallen. Hij had energie nodig – zijn hele lijf tintelde van verwachtingsvolle opwinding. Slechts een paar dagen geleden was hij hier ook geweest om het gebouw in de gaten te houden. Toen had hij Rossiter naar binnen zien gaan en even later, kokend van woede, weer naar buiten zien komen. Hij had geweten, gewoon zeker geweten, dat Rossiter een van Frieda's patiënten was. En rijp was om geoogst te worden... Hij zag diens gezicht nog steeds voor zich: terwijl hij viel, terwijl hij stierf. En ook zijn eigen gestalte, hoog boven hem uittorenend. Het was als een film die hij steeds weer afdraaide, telkens opnieuw.

Hij ging op een bank aan de overkant van de straat zitten, waar hij de uitgang van het gebouw in het oog kon houden. Hij wist dat ze hier elke ochtend kwam, maar had aangenomen dat ze even vrij zou nemen na de dood van Rossiter. Hij grinnikte in zichzelf: typisch Frieda Klein om meteen weer aan het werk te gaan. Heel anders dan zijn eigen vrouw. Als Lee een koutje had, kroop ze meteen in bed met een stapel tijdschriften en een doos tissues.

Hij nam een slok. Een paar meter verderop stond een sjofel geklede man viool te spelen, met een geopende vioolkist met wat kleingeld erin voor zich op de grond. Daniël Blackstocks telefoon ging en hij keek op het schermpje. Het was zijn werk, dus nam hij niet op – ze hadden hem tot na het weekend gegeven. Een kwartier later ging zijn telefoon weer. Deze keer was het Lee. Hij stopte het toestel terug in zijn zak. Vlak voor het middaguur zag hij een bekende figuur aankomen: klein, pezig, zonder borsten, met rood haar en sneakers aan haar voeten – alsof ze een puber was, in plaats van een volwassene. De inspecteur. Petra Burge. Hij wilde wegduiken om niet gezien te worden, toen hij bedacht dat hij het recht had om hier te zitten. Hij was journalist, een journalist die over Frieda Klein schreef. Hoe vaak hij haar ook achtervolgde, het zou niet verdacht lijken. Hij ging rechter op zitten en wachtte af tot ze hem opmerkte, maar ze keek niet om zich heen – ze duwde de toegangsdeur open en verdween naar binnen.

'De mensen staan te popelen om te helpen,' zei Petra.

'Dat is goed, toch?'

Frieda zat in haar rode fauteuil met Petra tegenover zich, op de plek waar de patiënten normaliter zaten. Tussen hen in stond een laag tafeltje met een doos tissues erop, aan de muur hing een tekening en op de vensterbank stond een bloeiende plant. Het was koel en rustig in de kamer, een veilige haven na de hitte en de herrie van Oxford Street op maar een paar minuten afstand en de bouwwerkzaamheden op het terrein ertegenover.

'Honderden, duizenden mensen. We kunnen het niet bijbenen. Tot nu toe kost het alleen een hele hoop tijd. Trouwens, professor Hal Bradshaw heeft me gebeld. Hij dacht dat ik zijn expertise wel kon gebruiken.'

Frieda voelde dat Petra nauwlettend in de gaten hield hoe ze reageerde. 'Waarom vertel je dit aan mij?'

'Ik weet dat jullie twee een geschiedenis hebben.'

'En hoe heb je op zijn aanbod gereageerd?'

'Ik heb hem beleefd bedankt. Hij gaat een grote televisieserie presenteren over moordenaars van de eenentwintigste eeuw, waarin Dean Reeve en alle recente ontwikkelingen ook aan bod komen. Ik vond dat ik je moest waarschuwen.'

'Dank je wel.'

'Ze zullen je willen interviewen.'

'Ik geloof dat ik daar wel klaar mee ben.'

'Hij zoekt contact met mensen die jou kennen.'

Frieda's hart maakte een duikeling. Ze stond op en liep naar het raam. 'Toen ik hier begon, stonden er huizen daar. Ik heb gezien hoe de sloopkogel alles met de grond gelijkmaakte. Het ging zo snel – de ene dag stonden ze er nog en de volgende was alles weg. Het enige wat restte was een berg puin. Toen lag het werk een tijd stil en kwamen er kinderen die er een soort speeltuin van maakten. Ze voetbalden er, tieners gingen erheen om te roken of te blowen of gewoon even alleen te zijn. Geliefden. Eenzamen. 's Avonds liepen er vossen, een heleboel. En nu is het allemaal weer begonnen, het graven en bouwen. Dat is Londen. De stad verandert voortdurend.'

'Als ik alles nog een keer grondig heb doorgenomen met jou, ga ik weer met Chloë praten. Uitgebreid.'

'Ze zegt dat ze wordt belaagd door de pers. Haar naam is toch bekend geworden.'

'Zo gaat het altijd.'

'Waarom wil je haar nog een keer ondervragen?'

'Ik moet ergens beginnen.'

'Waarom bij haar?'

'Er is een theorie dat de eerste misdaad die iemand begaat een impulsieve is. Daarna wordt het meer gepland. Dus de eerste misdaad kan meer onthullen.'

'Een theorie,' herhaalde Frieda. Ze fronste haar wenkbrauwen.

Petra knikte. 'Het is zeker waar dat het eerste slachtoffer van een seriemoordenaar het dichtst bij zijn huis valt.'

'Dat klinkt me nogal dubieus in de oren.'

'Kan zijn, maar zodra ik hier weg ben, ga ik naar Walthamstow om met je nichtje te praten.'

'Maar ze herinnert zich niets méér dan de vorige keer dat je haar hebt gesproken.'

'Ze heeft hem of haar ontmoet. Misschien kent ze hem, of mensen die hem kennen. Het helpt haar niet, en trouwens niemand van jullie, om te proberen haar te beschermen. We moeten alles en iedereen onderzoeken.'

Somber keek Frieda haar aan. 'Je hebt gelijk, natuurlijk.'

'Maar?'

'Ik heb steeds het gevoel dat ik iets over het hoofd zie. Dat ik iets mis.'

'Nou, dat komt me bekend voor.' Petra keek om zich heen. 'Dus hier ontvang je je patiënten.'

'Ja.'

'En transformeer je hun neurotische misère in een alledaags ongelukkig zijn.'

'Wat?'

'Ik zei–'

'Ik weet wat je zei. Je hebt Freud gelezen.'

'Misschien,' zei Petra ontwijkend.

'Vanwege mij?'

Petra haalde haar schouders op. 'Ik dacht dat het me misschien kon helpen bij mijn onderzoek.'

'En, is dat zo?'

'Niet echt. Maar het is interessant.'

'Wat is interessant?'

'Hoe mysterieus iedereen is, zelfs voor zichzelf.'

Toen Petra buitenkwam, zag ze een van de journalisten die Frieda hadden geïnterviewd aan de overkant rondhangen. Waarschijnlijk wachtte hij tot ze het gebouw uit kwam. Hoe heette hij ook alweer? Daniël en nog iets; hij was er altijd op persconferenties. Hij had zijn werk best goed gedaan, in ieder geval accuraat. Hij was klein, had een kippenborst, een haakneus en trok zijn broeken altijd veel te hoog op – tot zijn middel. Ze negeerde hem.

40

Om elf uur die avond, toen Frieda een boek zat te lezen in de woonkamer, bonkte er iemand op haar voordeur. Ze tilde de kat van haar schoot en deed haastig open. 'Wat is er met jou?'

Chloë zag er niet goed uit. Haar wangen zaten onder de rode vlekken en haar gezicht stond wanhopig, toen ze half struikelend over de drempel naar binnen stapte.

'Hoe ben je hiernaartoe gekomen?'

'Geen zorgen. Met een taxi. En er staan twee agenten bij de toegang tot Mews, voor het geval je dat nog niet wist.'

'Ja, dat weet ik. Kom, ga zitten.' Frieda gebaarde naar een stoel aan de ene kant van de haard, waar in de winter altijd een vuur brandde. 'Is er iets bijzonders? Ik weet dat Petra Burge naar je toe ging om je nog eens te ondervragen.'

'Nee, dat is het niet.' Chloë maakte een ongeduldig gebaar en ging met haar hand door haar stekeltjes. 'Dat zit me niet dwars.'

Frieda knikte. 'Wat is er dan?'

'Het gaat om William. Weet je nog dat ik je over hem heb verteld? William McCollough. Dat is die nieuwe man op het werk.'

'Ja, vertel,' zei Frieda. Ze herinnerde zich ook wat Rudkin over hem te weten was gekomen: dat hij in een tehuis had gezeten, als kind was misbruikt en een strafblad had voor diefstal en drugs.

'Ik heb haar over hem verteld. Niet alleen over hem. Over iedereen met wie ik werk natuurlijk. Maar in hem zijn ze geïnteresseerd. Een paar uur later kwam er een stel agenten en moest hij met ze mee in de auto.'

'Dat hoeft niets te betekenen.'

'Hij keek mij aan toen hij werd weggevoerd, alsof ik hem had verraden.'

'Jij hebt alleen de vragen beantwoord die je zijn gesteld en dat hoor je ook te doen.'

'Je denkt niet dat hij het kan zijn?'

'Dat weet ik niet.'

'Hij is aardig. Een beetje vreemd. Hij heeft lang grijs haar in een staartje, kijkt je niet aan en praat mompelend. Ik heb medelijden met hem.'

'De politie moet nu eenmaal iedereen onderzoeken.'

'Ja, dat weet ik. Maar ze onderzoeken de andere mensen met wie ik werk niet. En trouwens, dat is niet alles.'

'Hoezo?'

'Ik ben tot laat gebleven. We waren allemaal een beetje van slag en Robbie, een van de jongens daar – we hebben even wat gehad maar nu is hij gewoon een vriend – haalde wat biertjes en toen hebben we een hele tijd zitten kletsen. Ik heb hun alles verteld wat er is gebeurd.' Ze keek Frieda aan, haar gezicht vlekkerig en ongerust. 'Ze reageerden heel aardig. Fantastisch eigenlijk. Ik snap niet waarom ik het allemaal niet eerder heb gezegd.'

'En daarom ben je nu van streek?'

'Sorry. Ik raak steeds de draad kwijt. Plotseling stond er een journalist voor de deur die wilde weten waarom William McCollough meegenomen was naar het bureau. Of we verdenkingen hadden, vroeg ze.'

Frieda reageerde niet.

'Hoe kon ze dat verdomme weten?'

'Politiemensen lekken dat soort informatie.'

'Ze was een en al glimlachjes en vriendelijkheid en ongelooflijk vasthoudend.'

'Laat me raden. Heette ze Liz Barron?'

'Ken je haar?'

'We hebben elkaar ontmoet.' Ze dacht aan Liz Barrons frisse en stralende gezicht, haar onverzettelijke meisjesachtigheid.

'Ze zei allerlei dingen over Will. Dat hij als kind is misbruikt. Dat hij verslaafd is geweest en in de gevangenis heeft gezeten voor diefstal. Ze deed net of ze meelevend was, maar de hele tijd insinueerde ze dat als je als kind bent misbruikt je als volwassene zelf kinderen gaat misbruiken. Dat is niet waar, toch?'

'Waarschijnlijk niet,' zei Frieda, 'maar het komt voor.'

'Straks staat het allemaal in de krant, denk je niet?'

'Ja, ik ben bang van wel.'

'En dat komt dan door mij. Ik geloof niet dat Will het heeft gedaan. Ik geloof het gewoon niet. Ik denk dat ik het anders wel zou weten.'

'Ik dacht dat je zei dat jij de Frieda Klein-expert was.'

'Wat?'

Daniël Blackstock sliep nog half; hij was wakker geworden van de telefoon en zag dat het, hoewel het buiten al licht begon te worden, nog vóór zessen was. Hij ging rechtop in bed zitten. Lee had de rest van de week nachtdienst, dus was hij alleen in huis, wat goed uitkwam.

'Ik heb de nachtredacteur net gesproken. Jij beweerde dat je alles wist wat er te weten valt over Frieda Klein,' zei zijn redacteur.

'Ja.'

'Hoe komt het dan dat Liz Barron een scoop heeft en jij helemaal niets?'

'Wat voor scoop?'

'Doet de naam William McCollough een belletje rinkelen?'

'William McCollough?'

'Een meubelmaker die samenwerkt met het nichtje. Eng mannetje zo te zien. Hij is gistermiddag voor verhoor meegenomen naar het bureau. Het ziet ernaar uit dat ze hem te pakken hebben. Waarom weet Liz Barron dat wel en jij niet?'

Daniël Blackstocks hersens werkten traag. Hij stapte uit bed, opende de gordijnen en knipperde met zijn ogen tegen het plotselinge licht. Hij had nooit van McCollough gehoord.

'Ik ga lezen wat ze zegt en bel je dan terug,' zei hij.

'Ik wil om negen uur iets online. Daarna praten we.'

Hij liep naar zijn kale, kleine werkkamer en zette de computer aan. Liz Barrons artikel nam de hele voorpagina van de *Daily News* in beslag, onder een foto van McCollough, die er sjofel en onbetrouwbaar uitzag met zijn lange haar in een staartje en zijn ogen halfdicht. Binnen in de krant werd er een dubbele pagina aan hem gewijd, met meer foto's van hem, een van Frieda Klein die hij al vaak had gezien, en een kleintje van haar nichtje, Chloë Klein. Even bleef hij naar de twee vrouwen staren. Hij voelde een band met ze, intimiteit. Hij herinnerde zich het moment dat hij Frieda de envelop had gegeven, dat hun vingers elkaar hadden geraakt, dat ze hem in de ogen had gekeken.

Wat moest hij doen? Er zou nu een enorm mediacircus losbarsten. McCollough paste goed in het plaatje: hij was precies het soort man dat het publiek graag zag als moordenaar: een getroebleerde eenzelvige man. Maar na alle media-aandacht zou die ook weer wegzakken. Hij moest een manier bedenken om dit te gebruiken. Zijn hoofd werd langzaam helder. Er kwam een idee bij hem op, een goed idee. Ja! Hij werd hier steeds beter in!

William McColloughs deurbel rinkelde. Zijn telefoon rinkelde. Hij trok het gordijn weg en keek uit het raam. Er stond een kleine menigte op het trottoir. De meeste mensen keken omhoog. Er werd geflitst. Hij schrok terug en zonk op zijn bed neer, verborg zijn hoofd in zijn handen en probeerde de geluiden van de buitenwereld buiten te sluiten. De telefoon bleef maar rinkelen en rinkelen en de mensen buiten gingen niet weg, en hij was bang en schaamde zich. Hij zou nooit van het verleden bevrijd zijn. Hoe ver hij ook reisde, hoeveel tijd er ook overheen ging, het zou hem altijd blijven achtervolgen, zelfs als hij oud was, zelfs op zijn sterfbed.

Frieda zat in het kantoortje van Petra Burge. Haar gezicht was wit van woede. 'Dus hij wordt niet verdacht?'

Petra leunde met haar kin op haar hand en speelde met een pen op het bureau. Ze zag er moe en afgetobd uit. 'William McCollough is niet in staat van beschuldiging gesteld.'

'Hoe zijn ze dan aan hem gekomen? Heb je de kranten gezien, alles wat er over hem wordt geschreven?'

'Natuurlijk.'

'Hij wordt belaagd. Wie heeft het aan Liz Barron verteld?'

'Dat weet ik niet. Ik probeer erachter te komen. We hebben een persbericht naar de media gestuurd om wereldkundig te maken dat hij niet wordt verdacht.'

'Maar ze laten niet los.'

'Nee.' Petra leunde naar achteren op haar stoel en ging met haar vingers door haar rode haar. 'Je weet hoe dat gaat. Hij heeft een verleden. Hij ziet er een beetje vreemd uit.'

'Hij heeft in kindertehuizen gezeten. Hij is misbruikt. En daarom wordt zijn leven nog een keer kapotgemaakt.'

'Het spijt me. Je kunt ervan op aan dat ik erachter kom wie het lek is.'

'En dan? Geef je dan McCollough zijn leven terug?'

Frieda verliet het politiebureau. Ze liep snel en was zich er nauwelijks van bewust welke kant ze op liep, zo kwaad was ze. Toen ze op de rand van het trottoir stilstond en wachtte om te kunnen oversteken, hoorde ze een stem achter zich.

'Dokter Klein?'

Ze draaide zich om. Het was de journalist die haar had geïnterviewd, of belangrijker, de journalist die haar de foto van Chloë had gegeven. 'Daniël Blackstock, is het niet?'

'Ja.' Hij deed een stap naar haar toe. 'U hebt een goed geheugen.'

'Ik praat met geen enkele journalist.'

Zijn gezicht vertrok teleurgesteld. 'Om wat William McCollough overkomt?'

'Hoe kunnen jullie zoiets walgelijks doen!'

'Nee, nee, niet ik,' protesteerde hij. 'Ik sta hier, niet voor zijn deur, terwijl dat eigenlijk moet van mijn krant. Maar geloof me, ik walg er ook van. Zo zit ik niet in elkaar. Ik heb u ook altijd fair behandeld, toch?'

Frieda keek hem aan. 'Ja, dat is zo,' gaf ze schoorvoetend toe. Ze dacht aan een andere journalist, Jim Fearby, die zo vastberaden was geweest in zijn zoektocht naar de waarheid. Ze zag zijn dode gezicht voor zich, zijn niets ziende ogen die haar aanstaarden. 'Ik weet dat jullie niet allemaal hetzelfde zijn, maar ik ben woedend.'

'Ik ook. Geen wonder dat veel mensen ons niet vertrouwen.'

Ze draaide zich half van hem af.

'Ik kan het misschien een beetje goedmaken. U zei, die keer bij uw huis, dat het, als u ooit met iemand zou praten, met míj zou zijn.'

Hij bracht haar in herinnering dat ze bij hem in het krijt stond. Ze nam hem onderzoekend op. Zijn gezicht stond ernstig en zijn bruine ogen keken haar recht aan. 'Hebt u een voorstel?'

'U zou me misschien een quote kunnen geven over hoe afgrijselijk u dit vindt. En ik vroeg me af...' Hij zweeg en ging met zijn tong over zijn lippen.

'Ja?'

'U vindt het waarschijnlijk geen prettig idee, maar ik denk dat het heel krachtig zou kunnen werken...'

'Zeg het maar.'

'Ik zou misschien uw nichtje kunnen interviewen.'

'Chloë?'

'Ze kent William McCollough. Een interview met haar, een van de slachtoffers, zou duizend keer meer effect hebben, dan een miljoen persverklaringen van de politie.'

'Ik weet niet of dat een goed idee is. Ik wil niet dat Chloë in de schijnwerpers komt te staan. Ze heeft al genoeg doorgemaakt.'

'Dat geldt ook voor McCollough.' De onuitgesproken opmerking dat dat haar schuld was hing tussen hen in.

Frieda fronste haar voorhoofd. Hij bekeek haar nauwlettend. 'Ik zal met Chloë praten,' zei ze uiteindelijk.

‘U hebt mijn woord dat ik haar niet van streek zal maken. En natuurlijk kan ze, en u ook, het artikel vóór publicatie lezen. Mijn krant komt dan wel alleen in Londen uit, maar ik weet zeker dat dit landelijk wordt opgepikt. Zo!’ Hij knipte met zijn vingers voor haar gezicht. ‘En het zou een groot verschil kunnen maken.’

‘We zullen zien.’

‘Hier is mijn kaartje.’ Hij trok zijn portefeuille uit zijn broekzak, haalde er een kaartje uit en gaf dat aan haar. ‘U kunt me altijd bellen. Maar wacht niet te lang – voor McColloughs bestwil.’

41

Frieda zat aan haar keukentafel met Chloë tegenover zich. Haar nichtje zag er heel anders uit dan anders: ze was keurig en discreet gekleed, alsof ze net terugkwam van haar uitstekende baan. Verdwenen waren de zware laarzen, de grote mannenoverhemden, de dikke strepen eyeliner en de *studs* in haar neus en door haar wenkbrauw. Toen ze haar jas uittrok, bleek ze een blouse aan te hebben die Frieda herkende als van haar zelf, een lichtblauwe die ze al maanden kwijt was, met eronder een eenvoudige katoenen rok en onopvallende leren sandalen. Haar gezicht zag er zonder mascara en piercings heel jong en onschuldig uit.

'Weet je het zeker?' vroeg Frieda. 'Je kunt nog terug.'

'Nee, ik wil het doen.' Chloë keek vastbesloten. 'Ik móét het doen. Dat zou jij ook doen als je mij was.'

'Je hoeft hem helemaal niets te vertellen wat je niet wilt.'

'Dat weet ik. Dat heb je al honderd keer gezegd.'

'En je mag niets zeggen over het geluid van overkomende vliegtuigen.'

'Ja, dat weet ik.'

'En ik blijf er de hele tijd bij.'

'Dat heb je me ook al verteld. Het is oké. Hij vraagt dingen en ik geef antwoord. Ik heb niets te verbergen. Niets om me voor te schamen.' Haar stem haperde, even zag ze er verloren uit. 'En dan ga ik het over Will hebben en wat hem nu allemaal overkomt.'

'Goed.'

'Hoe is hij?'

'Wie?'

'Daniël Blackstock. Aan de telefoon klonk hij wel oké.'

Frieda aarzelde. Ze bedacht dat hij haar die foto van Chloë had overhandigd; dat was goed van hem, onverwacht goed. Ze dacht aan de intense blik in zijn ogen toen hij haar vroeg of hij haar nichtje kon interviewen. Maar dat was natuurlijk omdat hij bij een krant zat die vocht om te overleven. Zijn bestaan moest onzeker voelen. Dit interview was waarschijnlijk heel belangrijk voor hem: een soort troefkaart. 'Ik ken hem niet echt,' zei ze. 'Maar hij gedraagt zich netjes tijdens deze hele toestand en lijkt me betrouwbaar.'

'Zie ik er goed uit?'

Frieda glimlachte. 'Je ziet er prima uit.'

'Nee, totaal niet. Ik haat deze kleren.'

'Waarom heb je ze dan aangetrokken?'

'Om er fragiel en kwetsbaar uit te zien, neem ik aan. Of in ieder geval respectabel. Ik had het niet moeten doen. Wacht even.'

Ze verdween. Frieda hoorde haar de trap op rennen. Toen ze terug de keuken in kwam, had ze een oud zwart T-shirt van Frieda op de rok aangetrokken en droeg ze Frieda's zware wandelschoenen; haar blote benen staken er wit bij af, ze had een blauwe plek op haar scheen. Haar ogen had ze zwaar zwart omrand.

'Zo,' zei ze. 'Da's beter. Meer zoals ik ben.'

'Hij maakt geen foto's.'

'Ja, dat weet ik. Ik wilde me gewoon mezelf voelen. Geen rol spelen.'

Frieda knikte. 'Goed zo. Zullen we vast naar de woonkamer gaan?'

'Oké.'

Toen ze daar eenmaal zaten, vroeg Frieda: 'Heb je er nog over nagedacht om met iemand te gaan praten?'

'Ik zal erover nadenken,' zei Chloë, 'als dit gedoe allemaal voorbij is.'

'Het is nooit voorbij. En er is nooit een moment waarop het

goed uitkomt. Als je met iemand wilt praten, moet je dat nú doen.'

'Had hij er niet al moeten zijn?'

'Over een minuut of vijf. Ik heb gezegd dat hij een halfuur heeft.'

Chloë's gezicht vertrok ironisch, wat Frieda geruststelde. 'Je lijkt wel zo'n persagent van een filmster! Zorg ervoor dat ik geen vragen krijg over mijn privéleven, hoor!'

'Ik blijf er alleen bij als jij dat wilt.'

'God, natuurlijk. Je móét er verdomme bij zijn, maar–'

Chloë maakte haar zin niet af omdat er werd aangebeld.

In de woonkamer ging Daniël Blackstock op Frieda's stoel zitten, tegenover Chloë. Frieda hield zich op de achtergrond, als een soort chaperonne. Ze had hem thee aangeboden in de veronderstelling dat hij zou weigeren omdat hij zo snel mogelijk met het interview wilde beginnen, maar Blackstock zei: 'Ja, graag.' Dus ging Frieda naar de keuken om snel een mok thee te maken met een theezakje. Hij wilde ook nog twee klontjes suiker, en ze moest een aantal kastjes doorzoeken voordat ze die vond.

Ze vond dat hij een nerveuze indruk maakte. Hij had zich duidelijk netjes aangekleed voor de gelegenheid: hij droeg een grijs overhemd dat hem leek te verstikken omdat hij het helemaal tot boven had dichtgeknoopt, met een jasje erover dat veel te warm was voor het zomerweer. Zijn gezicht, pas geschoren, was glad en roze. Hij bleef met zijn tong over zijn droge lippen gaan.

'Ik wil eerst zeggen dat ik het op prijs stel dat ik hier mocht komen. En ook dat ik het artikel, als ik het af heb, natuurlijk aan u zal voorleggen voordat ik het inlever.'

'Dat is prima.' Chloë glimlachte bemoedigend naar hem en rechtte haar rug. Haar handen lagen ineengeklemd in haar schoot.

'Dat is niet de gewoonte, toch?' vroeg Frieda.

'Ik beschouw dit als een bijzonder artikel,' zei Blackstock. 'Waar het hier om gaat, wat mij betreft, is of het iets kan goedmaken. Maar vertel dat maar niet aan mijn baas.'

Hij haalde zijn telefoon uit zijn zak en legde die op tafel.

'U hebt er geen bezwaar tegen dat ik dit opneem?'

Chloë had er geen bezwaar tegen. Haar gezicht was bleek maar kalm.

'Ten eerste,' begon Daniël Blackstock met een nerveus kuchje, 'en zeg het alstublieft als u het te lastig vindt – mag ik u een vraag stellen over de afschuwelijke gebeurtenis die u is overkomen?'

'Het probleem is,' antwoordde Chloë, 'dat ik me er nauwelijks iets van herinner. Dat is het akelige. Die dagen ben ik helemaal kwijt: ik heb geen idee wat me in die tijd is gebeurd.'

'Dat moet een nachtmerrie voor u zijn,' zei Blackstock.

'Ja, dat is het. En welke engerd doet nou zoiets?'

'Dus u weet nog dat u in dat café was met uw vrienden en toen – wat? Dat u ergens wakker werd?'

'Op een kerkhof, ja. Met een hek om me heen, onder een boom. Maar dat is ook een vage, verre herinnering, als een doffe vlek in mijn geheugen.'

'Een doffe vlek in uw geheugen,' herhaalde Blackstock. Hij schreef iets op zijn notitieblok. 'Dus u was...' Hij leek het uit te rekenen, 'bijna zestig uur buiten bewustzijn?'

'Hij heeft me geïnjecteerd,' zei Chloë nuchter. Ze stak haar blote onderarm uit. 'Een paar keer. Het is nog steeds een beetje te zien.'

Hij leunde naar voren. 'Dat moet een traumatische ervaring voor u zijn geweest.'

'O, ja?'

Frieda glimlachte in zichzelf bij Chloë's antwoord. Ze deed het goed.

'Ja, als je bedenkt hoe u werd vastgehouden, hoe u erbij lag.'

Blackstock keek Chloë strak aan, zag hoe haar ogen opflitsten van verrassing, haar lippen iets van elkaar gingen en haar ademhaling versnelde.

'Wat bedoelt u? Niemand weet hoe ik erbij lag. Dat weet ik zelf niet eens.'

Hij trok een verbaasd gezicht.

'Hebben ze u de foto niet laten zien?'

'Wacht even,' zei Frieda scherp.

'Sorry,' zei Daniël Blackstock. 'Ik nam alleen aan – maar ik merk dat ik het verkeerd had.'

'Wat voor foto?' vroeg Chloë.

Het was stil. Hij wachtte.

'Wat voor foto, Frieda?' vroeg Chloë nog een keer.

'Er is een foto naar Mr Blackstock gestuurd. Die heeft hij aan mij gegeven en ik heb hem weer naar de politie gebracht.'

'Waarom heb je die niet aan mij laten zien?'

'Omdat ik dacht dat je erdoor van streek zou raken.'

'Ik kan niet geloven dat je er gewoon niks over hebt gezegd.'

'Ik moest een beslissing nemen.'

'Ik wil hem zien.'

'Ik heb een afdruk,' zei Blackstock. 'Maar dokter Klein denkt misschien dat het niet goed voor u is om die te zien.'

Blackstock keek naar Chloë, en Chloë keek ontdaan naar Frieda. Hij kon bijna geen ademhalen. Hij voelde rillingen over zijn rug gaan en had kippenvel op zijn armen en benen. Zijn hart klopte als een bezetene. Hoe kon dat niet aan hem te zien zijn?

'Laat me die foto zien,' zei Chloë.

'Als je dat echt wilt,' zei Frieda langzaam.

'Ja!'

Frieda knikte naar Blackstock. Hij haalde een afdruk van de foto uit zijn schoudertas en gaf die aan Chloë. Zijn hand trilde geen moment, alsof hij doodkalm was.

Maar Chloë's hand beefde zo heftig dat ze de foto op tafel moest neerleggen voordat ze hem goed kon bekijken.

'Kunt u me vertellen wat dit met u doet?' vroeg Blackstock zachtjes.

Toen Chloë naar hem opkeek, stonden haar ogen vol tranen. Ze ademde gejaagd, alsof ze zich enorm had ingespannen. 'Hij...' zei Chloë. 'Die heeft hij genomen. Hij heeft naar me staan kijken, terwijl ik zo... En het vastgelegd.'

Bij het zien van haar ontzetting, voelde Daniël Blackstock zich alsof hij weer met haar op zijn geheime plek was, alsof ze weer voor hem lag op die matras en hij naar haar stond te kijken. Hij dacht eraan hoe ze rook, hoe zacht ze was, haar haren, haar lichaam. 'En?' spoorde hij haar aan.

'Ik voel me... Ik begrijp het niet. Hij had me kunnen vermoorden. Hij had... andere dingen met me kunnen doen. Maar hij heeft alleen deze foto genomen en me laten gaan.'

'Wat zou u nu het liefste willen, Chloë?'

'Ik wil weten wat er is gebeurd. Ik wil dat degene die dit heeft gedaan wordt opgepakt, zodat hij nooit meer zoiets kan doen.'

Daniël Blackstock knikte.

'Ik voel me niet getraumatiseerd,' vervolgde Chloë. Haar stem werd plotseling een stuk luider. 'Ik schaam me niet en voel me ook niet vernederd of beschadigd. Ik ben woedend. Woedend!'

Hij maakte weer een notitie. 'Op het moment lijken de media zich te focussen op een collega van u, William McCollough.'

'De klootzakken,' zei Chloë. 'Dat is de enige reden voor mij om dit interview te doen, zodat ik duidelijk kan maken, heel duidelijk, dat Will McCollough hier helemaal niets mee te maken heeft.'

'Het doet me deugd dat u dat zegt en met zoveel overtuiging. Ik weet zeker dat u gelijk hebt. Wat moet ik in mijn artikel zetten om de sceptische lezers ervan te overtuigen dat uw vriend onschuldig is?'

Chloë sloeg met haar vuist op tafel. 'Dat hij het verdomme helemaal niet gedaan kán hebben.'

'Hoezo? Dat zal de sceptische lezer zich afvragen.'

Chloë reageerde bijna geïrriteerd. 'Om allerlei redenen. Hij deelt een flat met huisgenoten, hij heeft geen auto en ook geen rijbewijs. Hoe kan hij me dan verdomme ontvoeren, half Londen door rijden, me vasthouden en dan dumpen?'

'Wat bedoelt u? Half Londen doorrijden? Waar hebt u dat vandaan?'

'Waarom wilt u dat weten?'

'Hebt u enig idee waar u bent vastgehouden?' vroeg Blackstock. 'Als dat zo is, zou dat heel interessant voor het artikel zijn. Het kan zijn dat er dan bruikbare herinneringen loskomen bij de lezers.'

Chloë wierp een korte blik op Frieda, die heel licht haar hoofd schudde. 'Geen idee,' zei ze. 'Ik kan me niks herinneren.'

'Helemaal niets?'

'Alles is heel vaag. Maar waar waren we?'

'U zei dat William McCollough het niet gedaan kan hebben.'

'De politie heeft hem nergens van beschuldigd. Ze hebben hem laten gaan. Ze zeggen dat hij niet verdacht wordt.'

Daniël Blackstock keek bedenkelijk. 'Ik ben nu tien jaar misdaadverslaggever en weet dat je de politie niet altijd zomaar moet geloven. William McCollough heeft een historie van psychische problemen.'

Chloë verborg haar gezicht even in haar handen en hief toen haar hoofd weer op. 'Dat is wat ik onverdraaglijk vind. Hij heeft zoveel moeten meemaken en hij heeft het overleefd. Ik wist hiervoor niets van zijn verleden af, niemand wist daar iets van. Hij is erg op zichzelf. En nu weet iedereen ervan af en dat komt door mij! Nu moet hij dit allemaal óók nog eens meemaken!'

Daniël Blackstock keek Frieda aan. 'Wat vindt u ervan?'

'Dat doet niet ter zake,' zei Frieda. 'Ik ben hier slechts als steun voor Chloë.'

'Ik vraag u alleen naar William McCollough. Bent u het eens met wat Chloë zegt?'

'Ja.'

'Als dat klopt, waarom heeft de politie hem er dan uitgepikt?'

'Omdat ze een theorie hebben.'

'Wat voor theorie?'

Frieda dacht even na. Moest ze dit doen? Ja, besloot ze. Ja.

'Het is een daderprofieltheorie die inmiddels bijna clichématig wordt toegepast. De onderliggende gedachte is dat de eerste misdaad die iemand begaat, in de regel de meest impulsieve is en daarom ook het dichtst in de buurt van de woning van de dader wordt gepleegd. Latere misdaden zijn meer weloverwogen, vaak meer gepland en voorbereid, meer een vorm van afleiding.'

'Bent u het daarmee eens?'

'Daderprofielen kunnen heel nuttig zijn, maar niet als ze worden gebruikt als een middel om niet te hoeven nadenken.'

'Mag ik dat in de krant citeren?'

'Als u dat wilt... De ontvoering van Chloë was gepland en nauwkeurig georganiseerd. Overigens bedoel ik daar niet mee dat de dader iemand is met specifieke capaciteiten.'

'Zijn er geen bepaalde capaciteiten nodig, moet de dader niet slim zijn om zoiets voor elkaar te krijgen?' vroeg Daniël Blackstock.

Frieda schudde haar hoofd. 'Dit soort misdaden zijn een teken van zwakte, niet van kracht. Wat Chloë en Reuben en bovenal mijn patiënt is overkomen, is natuurlijk verschrikkelijk. Maar degene die zoiets doet, is in wezen een zielenpoot.'

Daniël Blackstock schreef weer iets op, maar bij die woorden gleed zijn pen van het notitieblok en viel op de grond. Hij boog zich voorover om hem op te rapen.

Zijn jasje schoof omhoog en op zijn overhemd werd een grote donkere plek zichtbaar.

'Dat is interessant,' zei hij.

'Dat is niet alleen interessant, het is overduidelijk. Dean Reeve is iemand die zichzelf emotioneel definieert door geweld – vergelijk hem met een verkeerd aangesloten elektriciteitskabel. Dat is al erg genoeg. Maar deze misdaden zijn totaal anders: dit is iemand die Dean Reeve probeert te kopiëren, alsof dat een bepaalde leegte invult, een bepaalde onmacht.'

'Een onmacht die mensen vermoordt?' vroeg Daniël Blackstock.

'Ja. Alsof mensen pijn doen, mensen vermoorden, een teken van macht is, een teken dat je belangrijk bent.'

'Hé,' zei Chloë. 'Ik dacht dat dit interview over míj ging!'

Ongeveer een uur later stonden Chloë en Frieda in de keuken van William McCollough. Onderweg naar hem toe, had Frieda een fles whisky gekocht. McCollough maakte die nu open en schonk voor hen alle drie een glas in. Ze klonken en ze zag dat zijn handen licht beefden. Hij droeg een katoenen broek met een scheur in een van de pijpen en een wijd T-shirt dat niet kon verhullen hoe mager hij was – nog erger dan op die vreselijke foto's in de kranten. Hij leek wel een geraamte. Zijn lange grijzende haar zat in een staartje, en zijn tanden stonden enigszins scheef en waren bruin van de nicotine.

'Ik weet niet welke journalisten ik erger vind,' zei hij met de schorre stem van een roker. 'Die me bedreigen of die me vragen mijn kant van het verhaal te vertellen.'

'Het spijt me heel erg dat ik je in deze situatie heb gebracht,' zei Frieda.

'Ik heb net een interview met de krant gehad,' voegde Chloë eraan toe. Ze stak haar hand uit en wreef hem met een verrassend moederlijk gebaar over zijn rug.

De oudere man keek haar aan en knipperde met zijn ogen. 'Ik hoop dat je er goed voor bent betaald.'

'We hebben helemaal niets betaald gekregen! We hebben het alleen gedaan om jou te helpen.'

McCollough nam een flinke slok. 'Denk je echt dat dat werkt?'

'Mensen hebben een kort geheugen,' zei Frieda.

'Maar het internet heeft een lang geheugen. Vanaf nu zal ik degene zijn die ooit wegens ontvoering en moord is opgepakt door de politie.' Hij nam nog een slok. 'En misschien zal iemand dan zeggen: "maar uiteindelijk bleek dat hij het niet had gedaan" en dan zegt een ander: "Ja, maar er was wel iets met hem, toch? Was hij niet betrokken bij een of andere zaak van seksueel misbruik?" En dan weten ze niet meer of hij nou de dader of het slachtoffer was, of misschien was hij wel allebei. "In ieder geval pakt de politie iemand niet zomaar op, toch?"'

'Het zal echt wel vervagen,' zei Chloë. 'Echt. Zeker als ze degene vinden die het heeft gedaan.'

Zijn gezicht verzachtte iets terwijl hij haar aankeek. 'Soms denk ik dat het niet zou zijn gebeurd als ik geen paardenstaart had. Misschien knip ik hem wel af.'

Chloë nam hem op. 'Dat lijkt me een goed idee,' zei ze. 'Kort haar zou je echt goed staan.'

'Wil jij het doen?'

'Ik?' vroeg Chloë.

'Waarom niet?'

'Oké!' Chloë grijnsde. 'Waarom ook niet.'

Er begonnen mensen binnen te druppelen, huisgenoten en vrienden. De deurbel ging een paar keer en er kwamen steeds meer personen de keuken in, die William ontspannen begroetten, blikjes bier uit hun rugzak haalden, sigaretten opstaken. William leek een beetje overdonderd, bijna gejaagd, terwijl het steeds drukker werd. Frieda begreep dat dit het werk van Chloë was: een supportersbijeenkomst als tegenwicht voor de journalisten die buiten nog steeds stonden te wachten. Het idee was typisch iets voor haar en lief bedoeld, maar misschien niet echt handig.

Algauw voelde Frieda zich oud en niet op haar plaats tussen alle tatoeages, baarden en piercings. Ze stond op. 'Als je hulp nodig hebt, neem dan alsjeblieft contact met me op,' zei ze tegen William McCollough. 'Chloë weet altijd waar ik te bereiken ben.'

William stond ook op en schudde haar de hand. Hij rook naar tabak en whisky.

Zijn lichtgrijze, waterige ogen keken haar doordringend aan. 'Ik dacht dat ik was ontsnapt,' zei hij. 'Maar uiteindelijk ontsnapt niemand.'

'Het spijt me heel erg.'

Hij haalde zijn schouders op. 'U hebt gedaan wat u kon. Veel meer dan anderen, u en Chloë.'

'Schaar!' riep Chloë. 'Kam!'

42

De volgende ochtend om zeven uur ontving Frieda een appje van Daniël Blackstock: 'Ik heb u het artikel gemaild. Laat me zo gauw mogelijk iets weten.' Ze las het stuk snel door. Normaliter had ze een hekel aan publiciteit, maar dit was anders. Dit had een doel. En ze moest toegeven dat het een gedegen stuk werk was, goed opgebouwd, accuraat. Desondanks kromp ze in elkaar bij sommige van zijn bewoordingen. Chloë was een 'levendige, jonge vrouw die heel moedig was'. Frieda zelf was een 'beroemde psycholoog'. Frieda schreef terug dat ze psychotherapeut was, geen psycholoog, maar dat het stuk verder in orde was.

Maar iets klopte er niet. Wat? Frieda bleef een hele tijd doodstil zitten tot ze er de vinger op zou kunnen leggen. Niet dat ze daar actief haar best voor deed, ze hoopte juist dat het haar vanzelf te binnen zou schieten. En inderdaad: opeens wist ze het.

Het was nog erg vroeg, dus nam ze eerst haar aantekeningen voor de sessies van die middag door en dronk ze een kop koffie. Daarna, om halfacht, belde ze Petra Burge.

'Jij durft.'

'Wat?'

'Ik heb Blackstocks interview met je nichtje gelezen. Dus onze profieltheorie is een cliché, hè?'

'Heeft hij je het artikel toegestuurd?'

'Nee. Hij heeft het op de website van de krant geplaatst, zodat iedereen het kan lezen.'

'Dat is snel.'
'De snelheid is het punt niet.'
'We moeten praten,' zei Frieda.
'Praten? Wie denk je wel dat je bent?'
'Het is belangrijk.'
'We praten nu.'
'Dit is iets wat we beter onder vier ogen kunnen bespreken.' Frieda dacht even na. 'Vóór het Imperial War Museum?' Ze keek op haar horloge. 'Ik kan er over een halfuur zijn.'
Het bleef stil op de lijn.
'Oké,' antwoordde Petra uiteindelijk.

Toen Frieda het museum naderde, zag ze dat Petra er al was, in spijkerbroek, sneakers en een zwart bomberjack. Ze merkte Frieda op, maar glimlachte en groette haar niet.
'Nou?' vroeg ze.
'Kunnen we een stukje lopen? Dan kan ik beter nadenken.'
'Als je denkt dat je veilig voor me bent omdat we op een plek zijn met mensen om ons heen, dan heb je het mis. Ik weet niet of ik je een paar klappen ga verkopen of ga arresteren wegens het hinderen van een politieonderzoek.'
'Alsjeblieft,' zei Frieda. 'Deze kant op?'
Ze liepen van het museum vandaan het park in. Het was een zonnige ochtend en op het gras renden kinderen achter een voetbal aan.
'Bepaalde reden om hier af te spreken?' vroeg Burge.
'Honderdvijftig jaar geleden was dit moerasland met beekjes en modder. Toen is het leeggepompt en ingedamd.'
'Ik heb er nu al spijt van dat ik het heb gevraagd.'
'Dit gebied heeft een bijzondere geschiedenis. Het lag vroeger buiten de stadsmuren, dus trok het mensen aan die niet helemaal pasten in de stad: zwervers, prostituees, kermis- en circusartiesten en misdadigers.'
'Dat weet ik. Ik ben hier opgegroeid, vlak achter Elephant en Castle.'
'Er werd hier ook gepreekt vroeger. Door vrouwen die visioe-

nen hadden, bijvoorbeeld. En er waren demonstraties. Alles wat niet toegestaan was binnen de muren van de stad, gebeurde hier.'

Ze liepen een paar minuten in stilte.

'Dus je bent hier niet om je excuses aan te bieden?'

'Ik heb dat interview geregeld met een doel voor ogen.'

'En was het daarbij noodzakelijk om de mensen die je proberen te beschermen te beledigen?'

'Je wist dat ik het niet eens was met jouw plan om William McCollough op te pakken.'

'We hebben hem niet opgepakt. We hebben hem ondervraagd.'

'En iemand heeft zijn naam naar de pers gelekt.'

'Wat zei je ook alweer? Iets over een profiel gebruiken om niet te hoeven nadenken? Als je klachten hebt over het onderzoek, uit je die tegen mij of tegen een van mijn bazen. Je loopt niet naar de krant.'

Ze waren aangekomen bij Elephant en Castle, wat een enorme bouwput was. Ze liepen er in een cirkel omheen.

'Het zal wel erg veranderd zijn sinds jij hier woonde,' merkte Frieda op.

'Het probleem is niet wat ze hebben gesloopt, maar wat ze laten staan. Als ik het voor het zeggen had, zou ik de hele boel hier platgooien.'

Ze sloegen New Kent Road in en Petra vervolgde: 'Op mijn vijftiende zat ik bij een bende uit de buurt. Ik hing er eigenlijk een beetje bij. Maar ik hield er dit aan over.' Ze trok de kraag van haar jack omlaag om een litteken te laten zien dat van haar oor tot in haar hals liep.

'Een mes?' vroeg Frieda.

'Een gebroken fles.'

'Je hebt geluk gehad. Ze hebben je slagader net gemist.'

Petra schudde haar hoofd. 'Nee, die hebben ze niet gemist. Ik heb twee maanden in het ziekenhuis gelegen. Mijn beste vriendin stierf. Ze was een paar maanden jonger dan ik, pas veertien, een wilde. Ik besefte dat ik eruit moest zien te komen. Ik ben terug naar school gegaan en vanaf dat moment moest ik altijd de beste zijn bij alles wat ik deed. Maar ik heb één les geleerd in die tijd: je valt je vrienden nooit af!'

'Ik heb nooit geloofd in onvoorwaardelijke groepstrouw,' reageerde Frieda.

'Dat weet ik. Ik heb de krant gelezen. Dus jij denkt dat je het beter weet dan iedereen?'

'Ik was niet van plan mijn mond te houden terwijl jij iedereen tegen William McCollough opzet en zijn leven ruïneert.'

'Hij was een voor de hand liggende verdachte. Een collega van Chloë, met de gelegenheid en de achtergrond. We moesten sowieso met hem praten. Dat weet je.'

'Hij is het niet.'

'Ik zeg ook niet dat hij het is. We hebben hem ondervraagd en toen laten gaan.'

Frieda bleef staan en keek naar een gebouw aan de overkant van de straat.

'Kijk daar eens.' Ze wees omhoog naar de letters op de voorkant ervan. 'Neckinger Mills.'

'Ik kan lezen.'

'Zegt die naam je iets?'

'Ik had vroeger vriendinnen die op het Neckinger-complex woonden. En ik ken Neckinger Street.'

'Ken je de rivier ook, de Neckinger?'

'Nee. Bestaat die? Waar ligt die dan?'

'We staan erop. Daarom waren die molens hier. Er waren hier leerlooierijen. Wist je dat ze water en hondenpoep gebruikten om te looien? Tonnen! Kun je je voorstellen hoe dat rook?'

'Wat is er met de rivier gebeurd?'

'Vervuild, dichtgeslibd, onder de grond verdwenen. En vergeten. Maar hij is er nog steeds. Dit was een gebied dat Londen voorzag van spullen die de stad nodig had, maar die de stad niet wilde zien of ruiken. Een nuttige reminder.'

Ze staken Jamaica Road over.

'Dit was Jacob's Island,' vertelde Frieda. 'Daar was het zo gevaarlijk dat de politie er niet eens in durfde. Ongeveer anderhalve eeuw geleden. En nu is het een plek die voor ons allebei te duur is om er te wonen.'

'Zou je dan willen dat het nog als vroeger was? Met mensen die op straat doodgingen van de honger?'

'Het is niet het een of het ander.'

Ze liepen langs fabrieken die waren omgebouwd tot appartementen.

'Toen ik klein was,' zei Petra, 'kwam ik hier vaak op zondagochtend. Toen stonden de gebouwen op instorten en was het hier verlaten. Dan gingen we naar binnen, dwaalden wat rond en tikten af en toe een ruitje in.'

Toen ze uit de schaduw van de smalle straat stapten, stonden ze ineens voor de rivier, met de Tower Bridge en de glimmende gebouwen van de City aan de overkant. Ze namen het pad langs het water tot ze bij het St Saviour's Dock waren. Het was eb, dus was het een en al modder.

'Dat is alles wat er over is van de Neckinger,' vervolgde Frieda. 'Niet dat het ooit een flinke rivier was.'

'Typisch voor deze rotbuurt. Niet eens een fatsoenlijke rivier.' Petra keerde zich naar Frieda. 'Dus je neemt me mee op deze wandeling om me te vertellen dat William McCollough onschuldig is – wat je mij sowieso al had verteld. En intussen ook aan de pers. Zonder echt bewijs, tussen twee haakjes.'

'Nee,' zei Frieda. Ze staarde omlaag naar de modder en wachtte tot ze het zichzelf hardop hoorde zeggen en het werkelijkheid zou worden. 'Daar gaat het niet om. Er is iemand naar wie je onderzoek moet doen.'

'Weer een van je vrienden?'

Frieda hief haar hoofd op en keek Burge aan. 'Nee, niet een van mijn vrienden. Degene die dat artikel heeft geschreven: Daniël Blackstock.'

'Je maakt een grapje.'

'Nee.'

'Daniël Blackstock.'

'Ja.'

'Die al vanaf het allereerste begin de zaak verslaat.'

'Ja.'

Petra staarde haar aan. Toen kneep ze haar ogen tot spleetjes en barstte in lachen uit – een luide schaterlach, waardoor haar kleine gezicht rimpelde en haar smalle schouders schokten. 'Hoezo?' wist ze uiteindelijk uit te brengen. Ze stak haar hand op – klein en smal, met afgebeten nagels. 'Nee, niet zeggen! Het is je intuïtie.'

'Dat niet alleen. Gisteren vroeg hij Chloë wat ze zich herinnerde van het moment voordat ze werd ontvoerd en had hij het over een café. Maar hoe weet hij dat ze in een café was? Dat weet niemand, toch?'

'Nee,' zei Petra langzaam. Haar lach was verdwenen. Ze zag er opeens ouder uit, en moe. 'Ik geloof van niet.'

'En hij heeft me die foto gegeven. Die kan hij naar zichzelf hebben gestuurd op de redactie van de krant. Dat zou kloppen.'

'Kloppen? Met wat?'

'Hij liet Chloë de foto zien tijdens het interview. Ik zag hoe hij naar haar keek. Ik had het idee dat hij ervan genoot, dat hij het opwindend vindt, dit allemaal – misdaden begaan en dan zelf de regie voeren over de manier waarop die in de media komen. Door zijn bril bezien: hij schrijft het verhaal waarin hij zelf de hoofdrol speelt.'

'Hoe jij toch tot je conclusies komt...' zei Petra bijna bewonderend. 'Eén opmerking en je hebt alles uitgewerkt.'

'Het lijkt logisch. En het geeft hem het perfecte excuus om overal te zijn waar ik ben.'

'Of hij is gewoon een journalist die een onderzoek verslaat. Omdat hij misdaadverslaggever is. Dan doe je dat soort dingen.'

'Ga je hem natrekken?'

Petra knikte. 'Oké. Maar verwacht er niet te veel van.'

43

Daniël Blackstock probeerde neutraal te blijven kijken. Hij voelde een tic in zijn linkerooghoek en zijn tong lag dik in zijn mond. Hij wist dat hij te vaak met zijn ogen knipperde, maar hij kon het niet laten. Hij moest er juist kalm en vriendelijk uitzien.

'Natuurlijk wil ik helpen als ik dat kan,' zei hij tegen Petra Burge, die tegenover hem zat. 'Maar ik geloof niet dat ik iets weet wat u niet weet. Ik zou informatie die bij de politie niet bekend is, altijd doorspelen.' Hij probeerde een toon van gekrenkte onschuld aan te slaan. Zijn gezicht voelde rubberachtig doordat hij de hele tijd glimlachte, en zijn eigen stem klonk hem vreemd in de oren. 'Tenslotte heb ik die foto ook aan dokter Klein gegeven, terwijl het beter voor mij was geweest die aan mijn redacteur te geven.'

Haar gezicht verraadde niets; hij wist niet wat voor indruk hij maakte. Hij voelde het zweet onder zijn armen en op zijn rug; druppels op zijn voorhoofd.

'Gewoon een paar vraagjes, meneer Blackstock,' zei ze.

De manier waarop ze hem aankeek beviel hem helemaal niet, alsof hij een monster in een laboratorium was. 'Vraag maar raak.' Te opgewekt, dacht hij. Te luid.

'Louter voor de formaliteit zou ik graag weten waar u was en wat u hebt gedaan in het weekend dat Chloë Klein is ontvoerd.'

'Ik? Wat ik toen deed?' Hij bleef haar een tijd aankijken.

'Het is een eenvoudige vraag.'

'U denkt toch niet dat ík daar iets mee te maken heb?' Hij zweeg, maar Petra Burge reageerde niet, ze wachtte gewoon af. 'Nou, ik was thuis, met mijn vrouw. Vrijdagavond hebben we eten gehaald en samen televisiegekeken. Dat zal mijn vrouw bevestigen.' Dat zal ze zeker, dacht hij. O ja! 'Voor zover ik me herinner, zijn we die zaterdag gaan winkelen. We hebben ook een wandelingetje langs de rivier gemaakt en koffiegedronken bij de Thames Barrier. Ik moest een artikel schrijven over een golf inbraken in die buurt. Dat is het zo ongeveer.'

'Waar woont u?'

'Tussen West Silvertown en Pontoon Dock. Kilkenny Road 17.'

'En de naam van uw vrouw is?'

'Lee Blackstock.' Hij voelde zich rustiger nu. Het onwillekeurig vertrekken van zijn gezicht was over en zijn stem klonk vrij normaal. Ik moet een beetje tegensputteren, dacht hij. 'Maar waarom vraagt u me dit allemaal? Ik ben gewoon een journalist die zijn werk doet.'

'Waar was u op maandag 22 augustus?'

Daniël Blackstock kon zijn hersens bijna voelen knarsen, radartjes die in beweging kwamen. Dat moest de datum zijn dat Reuben was mishandeld. Hij kon beter maar niet al te zeker doen. Iemand die onschuldig is, heeft niet direct een alibi voorhanden. 'Ik zou het niet weten,' zei hij.

'Dat is de datum van de mishandeling van het volgende slachtoffer.'

'Ik zou het in mijn agenda moeten opzoeken. Ik denk dat ik gewoon thuis was met Lee. We leiden een rustig leven,' voegde hij eraan toe. 'We zijn meestal met z'n tweetjes.'

'Oké. U kijkt in uw agenda en laat me weten wat u die avond deed. Hebt u dokter McGill ooit ontmoet?'

'Nee.' Hij overwoog even om te vragen wie dokter McGill was, maar dat deed hij niet: hij was tenslotte de journalist die alles over Frieda Klein wist. Natuurlijk wist hij wie Reuben McGill was.

'En hoe zit het met afgelopen woensdag?'

Morgan Rossiter. Even stond hij zichzelf toe zich de ogen die hem aankeken voor de geest te halen, hoe die even oplichtten van schrik en daarna langzaam dof werden.

Hij wreef over zijn gezicht. Zijn vingers voelden ruw tegen zijn papierachtige, dunne huid. De aanval is de beste verdediging, dacht hij. 'Ik weet wat er die avond is gebeurd. Ik kan werkelijk niet geloven dat u *míj* daarnaar vraagt. Belachelijk.' Hij hief zijn handen op, balde ze tot vuisten en liet ze met een doffe klap op de tafel neervallen. 'Ik heb Frieda Klein die foto gegeven. Ik heb niet meegedaan met al die journalisten die William McCollough zwartmaakten. Ik heb juist een interview met het ontvoerde nichtje gepubliceerd om hem te helpen.'

'Meneer Blackstock–'

Er welde een gedachte in hem op, koud en hard.

'Wie heeft u op het idee gebracht om mij dit soort vragen te stellen?'

'Zo werkt het niet.'

'Was het toevallig dokter Klein?'

'Waarom zou zij iets dergelijks doen?'

'Geen idee. Maar ik hoop van harte dat u uw professionele beoordelingsvermogen niet laat vertroebelen.'

'Nog één ding: hoe wist u dat Chloë Klein in een café was toen ze werd ontvoerd?'

'Wat?'

Zijn gedachten stokten. Hij moest helder denken!

'U zei tijdens het interview dat Chloë Klein werd ontvoerd uit een café. Hoe wist u dat?'

'Hoe?' Hij ademde diep in, wat pijn deed in zijn benauwde borstkas. 'Dat zal ik u vertellen. Dat heb ik van een van júllie mensen!'

'Iemand van de politie?'

'Precies!'

'Oké. En wie was dat dan?'

'U verwacht toch niet dat ik u dat vertel?'

'Dat verwacht ik zeker.'

'Dan moet ik u teleurstellen.'

Hij zag Petra Burges kaak een fractie verstrakken, maar dat was alles. Hij wachtte.

'Dit is een moordonderzoek,' zei ze uiteindelijk. 'En het is een heel ernstige zaak om informatie achter te houden voor de politie.'

'Ik onthul mijn bronnen niet. Dat hoort bij mijn werk.'

'Uiterst hoogstaand,' zei ze droogjes. 'Maar dit is niet iets wat u zo kunt afdoen.'

'Hebt u nog meer vragen, of kan ik weer verder met mijn werk?'

'U kunt gaan. Voor nu. U zoekt uit wat u op die data hebt gedaan?'

'Natuurlijk.'

'En u dient erover na te denken of er nog iemand anders is die kan bevestigen wat u zegt – buiten uw vrouw, bedoel ik.'

'Ik laat het u weten.'

Wat was er gebeurd? Daniël Blackstock deed nog wat extra suiker in zijn thee. Zijn handen beefden zo erg dat de vloeistof over de rand van zijn kartonnen bekertje klotste. Zijn benen voelden week. Hij moest ergens gaan zitten. Nadenken. Kwam het alleen door die opmerking over het café? Hoe kon hij zo stom zijn! Het was dus Frieda Klein die hem dit had geflikt. Dat moest wel. Hij dacht aan haar ogen die door hem heen keken.

Zijn hoofd deed pijn en het felle zonlicht irriteerde zijn ogen. Hij had zich onzichtbaar gevoeld, maar nu stond hij opeens in de schijnwerpers.

Petra Burge belde Frieda.

'En?'

'Ik heb hem gesproken.'

'En?'

'En ik heb hem laten gaan.'

'Waarom?'

'Omdat ik geen reden heb om hem vast te houden.'

'En dat is het?'

'Nee. We houden hem in de gaten. Maar er is geen bewijs tegen hem.'

'Hoe zit het dan met het feit dat hij wist van het café?'

'Hij beweerde dat hij dat van een politiemedewerker had.'

'Dat is onzin.'

'Het kán. Liz Barron krijgt ook informatie via lekken.'

'Heeft hij verteld wie het is?'

'Hij zegt dat hij zijn bronnen nooit prijsgeeft.'

'Dat komt dan wel heel goed uit, in dit geval.'

'Zou jij dingen over je patiënten vertellen?'

Frieda aarzelde een moment. 'Als ze iets crimineels doen: ja! Heeft hij een alibi?'

'Niet echt – wat natuurlijk niets zegt. Toen Chloë werd vermist, was hij thuis bij zijn vrouw; ze hadden een rustig weekend, zei hij, winkelen, tv-kijken, een wandeling naar de Thames Barrier.'

'De Thames Barrier?'

'Ja.'

'Aan welke kant?'

'Hoe bedoel je: "aan welke kant"?'

'Aan de noord- of de zuidkant van de rivier?'

'Wat maakt dat in godsnaam uit? Ik heb in ieder geval geen idee. Hij woont in Silvertown, dus was het waarschijnlijk de noordkant.'

Frieda's adem stokte. 'Silvertown!'

'Ja.'

'Vlak bij City Airport.'

'Er is geen bewijs dat je nichtje daar is vastgehouden.'

'Hij is het. Ik weet het zeker. Het is Daniël Blackstock.'

44

Jack liep de straat af naar Olivia's huis. Hij had tot laat gewerkt in de kaasstal en keek ernaar uit een warm bad te nemen om de dag van zich af te wassen. En daarna een lekkere maaltijd. Die avond had hij het rijk alleen: Chloë was bij Reuben eten, samen met Frieda en Olivia. Hij verheugde zich op een avondje in zijn eentje, met een biertje voor de tv. Hij was van plan risotto te maken en had alle ingrediënten in zijn rugzak: rode uien, gedroogde paddenstoelen, Parmezaanse kaas en zelfs een klein potje truffelsaus dat iemand op de markt hem had gegeven in ruil voor een bolletje mozzarella.

Hij stak de sleutel in het slot. Er was een trucje voor nodig om de deur open te krijgen: je moest de sleutel weer iets naar buiten trekken en hem dan heen en weer bewegen. Hij duwde de deur open en stapte de gang in. De schemering was nog maar net ingevallen en het laatste restje licht weerkaatste op Chloë's laarzen en het schilderij aan de wand.

Het volgende moment hoorde hij iets achter zich – later kon hij zich niet herinneren wat het was geweest: een zucht, een kuchje, geritsel? Met een ruk draaide hij zich om en hij zag een silhouet achter zich: iemand in donkere kleding met een kous over zijn hoofd. De tijd leek even stil te staan terwijl er allerlei gedachten door Jacks hoofd schoten: dat er iets glinsterde in de rechterhand van de gestalte, dat hij geen risotto zou maken, dat hij misschien wel doodging, dat Chloë straks de deur tegen zijn lichaam aan zou duwen als ze terugkwam van haar etentje, dat het naar rozemarijn rook, wat wel van de struik bij de voordeur zou komen.

Jack beschouwde zichzelf als een lafaard; hij schrok terug voor geweld en confrontaties. Maar voor hij besefte wat hij deed, stortte hij zich op zijn belager en hoorde hij een schorre kreet uit zijn eigen keel komen. Daarna kwam er een donkere flits, een gevoel dat later in pijn zou veranderen maar op dat moment alleen een reeks kleuren veroorzaakte in zijn hoofd: rode en paarse. Een knappend geluid, alsof er iets brak toen hij op de vloer viel. Zijn neus, wist hij. Hij hoorde glas aan scherven gaan. Het potje saus, besefte hij. De voordeur ging dicht. Hij lag in de smalle donkere gang, met op luttele centimeters van zijn gezicht een paar puntige schoenen van Olivia, die daar stonden. Hij kon ze vaag onderscheiden. En het rook naar truffels, sterk, penetrant. Hij voelde een trap van een laars tegen zijn wang. Hij kon het horten van zijn eigen adem horen, en boven hem hijgde zijn aanvaller, alsof het zwaar werk was wat hij deed: een metalen staaf steeds weer laten neerkomen op Jacks benen, zijn rug.

Plotseling hield het op. Jack kon niets meer zien, zelfs niet als hij zijn ogen opende, maar hij voelde aan de tastende vingers dat de aanvaller iets in zijn zakken zocht. Hij kon hem ruiken: zweet en iets sterks, een soort parfum. Zijn mobieltje werd uit zijn zak gehaald. Even was het stil en daarna klonk de *ping* die aangaf dat er een bericht was verzonden.

Hij hoorde een stem in zijn oor, een fluistering in de duisternis. 'Links- of rechtshandig?'

Jack kreunde.

'Links- of rechtshandig?'

'Links,' wist hij uit te brengen.

Met een afgrijselijk soort precisie pakte de aanvaller Jacks linkerhand en legde die plat, met de palm omlaag, op de stoffige vloer. Even gebeurde er niets. Toen schoot er een helse pijn door hem heen: vanaf zijn hand omhoog zijn arm in, zijn hele lijf door, naar zijn hoofd, zijn hersens, zijn totale wezen. Nergens om weg te kruipen. En nog een keer. Nog een keer. Nog een keer… Een laars die op zijn hand stampte. Pijn, alleen pijn. En dierlijke geluiden uit zijn keel.

De laars stopte. Het zware ademen boven hem werd zachter. Hij hoorde een geluid dat hij niet kon plaatsen, een beetje piepend. Toen hield dat ook op. Er ging een deur open. En dicht. Jack was weer alleen.

Frieda zat naast Olivia, die in tranen was en tussen grote slokken wijn door jammerde over haar bestaan. Het was halftien. Door het raam zag ze Josef en Reuben in de tuin, samen op een bankje in de warme avond. Er gloeide een sigaret op. Elke keer als Olivia even ophield met huilen, hoorde ze hun stemmen: wat een onverwachte vriendschap is dit, dacht ze, tussen een hippieachtige Londense psychotherapeut en een Oekraïense bouwvakker. Van boven kwamen de blikkerige geluiden van schietende geweren, exploderende bommen en dan steeds weer een opgewekt deuntje: Chloë en Alexei speelden een computergame.

Er kwam een boodschap binnen op haar telefoon, hoorde ze. Ze wierp een korte blik op het schermpje. Van Jack. *Je vriend heeft hulp nodig.*

Jack lag in de gang. Het enige wat hij wilde was het bewustzijn verliezen, maar zijn brein weigerde koppig los te laten. De pijn kwam in golven: hij werd erin ondergedompeld en er weer door uitgespuugd. Hij stak zijn tong tussen zijn lippen en proefde bloed. Zijn telefoon rinkelde en rinkelde, maar hij wist niet waar die was en kon hem toch niet pakken. Hij probeerde te bewegen, maar werd meteen door de pijn weerhouden. Zinloos.

Een geluid. Een sleutel in het slot. Hij is terug, dacht hij, om zijn werk af te maken. Dan zou de pijn in ieder geval voorbij zijn. Maar toen waren er een zachte stem die zijn naam zei en een koele hand op zijn voorhoofd. Nu kon hij uiteindelijk loslaten, hij was veilig: Frieda was er.

45

Don Kaminsky drukte op de knop van de recorder.

Daniël Blackstock glimlachte. Hij voelde zich beter deze keer. Híj had nu de boel onder controle; het ging nu op zíjn voorwaarden. 'Niet te geloven dat jullie nog steeds met cassetterecorders werken,' zei hij.

Petra noemde de tijd, de datum en de namen van de aanwezigen.

'Die gebruikte ik vroeger ook bij interviews,' babbelde hij verder. 'Maar dat is echt jaren geleden. Dan hebben jullie zeker ook nog faxapparaten.'

'U hebt het recht om te zwijgen,' zei Petra. 'Indien u geen gebruikmaakt van dit recht, kan het uw verdediging schaden. Alles wat u zegt kan tegen u worden gebruikt in een rechtszaak.'

Het was even stil.

'Kunt u dat herhalen?' vroeg Blackstock.

'Dat meent u serieus?'

'Ik heb die woorden zo vaak op de televisie gehoord dat het wel een gebed lijkt. Je hoort het honderden keren, maar je laat niet echt tot je doordringen wat het betekent. "Uw rijk kome." Wat betekent dat? Hoe kan een rijk komen? Vertelt hij het rijk dat het moet komen? Dus ik wil het nog een keer horen om te begrijpen wat de woorden werkelijk betekenen.'

Petra herhaalde de woorden overdreven zorgvuldig.

'Verdediging?' zei hij. 'Ik hoef me helemaal niet te verdedigen.'

'U hebt ook recht op een advocaat. Indien u geen advocaat hebt, zal er u een worden toegewezen.'

'Ja, dat weet ik allemaal. Ik heb er een artikel over geschreven. Recht op een advocaat. Dat is grote onzin. Houdt dat meer in dan een telefoontje naar een pro Deo die wel wat beters te doen heeft?'

'Meestal zijn de mensen die hier zitten veel nerveuzer dan u,' merkte Petra op. 'In een verhoorkamer met een recorder die aanstaat. Behalve misdadigers.'

'En journalisten,' vulde Daniël Blackstock aan. 'U vergeet dat ik misdaadverslaggever ben.'

'De laatste keer was u veel nerveuzer. Nu lijkt u er bijna van te genieten.'

'Ik geniet er niet van en ik heb geen advocaat nodig. Ik beantwoord alle vragen die u me maar wilt stellen. Dus begin maar.'

'Waar was u gisteravond?'

'Hoe laat?'

Petra dacht aan het bericht dat van Jacks telefoon was verstuurd.

'Tussen acht en tien,' zei ze.

Blackstock dacht even na.

'Ik was thuis met mijn vrouw en daarna in het ziekenhuis.'

'Ziekenhuis?' zei Petra. 'Waarvoor?'

Blackstock legde zijn handen op tafel. Zijn linkerhand zat dik in het verband.

'Ongelukje gehad?' vroeg Petra.

'Ja, dat lijkt me duidelijk.'

'Kunt u me vertellen wat er is gebeurd?'

'Ik sneed een linoleumtegel met een stanleymes. Mijn hand gleed uit, en het mes schoot in mijn andere hand. Het bloedde als een rund. Dus ben ik naar het ziekenhuis gegaan om gehecht te worden.'

'Hoe laat is dat gebeurd?'

'Waarom doet dat er iets toe?'

'Er heeft gisteravond een incident plaatsgevonden.'

'Ik heb graag dat u eerst mijn vraag beantwoordt.' Daniël

Blackstock zweeg even. 'U doet het verkeerd om. U hoort mij te vertellen waar u me van beschuldigt en dan mag ik mezelf verdedigen – als ik een verdediging heb.'

'Oké,' zei ze. 'Gisteravond is er een man genaamd Jack Dargan mishandeld in een huis in Islington. De overvaller droeg een kous over zijn hoofd. Na de mishandeling stuurde de dader een bericht via Dargans telefoon.'

'Waarom doet iemand zoiets?'

'De overval had niets met roof te maken. Het was een soort statement, of een boodschap.'

'Aan wie werd dat bericht gestuurd?'

'Aan Frieda Klein.'

'O!' Hij floot. 'Ik snap het. Dat moet een schok voor haar zijn geweest.'

'Interesseert u dat, of het een schok voor haar was?'

'Natuurlijk interesseert me dat. Als journalist. Ik heb het verhaal van Frieda Klein vanaf het begin verslagen. Maar u denkt toch niet serieus dat ík zoiets zou doen?'

'Het bericht is verzonden om twee minuten over halftien, dus als u kunt aantonen waar u zich op dat moment bevond, kunt u gaan.'

'Dit is helemaal gestoord! Ik weet niet eens waarom u me hiervan verdenkt. Maar als u er zo aan hecht dit spelletje te spelen, doe ik wel mee, hoor. Dat moet ongeveer het moment zijn geweest dat ik in mijn hand sneed en naar het ziekenhuis ben gegaan.'

'Kunt u mij daar de exacte tijden van geven?'

'Ik ben bang van niet. Ik hou in mijn dagelijkse leven niet constant bij hoe laat het is.'

'Maar ik neem aan dat er manieren zijn om de tijden na te gaan.'

'Toen het gebeurde probeerde ik het bloed te stelpen en belde mijn vrouw het alarmnummer. Daar houden ze waarschijnlijk gegevens van de telefoontjes bij.'

'Dat doen ze zeker.'

'Ze vertelde wat er was gebeurd en kreeg het advies om naar de

Spoedeisende Hulp te rijden. Dus heeft mijn vrouw me naar het St Jude gebracht.'

'Hoe laat kwam u daar aan?'

'Geen idee. Een halfuur, veertig minuten nadat het was gebeurd.' Hij maakte een geërgerd gebaar. 'Luister, wat willen jullie dat ik doe? Moet ik mijn verband er afrukken en jullie de wond laten zien? Ik doe het hoor, als het moet!'

'Degene die Jack Dargan heeft aangevallen, kan zelf gewond zijn geraakt.'

'Had de aanvaller een mes?' vroeg Blackstock kwaad. 'U kunt de wond bekijken en dan zult u zien dat die veroorzaakt moet zijn door een onhandige klusser.'

'Hoe bent u naar het ziekenhuis gegaan?'

'Dat zei ik al: mijn vrouw heeft me erheen gereden.'

'En hoelang bent u daar geweest?'

'We waren vlak na twaalven thuis.'

'U weet dat we alles checken?'

'Check wat u wilt,' antwoordde Daniël Blackstock. 'En als u nog meer informatie nodig hebt, bel gerust!'

Petra knikte naar Don Kaminsky, die het cassettedeck uitschakelde.

'Dat was het,' zei ze.

Frieda zei in eerste instantie niets, maar Petra vond het feit dat haar ogen zich iets vernauwden al onrustbarend genoeg.

'Je moet het fout hebben,' zei ze uiteindelijk. 'Je moet iets hebben gemist.'

'Ik snap dat je dat denkt,' zei Petra, 'maar het is niet zo.'

'Je kunt beter binnenkomen,' zei Frieda.

'Ik moet ergens heen.'

'Vijf minuten maar. Ik moet je een paar dingen vertellen.'

Petra stapte over de drempel.

Frieda ging haar voor naar de keuken. 'Iets drinken?'

'Nee, dank je. Wat wilde je vertellen?'

Ze gingen tegenover elkaar aan de keukentafel zitten, Petra met het gevoel dat ze terug was in de verhoorkamer, maar dat zíj nu degene was die werd ondervraagd.

‘Heb je zijn alibi goed gecheckt? Was zijn verwonding echt ernstig?’

‘Natuurlijk. Ik heb de opname gehoord van het telefoontje van zijn vrouw naar het alarmnummer. Het is op achtendertig over negen binnengekomen en er is vanuit hun huis gebeld. Om tien uur vijfentwintig zijn zijn gegevens op de Spoedeisende Hulp in het systeem van het St Jude ingevoerd. Ik heb de dienstdoende arts gesproken. Het was een ernstige wond die hevig bloedde. De arts vond dat hij beter met een ambulance had kunnen komen. Hij zei dat Blackstock geluk had gehad dat hij geen vitale ader of pezen had doorgesneden.’

Frieda trommelde met haar vingers op tafel.

‘Het komt allemaal veel te goed uit. Precies op het juiste tijdstip snijdt hij in zijn hand…’

‘Natuurlijk is dat zo. Het is een alibi! Als een alibi niet het tijdstip van de misdaad betreft, is het geen alibi.’

‘Maar waarom is hij precies op die avond en op dat moment ergens waar zijn aanwezigheid wordt geregistreerd? Waarom zat hij niet gewoon thuis bij zijn vrouw, zoals elke avond?’

‘Oké, Frieda. Als Blackstock thuis had gezeten, zoals elke avond, met alleen zijn vrouw als getuige, zou je hem dan hebben geloofd? Dat zou worden beschouwd als “geen alibi”.’

‘Het voor de hand liggende antwoord is dat hij zich heeft verwond tijdens zijn aanval op Jack en toen…’

Ze zweeg.

‘En toen wat?’ vroeg Petra. ‘Het kan voor de hand liggend zijn, maar toen? Heeft hij zijn vrouw gebeld dat ze het alarmnummer moest bellen? En is hij daarna op de een of andere manier naar de andere kant van Londen gereisd met een wond die zo hevig bloedde dat hij meerdere hechtingen nodig had? En zijn vrouw, heeft hij die ergens onderweg getroffen of iets dergelijks? In ieder geval zegt Jack Dargan dat er nauwelijks is gevochten en er geen sprake van een mes was. Hij zei dat het onmogelijk is dat de aanvaller gewond is geraakt bij de aanval, laat staan een flinke snijwond heeft opgelopen. En er is ook geen bloed aangetroffen op de plaats delict, behalve dat van Dargan, natuurlijk.'

Frieda fronste haar voorhoofd naar Petra en Petra fronste terug naar Frieda.

'Wat?' vroeg Petra Burge. 'Noem me iets en ik ga het na.'

'Je hebt hem meegemaakt,' zei Frieda. 'De manier waarop hij zich het onderzoek in wurmt, hoe hij lijkt te genieten van alles. Vind je dat niet verdacht?'

'Hij is journalist. Dat is zijn werk, hij wordt ervoor betaald om dat te doen. Jij mag het dan niet leuk vinden, maar we zullen het hiermee moeten doen.'

'Ik had je al verteld dat ik hem verdacht vond en op dat moment wist ik nog niet eens dat hij in Silvertown woont, precies waar Chloë is vastgehouden, vlak bij City Airport.'

'Dat kun je niet zeker weten.'

'Chloë hoorde kleine vliegtuigen opstijgen. Het moet wel daar zijn.'

'Het is een vermoeden. Er zijn meerdere kleine vliegvelden rondom Londen. Er ligt er bijvoorbeeld eentje net achter Chigwell. Daar ben je in twintig minuten als je de M11 neemt.'

'Ik ken dat vliegveldje. Dat is gewoon een kleine vliegclub. Als Chloë zo'n tweezittertje had gehoord, zou ze dát hebben gezegd.'

'O, dus nu zijn jullie allebei expert in kleine vliegtuigen? Jouw hele theorie steunt op de verklaring van een jonge vrouw die gedrogeerd, geblinddoekt, half bij bewustzijn en getraumatiseerd was. En dat stel je tegenover een alibi dat je niet bevalt, maar dat wel wordt gestaafd door harde bewijzen. We weten dat Blackstocks verwonding om negen uur achtendertig is gemeld. We weten dat hij iets na twintig over tien in het ziekenhuis was, met een ernstige verwonding. In onze opleiding kregen we elke keer maar weer te horen over onderzoeken die spaak liepen omdat de rechercheur die de leiding had aan tunnelvisie leed.'

Petra keek naar Frieda, die haar voorhoofd rimpelde en op haar onderlip beet. Ze leek ontdaan. 'Ik zal beveiliging op je vrienden zetten,' zei ze zacht.

Frieda knikte. 'Mijn nieuwe plan is dat iedereen voorlopig bij Reuben in huis trekt.'

'Dat lijkt me een goed idee.'

Frieda staarde langs haar heen uit het raam. 'Je zou zijn huis kunnen doorzoeken,' opperde ze.

'Dat kunnen we niet. We hebben geen gegronde reden.'

'Dus wat ben je nu van plan?'

'We beginnen helemaal opnieuw.'

46

Karlsson strompelde Frieda's huis binnen. 'Kijk,' zei hij en hij gooide een krant op tafel.

'Waarnaar?' vroeg Frieda.

Hij sloeg woedend pagina's om tot hij bij de middenpagina kwam. Daar stond een grote kop, MIJN LEVEN ALS VERDACHTE, met een foto van Daniël Blackstock eronder, die somber in de camera blikte.

'Ik ben niet echt geïnteresseerd,' zei Frieda met een boze frons.

Hij pakte de krant van tafel en begon het artikel voor te lezen: '"Het blunderende politieonderzoek heeft een nieuwe, wanhopige wending genomen nu de recherche zich focust op de pers. Blijkbaar is het de boodschapper die nu de schuld krijgt." Klootzak.'

'Karlsson, maak je niet druk. Dat is het niet waard.'

'Wacht even! Dit wil je zeker horen: "Ik werd meegevoerd naar de verhoorruimte van het politiebureau en geconfronteerd met de nietsontziende ondervraging van inspecteur Petra Burge. De politie lijkt zich af te vragen waarom de pers zoveel meer over de zaak weet dan zijzelf. Misschien, probeerde ik duidelijk te maken, komt dat omdat *wij* doen waarvoor we betaald worden." Lul.'

'Ik heb echt liever niet dat je dat hele stuk aan me voorleest.'

Karlsson schudde zijn hoofd, vouwde de krant tot een handzamer formaat, stond op en begon snel maar kreupel door de kamer te lopen terwijl hij verderging met lezen.

'Hier,' zei hij.

'Straks val je nog. Je wilt je been toch niet nog een keer breken?'

'Nog één stukje. Dit is wat me echt woedend maakt. Wacht, even zoeken. Ja, hier heb ik het.' Karlsson kuchte. '"Ik heb politieprofiler Hal Bradshaw geconsulteerd, een expert in het opstellen van daderprofielen, en hem gevraagd wat er volgens hem achter deze misdaden schuilgaat. Zijn antwoord luidde als volgt: 'De afgelopen jaren heeft Frieda Klein er doelbewust naar gestreefd een celebrity te worden en zich steeds bemoeid met strafrechtelijk onderzoek. De schade die ze daarmee heeft aangericht met betrekking tot serieuze politieprocedures laat ik ter beoordeling over aan de autoriteiten, ik matig het me niet aan daar commentaar op te leveren."' Karlsson stopte met voorlezen en sloeg met de krant in de lucht. 'Waarom doe je dat dan toch, stomme idioot?'

'Ga even zitten.'

'Wacht even. "Als psycholoog gaat mijn interesse uit naar iemands drijfveren. Waarom verandert iemand die arts en genezer zou moeten zijn, in een aandachttrekker op zoek naar roem? Het resultaat ervan is dat Frieda Klein niet alleen zelf risico's loopt, maar anderen ook. Wat iemand doet is in principe zijn eigen zaak. De een houdt van bungeejumpen, de ander doet aan parachutespringen en er zijn blijkbaar ook mensen die zich graag bemoeien met misdaadonderzoeken. Maar Frieda Klein brengt ook anderen in gevaar. Onschuldige levens. In mijn volgende televisieprogramma, in de serie *Crimes of the Mind*, zal ik u laten zien hoe een ervaren profiler onopgeloste zaken aanpakt. Frieda Klein heeft altijd gestreefd naar roem en fans. Tsja, wie wind zaait zal storm oogsten, is niet voor niets een bekend spreekwoord."' Karlsson smeet de krant op tafel. 'Wat denk je? Zou iemand niet kunnen regelen dat Dean Reeve een bezoekje aan Hal Bradshaw brengt?'

'En nou ophouden,' zei Frieda. Ze liep de kamer uit naar de keuken.

'Is het te vroeg voor een borrel?' riep Karlsson haar achterna.

'Ja!'

Een paar minuten later kwam ze terug met twee mokken koffie.

'Ik snap niet hoe jij dit kunt verdragen,' merkte hij op. 'Dat je naam zo door het slijk wordt gehaald. Ik heb je waarschijnlijk niet echt geholpen met hierheen komen en het je voor te lezen. Ik zal wel zout in je wonden hebben gestrooid, maar vond toch dat je moest weten waartoe oplichters als Hal Bradshaw in staat zijn.'

Frieda staarde naar haar koffie. 'Dat doet me niks. Het is gewoon iets wat gebeurt, net zoiets als het weer.' Ze nam een slokje koffie. 'Maar hij heeft gelijk.'

'Gelijk? Hoe dan in vredesnaam?'

'Ik heb mensen in gevaar gebracht. Misschien niet gepland of opzettelijk, maar ik moet er wel de verantwoordelijkheid voor nemen.'

'Frieda, dat is niet waar. Regel één is dat de dader schuldig is, het slachtoffer is dat nooit!'

Ze keek naar hem op. 'Ja, dat is een mooie theorie om mezelf voor te houden. Maar intussen zitten we hier gewoon te wachten tot de dader weer toeslaat!'

'Er is een politieonderzoek gaande.'

'Ja.' Frieda knikte. 'Er is een politieonderzoek gaande.'

Alex Zavou keek naar de vloer, toen naar Frieda en toen weer naar de vloer. Hij beet op zijn lip.

Frieda herkende de signalen. 'Als je iets wilt zeggen,' zei ze, 'ben je hier op een veilige plek.'

Een veilige plek. Frieda had altijd gehoopt dat deze spreekkamer dat voor haar patiënten zou zijn: een toevluchtsoord. Nu voelde deze kamer ook zo voor háár: een hol waarin ze kon schuilen, waar ze het liefst nooit meer uit zou komen. Intussen wachtte ze tot Zavou iets zei. Soms kon de stilte vele minuten duren, en af en toe werd er zelfs de hele sessie gezwegen. Stilte kon ook therapeutisch zijn.

'Ik had me voorgenomen,' begon Zavou haperend, 'dat ik, als

ik hieraan begon, volkomen eerlijk zou zijn. Dat ik niets achter zou houden.' Hij stopte, alsof hij op een reactie van Frieda wachtte. Goedkeuring misschien. Maar ze zei niets, dus ging hij verder: 'Ik denk dat ik heb doen voorkomen dat wat er is gebeurd... het gevecht, het geweld, iets totaal nieuws voor mij is. Maar dat is niet zo.'

Een afschuwelijke golf van schaamte overspoelde Frieda. Ze wist al wat Zavou haar wilde vertellen, maar ze moest doen alsof ze van niets wist. En dat gaf haar een heel ongemakkelijk gevoel: ze had haar therapeutische integriteit bezoedeld met een afkeurenswaardige onbetrouwbaarheid.

'Vertel er eens over,' spoorde ze hem zo neutraal mogelijk aan.

'Ik ben vaker betrokken geweest bij vechtpartijen,' zei hij. 'Ik begin nooit zelf, maar ik hou me ook niet afzijdig als er iets gebeurt. Het is moeilijk uit te leggen, maar ik heb altijd gevonden dat je er niet voor mag weglopen. Wat moet, dat moet! Het is niet zo dat ik meteen begin te vechten als iemand me beledigt of wat bier op me morst... dat soort stomme dingen die op een vechtpartij kunnen uitlopen. Maar als er iets gebeurt met degene met wie ik ben, heb ik het gevoel dat ik voor hem of haar moet opkomen. Dat móét gewoon. Dus...'

Hij zweeg. Frieda voelde opluchting. Het was duidelijk nu: het was uitgesproken. Nu konden ze erover praten. 'Dus?'

'Dus ben ik niet de persoon die u dacht dat ik was. Niet de brave borst die in een situatie verzeild raakte en iemand – tevergeefs – probeerde te redden. Maar nu denkt u misschien dat ík ben begonnen, of dat ik het erger heb gemaakt, dat het door mij is geëscaleerd.'

'Waarom vond je het zo moeilijk om dit aan mij te vertellen?'

'Ik wilde niet dat u zou denken dat ik erbij betrokken was. Dat ik geen onschuldig slachtoffer was.'

'Het belangrijkste wat je moet onthouden is dat je alles tegen mij kunt zeggen. Ik zal niet beweren dat ik er geen oordeel over heb, omdat we allemaal, bij alles wat we horen, over elkaar oordelen. Maar niemand gaat met schone handen door het leven. Ieders bestaan kent grijze gebieden. De mensen over wie ik me zorgen maak, zijn juist de mensen met een sluitend verhaal, een verhaal waarin alle stukjes te gemakkelijk in elkaar passen.'

Later, toen Frieda haar aantekeningen van de sessie maakte, stopte ze met schrijven bij die woorden. Als de stukjes te gemakkelijk in elkaar passen... Zoiets had ze ook tegen Petra Burge gezegd over Daniël Blackstock. Petra had daar een antwoord op gehad, maar daarmee was Frieda's gevoel niet verdwenen. Hij had een perfect alibi. Dat was het probleem. Gewone mensen hebben geen perfect alibi.

47

Frieda haastte zich van haar spreekkamer naar het St Dunstan Hospital in Clerkenwell. Daar waren Jack en zij de avond ervoor met de ambulance naartoe gebracht. Ze was bij hem gebleven totdat hij de operatiekamer in werd gereden, toen hij al zwaar onder de verdoving zat. Maar desondanks was het hem gelukt nog iets tegen haar te zeggen.

'Ik heb tegen hem gelogen,' mompelde hij schor.

'Waarover?'

'Hij vroeg of ik links of rechts was. Ik zei links.' Frieda keek naar zijn linkerhand, die in het gips zat. 'Maar ik ben rechts.'

Ze had naar hem gelachen en zijn ogen zien dichtvallen, zich over hem heen gebogen en hem een kus op zijn voorhoofd gegeven. 'Ik zie je straks,' had ze gezegd.

Nu liep ze door een zomers regenbuitje opnieuw naar het ziekenhuis. Onderweg werkte ze een aantal telefoontjes af. Het eerste was naar Reuben. 'Met mij.'

'Godzijdank.'

'Hoe gaat het?'

'Doet er niet toe. Hoe gaat het met Jack?'

Ze spraken haastig en in korte zinnen, alsof ze geen tijd meer hadden voor een gewoon gesprek, alleen voor de belangrijke dingen. Ze kon hem voor zich zien, kaal en mager, zittend in zijn werkkamer terwijl hij naar de fijne regendruppels staarde die op zijn gazon neervielen.

'Ik ben nu op weg naar het ziekenhuis.'
'Laat me weten hoe het met hem is.'
'Natuurlijk. Hoe gaat het daar?'
'O, zijn gangetje. Ik ben misselijk, Josef bakt cakes en maakt stoofschotels, alsof de geur van Oekraïens eten de wereld kan redden. Alexei zegt amper een woord, maar speelt de hele tijd computergames met het volume voluit. En Olivia drinkt mijn wijnkelder leeg en huilt aldoor.'
'Het klinkt druk.'
'Dat kun je wel zeggen, ja.'
'Enige kans dat het nóg drukker mag worden?'
Het was even stil.
'Chloë. Ze mag niet alleen zijn,' zei Frieda.
'Ze zit hier toch meestal.'
'Reuben–'
'Je hoeft niks te zeggen.'
'Goed. Ik vraag Josef om later wat spullen van haar op te halen, want zij moet daar helemaal niet meer komen. O, en Reuben, er komt een politiebusje met twee agenten voor je huis staan, dag en nacht. Waarschijnlijk zijn ze er al.'

Toen ze bij het St Dunstan aankwam, zag ze een bekende gestalte voor de draaideuren van de ingang staan. 'Chloë! Ik dacht dat je op je werk was.'
'Ik móést hierheen.' Ze hief haar betraande gezicht naar Frieda op.
Frieda pakte haar hand en zei: 'Kom, dan gaan we samen naar hem toe.'
'Dat heb ik al geprobeerd. Het lukt niet.'
'Hoe bedoel je?'
'Ze laten me niet binnen. Het is geen bezoekuur.'
'O, echt? Dat zullen we nog weleens zien.'
Op de derde etage waren de toegangsdeuren naar de afdeling waarop Jack lag pontificaal gesloten. Ze maakten allebei hun handen schoon met alcoholgel en daarna klopte Frieda hard op de deur. Door de glazen ruit zagen ze verplegend personeel heen

en weer lopen, maar niemand reageerde. Even later verscheen er echter een man met een karretje achter hen die de toegangscode voor de afdeling intoetste, waarna de dubbele deuren openzwaaiden. Frieda schoot achter de man aan naar binnen en gebaarde naar Chloë dat zij dat ook moest doen.

'Pardon.' Er stond een verpleegkundige voor hen die hun de weg versperde.

'Wij zijn hier voor Jack Dargan. Hij ligt in kamer zeventien.'

'Het is geen bezoekuur.'

'We moeten hem zien.'

De verpleegster keek op het horloge dat aan haar schort hing. 'U kunt over tweeënhalf uur terugkomen. Dan kunt u bij hem op bezoek.'

'Nee.'

'Pardon?'

'Nee.'

'Frieda,' fluisterde Chloë dringend. 'Maak er nou geen toestand van.'

'Toestand?' Frieda keek haar nichtje strak aan. 'Het is simpel: wij gaan hier niet weg voordat we hem hebben gezien.'

Naast haar begon Chloë nerveus te giechelen.

'Dan bel ik de beveiliging.'

'Moet u doen,' reageerde Frieda.

'Wat is er aan de hand, Theresa?' vroeg een vrouw die een wit uniform droeg in plaats van een blauw. 'Moeilijkheden?'

'Ik heb hun verteld dat het nu geen bezoekuur is, maar ze willen niet vertrekken.'

'Ze willen niet vertrekken?'

'Onze vriend Jack Dargan is gisteravond aangevallen en verwond. Hij heeft geen familie die bij hem op bezoek kan komen en dus zijn wij hier om hem te zien en op te beuren. Ik weet zeker dat u het met me eens bent dat het onverstandig zou zijn als u ons weer wegstuurt.'

'De regels...'

'Als uw regels voorschrijven dat wij niet toegelaten worden, wordt het tijd die te doorbreken.'

De tweede verpleegkundige keek beurtelings naar Frieda, Chloë – die eindelijk was gestopt met giechelen – en Theresa. Ze slaakte een zucht. 'Ga dan maar,' zei ze.

Zodra Chloë Jack zag, begon ze weer te huilen. Hij zat rechtop in bed, met zijn dik ingegipste hand in een lus ter ondersteuning. Zijn voorhoofd werd ontsierd door een reeks hechtingen en één oog was zo beurs en gezwollen dat het helemaal dichtzat. Zijn neus was ook opgezet en blauw. In zijn andere arm zat een infuus en hij lag aan een apparaat dat doorlopend piepte. Hoewel hij duidelijk zijn best deed om naar hen te glimlachen, was dat blijkbaar te pijnlijk.

Met zijn goede oog keek hij hen aan, terwijl er een traan over zijn wang liep. 'Hoi,' zei hij met dikke tong.

'Praat maar niet. Heb je dorst?'

Hij knikte.

Frieda pakte de beker water van het nachtkastje en bracht het gebogen rietje naar zijn mond.

'Heb je pijn?' vroeg Chloë.

'Pijnstillers. Heel veel.'

'Was het akelig? Nee, daar hoef je geen antwoord op te geven, ik zie dat het akelig was. Natuurlijk. Ik vraag stomme dingen omdat ik niet weet wat ik moet zeggen. Tjezus, je gezicht. Ik herken je nauwelijks. En je hand... Mijn god, wat moet je bang zijn geweest. Je dacht vast dat je doodging.'

'Heb je iets nodig?' vroeg Frieda.

Jack schudde zijn hoofd.

'Frieda vertelde dat je hebt gezegd dat je links was. Dat vind ik zo knap. Echt knap. Ik zou nooit zo bijdehand zijn terwijl ik in elkaar werd geramd.'

'Jack, luister,' zei Frieda. 'Ik kom later terug. We zullen hier allemaal zo vaak als je wilt langskomen, tot je uit het ziekenhuis mag. Als je iets nodig hebt, moet je het zeggen. En als je hier weggaat, trek je ook bij Reuben in. Dat lijkt me het veiligste. Maar ik moet je eerst nog iets vragen. Is er iets wat je je herinnert?'

'Geur.'

'Je herinnert je hoe hij rook?'

'Zweet.'

'Dat is goed. Alles helpt!'

Hij staarde hen hulpeloos aan met zijn ene oog. Zelfs zijn kastanjebruine haar had iets wanhopigs.

Frieda keek hem vriendelijk aan. 'Je hebt het heel goed gedaan.'

'Schat,' zei Daniël Blackstock teder. Hij stond achter zijn vrouw terwijl ze aan het koken was en masseerde haar nek met zijn niet-gewonde hand. 'Kan ik je helpen?'

'Helpen?' vroeg Lee Blackstock ongerust.

'Ja. Je werkt zo hard en je zorgt zo goed voor me en ik laat je niet genoeg merken hoe dankbaar ik je daarvoor ben.'

Lee Blackstock draaide haar hoofd om en keek hem aan. Zijn bruine ogen leken warm. Ze glimlachte naar hem en liet toe dat hij haar bleef masseren, hoewel hij het eigenlijk te hard deed.

'Ik hoef alleen de aardappelpuree nog maar te doen.'

'Mmm, puree!'

'Doet je hand erg veel pijn?'

'Het is niets.'

'Daniël...' Haar stem klonk moedeloos. 'Ik zal je altijd steunen. Dat weet je.' Ze zweeg, maar Daniël reageerde niet, hij bleef alleen met zijn vingers in haar nek peuren. 'Ik vroeg me gewoon af of je me wilt vertellen...' Ze haperde en zweeg weer.

'Heb je het over gisteren?'

Ze knikte.

'Vertrouw je me, Lee?'

'Natuurlijk vertrouw ik je.'

'Ik werk hard. Dag en nacht. Zodat we genoeg geld hebben en ons geen zorgen hoeven te maken. Begrijp je?'

'Ik vroeg het me gewoon af. Als je het me niet wilt vertellen, is het ook goed.'

'Het gaat de goede kant op voor mij.'

'Dat is fijn, Daniël. Daar ben ik blij om. Je verdient het.'

'Er zijn kansen die ik moet pakken.'

'Natuurlijk.'

'Ze willen me interviewen. Misschien kom ik wel op de radio. Dat zou jij toch niet voor me willen verpesten.'

'Nee!'

'Goed. Ik vertrouw je. En ik kan jou ook vertrouwen, toch?'

'Ja.'

'Want wij zijn partners. Wij tweeën doen alles voor elkaar. Toch?'

'Ja, natuurlijk!'

'Daar gaat het om, meer hoeven we niet aan elkaar uit te leggen.'

Toen Frieda Reubens voordeur opendeed, hoorde ze luid geschreeuw, een gil, een jammerkreet van Olivia en iets wat klonk als een klap. Ze rende naar de woonkamer en kon eerst niet bevatten wat ze zag.

Ze zaten in een slordige kring, gehurkt, en hun handen vlogen naar de vloer.

'Wat is hier aan de hand?' vroeg ze luid, zodat ze boven de herrie uit kwam.

'Die is voor mij!' riep Reuben, terwijl hij met rode wangen een kaart op de grond smeet. Hij droeg een nieuwe kamerjas, een enkellange Marokkaanse tuniek met gele en paarse strepen.

'Kaarten!' zei Frieda. 'Zijn jullie aan het kaarten?'

'Racing Demon!' schreeuwde Chloë. 'Doe mee!'

'Nu niet.'

Ze keek naar hen, zoals ze daar allemaal met hun stapel kaarten en opgewonden gezichten bij elkaar zaten. Zelfs Alexei deed mee, hoewel Frieda vermoedde dat hij geen idee had hoe het moest.

Ze dacht aan het gezin waarin ze was opgegroeid: een vader die zelfmoord had gepleegd, een moeder die nooit kinderen had gewild en dat zelfs op haar sterfbed nog eens had gezegd, broers die haar afwezen en die ze nooit meer zag. Bloedbanden.

Dit was haar échte familie, een bijeengeraapt luidruchtig zooitje, hier in deze warme kamer.

48

Om halfzeven de volgende ochtend was Frieda in Silvertown. Het was al warm en benauwd op dit vroege tijdstip, de lucht was grijs met laaghangende wolken. Ze hoopte dat het ging regenen, dat het stof van de stad gewassen zou worden en de uitgedroogde aarde gevoed zou worden met water. Daniël Blackstock woonde in een moderne wijk met enorme vervallen pakhuizen aan de ene kant en torenflats aan de andere. Zijn woning lag in een doodlopend straatje, met een klein, keurig voortuintje en een parkeerplaats erbij voor hun rode Honda. De gordijnen waren dicht.

Ze ging achter een vuilcontainer staan waar ze zijn voordeur kon zien, maar zelf niet zichtbaar was, en wachtte. Ze was hier niet voor Daniël Blackstock. Ze wilde zijn vrouw spreken, die het alarmnummer had gebeld en haar echtgenoot naar het St Jude Hospital had gereden. Om twintig over zeven gingen de gordijnen van de slaapkamer open. Tien minuten later, de gordijnen van de woonkamer. Ze kon iemand door de kamer zien bewegen.

Vlak na achten ging de voordeur open en kwam Daniël Blackstock het huis uit. Hij klopte op zijn zakken om te controleren of hij zijn sleutels bij zich had, trok de deur achter zich dicht en liep met energieke pas over het tuinpad naar het trottoir. Hij ging vandaag blijkbaar niet met de auto. Hij had een aktetas in zijn hand die heen en weer zwaaide tijdens het lopen en zelfs van een afstandje maakte hij een kwieke en opgewekte indruk. Ze keek hem na totdat hij uit het zicht verdween. Toen liep ze naar het witte huis met zijn kale, nette tuintje en drukte op de bel. Ze hoorde het getingel van een muziekje binnen.

'Ja?'

De vrouw die voor haar stond was nog in haar ochtendjas. Ze was vrij klein en gezet, met een rond gezicht, bruin haar en een rechte pony. Er zat een zwarte veeg op haar wang.

'Lee Blackstock?'

'Ja?' Ze had een hoge, meisjesachtige stem. Toen veranderde de uitdrukking op haar gezicht van vragend in angstige herkenning.

'Ik ben Frieda Klein.'

'Dat weet ik. Ik heb uw foto gezien.' Ze zweeg even. 'Daniël is er niet.'

'Ik kom voor u. Mag ik binnenkomen?'

Haar blik vloog van Frieda naar een punt ergens over haar schouder. Ze klemde de bovenkant van haar ochtendjas samen bij haar hals.

'Waarom?'

'Ik wil u iets vragen.'

'Ik begrijp het niet. Het is Daniël, die u moet spreken.'

'Het gaat om iets heel eenvoudigs.'

'Ik ben nog niet aangekleed.'

'Dat is niet erg.'

Frieda stapte over de drempel.

'Ik heb nog niet opgeruimd,' zei Lee Blackstock verontschuldigend, terwijl ze Frieda voorging naar de keuken.

Het was er brandschoon, er stonden alleen een bord en een mok op tafel. De enige kleur in de smetteloze keuken kwam van een enorm boeket bloemen dat er stond. Frieda keek toe terwijl Lee een paar onzichtbare kruimeltjes wegveegde, met haar handen over haar ochtendjas streek en haar ceintuur strakker vastknoopte. Ze leek nerveus.

'Ik wilde u wat vragen over eergisteravond.'

'Wat bedoelt u?'

'Uw echtgenoot had een vervelend ongelukje.'

'Ja, dat klopt.'

'Kunt u vertellen hoe dat ging?'

'Hoezo?' De vraag leek haar zelfverzekerder te maken. 'Wat hebt u daarmee te maken?'

'Vrij veel, denk ik.'

'U zult het aan Daniël moeten vragen, niet aan mij. Ik ben niet zo goed met woorden.'

'U hoeft niet goed met woorden te zijn en u hoeft ook niet bang te zijn,' zei Frieda. Ze zag de vrouw in elkaar krimpen en er verspreidde zich een rode blos over haar gezicht en hals. 'Ik ben alleen op zoek naar de waarheid.'

'Ik heb niets te verbergen.' Lee Blackstock veegde weer met haar handpalmen over haar ochtendjas. Toen ging ze aan de kleine, kale tafel zitten en vouwde haar handen in elkaar om het trillen tegen te gaan. 'Ik vertel het aan Daniël dat u hier bent geweest, weet u.'

'Natuurlijk doet u dat. Kunt mij vertellen wat er gebeurde? Gewoon, zoals u het zich herinnert?'

Lee Blackstock wendde haar blik af. Ze ademde diep in en begon monotoon te praten.

'We waren hier samen thuis. We hadden net gegeten. Ik zat in de woonkamer een quiz op de televisie te kijken. Daniël was in de achterkamer bezig linoleumtegels te snijden. Ik hoorde een schreeuw en ging kijken wat er was. Het stanleymes was uitgeschoten en hij had in zijn hand gesneden. Het bloedde heel erg. Ik belde het alarmnummer. Ze zeiden dat we naar het ziekenhuis moesten. Ik heb hem daarheen gereden en hij is daar behandeld. Toen reden we terug.' Ze keek Frieda aan. 'Dat was het.'

'Hoe laat was het toen hij zich sneed?'

'Halftien,' antwoordde ze prompt.

'En u belde het alarmnummer direct?'

'Ja.'

'En daarna reed u meteen naar het ziekenhuis?'

'Ik heb hem eerst verbonden en het bloed opgeruimd. Toen heb ik hem naar het ziekenhuis gereden.'

'Hoe laat kwamen jullie aan bij het ziekenhuis?'

'Om kwart over tien ongeveer.'
'Had hij pijn?'
Die vraag leek haar van haar stuk te brengen. 'Dat moet wel.'
'Hoe reageerde u?'
'Ik?'
'Ja.'
'Dat heb ik al gezegd. Ik belde het alarmnummer en bracht hem naar het St Jude.'
'Ik bedoel of u geschrokken was.'
'O, ja, ik was geschrokken.'
'Hebt u een van uw buren om hulp gevraagd?'
'Nee.'
'Heeft iemand u gezien?'
'Mij gezien?'
'U beiden gezien.'
'Dat weet ik niet.'
'U hebt heel koelbloedig gereageerd, dat is duidelijk.' Frieda stond op. 'Werkt u?'
'Ik ben verzorgingsassistent in een bejaardentehuis.'
'Dat is mooi en nuttig werk.'
'Vindt u?' Lee Blackstock keek twijfelend.
'Ja, zeker.'
'Het betaalt niet veel.'
'Zogenaamd vrouwenwerk betaalt nooit goed – maar dat betekent niet dat het onbelangrijk is. U hebt zeker vaak avond- en nachtdiensten.'
'Ja.'
'Dat moet heel vermoeiend zijn.'
'Ja, het is vermoeiend. Hoewel Daniël zegt dat ik alleen–' Ze zweeg.
'Ja?'
'Niks.'
'Hoelang bent u al getrouwd?'
'Dertien jaar. Ik was heel jong toen we trouwden, ik kwam net van school. Ik ken hem al vanaf mijn vijftiende.' Even glansden haar ogen op. 'Het was liefde op het eerste gezicht.'

Dus ze was achter in de twintig of begin dertig. Ze zag er veel ouder uit, haast van middelbare leeftijd.

'En u hebt geen kinderen?'

'Nee, nog niet.'

'Wat een prachtige bloemen hebt u daar staan. Zijn die van Daniël?'

'Ja.'

'Bent u jarig of is het uw trouwdag?'

'Nee, zomaar.' Opeens gleed er een vergenoegde uitdrukking over Lee Blackstocks gezicht, iets wat Frieda nogal bevreemdde. Toen kwam haar blos weer terug en zag ze er opnieuw lomp en ongemakkelijk uit in haar gevlekte ochtendjas. 'Ik snap nog steeds niet waarom u hier bent.'

'Ik wilde een duidelijk beeld hebben van wat er is gebeurd.'

'Het is grappig, niet?'

'Wat?'

'Hij vindt dingen uit over u en u bent hier om dingen over hem te weten te komen.'

'Ja,' zei Frieda. 'Grappig.'

Daniël Blackstock stond in Saffron Mews en keek naar Frieda Kleins smalle huisje met de blauwe voordeur. Hij floot zachtjes tussen zijn tanden door. De luiken waren dicht. Hij vroeg zich af waar ze was, wat ze aan het doen was. Maar daar kwam hij nog wel achter.

49

Frieda liep het doodlopende straatje uit. Ze wilde de weg oversteken om naar het station te gaan, toen ze een taxi zag aankomen. Opeens kreeg ze een idee en in een impuls hield ze de auto aan.

'Het St Jude Hospital,' zei ze tegen de chauffeur toen ze instapte. 'Hoelang doen we daarover?'

De chauffeur snoof.

'Een minuut of tien. Dat hangt ervan af hoe druk het is. Hebt u haast?'

'Nee, geen haast.'

Toen de taxi haar afzette bij het St Jude, bleef ze staan voor de hoofdingang. Het was een vaststaand feit dat Daniël en Lee Blackstock hier om ongeveer twintig over tien waren binnengekomen. Dat er een flinke snee in zijn hand was gehecht. Had het zin om met de dokter te praten die Blackstock had behandeld? Was het nuttig om uit te vinden hoe zijn gedrag was geweest? Hoe de wond eruit had gezien? Hoe hevig de bloeding was? Ze keek op haar horloge. Het was natuurlijk totaal niet praktisch: de dokter die Blackstock had behandeld had op dit moment bijna zeker geen dienst. En als er wel iemand van het team was, zou die er niet op zitten te wachten om ondervraagd te worden door een onbekende, ook al was dat een psychotherapeut. Misschien kon Petra Burge ergens in de toekomst regelen dat er vragen over Blackstocks gedrag aan het team werden gesteld, maar wat werden ze er uiteindelijk wijzer van? Hoogstwaarschijnlijk niets.

Ze draaide zich om. Ze had hier niets te zoeken. Maar dat was geen probleem, dat was niet de reden waarom ze hierheen was gegaan. Daniël Blackstock was hier omstreeks twintig over tien gearriveerd. Jack was om iets over halftien in Islington in elkaar geramd. Ze ging uitproberen hoelang het duurde om van het ene naar het andere adres te lopen. Ze sloot haar ogen, iets wat ze altijd deed aan het begin van een wandeling zoals deze, en ging in haar hoofd de verschillende routes na. Hoe dan ook was het een lastig stuk om te overbruggen. Er waren flinke obstructies: grote wegen, een gasfabriek, een busstation en een heel fabrieksterrein met pakhuizen. Daarachter lag de rivier de Lea, die zich een weg kronkelde door Canning Town en Bow. Ze kende de brug erover bij Twelvetrees Crescent, omdat ze ooit in het St Andrew's Hospital er vlak achter had gewerkt. Ze hoorde iets achter zich en keek om. Er steeg een vliegtuig op van City Airport. Het leek een vingerwijzing.

Ze begon te lopen. Het was een route die gemaakt leek om een wandelaar te frustreren, met wegen waarover het verkeer voortraasde, doodlopende straten en kronkelige lanen die weer terug bleken te buigen naar hun beginpunt. Op een gegeven moment moest Frieda zelfs haar telefoon tevoorschijn halen om te kijken waar ze precies was. Uiteindelijk vond ze haar weg door het industriegebied en stond ze voor de Lea. Normaliter zou ze nu rechtsaf gaan om over het trekpad via Olympic Park naar huis te lopen. Hij kon niet via het trekpad zijn gegaan, niet 's avonds laat en als hij haast had. Ze wilde een idee krijgen van de route die hij kon hebben genomen.

Ze stak de rivier over, nam het tunneltje onder de weg door en liep door de straten van Bow en langs de westelijke kant van het Victoria Park in de richting van Haggerston. Dit deel van de stad kende ze beter, ze kon er haar weg vinden zonder steeds te hoeven checken waar ze was en dus kon ze alles wat ze wist nog eens op een rijtje zetten.

Het alibi. Zijn ernstig gewonde hand was onderdeel van zijn alibi, wat betekende dat het geen ongeluk was geweest. Hij moest het zichzelf hebben aangedaan, hoewel het niet eenvoudig is om met een stanleymes in je eigen hand te snijden. Daarna het alarmtelefoontje vanuit hun huis, de gezamenlijke aankomst in het ziekenhuis, het bericht dat van Jacks telefoon was verzonden. Dat was om haar te beschimpen, maar ook een cruciaal onderdeel van het plan. De tijd waarop naar het alarmnummer was gebeld, zou niets betekenen als Jack zich niet kon herinneren hoe laat het precies was toen hij in elkaar werd geslagen. Het berichtje stelde die tijd vast.

Frieda keek om zich heen. Ze had niet opgelet hoe ze liep en wist niet exact waar ze was. Ergens in Hoxton. Een heel andere wereld dan Newham, een wereld vol koffieshops en fietsende jonge mannen met baardjes.

Er was nog iets wat steeds in haar achterhoofd zeurde. Ze kon niet precies bedenken wát, maar het was iets waar ze achter moest zien te komen. Het had met de timing te maken, zoveel wist ze wel. Toen ze met Lee Blackstock praatte, had ze zich gefocust op hoelang het duurde voordat ze in het ziekenhuis waren. Het voelde te lang. Zoals de taxichauffeur had gezegd, was het maar een ritje van tien minuten. En hier was sprake van een man die zichzelf zo ernstig had gesneden dat zijn vrouw zelfs het alarmnummer had gebeld. Maar dat hoefde op zich niet vreemd te zijn, het was niet onwaarschijnlijk. Mensen deden soms vreemde dingen bij een noodgeval. Ze konden hebben geprobeerd de wond zelf te verbinden en pas naar het ziekenhuis zijn gegaan toen het bloeden niet te stelpen bleek. Soms gaan de dingen langzamer in plaats van sneller in een crisissituatie. Het is moeilijker om besluiten te nemen, moeilijker om de dingen te doen die je normaliter zou doen. Nee, dat hoefde niet echt een reden te zijn voor verdenkingen.

Zat het dan in de tijdstippen van de telefoontjes? Het bericht van Jacks telefoon naar Frieda was van twee minuten over halftien. Het telefoontje van Lee Blackstock naar het alarmnummer was van achtendertig over negen. Zes minuten later. Als het andersom was geweest, zou ze het veel lastiger hebben gevonden het verhaal te wantrouwen. Hoe kon het gegaan zijn? Daniël

Blackstock had Jack in elkaar geslagen, haar daarna het bericht gezonden en toen zijn vrouw gebeld – waarschijnlijk met een prepaidtelefoon die zijn locatie niet verraadde. Daarna had hij op een zeker moment in zijn hand gesneden. Hij kon niet van tevoren een tijdstip met Lee hebben afgesproken om het alarmnummer te bellen. Jack had bijvoorbeeld niet thuis kunnen zijn. Of niet alleen. Blackstock moest Lee meteen na de aanval hebben ingeseind dat ze moest bellen. Als het bericht van Jacks telefoon aan haar ná Lee's telefoontje was gestuurd, had ze wel moeten geloven dat Jack door iemand anders was gemolesteerd.

Intussen was ze aangekomen bij Olivia's huis in Islington. Ze keek op haar horloge. Ze had er anderhalf uur over gedaan, dus Blackstock was zeker niet lopend gegaan. Hoe was hij dan naar het St Jude gekomen? Er was geen station in de buurt, niet bij het ziekenhuis en ook niet bij het huis. Met het openbaar vervoer hield de reis een paar keer overstappen in en bovendien moesten er ook nog grote stukken te voet worden afgelegd. Nee, dacht ze. Met de trein of de bus reizen zou hopeloos traag gaan en daarbij was hij dan door veel te veel mensen gezien. En er hingen natuurlijk ook nog overal beveiligingscamera's. Zelfs met de fiets zou te traag zijn geweest. Een auto, besloot ze, hij moest met een auto zijn gegaan. Overdag zou hij dan grote kans hebben gelopen vast te komen zitten in het verkeer, maar om halftien 's avonds was dat probleem niet aan de orde. Een taxi of Uber kwam niet in aanmerking: dan was hij te traceren geweest omdat de ritten worden bijgehouden. Nee, hij had zijn eigen auto genomen, die waarschijnlijk een paar straten van Olivia vandaan geparkeerd en daarvandaan naar haar huis gelopen. Na de mishandeling was hij weer teruggereden en had hij Lee ergens in de buurt van het ziekenhuis getroffen, waar ze te voet heen was gegaan.

Het was een scenario dat niet alleen van Daniël Blackstock afhing, maar ook van zijn vrouw. Frieda nam het keer op keer helemaal door, maar het kón niet anders dan zo zijn gebeurd. Hij moest Lee Blackstock een of ander verhaal op de mouw hebben gespeld, het was onmogelijk dat ze van niets wist. Of misschien had hij haar het ware verhaal wel verteld. Hoe dan ook, hij moest van haar op aan kunnen: zíj moest het alarmnummer bellen, zíj moest hem ergens ontmoeten. En ze moest erbij zijn geweest toen hij zichzelf in zijn hand sneed. Frieda wist wat zo'n snee betekende, hoe hevig die bloedde, de geur. Daarna had ze met Daniël naar het ziekenhuis moeten rijden, met artsen en verplegend personeel moeten praten. Kon die schutterige, nerveuze vrouw die ze net had gesproken dat allemaal voor elkaar krijgen? Frieda dacht aan de bos bloemen in de keuken. Ze dacht aan die blik van opperste tevredenheid die over Lee Blackstocks gezicht was gegleden toen ze er iets over had gezegd. Wie kon weten waartoe een mens in staat was?

'Frieda Klein is hier geweest,' was het eerste wat Lee Blackstock zei zodra haar echtgenoot het huis binnenkwam.

'Hier?'

'Ja. Ze kwam aan de deur en we hebben binnen gepraat. Was dat goed?'

'Wat wilde ze?'

'Ze wilde het een en ander vragen over de wond in je hand.'

'En wat heb je haar verteld?' Daniël Blackstock deed een stap naar haar toe. Ze rook zijn adem en zag de zweetpareltjes op zijn voorhoofd.

'Ik heb gezegd dat je jezelf hier in je hand hebt gesneden en dat we toen samen naar het ziekenhuis zijn gegaan.'

'En ze geloofde je?'

'Ik denk van wel.'

'Mooi.'

'Ze is leuk om te zien, vind je niet?'

Met zichtbare moeite pakte hij met zijn goede hand de hand van zijn vrouw vast.

'Je hoeft je niet ongerust te maken over andere vrouwen,' zei hij.

'Daniël.'

'Ja.'

'Alles is goed, toch?'

'Wat?'

‘Gewoon… Dat er niets is om me zorgen over te maken?’
‘Helemaal niets.’

50

'Het lijkt wel een vergadering,' zei Reuben.

Frieda keek om zich heen in zijn woonkamer. Josef zat naast Olivia op de bank. Reuben zat in zijn speciale fauteuil. Chloë ging rond met een blad met bekers thee erop.

'Het is ook een soort vergadering,' zei Frieda.

'Iemand een koekje?' vroeg Chloë.

'Mag ik even de aandacht?' vroeg Frieda.

Chloë trok een gezicht en ging zitten.

Frieda begon aan een uiterst gedetailleerde beschrijving van haar verdenkingen jegens Daniël Blackstock. Ze luisterden allemaal in doodse stilte, behalve Olivia, die naar adem hapte en af en toe kreunde en Josef, die een paar maal traag met zijn vuist op zijn knie sloeg. Toen ze uitgepraat was, volgde er een verbijsterde pauze en daarna begonnen ze allemaal door elkaar te praten. Frieda keek naar hun gezichten en wachtte.

'Weet je zeker dat het zo is?' vroeg Reuben.

'Ik weet het zeker.'

'Hij heeft me geïnterviewd.' Chloë klonk verkild en toonloos. 'Hij deed zo aardig en meelevend. Hij vroeg van alles over wat er was gebeurd en hoe ik me voelde.'

'Ja, ik weet het.'

'Hij heeft me die foto laten zien. Maar jij denkt nu dat híj die genomen heeft? Dat híj me heeft ontvoerd en vastgehouden en gedrogeerd?'

'Ja.'

'Ik word er misselijk van.'

Josef stond met zijn armen over elkaar bij de deur. Zijn gezicht was donker. Frieda vroeg zich af waarom hij niets zei.

'Hij speelt een spelletje met ons,' zei Reuben tegen Frieda.

Olivia boog zich voorover en verborg haar gezicht in haar handen, haar haar viel als een gordijn voor haar gezicht.

'Dus?' zei Chloë. 'Waarom vertel je dit verhaal niet aan de politie? Is dit niet het moment waarop ze naar iemand toe gaan en hem arresteren en we allemaal naar huis kunnen en doorgaan met ons gewone leven?'

'Ik heb ze over Daniël Blackstock verteld. Meer kan ik niet doen.'

'Maar als jij het gelooft, waarom geloven zij het dan niet?' vroeg Chloë.

'Het is niet alleen een kwestie van geloven. Ze geloven het niet helemaal, dat klopt, maar al was dat wel zo, dan was het nog niet voldoende. Ze moeten kunnen bewijzen dat hij het heeft gedaan. Hij heeft een alibi en dat kan voldoende zijn, ook al is het vals.'

'Dus wat moeten wij nu dan?' hield Chloë vol. 'Maar afwachten tot hij weer iets doet? Ik bedoel, Jack kan niet eens bij deze bespreking zijn omdat hij verdomme in het ziekenhuis ligt!'

Olivia mompelde iets onverstaanbaars.

'En Reuben is ook in elkaar geslagen en een van je patiënten is zelfs vermoord! En een collega van mij is verhoord door de politie, waardoor zijn leven is geruïneerd! En het is allemaal begonnen met een lijk dat onder de vloer van je eigen huis lag, maar jij zegt dat die andere dingen er niets mee te maken hebben?'

'Nee, ik zeg niet dat ze er niets mee te maken hebben. Ik zeg dat het niet door dezelfde persoon is gedaan.'

'Wat bedoel je daar in vredesnaam mee?'

'Ik denk dat hij getriggerd is door de moord op Bruce Stringer.'

'Getriggerd?' mompelde Olivia.

'Geïnspireerd.'

'Je bedoelt dat hij een soort fan is?' vroeg Reuben.

'Zo kun je het ook zeggen.'

'Van jou of van Dean Reeve?' vroeg Reuben.

'Ik denk van Dean Reeve. Ik denk dat hij het soort "fan" is die zijn bewondering laat blijken door hem te imiteren, als een soort vervalser, net zoiets als een schilderijenvervalser.'

'Maar vervalsingen zijn nooit zo goed als het origineel,' zei Reuben knikkend.

Frieda schudde haar hoofd. 'Geweld is geweld. Het doet er niet toe waarom iemand geweld gebruikt. Als je het slachtoffer bent, tenminste.'

'Dus wat doen we nou?' vroeg Olivia.

'Ik weet het,' zei Josef. Het was de eerste keer dat hij iets zei.

'Wat?' vroeg Frieda.

Hij keek haar alleen aan, zonder iets te zeggen.

'Nee,' zei ze.

'Ik praat met vriend. Hij praat met vriend. Wij praten niet meer over. Nooit meer.'

'Nee,' herhaalde Frieda.

'Als ik doe, jullie weten niets,' zei Josef. 'Kunnen alleen ontkennen.'

'Nee, Josef, echt niet!' zei Frieda vol afschuw. 'Ik meen het: nee! Je doet niets, begrepen?'

'Jij zegt jij weet het zeker,' zei Josef. 'Jij weet wat hij Chloë deed. En Jack. Met Reuben.'

'Frieda gaat je nu een preek geven.' Reuben bemoeide zich ermee. 'Ze gaat zeggen dat we niets zijn zonder wetten. Of: stel je eens voor dat iedereen zo deed, hoe zou het leven er dan uitzien? Of: stel dat ik het mis heb?'

'Dat wilde ik niet zeggen.'

'Wat dan wel?'

'Dat weet ik niet.' Ze keek vastberaden, haar ogen stonden fel. 'Alleen dat we zoiets niet doen. Het is niet echt een goed antwoord, waarschijnlijk niet zo goed als wat jij dacht dat ik zou zeggen. Maar het is alles wat ik te melden heb. We kunnen het níét doen.' Ze keek Josef bijna angstig aan. 'Afgesproken?'

'Wat dan?' vroeg Josef. 'Gewoon wachten op hem?'

'Nee. Jullie blijven bij elkaar en letten erop dat iedereen veilig is. Niemand gaat alleen naar buiten en niemand blijft in zijn eentje binnen. En nergens naartoe gaan zonder het de politie te melden – die staat dag en nacht buiten ter bewaking. En misschien vinden ze iets, een bewijs tegen hem.'

Daniël kwam die nacht laat naar bed. Hij voelde warm en hij ademde zwaarder dan normaal.

Lee lag naast hem en dacht er steeds weer aan terug. Voor haar voelde het net zo als de eerste keer dat haar man haar had gekust. Ze herinnerde zich die eerste kus zo levendig dat ze hem kon proeven. Ze had gewacht en gewacht en toen was er die plotselinge nabijheid en zijn mond op de hare, de warmte van zijn tong. Ze had een huivering door haar lichaam voelen gaan, zo hevig dat het genot ervan bijna misselijkmakend was.

Zo was het nu ook geweest. Ze was buiten adem toen ze eindelijk bij het speelweitje was. Het was iets verder lopen geweest dan Daniël had gezegd. Ze was uit de buurt van de sporthal gebleven omdat daar camera's hingen volgens Daniël.

Ze wachtte vijf minuten. Tien. Kon er iets fout zijn gegaan? Toen zag ze de auto aankomen. Hij reed het zijweggetje in waar ze stond te wachten. Ze stapte in. Zijn ogen glansden van energie en opwinding.

'Heb je gebeld?'

Ze knikte.

'Jij moet rijden,' zei hij.

'Sorry.'

Ze maakte het handschoenenvakje open en pakte het stanleymes eruit. Toen stapte ze weer uit en liep naar de bestuurderskant. Hij spreidde de badhanddoek over zijn schoot uit, zag ze. Het zou natuurlijk een enorm bloedbad worden. Ze had het mes eindeloos schoongeschrobd. Ze staarde ernaar.

'We moeten opschieten,' zei hij, opkijkend. Ze hijgde nog steeds van het snelle lopen, het was bijna rennen geweest. 'Kun je het?'

Zijn hand lag op de handdoek. Ze omklemde het mes stevig

en zette de scherpe kant op de bovenkant van zijn linkerhand. Het moest zijn linkerhand zijn. Ze duwde en voelde dat het mes in het vlees drong. Ze tilde het mes op. Zelfs in het vage licht van een straatlantaarn kon ze een kleine donkere druppel op zijn huid zien. Ze pakte de hand, bracht die naar haar mond en ging zachtjes met haar tong over de druppel. Een smaak van zout en ijzer.

'Dat is niet goed genoeg,' zei Daniël. 'Dat is lang niet goed genoeg.'

Ze legde de hand zachtjes terug op de handdoek.

'Klaar?' vroeg ze.

'Schiet nou maar op.'

Ze duwde hard. Trok. Zijn hoofd schoot naar achteren en ze hoorde hem kreunen en daarna grommen.

Dat was het geluid dat ze steeds weer hoorde terwijl ze naast hem in het donker lag. Ze speelde de scène eindeloos af in haar hoofd. Elke keer opnieuw...

51

De telefoon ging. Het was Karlsson.

'Zet de televisie aan,' zei hij. 'Je zult het niet leuk vinden, maar doe het toch maar.'

'We zitten te eten,' zei Frieda.

'Doe het nou maar.'

Frieda keek de tafel rond.

'Karlsson zegt dat ik iets op de televisie moet zien. Het zal wel iets over mij zijn, dus jullie kunnen rustig dooreten.'

'En jou missen als je op de televisie bent?' vroeg Chloë.

'Het is waarschijnlijk niks,' zei Frieda.

'Pak allemaal je glas mee,' zei Reuben. 'Josef, pak de andere fles rood ook maar meteen.'

Er klonk wat gerinkel van glazen en geschuif van stoelen en Reuben, Josef, Olivia, Chloë en Alexei liepen achter Frieda aan naar de zitkamer. Ze persten zich met z'n allen op de bank en het kleed ervoor, terwijl Josef de tv aanzette.

Op het scherm liet een man met een gebruind gezicht een fles zien aan de vrouw naast zich. 'Hoeveel denk je dat dit op een veiling opbrengt?' vroeg hij.

'Ik denk niet dat dit het is,' merkte Frieda op.

Josef zapte naar de volgende zender. Een jonge vrouw met een gele schort voor stond iets te kneden. 'Het is heel belangrijk,' zei ze ietwat hijgend, 'om het deeg zeker tien minuten door te kneden.'

'Dat klopt,' zei Olivia. 'Denk je dat onze vriend Karlsson vindt dat we ons eigen brood moeten gaan bakken?'

'Hij belt ons verdomme toch niet op om te zeggen dat we naar een kookprogramma moeten kijken,' snauwde Chloë.

Josef zapte weer door.

'Dit is het,' zei Frieda onmiddellijk.

Er liep een man langs de oever van een rivier. Frieda zag dat het de Theems was. Toen ze de Thames Barrier achter hem zag, wist ze wat er ging komen. Ze werd bekropen door een moedeloos gevoel. De man was gekleed in een blauw pak, een roestbruin overhemd en had geen stropdas om. Hij droeg een bril met een zwaar, donker montuur. De laatste keer dat Frieda hem had gezien, was hij gladgeschoren geweest, maar nu droeg hij een modieus, keurig getrimd baardje.

'Londen is een stad vol schimmen,' zei hij. 'Een stad vol geheimen.'

'Wie is dit?' vroeg Olivia meteen.

'Hal Bradshaw,' vertelde Reuben. 'Hij werkt als psychologische profiler voor de politie.'

'Hij haat Frieda,' zei Chloë.

'Frieda? Dat kan niet!' reageerde Olivia.

'Hij denkt dat ze zijn huis in brand heeft gestoken.'

'Wat?'

'Stil,' zei Frieda. 'Ik moet dit horen.'

'Voor mij is Londen hetzelfde als ons brein,' zei Bradshaw, 'vol verborgen schimmen en schaduwen, verborgen plekken, verborgen rivieren.'

'Wat een gezwets,' zei Olivia.

'Het is niet helemaal gezwets,' zei Frieda.

'Heb je zijn huis echt in brand gestoken?'

'Stil,' zei Frieda en ze siste tegen haar schoonzusje: 'Natuurlijk niet.'

'Als psychologische daderprofiler,' vervolgde Bradshaw, terwijl hij ernstig in de camera keek, 'probeer ik mijn professionele kennis te gebruiken om die geheimen bloot te leggen, de schuldigen op te sporen en daarmee de onschuldigen te beschermen. Bij ons beroep hoort een grote verantwoordelijkheid; in verkeerde handen kan die kennis desastreus zijn. Levens verwoesten. Deze week zal ik u een verhaal vertellen waarmee duidelijk wordt wat er kan gebeuren als de kostbare instrumenten die een psycholoog tot zijn beschikking heeft, in verkeerde handen vallen.'

'Zeikerd!' Chloë klonk fel.

Het beeld ging over naar een andere man, die over het Thames Path liep. Het was Daniël Blackstock. Hij bleef stilstaan, leunde over de reling en tuurde over de rivier uit, terwijl je Hal Bradshaws stem hoorde. Hij vertelde wie hij was en hoe hij als hardwerkende misdaadverslaggever plotseling verdacht was geworden van een serie onbewezen misdaden.

'Daniël Blackstock,' concludeerde Bradshaw, 'is een belangrijke getuige. Een uitstekende misdaadverslaggever en dan – plotseling en absurd – een verdachte. Hij heeft beide kanten van de wet leren kennen.'

Bradshaw liep het beeld in, schudde Blackstock de hand en samen wandelden ze van de camera vandaan. In het volgende shot werden ze van voren gefilmd.

'Meneer Blackstock,' zei Bradshaw. 'Mag ik beginnen met een persoonlijke vraag? Hoe gaat het met u, na alles wat u hebt doorgemaakt?'

Blackstocks gezichtsuitdrukking werd somber. 'Ik ben er kapot van, natuurlijk. Ik ben journalist, maar niet zomaar een journalist. Ik wilde oprecht een positieve bijdrage aan het onderzoek leveren. Toen ik bewijsmateriaal kreeg toegestuurd, heb ik dat niet gepubliceerd, maar ben ik meteen naar...'

Hij zweeg.

'Meteen naar?' vroeg Bradshaw. Ze stonden stil, en Bradshaw legde zijn hand met een meelevend gebaar op Blackstocks schouder.

'Ik ben er meteen mee naar dokter Frieda Klein gegaan.'

'Misschien moet u eerst uitleggen wie dokter Frieda Klein is.'

'Ik geloof niet dat ik veel over haar hoef te vertellen, omdat ze tegenwoordig een soort beroemdheid is. Ze is psychotherapeute en betrokken geraakt bij de ontvoeringen door Dean Reeve en een paar jaar geleden bij een moordonderzoek. Sinds die tijd heeft Reeve een vreemde relatie met haar.'

'Vreemd, ja, dat kunt u wel stellen,' merkte Bradshaw op. 'Maar – misschien herinner ik me dit niet goed – was het niet zo dat ze zelf ook problemen met de wet had?'

'O, godverdomme,' schreeuwde Chloë naar het scherm.

'Frieda Klein is een lastige vrouw,' begon Blackstock. 'Ik geloof dat ze enkele malen is gearresteerd. En op een zeker moment was ze zelfs op de vlucht voor de politie.'

'En zij is degene die de politie op u heeft gezet,' zei Bradshaw. Hij keek op naar de lucht en trok zijn jack dichter om zich heen. 'Het wordt koud. Wat vindt u van een kop koffie ergens?'

In de volgende shot zaten Bradshaw en Blackstock in een café en zette een serveerster twee grote mokken voor hen neer.

'Bent u kwaad over wat u is overkomen?' vroeg Bradshaw. 'Voelt u zich getraumatiseerd door wat u hebt meegemaakt? Gearresteerd worden omdat je door de politie als verdachte wordt beschouwd, moet vreselijk zijn.'

Blackstock keek peinzend. 'Ik voel me niet getraumatiseerd, omdat ik weet dat ik onschuldig ben. En de enige boosheid die ik voel, betreft het feit dat er tijd aan mij is verdaan, terwijl de ware dader nog vrij rondliep.'

'Lang niet iedereen zou zo vergevingsgezind zijn over wat zo iemand als Frieda Klein kan aanrichten,' beweerde Bradshaw.

'Kun je ze geen proces aandoen?' vroeg Chloë.

'Nee,' zei Josef. 'Ik naar hem toe.'

'Ophouden!' zei Frieda. 'Niemand hier gaat iets doen of naar iemand toe. En ik moet dit horen.'

'Ja,' zei Olivia. 'Spannend, hè, dat ze het op de televisie zomaar over je hebben.'

'Mond dicht, mam,' snauwde Chloë.

'Het is gewoon dat ik nog nooit een beroemdheid heb gekend...' mompelde Olivia.

'Alsjeblieft...' zei Frieda.

'En dat terwijl,' zei Bradshaw op de televisie, 'wij beiden verstand hebben van dit soort zaken. U bent een ervaren misdaadverslaggever, en ik toon al jaren aan dat een psychologisch daderprofiel een cruciaal instrument is bij het oplossen van een misdaad.'

'O ja?' schreeuwde Chloë.

'Sst,' siste Frieda.

'Helaas,' ging Bradshaw verder, 'doen amateurs en aandachtzoekers geen goed als die zich met daderprofilering beginnen te bemoeien. Maar laten we het hebben over onze eigen visie op deze tragische gebeurtenissen. Ik persoonlijk heb het gevoel dat Frieda Klein nu oogst wat ze ooit heeft gezaaid met haar aandachttrekkerij. Het is duidelijk dat de aanvallen op haar vrienden en collega's van haar als boodschap voor haar zijn bedoeld. En ik denk dat het significant is dat de dode een patiënt van haar was. Alsof de moordenaar dokter Klein wil duidelijk maken dat ze haar echte verantwoordelijkheden vergeet.'

'En wat denkt u over de moordenaar zelf? Of de moordenares?' vroeg Blackstock. 'Hebt u al een daderprofiel opgesteld?'

'Ik ben er nog mee bezig,' antwoordde Bradshaw. 'Maar mijn eerste indruk is dat de politie moet zoeken naar een blanke man van middelbare leeftijd, stevig gebouwd en hoog opgeleid. Hij is in het bezit van een auto of een busje en woont in Londen.'

'Dat is nogal een ruime categorie.'

'Zoals ik al zei, het is nog maar mijn eerste indruk. Maar hoe zit het met u, meneer Blackstock? Met al uw ervaring als misdaadverslaggever, naar wat voor iemand denkt u dat er moet worden gezocht?'

Blackstock zweeg even voor hij antwoordde. 'Ik doe dit werk nu al meer dan tien jaar. Ik heb geschreven over verkrachtingen, ontvoeringen, overvallen en een paar moorden. In mijn ervaring is het lichtelijk teleurstellend als de daders dan uiteindelijk gepakt worden: het blijken altijd heel gewone mensen te zijn. Maar in dit geval ligt het anders, denk ik.'

'Hoe bedoelt u?'

'Ik denk dat u gelijk hebt dat het hier steeds om een boodschap gaat. Ik denk alleen niet dat ze voor Frieda Klein bedoeld zijn. Volgens mij zijn ze voor iemand anders bestemd.'

'Voor wie dan?'

'Dat weet ik niet.'

'Voor Dean Reeve?'

'U bent de expert in daderprofielen, ik niet. Maar dat lijkt me een interessante optie.'

'In mijn ervaring is het zo dat dit soort misdaden vaak escaleren. Denkt u dat deze reeks nu ten einde is met de moord?'

Blackstock antwoordde langzaam en keek in de camera, naar Bradshaw en weer in de camera, alsof hij niet precies wist tegen wie hij zich moest richten. Frieda had plotseling het gevoel dat hij het tegen haar persoonlijk had. Tegen haar of toch tegen iemand anders? vroeg ze zich af.

'Ik heb een vreemd gevoel over deze misdaden. Daarom was ik ook zo van streek toen ik in de cel zat. Ik denk dat deze persoon, wie het ook is, niet doet wat mensen verwachten dat hij zal doen. Ik denk dat hij iedereen een stap vóór is.'

'Hoe bedoelt u?'

'Dat weet ik niet. Maar ik vrees dat we daar wel achter zullen komen.'

Bradshaw draaide zich naar de camera en zei: 'Dat was Daniël Blackstock. Journalist en onschuldig slachtoffer. Tot de volgende keer. Goedenavond.'

Meteen boog Frieda zich naar voren om de televisie uit te schakelen. Ze keek om zich heen naar Reuben, Josef, Olivia en Chloë. 'En?'

'Je moet hem aangeven bij het medisch tuchtcollege,' zei Reuben.

'Ik ga helemaal niemand aangeven, nergens.'

Iedereen begon door elkaar te praten, maar Frieda besteedde geen aandacht aan hen: ze verzonk in haar eigen gedachten.

'Hé,' hoorde ze even later. Het was Reuben. 'Het spijt me voor je dat je dit allemaal moet meemaken.'

Ze keek haar oude vriend en supervisor aan. 'Dat doet er niet toe. Ik wilde horen wat Daniël Blackstock te zeggen had. Ik kreeg sterk het gevoel dat hij zich rechtstreeks tegen mij richtte.'

Reuben lachte. 'Als mensen denken dat de televisie het tegen hen persoonlijk heeft, is dat meestal het moment waarop de psychotherapeut hen doorverwijst naar de psychiater.'

Ze schudde haar hoofd. 'Ik meen het.'

Toen Frieda het kantoortje binnenkwam, zat Petra Burge aan de telefoon, maar ze gebaarde dat ze moest gaan zitten. Degene aan de andere kant van de lijn hield een heel verhaal: pas minuten later werd de verbinding verbroken.

'Fuck,' zei Petra.

'Nieuw onderzoek?'

'Nieuw budget.'

'Vervelend.'

'Ja, maar jij hebt je eigen problemen. Ik verwachtte je al.'

'Heb je het gezien op televisie?'

'Ja.'

'En wat vond je ervan?'

'Niet veel. Voornamelijk dat ik liever heb dat Hal Bradshaw zich bemoeit met tv-programma's in plaats van met politieonderzoeken.'

'Maar wat vond je van het programma?'

'Luister,' zei Petra, 'ik snap dat het voor jou erger is. De politie werd in het algemeen aangevallen, maar jij persoonlijk.'

'Dat kan me niet schelen. Als ik Hal Bradshaw was, zou ik Frieda Klein ook haten. Dat doet er allemaal niet toe.'

'Waarom ben je hier dan?'

'Ik vond het interessant.'

'Op wat voor manier?'

Frieda stond op. In de hoek van het kantoor stond een waterkoeler. Ze liep erheen en tapte twee plastic bekertjes vol. Ze gaf er een aan Petra en ging weer zitten. 'Een van de dingen die ik heb geleerd in mijn werk is dat mensen altijd antwoord geven als hun iets wordt gevraagd. Ook als ze niets zeggen geven ze in feite antwoord. Of als ze liegen: een leugen kan veelzeggend zijn.'

'Welke leugen heeft Daniël Blackstock dan verteld?'

'Ik denk dat hij niet eens loog. Bradshaw vroeg hem naar de moordenaar, en hij zei dat hij dacht dat de moordenaar niet zou doen wat mensen verwachten dat hij zal doen, maar iedereen een stap vóór is. Dat vond ik een vreemde opmerking. Vaag, maar tegelijkertijd ook heel specifiek.'

'Vaag, ja, dat begrijp ik. Maar specifiek?'

'Ik denk dat we de boel in de verkeerde volgorde hebben bekeken,' verklaarde Frieda. 'We wachten af tot hij weer iets doet. Maar stel dat hij het al heeft gedaan?'

'Wat heeft gedaan?'

'Dat is het probleem. Ik kan niet bedenken wat het zou kunnen zijn.'

'En er is nog een klein probleempje natuurlijk: dat het Daniël Blackstock niet kan zijn geweest. Je herinnert je vast nog wel dat hij een alibi heeft.'

'Ja, daar wilde ik het ook met je over hebben.'

Frieda keek rond. Er hing een kaart van Londen aan de muur. Ze liep erheen en liet zien hoe ze van het ziekenhuis in Poplar naar Olivia's huis in Islington was gelopen en dat ze tot de conclusie was gekomen dat Blackstock daar alleen maar met de auto naartoe kon zijn gegaan, mét hulp van zijn vrouw.

'Heb ik je kunnen overtuigen?' vroeg ze na haar verhaal.

'Oké, fysiek is het niet onmogelijk. Maar is het aannemelijk? Zou hij zichzelf zoiets aandoen?'

'Ik denk dat hij het haar heeft laten doen,' zei Frieda.

'Dat is geen bewijs.'

'Maar je begrijpt dat dit urgent is. Ik denk dat Daniël Blackstock ons gisteravond vertelde – en mij in het bijzonder – dat hij al iets heeft gedaan. We kunnen niet meer afwachten.'

'Jawel, dat kunnen we wel.'

'En jij al helemaal niet. Je moet ze oppakken. Allebei. Onder druk zetten. Vooral haar.'

'Onder druk zetten?' vroeg Petra. 'Waar denk je dat we zijn? Guantánamo Bay? We kunnen vragen stellen en zij kunnen weigeren iets te zeggen... en dat is het.'

'Nee!' Frieda schudde haar hoofd. 'Er is iets gaande. Je moet nu in actie komen!'

Het was lang stil.

'Ik ben er niet van overtuigd dat we Daniël Blackstock als verdachte moeten beschouwen,' zei Petra eindelijk. 'En om eerlijk te zijn ben ik er niet van overtuigd dat hij het speciaal tegen jou had op de televisie.'

'Petra, je moet hem oppakken.'

'Ik denk ook niet dat ze in vierentwintig uur zullen doorslaan.'

'Ik dacht dat het zesennegentig uur was bij een moordzaak.'

'In heel specifieke omstandigheden, die hier niet gelden.'

'Maar je pakt ze op?'

Petra trommelde onrustig met haar vingers op het bureau. 'Ik zal erover nadenken.'

52

'Déjà vu,' zei Daniël Blackstock. Zijn neus was rood van de zon, zijn wangen roze. Hij glimlachte naar Petra, glimlachte naar Don Kaminsky, leunde achterover op zijn stoel en vouwde zijn handen achter zijn hoofd.

Misschien is hij niet zo kalm als hij lijkt, dacht Petra, toen ze de zweetplekken onder zijn armen zag. Ze wees hem opnieuw op zijn rechten.

'Ik snap het,' zei hij en hij haalde een notitieboekje en een pen uit de zak van zijn jasje. 'Geen bezwaar als ik aantekeningen maak?'

'Het wordt allemaal op band opgenomen.' Petra gebaarde naar het apparaat dat al aanstond.

'Voor mijn volgende artikel. Deel twee, zogezegd.'

'U hebt recht op een advocaat. Indien u geen advocaat hebt, zal er u een worden toegewezen.'

'Volgens mij gebruikt u precies dezelfde bewoordingen als de vorige keer.' Hij zat druk te schijven.

'Wilt u een advocaat?'

Daniël Blackstock tikte een paar keer met zijn pen op zijn notitieboekje.

'Misschien is dat beter, ja,' zei hij uiteindelijk. 'Ik ben al te lang misdaadverslaggever om veel vertrouwen in de politie te hebben.'

'Goed, zullen we er dan een voor u regelen?'

'Doe dat.'

'Oké. Dan gaan we in de tussentijd met uw vrouw praten.' Ze lette op zijn gezichtsuitdrukking. Die veranderde niet. Maar zijn rechterknie trilde. Hij leek nerveus, maar keek tegelijk nogal arrogant.

'Geen commentaar,' zei Lee Blackstock. Ze zat kaarsrecht op haar stoel met haar handen in elkaar gevouwen op haar schoot. Ze droeg een lichtblauwe overhemdjurk en haar haar was vettig, waardoor het plat op haar hoofd plakte. Haar pony hing bijna in haar ogen. Ze knipperde steeds met haar ogen en likte telkens over haar droge, bloedeloze lippen. Ze sprak als een schoolkind dat een lesje opdreunde en staarde langs Petra heen om haar niet aan te hoeven kijken.

'U weet, mevrouw Blackstock, dat met iemand samenspannen om de rechtsgang te belemmeren wordt beschouwd als een delict waarop een lange gevangenisstraf staat?'

'Geen commentaar.'

'Wij zijn geïnteresseerd in de avond dat uw echtgenoot zijn hand heeft verwond. Herinnert u zich die avond?'

'Geen commentaar.'

'Het is anders een heel eenvoudige vraag.' Lee Blackstock bleef langs haar heen kijken. 'Was hij die avond thuis, bij u, de avond dat hij in zijn hand sneed?'

'Geen commentaar.'

'Op 29 augustus, rond halftien 's avonds, hebt u het alarmnummer gebeld omdat uw man zich had verwond.' Lee reageerde niet. Petra zag dat ze haar handen uit elkaar haalde en ermee over haar jurk streek. 'Was uw man erbij toen u belde?' Ze wachtte even. 'Of hebt u het alarmnummer gebeld en bent u daarna naar de plek gegaan die u van tevoren met hem had afgesproken?' Ze dacht aan wat Frieda de dag ervoor had gezegd. 'Lee, kan het zijn dat jíj die wond hebt toegebracht, om hem een alibi te bezorgen?'

'Geen commentaar,' zei Lee Blackstock. Haar stem klonk schor. Ze hoestte en hield haar hand voor haar mond.

‘Ik begrijp dat het heel pijnlijk is om iets over je echtgenoot te vertellen wat belastend voor hem kan zijn,’ zei Petra zacht. ‘Heel pijnlijk. Maar je moet het ons vertellen, Lee. Als je man iets slechts heeft gedaan, moet je hem niet in bescherming nemen. Dat zou heel verkeerd zijn en het brengt jou in grote problemen.’

De stilte hing zwaar in de lucht. Petra kon de recorder horen draaien, naast haar ging Don Kaminsky verzitten op zijn stoel. Ze keek geconcentreerd naar Lee’s gezicht. ‘We hebben het hier over een reeks gewelddadige aanvallen,’ zei ze, ‘plus een dode. Er is iemand vermoord! Dus als je íéts weet, vertel het me dan. Het is nog niet te laat.’

Lee keek omlaag naar haar handen, Petra keek nu tegen haar slonzige scheiding aan.

‘Geen commentaar,’ was het antwoord weer.

De pro-Deoadvocaat was Simon Neaves, een man van dik in de vijftig, grijs en kalend en met flinke wallen onder zijn ogen. Alles aan hem leek versleten, van zijn pak en zijn gehavende aktetas, tot aan zijn vermoeide houding.

‘Wij zijn geïnteresseerd in uw alibi wat betreft de avond van 29 augustus,’ begon Petra nadat Don Kaminsky en zij weer waren gaan zitten, de recorder liep en ze de verdachte nogmaals op zijn rechten had gewezen. ‘Ik weet dat u ons eerder een verslag van die avond hebt gegeven.’ Ze pakte het dossier en haalde zijn verklaring eruit. ‘Ja. Hier heb ik het. Ik wil alles nog een keer doornemen.’

Simon Neaves knikte naar Daniël Blackstock. Daniël Blackstock knikte naar Petra.

‘Ik ga u niets nieuws vertellen,’ zei hij beminnelijk. ‘Ik was linoleumtegels aan het snijden. Mijn hand schoot uit. Het stanleymes sneed in mijn hand. Mijn vrouw belde het alarmnummer. Daarna heeft ze me naar het ziekenhuis gereden en ben ik gehecht. U hebt dit vast wel gecontroleerd bij het ziekenhuis.’

‘Hoe laat vond het ongeluk plaats?’

‘Rond halftien.’

‘En hoe laat kwam u in het ziekenhuis aan?’

'Ongeveer om kwart over tien. Het ziekenhuis kan u vast de exacte tijd geven.'

'Dus precies op het moment dat meneer Dargan werd gemolesteerd, hebt u – wat komt dat nou toch goed uit – een verifieerbaar alibi.'

'Precies,' zei Simon Neaves, 'wat het nogal vreemd maakt dat meneer Blackstock hier zit.'

'Zijn er geen harde bewijzen dat u thuis was op het moment dat het gebeurde? Het enige wat we wat dat betreft hebben, is de verklaring van uw vrouw.'

'Mijn hand–' begon Blackstock, maar hij zweeg, wat hem zichtbaar moeite kostte.

'Uw verwonding kan overal zijn gebeurd. Vóór het ziekenhuis, bijvoorbeeld.'

Blackstocks gezicht liep rood aan en hij leunde naar voren. Toen de advocaat even een hand op zijn schouder legde, ging hij weer rechtop zitten. 'Geen commentaar.'

'U kunt vanuit Islington ergens heen zijn gereden, uw vrouw hebben ontmoet en naar het ziekenhuis zijn gegaan. En dat zou stroken,' zei Petra, 'met de uitzonderlijk keurige timing en het feit dat u al hier op het bureau was geweest wegens een andere zaak. U wist dat we naar uw alibi zouden vragen. Het lijkt bijna of u meneer Dargan hebt gemolesteerd om te bewijzen dat u níét de dader bent die hem aanviel en níét schuldig bent aan de andere delicten.'

'Gaat u nog een vraag stellen?' Blackstock klonk ironisch.

'We praten natuurlijk met uw vrouw, om te kijken of zij haar verhaal wil veranderen. En we checken de verkeerscamera's.' Ze hield zijn gezicht scherp in de gaten. Hij had het warm. Zijn bruine ogen stonden alert. 'Maar ondertussen wil ik wat vragen stellen over andere tijden en data. Kunt u mij vertellen waar u 22 augustus was?'

'Nee.'

'Zoals u waarschijnlijk weet, was dat de avond dat Reuben McGill zwaar is mishandeld in zijn eigen huis. Hebt u voor die avond ook een alibi?'

'Geen commentaar.'

'Waar was u in het weekend van 13 en 14 augustus?'

'Hoe moet ik dat weten? Waarschijnlijk keek ik tv met mijn vrouw en–' Er verscheen een slinks lachje op zijn gezicht. 'Geen idee. Misschien deed ik klusjes in huis? Linoleumtegels snijden?'

Petra belde Frieda.

'En?'

'Ik weet het niet, Frieda. Hij is een arrogante klootzak, maar daar zijn er veel van. Ik heb niks om hem vast te houden.'

'En hoe zit het met haar?'

'Het enige wat ze zegt, behalve het bevestigen van haar naam, is "geen commentaar". Het lijkt of ze niet aanwezig is en niet eens hoort wat ik vraag.'

'Je hebt vierentwintig uur?'

'Nog vijftien nu.'

'En je kunt ze niet langer vasthouden?'

'Ik moet er een reden voor hebben.'

'Kun je de regels niet wat–'

'Nee.'

Het was even stil.

'Mag ik daarheen komen om met ze praten?'

'Jíj?'

'Ik heb het gevoel dat Daniël Blackstock mij graag als publiek heeft en misschien laat hij dan iets los.'

'Ik weet het niet.'

'Alsjeblieft,' zei Frieda, niet smekend maar dwingend: het was bijna een commando.

Weer was het een tijd stil. Petra dacht aan het mislukte onderzoek naar Bruce Stringer, de aanvallen op Frieda's vrienden, de dood van Morgan Rossiter. Ze dacht aan Daniël Blackstock, hoe hij in de verhoorruimte zat met zijn zonverbrande neus en intense bruine ogen, met zijn vreemde mengeling van opwinding en nervositeit. Ze dacht aan zijn notitieblokje en het verhaal dat hij zou schrijven als hij opnieuw zonder aanklacht werd vrijgelaten. Haar maag kromp samen.

'Oké. Waarom niet? Ze hebben nu allebei pauze.'

Ze hing op.

'Hallo dokter Klein.'

Ze reageerde niet op zijn begroeting maar ging, met Petra naast zich, tegenover hem zitten. Hun blikken ontmoetten elkaar en met een misselijkmakende schok voelde ze zijn opwinding. Waarom was dat? Hij leek bijna in vervoering, terwijl hij hier in de verhoorkamer van het politiebureau zat, met zijn vrouw in de verhoorkamer ernaast.

'U kon het niet laten om te komen?' vroeg Daniël. Er lag een opengeslagen notitieblok voor hem op tafel, waarop hij een paar woorden schreef. 'Grijze blouse,' zei hij. 'Haren strak naar achteren in een staartje bijeengebonden. Lezers willen dat soort dingen weten.' Hij noteerde nog iets. 'Ziet er moe uit, bleek, gespannen. Dat is zo, weet u.'

'Denkt u nou werkelijk,' begon Frieda, 'dat u een man hebt vermoord, twee anderen hebt gemolesteerd en een jonge vrouw hebt ontvoerd zonder een spoor achter te laten?'

Daniël wierp een blik op Simon Neaves, trok zijn wenkbrauwen op en glimlachte. 'Geen commentaar,' zei hij.

'Uw alibi is gelogen.'

'Geen commentaar.'

'U hebt ervoor gezorgd dat uw vrouw het bevestigt en ik denk dat u haar ook zover hebt gekregen om u de verwonding toe te brengen.'

'Geen commentaar.'

'Wat voor soort echtgenoot doet zoiets?'

'Geen commentaar.'

'Ik heb uw vrouw ontmoet. Denkt u dat ze haar verhaal volhoudt zodra ze begrijpt hoe zwaar ze in de problemen zit?'

'Jullie hebben helemaal niks,' zei Daniël Blackstock. 'De beroemde Frieda Klein, en ze heeft helemaal niks! Hoe voelt dat?'

'Wie probeer je te imponeren, Daniël? Mij?' Frieda schakelde over op zijn voornaam om beter tot hem door te dringen. Ze keek hem doordringend aan. Zijn gezicht stond koortsachtig. 'Dean Reeve?'

'Helemaal niks hebben jullie,' zei Daniël Blackstock nog een keer.

'Het is voorbij,' zei Frieda. 'Zelfs als je deze keer opnieuw niet langer wordt vastgehouden en straks weer mag gaan, heb je geen toekomst meer. Je wordt gepakt, naar de gevangenis gestuurd en als je daar zit, met al die lege dagen voor je, al die jaren die zich voor je uitstrekken, denk je dat iemand zich dan nog herinnert wie je bent?'

Hij staarde haar aan en boog zich vervolgens naar haar toe. 'Helemaal niks!' zei hij nog een keer.

'Mijn cliënt heeft verder niets te zeggen en we nemen nu pauze.' Simon Neaves pakte Daniël bij zijn elleboog vast alsof hij hem wilde helpen opstaan.

'Echt niet. Je zult gewoon een zielig mannetje zijn dat achter de tralies zit. Je laat helemaal niets na, niemand zal zich jou herinneren,' zei Frieda.

Daniël Blackstock stond op.

'Jullie hebben geen idee,' zei hij. 'Absoluut geen idee.'

Lee's gezicht was deegachtig. Haar ogen stonden vaag: ze waren wel op Frieda gericht, maar leken haar niet te zien. Frieda probeerde haar vertrouwen te winnen.

'Ik weet dat je loyaal bent. Maar soms zijn er dingen die nog belangrijker zijn dan trouw en loyaliteit,' zo sprak Frieda zacht tegen haar. Ze was zich bewust van Petra, die achter haar bij de deur stond. 'Soms is het helemaal niet goed om je man te steunen, Lee.' Ze wachtte een paar seconden. 'Je hoeft niet te doen wat hij wil. Je hoeft zijn medeplichtige niet te zijn. Jij kunt je eigen baas zijn. Dat zou heel moedig van je zijn.' Even was het stil. 'Hij heeft zijn hand niet thuis verwond, toch?'

Lee mompelde: 'Geen commentaar.'

'Jíj hebt het voor hem gedaan, hè? Vlak bij het ziekenhuis.'

Ze reageerde niet.

Frieda hoorde een deur achter zich opengaan. 'Het hoeft niet zo door te gaan, Lee,' zei ze, zonder om te kijken in een poging Lee's aandacht vast te houden. 'Je kunt het nu stoppen. Het is nog niet te laat.'

'Ik geloof dat ík het ga stoppen,' klonk een stem achter haar. Frieda draaide zich om en zag een lange vrouw met grijs haar en een boos gezicht in de deuropening staan.

'Inspecteur Burge, ik wil u spreken. En u ook, dokter Klein.'

Frieda stond op en liep naar de deur. Toen ze met z'n drieën op de gang stonden, vroeg ze: 'Wie–'

'Sinds gisteren vervang ik hier de commissaris,' onderbrak de vrouw haar. 'En ik ben hier niet bepaald blij mee.' Ze verlegde haar aandacht naar Petra. 'Het is gedaan met het versoepelen en negeren van de regels. Heb je enig idee hoe nauwlettend we op dit moment in de gaten worden gehouden?'

'Dat is geen reden–'

'Ik heb begrepen dat je deze verdachten langer wilt vasthouden.'

'Ja.'

'Op welke gronden?'

Petra sloeg haar ogen niet neer. 'Ik vermoed dat Daniël Blackstock Morgan Rossiter heeft vermoord, Chloë Klein heeft ontvoerd en Reuben McGill en Jack Dargan heeft gemolesteerd.'

'Ik weet wat je vermoedt. Maar waarom? Welke bewijzen heb je daarvoor?'

'Zijn alibi is zwak en–'

'Welke bewijzen, inspecteur Burge?'

'Hij heeft het gedaan,' zei Frieda.

De vrouw keerde zich naar haar toe en nam haar zorgvuldig op. Haar ogen waren scherp en helder. Ze slaakte een zucht. 'Ik weet wat u allemaal hebt doorgemaakt, dokter Klein. Maar u moet begrijpen dat we niet voor niets regels hebben hier. Het is niet toegestaan dat een burger een verdachte ondervraagt.'

'Laat Petra het dan doen. Geef haar wat extra tijd. Hij heeft het gedaan.'

'Nee.'

'Hij is gevaarlijk.'

'Er is een verschil tussen vermoeden en bewijs. Kom met bewijs en we kunnen hem vasthouden. Zo niet, dan zullen we hem en zijn vrouw moeten laten gaan.'

'Hij heeft nóg iets gedaan,' zei Frieda abrupt.

'Wat bedoelt u?'

'Ik weet niet wat.'

'U begrijpt dat dat weinig behulpzaam is.'

'U kunt hem niet zomaar laten gaan.'

'Ik kan hem niet zomaar vasthouden. Maar...' Ze keek iets minder streng. 'We zetten surveillance op hem.' Ze stak haar hand op om hun protesten te stoppen. 'Dat is het enige wat ik kan doen.'

Frieda ging te voet naar Reubens huis. Het was vroeg in de avond en ze had voor haar komst gemeld dat Daniël en Lee Blackstock beiden, zonder ergens van te zijn beschuldigd, waren vrijgelaten.

Reuben deed de voordeur open. Hij had een oud zomerpak aangetrokken dat hem veel te groot was en een nieuwe bril op zijn neus. Snel gaf hij haar een knuffel, waarna hij haar meenam naar de tuin. Daar stond een blad met glazen en een fles witte wijn op de tuintafel. 'Ga zitten,' zei hij met een gebaar naar een stoel.

Ze ging zitten, trok haar jasje en sandalen uit en sloot haar ogen even. Ze hoorde dat de wijn werd ingeschonken. De tuin rook naar gemaaid gras. 'Ze zijn allebei vrijgelaten,' zei ze somber. 'Onvoldoende bewijs.'

'Kom, neem een glas wijn.'

Hij gaf haar een glas aan en hief het zijne.

'Je ziet er goed uit.'

'Je bedoelt dat ik niet in pyjama ben.'

'Ja, misschien...'

'Het is een soort troost om als een invalide rond te schuifelen, maar op een gegeven moment is het ook klaar. Ik heb vandaag gewerkt aan een stuk dat ik aan het schrijven ben. En allerlei mensen gebeld die ik de laatste tijd heb gemeden.'

'Dat is positief.'

'Het is in ieder geval íéts.'

'En waar is iedereen?'

'Iedereen?'

'Je hebt vijf mensen te logeren hier, of was je dat vergeten?'

'Vier, totdat Jack uit het ziekenhuis komt. Maar goed dat Josef vorig jaar een nieuwe boiler heeft geïnstalleerd.'

'Vind je het vervelend?'

'Ik ga ervan uit dat het niet lang zal duren.'

'Reuben–' Ze zweeg.

Hij keek haar even aan en legde een vinger op zijn lippen. 'Om je vraag te beantwoorden: Josef en Alexei zijn aan het koken. Josef lijkt het bouwvakkersbestaan te hebben opgegeven en zo'n verdomde kok te zijn geworden. Olivia en hij lopen constant te ruziën in de keuken: zij geeft hem allerlei tips die hij helemaal niet wil horen en eet intussen zijn ingrediënten op voordat hij de tijd heeft ze te gebruiken. Maar op dit moment zit ze in bad. En Chloë is op bezoek bij Jack, geloof ik.'

'Chloë is hier,' hoorden ze. Ze draaiden zich om en zagen dat ze de keuken uit kwam. 'Hoe is het gegaan, Frieda?'

'Ze zijn vrijgelaten.'

Haar gezicht betrok. 'O. Ik dacht... Ik hoopte...' Er sprongen tranen in haar ogen. Woedend veegde ze die weg met de muis van haar hand. 'Shit,' zei ze. 'Shit. Wij zijn hier een soort gevangenen en hij is vrij.'

'Wil de gevangene misschien wat wijn?' vroeg Reuben.

Chloë pakte het glas aan dat hij haar aanreikte en nam een flinke slok. Haar hand beefde. 'Wat doen we nou?'

'De politie houdt hem in de gaten.'

'Dus we wachten gewoon af? Wij wachten allemaal totdat hij weer iets doet?'

Ze stelde dezelfde vraag als Frieda aan Petra had gesteld. Er was geen antwoord.

'En nog iets, verdomme,' zei Chloë.

'Wat?'

'William.'

'Wat is er met hem?'

'Hij wordt lastiggevallen.'

'Door de pers? Nog steeds?'

'Nee. Een groep jongeren die zijn leven tot een hel maakt.' Er sprongen weer tranen in Chloë's ogen. 'Hij durft niet meer naar buiten. Ze roepen hem afgrijselijke dingen na en lopen expres tegen hem aan en duwen hem en schelden hem uit. Heel gemeen allemaal.'

'Heeft hij dat aan de politie gemeld?'

'Natuurlijk niet! Hij zit als een zielig hoopje op zijn kamer.'

'Oké.' Frieda dacht koortsachtig na. Ze kon Petra vragen – maar dit zou op dit moment geen prioriteit voor haar zijn. En ze had weinig vertrouwen in de wijkpolitie wat zoiets betrof. Met tegenzin besloot ze dat ze Karlsson zou vragen of hij kon helpen. Maar toen schoot haar opeens iets anders te binnen.

'Wacht even,' zei ze en ze haastte zich het huis in om haar tas te pakken. In haar portemonnee zat een papiertje waarop Yvette haar mobiele nummer had genoteerd. Ze herinnerde zich haar gezicht toen ze haar het papiertje in de hand had gedrukt en zei dat ze moest bellen als ze hulp nodig had: intens, onhandig, dringend. Ze zou Yvette vragen ervoor te zorgen dat het groepje dat William McCollough kwelde ermee ophield; dat was iets wat Yvette snel en efficiënt zou regelen en ze zou blij zijn dat Frieda het haar vroeg. Dat zou haar het gevoel geven dat ze iets goeds had gedaan.

Ze toetste het nummer in, maar het leek of de lijn dood was. Ze fronste, controleerde het nummer en probeerde het nog een keer. Opnieuw geen geluid, niets. Vreemd, dacht ze. Peinzend liep ze de tuin weer in.

'Wat is er?' vroeg Chloë bij het zien van haar gezicht.

'Ik probeer Yvette te bereiken.'

'Ze belt wel terug.'

'Maar ik krijg helemaal geen verbinding.'

Ze belde Karlsson, maar zijn telefoon schakelde meteen over op de voicemail. Starend naar Reuben en Chloë werd ze overspoeld door een akelige, kille vrees.

'Wat?' vroeg Reuben. 'Wat is er?'

Haar mobieltje ging: Karlsson.

'Frieda? Alles oké?'

'Heb je Yvette kortgeleden nog gesproken?'

'Yvette? Nee, ze is op sabbatical.'

'Ze heeft helemaal geen contact opgenomen?'

'Nee. Hoezo?'

'Ik probeer haar te bereiken. Maar de lijn is dood.'

'En?' vroeg Karlsson voorzichtig.

'Ik bel je terug.'

53

'Nee,' zei Petra.

'Luister nou gewoon even.'

'Nee.'

'Het enige wat je hoeft te doen is Yvettes appartement doorzoeken. Alleen om te checken.'

'Frieda... Nee, ik geloof dat ik je weer dokter Klein ga noemen. Kom ik jou midden in een van je therapeutische sessies vertellen hoe jij je werk moet doen?'

'Daniël Blackstock heeft iets op zijn kerfstok en Yvette is verdwenen.'

'Yvette Long heeft een broodnodige sabbatical opgenomen.'

'Ze belt niet terug.'

Het was even stil. 'Je belt mij omdat ze niet reageert op een telefoontje van je?'

'Ik heb haar talloze malen gebeld. Het toestel schakelt niet over op de voicemail. De lijn blijft dood.'

'Mijn god, je lijkt wel een dertienjarige die op een telefoontje van haar vriendje wacht. Yvette was op, ze zat er helemaal doorheen. Ze ontsnapt even aan alles. Geef haar de ruimte.'

Frieda wilde iets zeggen, maar toen drong het tot haar door dat er al was opgehangen. Ze keek boos naar haar toestel alsof dat er iets aan kon doen. Toen toetste ze een ander nummer in.

'Ze doet het niet, hè?'

'Wie doet wat niet?'

'Speel nou geen spelletjes.'

'Daar heb ik helemaal geen tijd voor.'

'Oké, oké.'

'Je weet wat ik ga zeggen,' zei Karlsson.

Hij zat met Frieda in zijn auto.

'De laatste keer dat ik Yvette heb gezien, zei ze dat ik haar moest bellen als ze iets voor me kon doen. Ik heb gebeld en ze reageert niet.'

'Ze reageert niet. Hoelang al? Een week? Een maand?'

'Haar telefoon is dood. Ik ben ongerust.'

Karlsson dacht even na. 'En Petra heeft je verteld dat daar een eenvoudige verklaring voor is, namelijk dat ze weg is en niet gestoord wil worden.'

'Ja, daar kwam het ongeveer op neer.'

'Dat dacht ik al. Soms heb ik het gevoel dat jij je door het hele politiekorps heen werkt, rechercheur na rechercheur, en ze stuk voor stuk tot wanhoop drijft. En dan ben ik uiteindelijk de laatste die overblijft om te doen wat jij wilt. En tussen twee haakjes: Petra heeft gelijk.'

'Het kan weinig kwaad.'

'Wat?'

'Om haar appartement te doorzoeken.'

Karlsson keerde zich met een ruk naar haar toe en keek voor het eerst echt ongerust. 'Is er iets wat ik niet weet? Iets wat je mij niet vertelt?'

'Ik weet dat er iets niet in de haak is.'

'En hoe had je gedacht haar appartement binnen te komen?'

'Een raampje inslaan of iets dergelijks.'

'En als iemand je dat ziet doen? Ons, kan ik beter zeggen.'

'Dan zeggen we dat we gas roken. Of een insluiper zagen.'

Karlsson startte de auto en reed weg. Hij schudde zijn hoofd. 'Gas roken? Waar haal jij je ideeën vandaan? Je klinkt als een inbreker. Een domme inbreker.'

'We hebben het hier over Yvette,' zei Frieda zonder te glimlachen.

'Ja, Yvette, die zei dat ze rust wilde om haar hoofd leeg te maken en er een tijd tussenuit ging om te ontsnappen aan de druk van haar werk.'

'We zullen zien.'

Het verkeer op Seven Sisters Road was irritant traag.

'Ik had de ondergrondse moeten nemen,' mompelde Frieda in zichzelf.

'Het spijt me dat de taxiservice u niet bevalt.'

Het duurde nog twintig minuten – doodstille minuten – voordat Karlsson een woonwijk in reed, een paar keer links en rechts afsloeg en parkeerde. Ze stapten allebei uit.

'Ik ben nooit bij haar thuis geweest,' zei Frieda.

'Ze is erg op zichzelf.'

Karlsson maakte het tuinhek van een klein vooroorlogs huis open en ging het trapje af naar het souterrain. Voor de ramen zaten tralies, en de deur was extra zwaar beveiligd.

'We zijn hier in Tottenham,' zei hij. 'Jouw inbreekplan is waardeloos in deze buurt.'

'Wat doen we dan?'

Karlsson haalde een sleutelbos uit zijn broekzak, met twee sleutels eraan. Hij schudde ermee zodat ze rinkelden. 'Yvette heeft me een reserve-set gegeven, voor noodgevallen.'

'Waarom zei je dat niet?'

'Ik wilde je plan horen. Hoe je het had bedacht. Let op dat je binnen niets aanraakt,' voegde hij eraan toe. 'Ach, ik weet niet waarom ik de moeite neem dat te zeggen, je houdt je er toch niet aan.'

Hij draaide een sleutel om in het slot en duwde de deur open. Op de drempel ademde Frieda diep in. Er ging een vlaag van opluchting door haar heen. Ze was bang geweest voor die bekende, afgrijselijk, zoetzure lucht, die van onder haar vloer. Maar daar was geen spoor van te bekennen, het rook slechts een beetje bedompt, zoals een huis ruikt waarin een tijdje niet is gewoond en de ramen en deuren gesloten zijn geweest ondanks het hete weer. Ze stapten direct een kleine woonkamer binnen. Frieda liep haastig door de rest van de woning: slaapkamer, badkamer, miniterrasje aan de achterkant. Zo op het eerste gezicht zag ze niets bijzonders.

'Geen sporen van een worsteling,' zei Karlsson.

Even wist ze niet of hij haar plaagde, maar nee, dat was niet zo. Hij gaf om Yvette. Dat wist ze. Ze begon nauwkeuriger om zich heen te kijken.

'Is dit van haar zelf of gehuurd?' vroeg ze.

'Van haar zelf,' zei Karlsson. 'Of beter gezegd: van de bank.'

In de keuken was alles keurig opgeborgen. Toen Frieda een kastje opendeed, zag ze een stapeltje borden, vier wijnglazen, vier whiskyglazen. In de woonkamer stonden een kleine flatscreentelevisie en een dvd-speler tegen de wand tegenover de voordeur. Ernaast stond een grote pot op de vloer, met daarin de zwart geworden resten van een dode plant. Tegen de rechtermuur stond een gemakkelijke stoel met een laag glazen tafeltje ernaast en ertegenover, tegen de linkermuur, een bijpassende bank. Er hing één foto: van een vos, verbijsterend rood op een bevroren meer.

'Het lijkt gehuurd,' zei Frieda. 'Alsof ze er net is ingetrokken.'

'Ze is hier een jaar of drie, vier geleden komen wonen,' zei Karlsson.

'Ik vind het geen plek die uitstraalt dat iemand het hier naar zijn zin heeft.'

'Ik zei toch dat Yvette erg op zichzelf is? Ik durf me nauwelijks voor te stellen hoe erg ze het zal vinden dat wij hier zijn geweest en jij een mening hebt over haar leven aan de hand van haar spullen.'

'Hoe goed ken je dit huis?'

'Ik ben hier maar één keer geweest.'

'Dus het zou je niet opvallen als er iets ongewoons is hier?'

'Nee. Hoewel het duidelijk is dat dat er niet is.'

'Er is wel iets.'

'Wat dan?'

Frieda wees op de dode plant.

'Wat is daar ongewoon aan?'

'Als je op vakantie gaat, vraag je iemand de planten water te geven.'

'Dan moet je eens bij mij komen.'

'Ik ben vaak bij jou geweest.'

'Dan weet je dat mijn huis vol staat met dode of doodgaande planten. Ik blijf ze kopen en probeer alles. Dan geef ik weer te veel water en dan te weinig. Ik geef ze mest of juist niet. En ze gaan altijd dood.'

'Dus jij vindt dat niet onrustbarend?'

'Die plant ziet eruit alsof hij al heel lang dood is.'

Samen liepen ze naar de badkamer. Frieda trok het kastje open.

'Alles is er,' zei ze.

'Hoezo?'

'Tandpasta, tandenborstel, parfum, gezichtscrème, make-up-schijfjes, shampoo, deodorant, tampons, make-up, flosdraad, maagtabletten.'

'Logisch gezien maak je een denkfout.'

'Hoezo?'

'Je kunt niet zien wat er níét is. De dingen die ze heeft meegenomen. Een nieuwe tandenborstel en een nieuwe tube tandpasta, haar favoriete parfum, enzovoort, enzovoort.'

'Misschien heb je gelijk.'

Ze liepen terug de keuken in. Frieda deed de koelkast open, terwijl Karlsson in de keukenkastjes keek.

'Gaan we dit aan Yvette opbiechten?' vroeg Karlsson.

'"Opbiechten" is niet het juiste woord.'

'Hoe zou jij het vinden als Yvette en ik dit bij jou thuis deden terwijl jij er niet was?'

'Het kan me geloof ik niets meer schelen wat mensen in mijn huis doen.'

'Daar geloof ik niks van.'

'Kijk,' zei Frieda en ze hield een pak halfvolle melk omhoog. 'Laat jij melk in de koelkast staan als je op vakantie gaat?'

'Ja,' zei Karlsson. 'Melk en bijna alles wat je kunt bedenken dat bederfelijk is. Meestal is mijn koelkast bij thuiskomst veranderd in een soort schimmelparadijs. Dat is–' Hij onderbrak zichzelf. 'Ik weet eigenlijk niet of ik je wel wil laten zien wat ik hier vind.'

'Wat dan?'

Hij hield een paspoort omhoog en keek erin. 'En voordat je het vraagt: ja, het is Yvettes paspoort. Maar dat zegt niets. Ik ben er altijd van uitgegaan dat ze ergens in Groot-Brittannië zit. Wales of Schotland of het Peak District. Ergens afgelegen, waar je eindeloos kunt wandelen.'

'De plant. De melk. Het paspoort. Betekent dat niets?'

'Dat weet ik niet. Misschien betekent het dat iemand een beetje down, er niet met haar gedachten bij was en halsoverkop is vertrokken. Ik heb altijd op jouw intuïtie vertrouwd. Nou ja, soms ook niet. Maar eerlijk: als jij op zoek bent naar een pistool waar de rook nog uit komt... Dat hebben we niet gevonden.'

Hoewel Frieda niet tevreden was, antwoordde ze niet. Ze gingen de slaapkamer binnen, waar ze allerlei laden opende en er kledingstukken uit haalde.

'Ik vind dat ik dit niet hoor te zien,' zei Karlsson. 'Vouw alles in vredesnaam weer precies zo op als het was.'

Na nog een halfuur zoeken vond Karlsson het genoeg. 'Je zoekt op plekken die je al hebt gehad. Het is tijd om te gaan.'

Frieda keek nog eens rond in de woonkamer. Het idee onverrichter zake weg te gaan was onverdraaglijk. 'Er ís iets,' zei ze. 'Het is net zoiets als wanneer je plaatselijk verdoofd bent en geen pijn voelt, maar wel weet dat die er is. Snap je? Zo'n gevoel heb ik.'

'We zijn klaar hier. Er is niks.'

'Oké. En dank je wel. Dank je wel. Dank je wel dat je met mij hierheen bent gereden en dat je nu niet zegt: "Zie je wel!"'

'Nee, zoiets zeg ik niet, hè? Hoewel ik dat natuurlijk wel wil. Maar ik doe het niet.'

Toen Karlsson het contactsleuteltje omdraaide, schudde ze langzaam haar hoofd. 'Zet de motor af,' zei ze toen vastberaden.

'Wát?'

'Alsjeblieft.'

'We zijn klaar, toch? Waarom gaan we niet gewoon?' Maar hij zag een welbekende uitdrukking op haar gezicht.

'Er klopt iets niet aan Yvettes woonkamer.'

'Ze zou wat meer aan de muur kunnen hangen,' beaamde hij. 'Het wat persoonlijker maken.'

'De televisie,' zei Frieda langzaam, alsof ze zich niet bewust was van haar omgeving en ergens anders was. 'Weet je nog hoe alles stond?'

'Ja natuurlijk weet ik dat. We zijn er net weg.'

'De televisie staat tegen de verste muur vanaf de deuropening. De bank staat tegen de linkerwand en de fauteuil met het glazen tafeltje tegen de muur ertegenover. Klopt, hè?'

'Klopt. Dus wat is het probleem?'

'Hoe kijk je televisie?'

'Hoe bedoel je: hoe?'

'Ik bedoel: waar zit je dan?'

Karlsson haalde niet-begrijpend en een beetje geïrriteerd zijn schouders op. 'Op de stoel of de bank.'

'Maar die staan allebei in een hoek van negentig graden ten opzichte van het scherm.'

'Dus draai je je hoofd iets.'

'Dat doe je misschien voor een keertje, maar het is niet de manier waarop je je kamer inricht.'

'Ik kan niet geloven dat we een serieuze discussie moeten voeren over de manier waarop Yvette haar woonkamer heeft ingericht. Misschien verschuift ze haar meubels als ze televisie wil kijken.'

'Bedoel je dat ze die zware bank door de kamer sleept als ze het nieuws wil zien?'

'Of de fauteuil.'

'We moeten terug naar binnen.'

'O, Frieda, alsjeblieft.'

'Twee minuten maar. Eén.'

Hij ademde diep in.

'Ik tel tot tien,' zei hij. 'In mijn hoofd. Oké. Klaar. Ik ben kalm en we kunnen twee minuten terug naar Yvettes appartement.'

'Dank je, Karlsson.'

'Graag gedaan, Frieda.'

Zwijgend stapten ze uit, Karlsson sloot de auto af en draaide

Yvettes voordeur weer van het slot. Zodra ze binnenstapten, liet Frieda zich op haar knieën vallen en bekeek het tapijt.

'Daar,' zei ze onmiddellijk. 'Wat stom van me.'

Karlsson keek naar de plek die ze aanwees. Er zat een moet in het vloerkleed, rond, met een doorsnede van een centimeter of vijf.

'Goed,' zei hij. 'Dus de bank of de stoel heeft hier gestaan. Ik heb gelijk.'

'Nee,' zei Frieda. 'Je hebt het mis. En het was de bank, trouwens. Zet die eens terug.'

'Tot uw orders, mevrouw,' reageerde hij sarcastisch. Hij legde zijn handen op de rugleuning en trok de bank weg van de muur. Bijna direct liet hij los en deed een stap naar achteren. 'O, fuck,' riep hij uit. 'O, fuck! Fuck!'

Ze stond meteen naast hem. Ze staarden allebei naar de woorden die met grote verfstreken op de muur stonden: FRIEDA KLEIN.

54

Daarna ging alles snel, hoewel het tegelijkertijd ook heel langzaam leek: Karlsson belde de politie, belde Petra, waarschuwde Frieda dat ze niets moest aanraken, zich zelfs niet mocht bewegen. Roerloos staarde ze naar de bekladde muur terwijl ze zich probeerde te herinneren wanneer ze Yvette voor het laatst had gezien. Ze probeerde uit te rekenen hoeveel dagen en weken het geleden was dat Yvette bij haar thuis geëmotioneerd een briefje met haar telefoonnummer in haar hand had gedrukt, waarna Daniël Blackstock was langsgekomen met die afschuwelijke foto van Chloë. Ja, Yvette en hij hadden elkaar ontmoet, bedacht ze, en Yvette had het gehad over haar twijfels en haar sabbatical. Bijna onmiddellijk daarna was Reuben mishandeld, Morgan Rossiter vermoord en Jack gemolesteerd. Twee weken, dacht Frieda, terugrekenend, twee weken en drie dagen. Zo kort, maar ook zo lang als Yvette sindsdien was verdwenen.

Verdwenen. Maar was ze dood? Ze hoorde Karlsson kalm praten in zijn telefoon; hij gaf instructies. Maar onder zijn kalmte hoorde ze ook iets anders: afgrijzen. Ze dwong zich na te denken. Als Yvette dood was, waarom lag haar lijk hier dan niet, naast de bekladde muur? Ze dacht terug aan Daniël Blackstock op het politiebureau en die triomfantelijke blik in zijn ogen, zijn opgewondenheid die leek op vervoering. De hele tijd, dacht ze, de hele tijd, elke keer dat ze elkaar zagen, bij elk contact, had hij aan Yvette gedacht, zijn grote geheim. 'Jullie hebben geen idee,' had hij gezegd.

Ze was niet dood, ze werd ergens door hem vastgehouden. Ze wist het zeker, het kon niet anders. Maar waar? Ze dacht aan Chloë in dat kamertje en probeerde zich voor de geest te halen hoe het licht binnenviel op de groezelige matras. Met gesloten ogen concentreerde ze zich, sloot elk geluid en elke andere gedachte buiten. Het leek alsof zich een scherpe punt een weg door haar hersens boorde, die uiteindelijk op een donkere, verborgen plek zou uitkomen waar het antwoord lag. Wat had ze over het hoofd gezien? Wat was haar de hele tijd ontgaan?

Er werd op de deur gebonkt. Karlsson ging opendoen. Het licht stroomde de kamer in en deed pijn aan haar ogen. Er kwamen mensen binnen, mannen en vrouwen met strakke gezichten omdat het nu een van hen was. Niets erger dan dat. Karlsson pakte haar bij de elleboog en nam haar mee naar buiten.

'Karlsson,' zei ze.

En daar was Petra, klein en pezig, haar ogen fel in haar benige gezicht. 'Je had gelijk,' zei ze. 'Wat heeft hij gedaan?' Toen liep ze langs haar heen en verdween het huis in.

Er stopten meer auto's. De zonnige dag voelde als een droom.

'Ik denk dat ze nog leeft,' zei Frieda. 'Hij houdt haar vast.'

Karlsson keek haar aan maar zei niets.

Op dat moment kwam Petra weer naar buiten, ze deed haar handschoenen uit en boog zich voorover om haar plastic overschoenen uit te trekken. 'Oké,' zei ze. 'Rij achter me aan naar het station. We pakken ze op, leggen ze het vuur na aan de schenen, beleggen een persconferentie, de hele mikmak.'

Ze wilde al met grote stappen weglopen, maar Frieda legde een hand op haar arm om haar tegen te houden. 'Nee.'

'Wat nou weer?' Petra viel uit. 'Dit wil je toch al de hele tijd?'

'Nee, als hij haar vasthoudt, moeten we hem niet oppakken, maar hem volgen wanneer hij naar haar toe gaat. Hij kan ons de weg wijzen naar de plek waar ze zit.'

'Nee.' Petra schudde haar hand weg. 'We pakken ze op.'

'Als hij vastzit, wie geeft haar dan water, eten? Het is bloedheet. Ze zal al na een paar dagen dood zijn. Doe het niet.'

'We doen het op mijn manier,' zei Petra.

'Nee,' hoorden ze achter zich. Ze draaiden zich allemaal om. De waarnemend commissaris keek hen vastberaden aan. Ze was lang en imponerend, ondanks de hitte gekleed in een antracietgrijs mantelpak. 'Ik ben het eens met dokter Klein.'

Petra keek hen om de beurt aan, haar ogen brandden van woede omdat ze werd overruled.

'Wordt hij gevolgd?' vroeg de commissaris.

'Vanzelfsprekend.'

'Let op dat hij het niet in de gaten krijgt.'

'Vanzelfsprekend.'

'En hij mag evenmin weten dat we haar zoeken.'

'Wat betekent dat we geen uitgebreide zoekactie kunnen beginnen.'

'Dat risico moeten we dan maar nemen.'

'Zijn vrouw,' zei Frieda snel. 'Die moet ook gevolgd worden.'

De commissaris knikte naar Petra. 'Regel het. Bel me over een uur met een update.' Ze draaide zich om.

Petra keek Frieda aan. 'Je kunt dit maar beter heel zeker weten.'

De zon brandde fel en heet door het raam van Petra's kantoortje. Het was benauwd.

Frieda stond voor de kaart die aan de muur hing en wees met haar vinger op een kruispunt. 'Daar,' zei ze, 'daar woont hij. Vlak bij een braakliggend terrein dat bouwrijp wordt gemaakt en een enorm verlaten pakhuis, vol lege ruimten. Ik heb me vaak afgevraagd of dat de plek is waar Chloë werd vastgehouden.'

'Dan neem je dus aan dat Yvette op dezelfde plek wordt vastgehouden als je nichtje, dat het vlak bij een vliegveld is en dat dat vliegveld City Airport is.'

'Ja.'

'Ze kan overal zijn. Misschien niet eens in Londen.'

'Dat weet ik.'

'Ze kan dood zijn.'

'Ja, dat weet ik.'

'Oké,' zei Petra. 'We beginnen daar met zoeken.'

Daniël Blackstock kon niet ophouden met glimlachen. Zelfs als hij zijn lippen stijf op elkaar klemde, kon hij het niet tegenhouden. Er gleden zweetdruppels over zijn gezicht. De zon prikte op zijn huid. Hij liep op straat, langzaam, bleef staan voor etalages, boog zich om zijn schoenveters vast te maken. Hij was geen debiel: die man in spijkerbroek en dat smoezelige T-shirt en daarvoor die jonge vrouw met oortjes in. Allebei zogenaamd nonchalant over straat wandelend. Bij een ijscokarretje kocht hij één bolletje in een hoorntje en ging op een bank bij een klein park zitten om het op te eten. Hij deed er lang over. Later zou hij dat stuk schrijven over de tweede keer dat hij was gearresteerd, dat hij zijn redacteur had beloofd. Iedereen wilde zijn verhaal horen. Zijn telefoon rinkelde constant, en als hij niet rinkelde, pingde hij wel omdat er weer een berichtje binnenkwam: allemaal uitnodigingen om te schrijven, te praten, zijn mening te geven, zijn ervaringen te delen.

Hij nam nog een lik van zijn smeltende ijsje. Achter hem lag de rivier; voor hem de verlaten pakhuizen; de kapotte ramen glinsterden in de zon. Hij dacht terug aan de gezichten van die twee vrouwen, Frieda Klein en Petra Burge, zoals ze naar hem hadden gekeken vanaf de andere kant van de tafel. Ze haatten hem, maar haat lag dicht bij liefde. Dean Reeve wist dat. Na talloze jaren van onzichtbaar zijn, jaren van gecommandeerd worden door mensen die lang niet zo slim waren als hij, stond hij, Daniël Blackstock, nu volop in de schijnwerpers.

Hij nam nog een lik van zijn ijsje, en nog een. Toen het op was, at hij het hoorntje op, langzaam, hij knabbelde zijn weg omlaag naar de punt, net zoals hij als jongetje deed. Hij likte zijn vingers af en veegde over zijn voorhoofd met een verkreukelde tissue. Toen stond hij op en wandelde in een zigzagroute naar huis. Kregen ze wat oefening. Gaf hij hun wat valse hoop.

Lee Blackstock zat in haar smetteloze keuken aan tafel te huilen. Telkens snoot ze haar neus en depte ze haar gezicht droog met een zakdoekje, maar dan dacht ze weer aan het politiebureau en wat ze tegen haar hadden gezegd en begonnen de tranen weer te stromen.

Toen ze zijn sleutel in het slot hoorde, sprong ze op. Ze deed net of ze druk bezig was bij het fornuis, zodat ze met haar rug naar hem toe stond als hij binnenkwam. 'Appeltaart met custard,' zei ze. 'Is dat goed?'

'Maakt me niet uit.'

'Vroeger was dat je lievelingstoetje.'

'Is dat het enige waar je aan kunt denken?'

'Natuurlijk niet.'

Nee, natuurlijk was dat niet het enige waar ze aan dacht. Ze dacht aan het politiebusje waarin ze had gezeten en hoe ze eruit was gekomen met een jas over haar hoofd zodat niemand haar gezicht kon zien, hoe ze voor de rechter in het beklaagdenbankje had gezeten en iedereen naar haar had gekeken. De tranen sprongen weer in haar ogen. Ze roerde custardpoeder door de hete melk en keek toe terwijl de vla langzaam dikker werd.

Daniël kwam naar haar toe en legde zijn goede hand op haar schouder. Ze draaide zich om.

'Je hebt rode ogen,' zei hij geërgerd. 'Je hebt gehuild.'

'Ik was bang.'

'Wat heb je tegen ze gezegd?'

'Dat heb ik je verteld: niks.'

'Zelfs niet tegen haar?'

Lee Blackstock wist wie hij bedoelde: Frieda Klein, met die ogen die haar aandachtig bekeken, door haar heen keken en alles zagen wat ze verborgen wilde houden; die ogen met die akelig wetende en medelijdende blik. 'Nee Daniël, dat zou ik toch nooit doen. Ik heb alleen maar "geen commentaar" gezegd.' Zijn hand lag nog steeds op haar schouder, zwaar en heet door haar katoenen blouse heen.

'Prima, goed gedaan.'

'Maar–'

'Wat?'

'Wat heb je gedaan?'

Ze zag zijn gezicht betrekken en was opeens bang.

'Als ik iets heb gedaan,' zei hij, 'is het voor ons. En je weet wat je dan bent, toch?'

'Wat?'

'Medeplichtig.'

'Ik heb alleen gedaan wat jij zei. Dat is alles.'

'Medeplichtig,' herhaalde hij alsof hij het woord kon proeven. 'Dat is een ernstige zaak.'

Dat hadden ze op het bureau ook tegen haar gezegd. En dat het nog niet te laat was: ze kon hun vertellen wat ze wist. Ze sloeg haar ogen naar hem op en hij haalde zijn hand eindelijk van haar schouder en streek haar haar, vochtig van de kookdampen en het huilen, achter haar oor.

'Zo!' zei hij. 'Doe gewoon wat ik zeg en alles gaat goed. Wij samen, hè? Wij samen tegen de rest van de wereld.'

Ze knikte. 'Ja,' fluisterde ze, 'wij samen.'

Ze waren met tien man, niemand in uniform. Karlsson had de leiding. Hij verdeelde hen in tweetallen en zei dat ze onopvallend te werk moesten gaan: Daniël Blackstocks huis lag maar zo'n honderd meter verderop. Hoewel ze dat huis vanaf hier niet konden zien, waren de wijk en de weg die erdoorheen liep wel zichtbaar.

Het enorme complex pakhuizen waar ze moesten beginnen leek wel een geruïneerde stad: een aantal bakstenen gebouwen die onderling waren verbonden, met honderden ramen, tientallen ingangen. Karlsson staarde omhoog naar de bouwval en fronste zijn voorhoofd. Hij had eigenlijk tienmaal meer man nodig en zelfs dan zouden ze niet in staat zijn alles grondig te doorzoeken. Hij probeerde een ruwe schatting te maken van het aantal kamers in het gebouw, maar gaf het op. Hij kon de lengte ervan zien, niet de breedte.

Er was een hoofdingang, dichtgetimmerd en voorzien van zware hangsloten. Voor je die bereikte, was er de houten schutting om het hele gebouw heen, met een metalen toegangshek met hangslot. De sleutel daarvan, die Feldman's Security hem had gegeven om het terrein op te komen, hadden ze niet nodig: ze konden gewoon door een van de vele openingen in de schutting naar binnen en over de aangekoekte gele modderlaag en het opgeschoten onkruid naar het gebouw lopen. Daar gebruikte hij wel een sleutel, maar hij zag dat enkele van de hoge ramen in dit gedeelte waren ingeslagen en verwachtte dat dat er veel meer zouden zijn. Iedereen kon hier binnenkomen: kinderen, stelletjes op zoek naar privacy, daklozen, nieuwsgierigen, gekken, eenzamen en wanhopigen.

Eenmaal binnen, in de hoge hal die toegang gaf tot de opslagruimten, was het duidelijk dat er regelmatig mensen kwamen hier. Door de wind die naar binnen waaide via de buitendeur dwarrelde er wat zwerfvuil op. Op de vloer lagen sigarettenpeuken, een paar naalden, een doorweekte krant, een oude schoen en er hing een scherpe ammoniakgeur, van oude urine. In een van de hoeken lag een askring van een vuurtje dat iemand had gestookt. Karlsson keek op naar de stalen balken en de wormstekige houten dakspanten. Daar wemelde het natuurlijk van de torren, spinnen en vleermuizen. Vogels zouden er nesten hebben gemaakt en in het hele gebouw moesten ratten rondscharrelen. Maar was Yvette hier ook? Hij had het liefst haar naam geroepen om haar te laten weten dat ze er waren, dat ze eraan kwamen, dat ze veilig was. Onhandige, tactloze, goudeerlijke Yvette, die zo snel bloosde, veel praatte en zwaar door het leven ging.

'In dit gedeelte alleen al zijn elf verdiepingen,' zei hij tegen de agenten. 'Twee verdiepingen per team. Ik neem de bovenste.'

Hij begon de metalen trappen op te lopen. Af en toe ontbrak er een tree. Er liep een dikke, roestige trapleuning langs die zijn hand oranje kleurde. Het was schemerig, maar op elke verdieping viel er een streep licht naar binnen door de ramen die uitkeken op de glinsterende Theems met de Thames Barrier in de verte. Zijn been deed pijn. Hij kon de anderen onder zich eerst nog horen, hun voetstappen en zachte stemmen, en toen verdwenen die geluiden omdat ze werden overstemd door druppelend water, gekraak van het oude gebouw, geritsel ergens, alle verborgen dingen achter de muren.

Op de elfde verdieping waren enkele van de brede vloerdelen verdwenen, andere verrot en kon hij door de gaten de ruimten eronder zien. Hij zocht voorzichtig zijn weg. Er waaide stof over de vloer, in één ruimte lag een dode vogel, in een andere stond een lange tafel. Hij keek uit het raam naar de spoorrails en de rijen keurige moderne huizen, allemaal met een eigen lapje gras ervoor.

'Waar ben je?' vroeg hij, en zijn stem klonk vreemd in de hoge, lege ruimte, als de stem van een onbekende.

Niemand had iets gevonden: nergens een teken dat Yvette of Chloë er ooit was geweest.

'En nu?' vroeg een van de mannen, een jonge agent met grote, verontruste ogen achter zijn brillenglazen.

'We hebben ongeveer een vijfde van het gebouw gedaan. We werken het trappenhuis voor trappenhuis af. En als we klaar zijn, doorzoeken we de andere pakhuizen.'

'Hoe groot is het gebied dat we moeten doen?' vroeg een andere agent.

Het was een goede vraag, en Karlsson kon er geen antwoord op geven. Ze zochten naar een vrouw die overal kon zijn, een vrouw die misschien dood was. Zelfs hier, op deze ene vierkante centimeter van de kaart van Londen, waren al duizenden gebouwen: fabrieken, pakhuizen, flats, schuurtjes, huizen, hutjes, containers, overal hoeken en gaten. Even werd hij overspoeld door een machteloos gevoel, maar toen vermande hij zich. 'We concentreren ons eerst op dit gebouw.'

55

In eerste instantie had Frieda erover gedacht om naar Silvertown te gaan, gewoon, om er te zijn, er rond te lopen, de buurt in zich op te nemen, er misschien een gevoel bij te krijgen. Maar ze wist dat het niet meer dan een gebaar zou zijn. Het enige wat ze kon doen was wachten, en daar was ze heel slecht in. Ze móést iets doen, wat dan ook, alles liever dan dat gepieker over Yvette, ergens in deze stad, levend of dood. Levend. Ze wist zeker dat ze in leven was. Dat had ze gezien in de uitdrukking op het gezicht van Daniël Blackstock. Levend was interessanter voor hem. Het gaf hem meer macht. Maar het had geen zin om over Yvette te blijven peinzen. Dat leverde niets op. Ze moest de politie haar werk laten doen.

Rusteloos keek ze op haar horloge. Ze besefte meteen dat het niets uitmaakte hoe laat het was. Ja, ze moest iets anders gaan doen. Werken was niet aan de orde. Ze kon het huis opruimen, maar dat had ze de afgelopen paar maanden al bijna dwangmatig gedaan, om zich van alles wat Dean Reeve kon hebben aangeraakt te ontdoen. Ze had alles al schoongemaakt, geschrobd en ontsmet. Ze keek naar de salontafel. Er viel een baan zonlicht door het voorraam, die een poel van licht op het bruine oppervlak vormde. Frieda liep naar de keuken en vulde een whiskyglas voor de helft met water. Terug in de kamer zette ze dat in de lichtbaan en schoof er net zo lang mee tot de schaduw precies goed op het tafelblad viel. Ze zocht in een la naar een hard en een zacht potlood, pakte haar schetsboek, ging aan de tafel zitten, legde alles voor zich neer en staarde naar het glas. Ze focuste zich helemaal op het spel van licht en schaduw. Na een volle minuut pakte ze het harde potlood en zette de eerste lijn op papier. Zoals altijd moest ze een gevoel van teleurstelling onderdrukken, iets wat ze altijd had na de eerste lijn. Vóór dat moment, als ze zich alleen concentreerde op wat ze zag, kon haar tekening nog alle vormen aannemen, maar meteen na de eerste streep op papier werd die begrensd door haar talent. De zwakheid ervan. Het begin van een mislukking was gemaakt.

Ze pakte het zachte potlood en probeerde de grijze tinten van het water en de levendige, gefragmenteerde schaduwen in het water zelf te vangen, toen ze werd opgeschrikt door de deurbel. Ze rende bijna om open te doen. Het was Josef.

'O, jij bent het,' zei ze.

'Niet blij mij zien?'

'Ik wacht op nieuws.'

Josef stapte naar binnen en zag het glas en het schetsboek op het tafeltje. 'Ik dacht jij misschien buiten. Zoeken.'

'Zoeken? Waarnaar?'

'Je weet wel. Naar haar. Naar Yvette.'

'Hoe kan ik zoeken. Waar? Het is geen verstoppertje.'

'Wij kunnen zoeken. Jij hebt instinct.'

'Josef, ik heb helemaal geen instinct. Ik ben geen beest. En de politie doet haar werk. Over vijf minuten gaat de telefoon waarschijnlijk en hebben ze Yvette gevonden en dan kunnen wij allemaal weer door met ons normale leven.'

'Wil je ik wegga?'

'Nee, het is goed. Je doet hier waarschijnlijk minder kwaad dan ergens anders.'

Josef fronste zijn voorhoofd.

'Kwaad?'

'Sorry. Ik ben chagrijnig. Het ligt niet aan jou.'

'De boksbal,' zei Josef.

'Ja, zoiets.'

'Piespaaltje.'

'Ja, ja, zo weet ik het wel. Het is trouwens "pispaaltje".'

'Ik haal iets te drinken.'

'Thee,' zei Frieda.

Josef ging naar de keuken. Ze hoorde deurtjes opengaan, water lopen. Toen hij binnenkwam met twee grote mokken, had ze zich niet verroerd.

'Doorgaan,' zei hij.

'Wat?'

'Met tekenen.'

Ze pakte de mok van hem aan en nam voorzichtig een slokje van de kokendhete thee. Bijna brandde ze haar mond, maar het deed haar goed. Het hield haar alert. Ze pakte een potlood en probeerde verder te gaan met haar schets, maar de betovering was verbroken.

Ze keek naar Josef. 'Moet je niet werken in Reubens tuin?'

'Morgen.'

Toen ging ze verder aan haar tekening. Ze arceerde een stukje met het harde potlood om een schaduw in te vullen. Maar ze was er niet tevreden over. Misschien zou het er van een afstandje beter uitzien. Ze keek op. Josef stond aandachtig naar de muur te kijken en streek er met zijn vingertoppen over.

'Is er een probleem?'

'Stuc is oud,' zei hij. 'Gaat scheuren, loslaten. Beter weghalen en muur opnieuw stuken. Dan mooi, strak.'

'Zitten er al scheuren in dan?'

'Nee. Komen gauw. Paar jaar.'

'Oké. Dan kan ik er nog een paar jaar mee toe. En als het begint te scheuren, kan ik er nog wel een paar jaar mee leven.'

'Bedrading,' zei Josef. 'Wanneer nieuw?'

'Josef, alsjeblieft, ik–'

Weer ging de bel. Zodra ze de deur opende en Karlssons gezicht zag, wist ze dat hij geen goed nieuws had.

'We hebben haar niet gevonden.'

'Wat doe je hier dan?'

'Dank je, Frieda. Ik vind het ook fijn je te zien. Ik heb een afspraak met Petra en de waarnemend commissaris en dan ga ik terug. Ik heb twintig minuten lunchpauze, genoeg om jou het nieuws te vertellen, of beter gezegd, te vertellen dat ik geen nieuws heb.'

'Je kunt hier iets eten,' bood Frieda aan.

Karlssons gezicht betrok toen hij de inhoud van haar koelkast zag.

'Ik kan snel iets halen.'

'Laat maar. Ik flans wel iets in elkaar.' Hij maakte een boterham met kaas en tomaat voor zichzelf, die er niet echt smakelijk uitzag, maar die hij toch in een paar happen naar binnen schrokte. Toen kwam hij aan tafel zitten en nam een flinke slok water uit het glas dat daar stond, waarna zijn oog op Frieda's tekening viel. 'O, sorry. Het was je stilleven.'

'Maakt niet uit. Vertel hoe het vanmorgen is gegaan.'

'Er is daar zo'n enorm verlaten pakhuis. Dat hebben we doorzocht, maar niets gevonden.'

'Ook geen tekenen gezien dat er iemand was geweest?'

'Wat noem je tekenen? Het gebouw staat al jarenlang leeg en al die tijd komen er al mensen. Spelende kinderen, arme sloebers op zoek naar een slaapplek of dieven die uit zijn op oud ijzer. Dus er ligt daar van alles, maar niets wat er relevant uitzag.'

'Dus je kunt dat pakhuis definitief wegstrepen als de plek waar Yvette wordt vastgehouden?'

'Je klinkt als een jurist.'

'Het is een belangrijke vraag.'

Karlsson dacht even na. 'Daar heb ik twee antwoorden op. Het eerste is: nee, we kunnen dat pakhuis niet definitief wegstrepen. Hij is gigantisch, eerder een verlaten stadje dan één gebouw en wij zijn maar met weinig man. Er zijn honderden kleine ruimten. Er zullen zeker kasten zijn die we niet hebben gecheckt, kelders, verborgen hoeken en gaten. We blijven zoeken, maar ik denk niet dat ze daar is. Het lijkt een soort bouwterrein, omringd door een houten schutting, hekken en beveiligingscamera's. Een stelletje tieners kan er zó binnenkomen. Blackstock ook, in zijn eentje. Ik zie hem dat alleen niet doen met Yvette, bewusteloos of niet.'

Frieda kromp even in elkaar bij het horen van Yvettes naam. 'Dus wat ben je dan van plan?'

'Mijn plan is om naar die afspraak met Petra en de waarnemend commissaris te gaan en daarna terug naar het team. Dan gaan we de andere pakhuizen daar doorzoeken, de oude fabrieken, alles wat maar leegstaat. Waarschijnlijk nemen we daar nog een dag voor en dan zullen we van tactiek moeten veranderen.'

'Wat bedoel je daarmee?'

'Stoppen met het geheimhouden. Bekendmaken dat er een politieagente is ontvoerd, de media inlichten, haar foto verspreiden.'

'Je weet wat je daarmee riskeert?'

'Is het riskanter dan wat we nu doen? Nog een dag langer ergens vastgehouden worden, in omstandigheden waar we niets van weten? Als we haar foto publiceren, blijkt misschien dat iemand iets gezien of gehoord heeft, of iets vermoedt. Het is de ouderwetse manier van werken, maar dat maakt het nog geen verkeerde.'

Toen Karlsson weg was, keken Frieda en Josef elkaar vastberaden aan.

'Wat?' vroeg Frieda.

'Ik wacht jij iets doet. Iets zegt.'

'Oké, Josef. Wat hebben we?'

'Ik eerst vragen.'

'De foto,' zei Frieda.

'Wat?'

Frieda haalde haar telefoon tevoorschijn en legde die op tafel. Ze ging zitten en trok een stoel bij voor Josef. Ze scrolde naar de foto van Chloë, gedrogeerd, gevangen, uitgevloerd op de matras.

'Kijk,' zei ze.

'Wat is dat?' vroeg Josef terwijl hij vol afgrijzen terugschrok.

Frieda legde uit wat voor een foto het was, hoe ze die in haar bezit had gekregen, dat ze er een foto van had gemaakt voordat ze hem aan Petra Burge had gegeven.

Josef kreunde en verborg zijn gezicht in zijn handen. 'Vreselijk. Vreselijk. Chloë. Zo jong.'

'Daar moet je niet aan denken,' zei Frieda. 'Dat is nu niet belangrijk. Is er iets op die foto te zien wat ons kan helpen?'

Josef hief zijn hoofd op. 'Helpen? Nu?'

Ze staarde zo intens naar de foto dat haar ogen er bijna pijn van deden en zei zacht: 'Ik hoopte dat we misschien konden zien van welke kant het licht komt en dat we daardoor een aanwijzing zouden krijgen waar dit is.'

Frieda keek opzij naar Josef. Hij rimpelde zijn voorhoofd.

'Ik denk van niet,' zei hij.

'Jezus, wat stom!' zei Frieda.

'Wat?'

'Ik heb het tegen mezelf, niet tegen jou. De lichtinval zou ons niets kunnen vertellen en bovendien is er niet eens sprake van een duidelijke lichtbron. De foto is gewoon grijs en verraadt niets. Het is niet meer dan een matras tegen een vage grijze achtergrond,' zei ze gefrustreerd. Ze vergrootte de foto, zo veel als mogelijk was. Het beeld werd steeds korreliger.

'Ik hoopte dat we bijvoorbeeld een merknaam op de matras konden zien,' zei Frieda, 'en dat die heel zeldzaam was.'

'Geen naam,' zei Josef.

Frieda schoof met haar vinger over de foto, om telkens een stukje ervan te bekijken. 'Wat zien we hier? Een matras zoals iedere matras. En erachter een onscherpe achtergrond, waarschijnlijk een stuk van de vloer en een muur. We willen een raam waardoor een glimp van een herkenningspunt te zien is. Maar we hebben een vage grijze achtergrond met een paar onduidelijke witte vlakken, die slordig geverfd lijken.'

'Is de gipsplaat,' zei Josef.

'Wat is dat voor iets?'

'Gaat op de wanden.' Hij stond op, roffelde met zijn knokkels op de muur en schudde zijn hoofd. 'Nee. Dit baksteen.' Hij stak zijn hand omhoog en klopte tegen het plafond. Er klonk een hol geluid. 'Dat de gipsplaat. Tegen brand, kan over alles, glad, makkelijk. Dan verf, behang.'

'Ik hoop dat je me nu gaat vertellen dat je een specialist bent in gipsplaten en exact weet wat voor soort dit is.'

Josef schudde opnieuw zijn hoofd. 'Nee. De gipsplaat is de gipsplaat.'

'Kan er gipsplaat zijn in het gebouw dat Karlsson heeft doorzocht vandaag?'

'Is mogelijk.'

'Josef, je moet me helpen. Eerst vertelde die foto ons niets wat Daniël Blackstock ons niet wilde vertellen. Nu hebben we iets gevonden. Dat is ons enige houvast.'

Josef maakte een hulpeloos gebaar. 'Frieda, ik wil helpen. Ik wil Yvette vinden. Maar in mijn werk overal de gipsplaat, muur, plafond, vloer.'

Het was lang stil terwijl Josef en Frieda elkaar aanstaarden. 'Maar toch,' zei ze uiteindelijk. 'Als dat gigantische gebouw tot kantoren of luxeappartementen wordt verbouwd en die te koop worden aangeboden, is die gipsplaat niet meer te zien. Toch?'

'Dan bedekt.'

'Goed. En Karlsson zei dat het gebouw dat ze doorzoeken nog vol lag met rotzooi van bijvoorbeeld kinderen die er komen. Bij zo'n project, wat moet je dan allemaal doen vóór de gipsplaat?'

'Veel,' zei Josef. 'Opruimen. Veel opruimen. Constructie maken. Loodgieter. Elektricien. De gipsplaat komt als alles bijna klaar.'

'Goed,' zei Frieda. 'Heel goed. Dus er zijn geen nieuwe gipsplaten in een oud verlaten schuurtje of een kelder of een leegstaand pakhuis? Je brengt gipsplaat pas laat aan, vlak voor de eindafwerking, ja?'

Josef haalde zijn schouder op. 'Ja.'

'Ik denk dat ze op de verkeerde plek zoeken.'

'Dus wat jij wil?'

'We gaan naar Silvertown.'

56

Eerst belde ze Petra.

'Er is geen nieuws,' zei Petra. 'Als ik iets hoor, laat ik het je weten.'

'Ik vermoed dat ze op de verkeerde plek zoeken.'

'Waar moeten ze dan zoeken?'

Ze vroeg het niet op vijandige toon; Frieda hoorde aan haar stem dat ze hyperalert was. Ze kon haar gespannen, smalle schouders voor zich zien. Haar magere gezicht en haar bruine ogen.

'Ik weet het niet,' zei ze. 'Maar er is iets...' Haar woorden stierven weg. Ze had niets, behalve Josefs kennis van gipsplaat.

'Als je iets hebt, maakt niet uit wat, zeg het dan!'

'Ja, dat zal ik doen. Wordt hij in de gaten gehouden op dit moment?'

'Ja.'

'Weet je zeker dat hij ze niet heeft afgeschud?'

'Ik heb de dienstdoende agenten net aan de telefoon gehad. Nog geen minuut geleden.'

'Blackstock is sinds zijn vrijlating gevolgd. Dat is nu bijna drie dagen.'

'Ja.'

'Dus als Yvette leeft, is ze al die tijd alleen geweest en heeft ze waarschijnlijk zonder water gezeten.'

'Waarschijnlijk.'

Terwijl ze naar Josefs busje liepen, belde Frieda nog iemand.
'Chloë?'
'Ja? Is er iets gebeurd?'
'Nee. Waar ben je?'
'Op mijn werk. Wat is er? Heeft–'
'Ik wil dat je naar Silvertown gaat.'
'Silvertown? Bij City Airport?'
'Ja. Nu! Ik leg het je uit als je er bent.'
'Oké,' zei Chloë. Ze klonk behoedzaam, misschien bang. 'Maar het duurt wel even. Ik neem de ondergrondse naar Tottenham Hale en ga dan verder met de Overground. Dat kost minstens een uur, misschien langer.'
'Neem maar een taxi.'
'Wat is er aan de hand, Frieda?'
'Bel me als je er bijna bent.'

'Ze houden ons allebei in de gaten,' zei Daniël Blackstock. 'Begrijp je dat?'
Lee staarde hem aan.
'Ik vroeg: begrijp je dat?'
'Ja.' Haar 'ja' klonk meer als een snik. 'Maar ik weet niet wat er aan de hand is. Alles is zo akelig. Wat is er aan de hand?'
Daniël keek naar zijn vrouw. Haar huid was klam en ze had wallen onder haar ogen. Haar haar was vet. Hij zag dat ze eczeem had op haar polsen en de binnenkant van haar ellebogen. Hij voelde zijn hart bonken, het bloed door zijn aderen razen en zijn huid jeuken, alsof er duizenden insecten overheen kropen, maar hij dwong zichzelf om rustig en kalm te doen. Hij pakte haar hand, die warm en zacht was en roerloos in de zijne lag. 'Lee,' zei hij en hij probeerde teder te klinken, hoewel hij zich ergerde aan haar: ze was zo sloom en passief dat hij haar het liefst wilde slaan, door elkaar schudden, wegduwen. 'Lee, liefste.'
'Ja?'
'Weet je nog dat ik zei: wij tweeën tegen de rest van de wereld?'
Ze knikte.
'Zo is het altijd geweest, hè? Je bent mijn vrouw. We beschermen elkaar, oké?'

Na lange tijd knikte ze nogmaals. Hij legde zijn hand onder haar kin. 'En je bent al een grens gepasseerd, dat weet je.' Stilte. Hij zei het nog een keer, harder: 'Dat weet je, is het niet?'

Weer knikte ze.

'Ze houden ons allebei in de gaten. Maar mij veel meer dan jou.' Hij liet haar kin los en streelde zachtjes haar gezicht. 'Dus ik ga je vertellen wat je moet doen.' Hij glimlachte naar haar, er klopte een ader in zijn hals. 'En dan ga je dat doen.'

'Ik sta voor het station,' zei Chloë.

'We zijn er bijna.'

'Ik heb niet genoeg geld voor de taxi en de chauffeur begint bozig te worden.'

'Ik betaal hem zodra we er zijn. Ik zie je al staan.'

Chloë stond naast de taxi in een wijde katoenen short en een hemdje. Zodra Josef was gestopt, stapte Frieda uit om de taxichauffeur te betalen, die het geld wantrouwig natelde voordat hij wegreed.

'Hier woont hij ergens, toch?' vroeg Chloë, terwijl ze samen stonden te wachten tot Josef zijn busje had geparkeerd.

'Hier in de buurt.'

'En je denkt dat ik hier ergens ben vastgehouden?'

'Ja.'

'Wat is er zo urgent dat ik meteen hierheen moest komen?'

'Yvette helpen vinden.'

'Hoe kan ik daarbij helpen?' Chloë verhief haar stem en schreeuwde het bijna. 'Wat denk je dat ik kan doen? Ik weet wel wat je wilt: je wilt dat ik mezelf voorstel in die kamer en me iets probeer te herinneren. Denk je niet dat ik dat al heb geprobeerd? Denk je niet dat ik dat elke dag probeer?'

'Misschien probeer je het je te herinneren maar tegelijkertijd ook niet,' zei Frieda zacht.

'Het is een blinde vlek, Frieda.' Ze greep naar haar haar. 'Ik kan mezelf daar niet terug toveren.'

'Ik hoopte dat het misschien helpt als je op de plek bent waar je bent vastgehouden.'

'Wat? Dat ik dan misschien iets voel?' Chloë trok geërgerd haar neus op.

'Inderdaad.'

'Dit is idioot.' Hulpeloos keek Chloë om zich heen, naar de mensen, de gebouwen, de auto's en de bussen die langsreden in de stoffige hitte van de dag. Drie sjofele duiven landden aan haar voeten en begonnen te pikken naar iets wat op het trottoir lag. 'Wat moet ik doen?'

Josef kwam naar hen toe lopen. 'Welke kant op?'

Frieda keek hen allebei aan en wees. 'Die enorme gebouwen daar,' zei ze, 'worden doorzocht door de politie. Daarna gaan ze waarschijnlijk die oude fabriek doorzoeken. Maar ik denk dat Yvette in een nieuw gebouw wordt vastgehouden. Misschien in een woonwijk die nog niet helemaal af is.' Ze hoorde zelf hoe magertjes dat klonk: ze hadden zo weinig om op af te gaan.

'Misschien,' zei Josef.

'Het moet leegstaan en er kan op dit moment niet gewerkt worden. Misschien een project dat is stilgelegd – daar zijn er genoeg van hier in de buurt.'

Ze opende haar stratenboek en zette haar vingertop op een knooppunt van wegen. Er vloog een vliegtuig boven hen dat zich voorbereidde op de landing, zo laag dat het geluid ervan irritant was.

'Wij zijn hier,' zei ze toen het in de verte verdween. Ze tekende een cirkeltje. 'En dit is het gebied waarin we gaan zoeken, oké?'

'Waarom?' vroeg Chloë.

'Hoe bedoel je?'

'Waarom daar, speciaal in dit gebied? Waarom niet daar?' Haar vinger prikte boos naar de kaart. 'Of daar? En waarom geen grotere cirkel?'

'Omdat Daniël Blackstock hier woont.' Frieda wees zijn straat aan op de kaart. 'Ik neem zijn huis als het middelpunt van de cirkel. En die heeft dat formaat omdat dat het gebied is dat we vandaag redelijkerwijs kunnen behappen.'

'Dat is het? Dat is alles wat je hebt?'

Lee Blackstock verliet het huis, met het stanleymes in haar schoudertas: het mes waarmee ze twee keer in de hand van haar man had gestoken. Ze dacht terug aan de bloeddruppels die waren opgeborreld uit zijn huid, maar haar gevoel van opwinding was verdwenen. Ondanks de hitte had ze het koud. En ze was een beetje misselijk. Haar ogen deden pijn van het felle zonlicht.

Langzaam liep ze over straat, niet om zich heen kijkend. Iemand zou haar volgen, had Daniël gezegd, maar het was maar één persoon en het was kinderspel om die kwijt te raken. Hij had haar verteld wat ze moest doen, terwijl hij haar had aangekeken op die felle, ongeduldige manier waar ze altijd kippenvel van kreeg.

Eerst boodschappen doen. Ze kocht een blikje tonijn bij de kruidenier. Ze zou een tonijnschotel maken voor het avondeten, hoewel het onmogelijk leek dat ze straks gewoon samen aan tafel zouden zitten. Ze ging de krantenwinkel binnen, pakte tijdschriften op, legde die weer terug en liep naar buiten. Toen zette ze koers naar Thames Barrier Park, nog steeds zonder enige haast en bewust zonder een enkele keer achterom te kijken. Boven haar hingen gigantische roerloze kranen. De Theems was troebel, als in een akelige droom. Het gras was verschroeid, de bladeren hingen donker en slap aan de bomen.

Daniël had gezegd dat, als ze na de ingang meteen rechtsaf ging, er een gat in de heg zat. Het park bestond uit grote bloemperken omzoomd door heggen, en in de eerste heg zag ze inderdaad een opening. Ze glipte erdoor, met bonkend hart en struikelend in haar haast, en stond meteen in de verzonken tuin tussen de planten: rijen lavendel en andere kruiden, die een droge geur verspreidden waar ze haast van moest hoesten. Ze hoorde voetstappen voorbijlopen aan de andere kant van de heg en durfde nauwelijks adem te halen. Verscholen achter de heg begon ze terug te lopen in de richting waar ze vandaan was gekomen, gehaast, bijna op een drafje. Haar tas bonkte ongemakkelijk aan haar schouder. Binnen een paar minuten was ze terug op de hoofdstraat, tussen de mensen. Ze schoot de eerste winkel in die ze tegenkwam, een doe-het-zelfzaak. Met raspende adem en pijn in haar borstkas liep ze door gangen met verfblikken.

Op de gereedschapsafdeling haalde ze de kaart tevoorschijn die Daniël haar had gegeven en bepaalde haar route naar het punt dat hij met een kruisje had aangegeven. Toen ze die in haar hoofd had geprent, stopte ze de kaart terug in haar tas, veegde haar zweethanden af aan haar rok en liep de winkel uit, de drukke straat op.

57

‘Ik zeg toch,’ zei Chloë boos, ‘dat ik niks voel. Helemaal niks! En ik denk niet dat ik hier ooit eerder ben geweest, maar dat betekent natuurlijk helemaal niets. Ik snap niet wat je van mij verwacht.’

Ze stonden in een straatje dat een lus vormde om een stukje gras met één boom erop, die precies in het midden was geplant. Alle huizen waren gloednieuw, sommige al met gordijnen voor de ramen en auto’s op de parkeerplaats ervoor, hoewel op de plek waar de tuinen waren gepland nog slechts kurkdroge aarde lag. Andere huizen waren duidelijk nog niet voltooid. Het was nog steeds heet, maar de zon begon al te zakken.

‘Hier is het niet,’ zei Josef. ‘Kijk.’ Hij wees naar een huis een paar deuren verder, waar twee mannen op het dak bezig waren. ‘Te veel mensen hier. Onmogelijk.’

‘Je hebt gelijk.’ Frieda haalde haar stratenboek weer uit haar tas. Haar vinger gleed over de route die ze hadden genomen. ‘Hier zijn we al geweest. Dan gaan we nu zo. Oké?’

‘Wat heeft dit voor zin?’ vroeg Chloë. ‘Ik slenter alleen maar achter jullie aan.’

Frieda keek haar nichtje vorsend aan. Toen haalde ze haar telefoon tevoorschijn. ‘Kijk nog een keer naar de foto.’

‘Dat hoeft niet. Als ik mijn ogen dichtdoe zie ik hem zo voor me.’

‘Alsjeblieft.’

Josef liep van hen vandaan en bleef met zijn rug naar hen toe staan, alsof hij volkomen in beslag werd genomen door de schuine daken.

'Goed dan.'

Frieda gaf Chloë de telefoon, die nog een keer naar de foto van zichzelf keek, zoals ze daar wijdbeens en met haar armen uit elkaar op de vlekkerige matras lag. Ze tuurde er lang naar, zonder dat er iets van haar gezicht viel af te lezen, en gaf het toestel toen terug.

'Het lijkt of ik naar een vreemde kijk,' zei ze. 'Ik kan de matras bijna onder me voelen. Of voelen dat ik mijn ogen open probeer te doen, maar dat mijn oogleden zo zwaar zijn dat dat niet lukt. En een geur.'

'Ja?'

'Verder niks. Ik weet het niet.'

'Oké, je hebt het geprobeerd.'

Onder het lopen ging Frieda's mobieltje. Ze haalde het uit haar zak en zag dat Petra haar belde. 'Ja?'

'Ik vond dat ik het je moest laten weten. We zijn Lee Blackstock uit het oog verloren.'

'Hoe heb je dat in godsnaam laten gebeuren?'

'Ik ben net zo woedend als jij.'

Frieda had even helemaal niets te zeggen. 'En Daniël? Zijn jullie die ook kwijt?'

'Hij wandelt alleen maar eindeloos rond.'

'Hij weet dat hij in de gaten wordt gehouden.'

'Misschien.'

'Hij weet het.'

Eindelijk was het moment daar. Hij had gepland wat hij moest doen. Maar net op het moment dat hij zich erop voorbereidde, ging zijn telefoon. Hij zag de naam op het schermpje: Suzie Harriman, de journalist van de krant die altijd de verhalen kreeg die hij hoorde te doen. Hij voelde een steek in zijn maag en stond op het punt het gesprek weg te drukken, toen hij van mening veranderde. 'Suzie.'

'Daniël.' Haar stem klonk luchtig. 'Ik ben blij dat ik je te pakken heb. Ik ben bezig met een artikel over huiselijk geweld en jij, met al jouw expertise, bent natuurlijk degene die me kan helpen met–'

'Nee.'

'Wat?'

'Ik ga je nooit meer ergens mee helpen.' Hij voelde zich vrij en uitgelaten. 'Omdat je een domme, oppervlakkige trut bent. Je loopt op de redactie alleen maar met je tieten te zwaaien. Ik zou je nog niet willen neuken als ik ervoor betaald kreeg!'

Hij zweeg en wachtte, maar hij hoorde niets. Ze had de verbinding verbroken.

Er vlamde een verzengende woede in hem op en de wereld leek even te golven. Hij ademde een paar keer diep in. Deze uitbarsting had niet zo goed gevoeld als hij had gedacht. Maar hij moest zich nu niet laten afleiden: hij had een taak.

In stevig tempo begon hij te lopen. Hij wist dat ze achter hem waren, maar een flink stuk achter hem en ze waren waarschijnlijk verveeld vanwege alle zinloze wandelingen die hij hen de afgelopen dagen had laten maken. De Docklands Light Railway lag rechts van hem, en in de verte zag hij een kleine rode trein zijn kant op komen. Tussen de trein en de plek waar hij liep lag een uitgestrekt, min of meer braakliggend terrein, vol gebarsten betonplaten die overwoekerd werden door braamstruiken, brandnetels en manshoog onkruid, half ingestorte gebouwen, bergen roestige autowrakken en autobanden, het geraamte van een Londense bus die op zijn kant lag. Hij had hier vaak gelopen en gekeken naar de meeuwen die in de hopen vuilnis pikten.

Hij sloeg de hoek om. Dit was zijn kans. Snel griste hij zijn mobieltje uit zijn canvas tas en liet dat in een greppel vallen. Hij ademde diep in – de lucht sneed door zijn borstkas – en klom over het hek dat het verwaarloosde terrein omheinde. Toen hij op de grond neerkwam, ging hij door zijn knie. Er schoot een scherpe pijn door zijn been; hij kon een kreet niet onderdrukken. Maar ondanks de pijn rende hij ineengedoken naar de loods waar tientallen gedeukte wasmachines en koelkasten met afgerukte deuren stonden opgestapeld. Hij had dit scenario talloze malen in zijn hoofd doorgenomen; 's avonds in bed, als hij met open ogen naast Lee lag of als hij door de straten dwaalde met een agent in zijn kielzog. Hij kende elke stap en hoefde nergens meer over na te denken. Hij rende het lange gebouw door. Zijn voet stond op iets zachts waarvan hij niet wilde weten wat het was. Aan de andere kant, waar de muren waren ingestort, rende hij het gebouw uit. Nu was hij vanaf de straat niet meer te zien. Hij rende verder langs de enorme berg geplette auto's en busjes met gescheurde bekleding en kapotte raampjes. Er groeiden planten uit. Hij zag het, maar ook niet. Nog verder: de steile heuvel af en langs de rij bomen. Hij keek om, half in de verwachting ze vlak achter zich te zien, maar er was niemand. Verder naar de rij leegstaande fabrieken, de schaduw ervan in. Plotseling had hij het koud ondanks het zweet dat over zijn gezicht liep.

Naast een berg kolen, bleef hij stilstaan om op adem te komen. Weer keek hij om, maar weer was er niemand te zien. Voor hem lag Pontoon Dock Station. Hij haalde een blauw jack uit zijn tas en trok dat aan, zette de honkbalpet op en pakte de prepaidtelefoon. Die stak hij in zijn zak. Hij had overal aan gedacht, zelfs aan een nieuwe kaart voor het openbaar vervoer, met contant geld afgerekend. Hoewel dat algauw natuurlijk niets meer zou uitmaken.

Toen liep hij door de struiken de helling op naar het station. Hij rechtte zijn rug, stak zijn handen in zijn zakken en probeerde zelfs te fluiten, maar zijn mond beefde en zijn lippen waren zo droog dat dat niet lukte. De trein kwam binnen, hij stapte in en drukte zijn gezicht tegen het raam.

Lee liep steeds langzamer. Ze had een blaar op haar hiel en zweette onder haar borsten en op haar rug. Ze bleef staan, want hier was het. Dit was de tijd en dit was de plaats. Nog even en het zou allemaal voorbij zijn. Ooit had ze geprobeerd een konijn met myxomatose te doden dat zich vlak bij hun huis mank over de weg sleepte. Ze had een baksteen gepakt en ermee over het dier gebogen gestaan, maar het had haar aangekeken met zijn bloeddoorlopen blinde ogen en ze had het niet gekund.

Ze ging op een laag muurtje zitten, sloeg haar armen om haar bovenlijf en sloot haar ogen. Zo bleef ze een tijdje zitten, zachtjes wiegend. Toen deed ze haar ogen open en stak haar hand in haar tas om het stanleymes aan te raken en daarna het grote mes, het mes dat het werk moest doen. Dit ging echt gebeuren.

Frieda en Josef hadden al eerder samen gezocht, in een wirwar van straatjes, naar een jongetje dat zoek was. Nu zochten ze in stilte, ze keken oplettend om zich heen, alert op een of ander teken. Chloë sjokte achter hen aan. Haar voeten brandden in haar laarzen. Ze keek niet naar de rijen nieuwe huizen, de bouwterreinen en de hekken met grote borden die waarschuwden het terrein niet te betreden. Ze was diep in gedachten verzonken en zag in haar verbeelding de foto voor zich, zoals ze lag op die matras met haar benen uit elkaar en haar jurk opgeschoven tot hoog op haar dijen. Ze probeerde er weer te zijn, daar in die kamer.

Intussen waren ze bij een kruispunt aangekomen met in alle richtingen dezelfde huizen: klein, rechthoekig, van rode baksteen, met een garage en een voortuintje.

'Welke kant op?' vroeg Josef.

Frieda keek om zich heen, met een bleek gezicht en donkere ogen. Ze wees naar links. 'Die kant op.'

Het was er verlaten. De geluiden van de buitenwereld – de auto's in de hoofdstraat, het vliegtuig dat ronkend boven haar vloog – leken heel ver weg, als in een droom. Een droom over een normaal leven. De deur was afgesloten met een groot slot dat Daniël erop moest hebben gezet, maar Lee had de sleutel. Met trillende handen en onhandig stijve vingers haalde ze hem uit haar tas, liet hem per ongeluk vallen en raapte hem weer op van de zanderige grond. Uiteindelijk was het slot open. Ze gaf een duwtje tegen de deur. Hij ging open. Ze stapte naar binnen.

De drukkende warmte, de benauwde geur van een huis dat niet gelucht wordt, van zaagsel en bouwstof en nog iets: nog iets wat sterk rook. Wat was dat? Haar keel voelde dik van angst:

wat zou ze te zien krijgen als ze de trap op ging naar de kamer rechts?

'Dit mogelijk,' zei Josef.

Hoog boven hen vloog een vliegtuig, dat een witte streep achterliet in de strakblauwe lucht.

'Denk je?'

'Niemand hier,' zei Josef.

'Hoe weet je dat?'

'Bouwen, je ziet,' legde Josef uit. 'Hier geen vrachtwagen. Geen steiger. Niets.'

Ze stonden aan het einde van een doodlopend straatje en keken naar een rij nieuwe huizen, die desondanks een verwaarloosde en verlaten indruk maakten. Elk huis stond op een eigen lapje grond van omgewoelde, uitgedroogde modder, met een lege parkeerplaats ervoor.

'Vaak zo,' zei Josef. 'Veel huizen nodig. Veel bouwen. Maar aannemer–' Hij maakte een wegwuivend gebaar.

'Die is failliet?'

'Ja.'

'Kom, we gaan zoeken.'

Josef trapte de deur van het eerste huis achteloos in met zijn voet. 'Goedkoop hout,' zei hij minachtend. 'Triplex.'

Frieda legde haar hand op Chloë's arm. 'Gaat het?'

Chloë zag krijtwit en beet op haar onderlip voor ze zacht zei: 'Ik geloof–'

'Wat?'

'De geur.'

Josef snoof luidruchtig. 'Veel huizen zo ruiken. Stenen goedkoop. Hout goedkoop.'

'Herinner je je dit?' vroeg Frieda dringend.

'Misschien... Ja! Ja, ik denk het wel!'

'Goed zo! We moeten alle huizen doorzoeken. Snel.'

Als een invalide liep Lee de trap op: ze zette steeds één voet neer en trok de andere dan bij. Het was doodstil. Het enige wat ze hoorde waren haar eigen zachte voetstappen en haar moeizame ademhaling. Voor de deur rechts bleef ze staan luisteren. Ze hoorde niets. Ze drukte de klink zachtjes omlaag en duwde met haar vingertoppen tegen de deur, die iets openging. De stank was erger hier, alsof er iets lag te rotten. Het licht was schemerig: Daniël moest iets voor het raam hebben gespannen.

Ze duwde de deur verder open en ging naar binnen.

'Dit niet goed,' zei Josef na het derde huis, de straat opnemend. 'Te veel huizen hier, Frieda.'

'Het moet een van deze zijn. We moeten ons opsplitsen. Vind je dat goed, Chloë?'

Chloë knikte. Haar lippen waren bloedeloos.

Frieda keek naar Josef, die met zijn hand boven zijn ogen naar de huizen tuurde.

'Wat?'

'Kijk.' Hij wees. 'Huis daar.'

'Ja?' In Frieda's ogen leek het precies eender als alle andere.

'Raam boven. Zie je?'

'Het ziet er anders uit,' zei Frieda. 'Het blikkert niet.'

'Hangt iets. Iemand iets gehangen.'

Ze renden alle drie de straat af.

58

'Bel Petra,' zei Frieda buiten adem.

'Ik heb het nummer niet.'

Frieda gaf haar telefoon aan Chloë. 'Het staat erin. Wacht hierbuiten op ze.'

Voor Frieda zag het huis er hetzelfde uit als het buurhuis, maar Josef schudde zijn hoofd. 'Het slot is anders,' zei hij zacht.

'Kun je erin, denk je?'

Hij snoof minachtend, tilde zijn voet op en gaf één, twee trappen. Er kraakte iets en de deur vloog open. Met Frieda vlak achter zich aan stormde hij de trap op. Rechts was de kamer die aan de voorkant van het huis lag. De deur was dicht. Een fractie van een seconde keken ze elkaar aan. Toen deed Frieda een stap naar voren om de deur open te doen, maar Josef hield haar tegen en wees op zichzelf.

Ze schudde haar hoofd, drukte de klink zo zachtjes mogelijk omlaag en duwde de deur open. Het was donker in de kamer. Josef stak zijn hand naar binnen en voelde naar de lichtknop. Een klikje en het licht sprong aan. Ze wrong zich langs Josef heen. In de hoek, tegen de muur, zag ze een ineengedoken vorm. Met een capuchon op. Het duurde een fractie van een seconde voordat ze besefte wat het was. 'Ambulance!' riep ze. 'Snel!'

Met grote stappen liep ze naar de vorm toe en deed haar best om het allemaal in één keer te overzien: er zat iets om de hals, een metalen ketting, de handen waren bij elkaar gebonden met ijzerdraad. Blauw sweatshirt met donkere vlekken: bloed. Rechts, hoog boven in de borst, een heft, het mes verdwenen in het vlees.

Ze knielde, trok de capuchon weg en zag wat ze had verwacht, hoewel zo mager dat het nauwelijks herkenbaar was: Yvettes bleke, zweterige, vuile gezicht, nu vol puisten, met wijd opengesperde ogen die diep in hun kassen lagen. Haar mond was dichtgeplakt met tape. Ze maakte een kreunend geluid dat heel diep uit haar binnenste leek te komen. Frieda legde haar hand op haar wang en streelde die. Er steeg een smerige rottingslucht op van het uitgemergelde lichaam. Sterfelijk vlees. 'Yvette. Ik ben hier. Luister. Ik ga de tape van je mond af halen. Dat zal pijn doen, maar het duurt maar even.'

Ze wist dat ze dat moest doen, maar besefte tegelijkertijd dat Yvette bloedde en ze niet wist hoe ernstig gewond ze was. Eén verkeerde beweging kon haar toestand verergeren. Ze legde haar linkerhand tegen Yvettes voorhoofd en drukte haar achterhoofd stevig tegen de wand. Met haar rechterhand probeerde ze vat te krijgen op de tape. Ze peuterde met haar duimnagel totdat het haar lukte een hoekje los te krijgen en ze dat tussen haar duim en wijsvinger vast kon pakken. Toen trok ze de tape met een ruk weg.

'Kalm maar, Yvette. Kalm maar, ik ben er nu. We zijn hier allemaal. Je bent veilig.'

Yvette deed haar mond open, maar de ketting om haar hals zat zo strak dat ze niet kon praten.

Frieda keek achterom naar Josef. 'Heb jij iets om dit door te knippen?'

Vrijwel meteen haalde hij iets uit zijn jaszak wat op een groot zakmes leek. Hij vouwde het uit. Het was een tang. Josef had grote werkhanden, ruw en rood, maar hij schoof zijn hand met verrassende omzichtigheid achter Yvettes hoofd. Even later hoorde ze het scherpe geluid van de ketting die werd doorgeknipt en pelde Josef die voorzichtig weg van Yvettes hals.

Ze begon onmiddellijk te hoesten. 'Ik kan niets zien,' zei Yvette na de hoestbui. Haar stem klonk schor.

'Dat komt door het licht,' legde Frieda uit. 'Je hebt zo lang in het donker gezeten. Wacht maar even, je ogen moeten wennen.'

Yvette ademde een paar keer diep in voor ze weer iets zei. Het leek haar veel moeite te kosten. 'Ze is hier.'

'Wat? Wie is hier?'

'Ze sloeg me.' Het kwam eruit met een onderdrukte snik. 'Ze sloeg steeds.'

Tot haar schrik zag Frieda de bloedvlekken op het sweatshirt steeds groter worden. Er droop bloed uit Yvettes onderarm, alsof ze had geprobeerd de klappen daarmee af te weren. Frieda wist – uit eigen ervaring – dat messteken voelen als klappen. Tegen Josef zei ze: 'Ga haar zoeken.'

Ze bekeek Yvettes verwondingen wat nauwkeuriger. Het was niet zo dat het bloed uit de wonden spoot of gutste. Dat was in ieder geval iets. Ze boog zich naar haar toe en fluisterde: 'Yvette, kun je me al een beetje zien?'

Yvette knikte heel licht, alsof de beweging haar pijn deed. Haar gezicht was vuil en zat vol vegen, haar haar een onontwarbare kluwen.

'Ik ben hier. Josef is hier. Je bent veilig.'

'Nee,' zei Yvette met een soort snik. 'Nee.'

'Jawel. Echt.' Ze praatte op zachte, geruststellende toon tegen haar, alsof ze het tegen een kind had dat bang was in het donker. 'Je bent echt veilig. Maar je bent gewond. Je bloedt. Ik ga kijken hoe erg het is, oké? Maar het is belangrijk dat je niet beweegt en rechtop blijft zitten. Er kan nu elk moment hulp komen.'

Josef stormde de kamer binnen. 'Achterdeur open. Achtertuin en straat achter. Daar auto parkeren. Yvette naar binnen. Chloë naar binnen.'

'Dat komt straks,' zei Frieda. 'Heeft dat zakmes van je ook een schaar?'

'Heel klein.'

'Yvette, hoe voel je je?'

'Moe. Zo moe.'

'Dat begrijp ik, maar je moet tegen ons blijven praten. Het is belangrijk dat je bij bewustzijn blijft. Snap je?'

Yvette mompelde wat.

'Nee, Yvette, je moet praten. Ik weet dat het moeilijk is, maar je moet praten. Je moet zeggen: "Ik begrijp het."'

'Ik begrijp het.' Yvette staarde voor zich uit en praatte met dikke tong.

Hoelang had ze al niets gedronken? 'Ik ga nu je sweatshirt doorknippen, zodat ik je wonden goed kan bekijken. Is dat goed? Zeg "ja" als het goed is.'

'Ja.'

Ze klonk alsof ze bijna in slaap viel. Dat mocht niet gebeuren.

Frieda pakte het schaartje aan van Josef. Eerst knipte ze er het ijzerdraad om Yvettes polsen mee door. Haar handen vielen slap omlaag. Toen knipte ze de voorkant van Yvettes sweatshirt vanaf de onderkant tot aan haar keel in tweeën. Ze schoof de twee helften voorzichtig uit elkaar en lette goed op dat ze het mes niet aanraakte. Er zaten bloeddruppels op haar lichtblauwe beha, maar haar borsten waren niet geraakt; het was alsof Lee Blackstock Yvettes borsten uit een vreemd soort piëteit had ontzien. Er waren wel verwondingen in Yvettes buik, waar bloed uit stroomde. Maar al met al zag het er niet heel slecht uit: het mes had blijkbaar geen slagader of andere belangrijke bloedvaten geraakt. Het was moeilijk te zien, maar de wonden in haar buik leken niet erg diep, alsof Lee eerst een paar keer vrij oppervlakkig had gestoken voor ze de moed had verzameld om het mes er echt diep in te duwen. Ze moest gestoord zijn door geluiden die ze op straat hoorde. Anders had ze nog een paar keer flink gestoken en was Yvette nu dood.

'Het ziet er niet slecht uit,' vertelde Frieda. 'Hoor je me, Yvette? Zeg "ja" als je me hoort.'

'Ga ik dood?' vroeg Yvette langzaam en dromerig.

'Nee, je gaat niet dood. Echt niet.'

Ze bekeek het heft van het mes dat uit Yvettes borst stak nog nauwkeuriger. Josef volgde haar blik.

'Zal ik het eruit trekken?' vroeg hij.

'Nee! Nee, je mag het niet eens aanraken. Dan kun je iets beschadigen. Misschien zit het wel tegen een slagader aan. Het is een soort–' Ze wierp een blik op Yvette. Ze wilde haar niet angstig maken. 'Het kan beletten dat er iets ergers gebeurt. Het moet zo blijven zitten.'

'Wat?' Yvette klonk alsof ze al ver weg was.

'We hebben je gecheckt,' antwoordde Frieda. 'Je bent gewond, maar voor zover wij kunnen zien is het niet ernstig.'

'Hoe voel je je?' vroeg Josef.

'Ben jij hier ook?' vroeg Yvette. 'Altijd samen. Frieda en Josef. Josef en Frieda. Ik dacht dat jullie een stel waren.'

'Sst,' zei Josef haastig. 'Rustig. Niet praten.'

'Nee,' zei Frieda. 'Ze moet juist wel praten.'

'Ze is in de war.'

'Ik ging weg. Met de trein. Wandelen. In mijn eentje.'

'Waar ging je naartoe?' vroeg Frieda.

'Schotland. De bel ging. Hij was het. Ik zag zijn gezicht. Toen wist ik het. Ik wist dat hij me ging vermoorden. Dat ik doodging.'

'Maar dat is niet gebeurd.'

'Ik ben geen goed mens geweest, Frieda. Geen goede vriendin.'

Frieda hoorde een sirene en zag blauwe lichtflitsen door het laken schijnen dat voor het raam was gespannen. Er klonken stemmen.

Tegen Josef zei ze: 'Ga ze halen!'

Hij rende de trap af.

Ze nam Yvettes handen in de hare. 'Lieve Yvette. We doen allemaal wat we kunnen.'

Ze hoorde en voelde zware voetstappen op de trap. Het huis trilde ervan. En toen was de kamer plotseling vol mensen in groene uniformen. Een grote, stevig gebouwde vrouw hurkte naast Yvette neer.

'Flink wat bloed verloren,' zei Frieda. 'En we hebben het mes laten zitten. Ze is hier gevangengehouden. Ernstig uitgedroogd en ondervoed.'

'Oké,' zei de vrouw. 'Uit de weg.'

Gedwee liep Frieda naar achteren totdat ze tegen de muur stond. Yvette leek opeens klein en verloren met al het luid pratende ambulancepersoneel om zich heen. Frieda keek bezorgd toe terwijl er twee infusen bij Yvette werden aangebracht.

'Gaat ze dood?' vroeg Josef naast haar. Hij mompelde in Frieda's oor. 'Maar zij sterk. Vechter.'

'Soms helpt sterk zijn en vechten niet,' zei Frieda zacht. Josefs gezicht vertrok, maar Frieda schudde haar hoofd en probeerde te glimlachen. 'Maar ik denk niet dat ze doodgaat.'

Naast haar klonk een onderdrukte snik. Chloë was binnengekomen.

'Ik heb je gezegd dat je buiten moest blijven,' zei Frieda streng tegen haar.

'Dat kon ik niet. Ik moest zien waar... Is het hier?'

'Ja, hier is het.'

Chloë keek verschrikt naar Yvette.

'Wat hebben ze...' Ze barstte in huilen uit.

Frieda sloeg haar armen om haar nichtje heen. Het werd nog drukker in het huis, omdat er nu ook mensen in blauwe uniformen binnenkwamen. 'Je hebt haar gevonden,' hoorde ze iemand zeggen.

Ze keek op en zag Petra. 'De Blackstocks. Je moet ze oppakken. Allebei.'

Lee haalde met trillende handen haar telefoon tevoorschijn.

'Ze zijn hier,' zei ze.

'Wie? Wat bedoel je?' vroeg haar echtgenoot.

'Ik zag ze aankomen op straat. Frieda. Die vriend van haar. En het nichtje. Chloë.'

'Waar ben je?'

'Ik ben gauw weggerend. Ik had geen keus.'

'Tuurlijk. Ben je veilig?'

'Ik denk van wel.'

'Heb je het gedaan?'

'Ja, denk ik.'

'Denk ik?'

'Het was moeilijk. Moeilijker dan ik dacht. Ik heb gedaan wat ik kon. Er was overal bloed. Het zit ook op mij.'

'Goed gedaan.'

'Maar het is helemaal misgegaan. Ze zijn hier. Ze weten het van je. En van mij.' Ze kreunde zacht. 'Het is afgelopen.'

'Het moest zo eindigen. Maar het is niet afgelopen.'

'Waar ben je? Hoe kan ik je vinden?'

'Niet nu. Ik moet eerst nog iets doen.'

'Wat dan?'

'Het is beter dat jij van niets weet.'

'Maar wat moet ik doen? Waar moet ik naartoe?'

'Je redt het wel,' zei Daniël. Hij klonk onverschillig. 'Niet ergens naartoe gaan waar je normaal komt. Ga iets eten. Of naar de film of zo.'

'De film!' zei ze verbijsterd. Er ging een misselijkmakende paniekgolf door haar heen.

'Veel plezier.'

'Daniël, ik ben bang.'

'Er is niets om bang voor te zijn. Je redt het wel. Het komt goed.'

'Wanneer zie ik je dan?'

'Ik kom naar je toe. Als ik klaar ben.'

59

Daniël had altijd geweten dat dit moment zou komen. Hij zat in het eindspel en kon nog steeds winnen. Daarna konden ze met hem doen wat ze wilden, dat maakte hem niets uit. Dan had hij zijn recht gehaald.

Dus Lee had het gedaan. Wie had dat gedacht? Ze was de zwakke schakel in zijn plannen geweest, maar ze had het uiteindelijk toch gedaan en nu was ze van geen nut meer. Hij vroeg zich af wat er met haar zou gebeuren, wanneer ze haar zouden vinden, maar hij stond er maar even bij stil, want zijn oude wereld en zijn oude zelf waren aan het verdwijnen en alles wat overbleef was het hier en nu. Dit was zíjn moment – zijn moment in de schijnwerpers, met buiten de heldere lichtkring slechts duisternis. Hij, Daniël Blackstock.

Hij was bij Bank uit de trein gestapt en had de metro naar Angel Islington genomen. Toen Lee belde had hij langs het kanaal gezeten, vlak bij de tunnel. Naast hem zat een man met een lange, touwachtige baard in een legerjasje fanatiek te vissen en aan zijn andere kant zat een man met oogschaduw op, in een paarse cape, die een joint rookte en dromerig in zichzelf neuriede.

Er kwamen mensen voorbij, alleen of in groepjes. Hardlopers met oortjes in, fietsers, mensen die de hond uitlieten. Er tufte een bootje langs met twee vrouwen en drie mannen aan dek, ze dronken wijn en dansten op muziek die hij niet kon horen. De zon stond laag aan de hemel. Het zou algauw gaan schemeren. Het zou zo donker zijn.

Daniël stond op en klopte zich af. Hij stopte zijn telefoon terug in zijn zak. Hij gooide zijn honkbalpet in het water. Hij opende zijn canvas tas en checkte of alles erin zat: de politiebadge van Yvette Long, een stuk opgerold touw, een paar schroevendraaiers, het mes. Hij had genoeg tijd in Saffron Mews doorgebracht om te weten via welke huizen hij achter het hare kon komen. Het enige wat hij hoefde te doen was Yvettes badge laten zien en ze zouden hem zonder meer doorlaten. En als het er al stikte van de politie, dan improviseerde hij gewoon, zoals hij steeds had geïmproviseerd. Moest je zien wat hij had gedaan, hoe hij iedereen te slim af was met zijn intelligentie, hoe hij steeds ter plekke een plan bedacht, altijd een uitweg wist. Hij had artikel na artikel geschreven over de misdaden die hij zélf had begaan! Hij had Chloë onder de neus van haar vrienden ontvoerd! Hij had Yvette Long, nota bene een politieagente, opgesloten en niemand van de professionals wier werk het was om achter dat soort dingen te komen, had zelfs maar in de gaten dat ze was verdwenen! Hij had die irritante glimlach van Reuben McGills gezicht geveegd. Hij had Morgan Rossiter voorgoed het zwijgen opgelegd, als een kaars die uitdoofde. Hij had op Jacks hand gestampt tot hij zijn botten hoorde breken en zichzelf tegelijkertijd een alibi verschaft dat iedereen zand in de ogen strooide. Nee, haar niet, maar zij was dan ook de enige. Hij dacht terug aan de manier waarop ze hem had aangekeken met die donkere ogen van haar, hem recht in de ogen had gekeken, door hem heen had gekeken, alsof hij niets was.

Maar ik ben niet niets! dacht hij. Ik bén iemand, en niet zomaar iemand! Wacht maar! Kijk! Kijk dan! Hier ben ik! Je ontkomt me niet!

Hij wipte een paar keer op en neer op de bal van zijn voet. Hij strekte zijn schouders. Zijn hart bonkte hard, maar regelmatig. Hij veegde zijn handpalmen af aan zijn broek en begon te lopen, of beter gezegd: te marcheren als een soldaat, een twee, een twee, met zwaaiende armen en harde stappen op de hete grond. Kin omhoog, blik recht vooruit gericht, voor niets en niemand bang. Langs de zwervers, langs de Canadese ganzen met hun uitgestrekte halzen, door Camden Lock en de zomerse menigte op de terrassen en op straat.

Hij stopte nergens voor. Als er iemand in de weg stond, duwde hij die opzij. Er klotste bier uit glazen, er waren mensen die hem boos naschreeuwden. Soms werd hij nieuwsgierig nagekeken: een kleine man met een brede glimlach op zijn gezicht die ruw langs iedereen heen drong en als een robot doormarcheerde, zijn ogen strak op een niet-bestaand punt in de verte gericht.

Ver van hem vandaan zat Lee Blackstock in elkaar gedoken in het dichte struikgewas. Ze had zich niet verroerd sinds ze Daniël aan de telefoon had gehad. Misschien, dacht ze, blijf ik hier wel gewoon zitten als het donker wordt, onder de sterrenhemel, om te kijken naar de rimpelende rivier in de verte. Maar dan zou het weer ochtend worden en wat moest ze dan doen? Wat moest ze doen?

De grashalmen krasten langs haar blote benen. Ze keek naar beneden en zag bloed. Op haar bovenbeen. Op haar linkeronderarm. Misschien zat er ook wel bloed op haar gezicht. Ze likte aan haar vingertoppen en wreef ermee over haar wangen en voorhoofd. Haar maag voelde hol van de honger, maar tegelijkertijd was ze misselijk. Misschien voelde ochtendmisselijkheid net zo, maar ze zou nu nooit meer een baby krijgen. Dat was alles wat ze ooit had gewild: haar eigen baby om in haar armen te houden en voor te zorgen; een kind om van te houden, iemand die van háár hield. Maar Daniël had altijd gezegd... ze kneep haar ogen dicht. Ze wilde niet aan Daniël denken. Of aan die vrouw op de vloer en hoe het had gevoeld om op haar in te steken en te hakken, en al het bloed overal en haar ogen die naar haar opkeken.

Ze wreef over de bloedvlek op haar been, maar die was plakkerig en ging er niet af. Ze krabde hem weg, maar nu zat er bloed onder haar nagels. Ze moest zich wassen, andere kleren aandoen, slapen. Maar waar kon ze naartoe? Niet naar huis. Dat was haar thuis niet meer, enkel een hok waar Daniël en zij hadden gewoond. De politie zou er nu wel zijn. Ze zouden over haar schone vloer banjeren, alles bekijken, laden opentrekken, met hun handen aan haar ondergoed zitten, aan al haar privéspulletjes.

Ze keek naar de telefoon die in haar schoot lag. Hij zou niet meer bellen. Ze kon hem niks schelen. Hij had nooit om haar gegeven en eigenlijk had ze dat altijd geweten. Nu was hij weg en zat zij hier, in haar eentje, alleen tussen de struiken en het onkruid, terwijl het om haar heen steeds donkerder werd. Ze trok haar benen op, sloeg haar armen eromheen en legde haar hoofd op haar knieën. Ze wachtte, maar waarop? Op niets.

Ze hoorde een geluid boven zich en keek op. Er hing een politiehelikopter in de lucht. Was die op zoek naar haar? Ze hield haar adem in en bleef roerloos zitten. Haar ledematen beefden van angst en ze voelde een stekende pijn in haar borstkas, maar ze bewoog zich niet. Eindelijk vloog hij verder. Ze liet haar adem ontsnappen.

Ze keek op haar telefoon. Het was al na negenen. Ze kon iemand bellen, smeken om hulp, huilen en bekennen en vragen wat ze moest doen. Wie kon ze bellen? Misschien die vrouw in het verzorgingstehuis, die uit Turkije kwam? Ze sprak niet veel Engels, maar leek heel vriendelijk. Maar Lee had haar nummer niet eens.

Ze had niemand. Ze had niets. Ze was niets, niemand, nooit. Ze was voorbij.

Lee Blackstock stond op. Ze stopte haar telefoon in haar tas en liep de helling af naar de rivier. De helikopter was nu ver weg, het leek een stuk speelgoed. Met haar tas in haar handen liep ze de Theems in.

Niemand had haar ooit zwemmen geleerd. Het water was koud, maar daarna niet zo heel koud meer en het sloot zich boven haar zware, trieste lichaam, dat zich nog een tijdje probeerde te redden. Maar algauw was de strijd gestreden en werd wat Lee Blackstock was geweest met het getij meegevoerd naar het oosten.

Daniël Blackstock bleef doorlopen: de hoek om en langs het drijvende Chinese restaurant, onder de brug door. Het begon te schemeren. Voor zich kon hij de vogelverblijven van de London

Zoo zien, met grote vogels die onder het gewelfde gaas rondvlogen. Hij verliet de weg langs het kanaal en stond nu aan de rand van Regent's Park. Auto's, bussen, fietsen. Hij stapte de straat op en hoorde claxons. Hij zag de zon aan de horizon, als een donkere dooier. Hij hoorde iemand lachen. Er woei een fris briesje dat het zweet op zijn gezicht verkoelde en ervoor zorgde dat hij zich sterk voelde: klaar voor actie. Hij voelde zich opgejaagd.

Schroevendraaier. Touw. Mes. Hij zag haar gezicht voor zich. Koele, oplettende ogen. Hoe durfde ze zo naar hem te kijken? Wie was ze nou helemaal, behalve de vrouw die hij ging doden?

Hij was in de buurt van haar huis nu, het was nog maar een dikke kilometer. Dat kleine huisje in een met kinderkopjes geplaveid straatje, met kruiden in een pot en een lapjeskat. Hij stelde zich haar voor op het moment dat het tot haar doordrong dat hij voor háár was gekomen.

Links, rechts, links, rechts. Net goed. Net goed. Ik kom eraan.

Verkeerslawaai, uitlaatgassen om zijn benen en toen een smal kronkelend straatje. Stilte. Hij kon de Post Office Tower zien. Enorme kranen tegen de blauwe hemel.

Nog een paar minuten. Hij rechtte zijn rug en voelde een traan over zijn wang lopen.

Voor hem stond een busje geparkeerd. Toen hij dichterbij kwam, ging de achterdeur open. Er stapte iemand uit, maar de zon stond achter hem waardoor hij het gezicht niet kon zien. Alleen een silhouet dat zijn weg versperde.

'Daniël,' zei het silhouet.

'Wat?' vroeg Daniël en toen begreep hij het.

'Ik wist dat je naar me toe zou komen,' zei hij. 'Nu zijn we met z'n tweeën.'

Maar voordat hij was uitgepraat, werd alles zwart.

60

'Ik ben het er niet mee eens,' zei Frieda.

'Waarom verbaast me dat niet?' reageerde Petra Burge boos. 'Je kunt net zo goed een kaartje laten drukken met "ik ben het er niet mee eens" en dat bij alles wat ik zeg aan me laten zien.'

'Als jouw team Blackstock niet had laten ontkomen, zouden we dit gesprek niet voeren.'

Karlsson stopte met door Frieda's keuken ijsberen en ging bij de twee vrouwen aan tafel zitten. Frieda keek hem aan met een blik die hem zelfs na zoveel jaar nerveus maakte.

'Ik hoop dat je niet gaat zeggen dat ik moet kalmeren,' zei ze.

'Mijn been is net bijna hersteld en ik ben niet van plan een nieuwe verwonding te riskeren.' Hij glimlachte dunnetjes naar haar, maar keek er somber bij. Frieda wist dat hij aan Yvette dacht, die een paar straten verderop in het ziekenhuis lag. 'Maar luister Frieda: we weten één ding, en dat is dat Blackstock niets te verliezen heeft. Het staat bijna vast dat hij zich nu op jou zal richten en zal proberen jou iets aan te doen. Het is Petra's plicht om ervoor te zorgen dat dat niet gebeurt. Dus word je zowel in als buiten je huis bewaakt. Punt uit.'

'Maar als je gelijk hebt – en dat is waarschijnlijk zo – zal hij bij het zien van een politieagent voor mijn deur, gewoon zijn tijd afwachten.'

'En wat is jouw plan dan?' vroeg Karlsson. 'Dat je hem zonder bewaking uit zijn tent kan lokken en we hem op heterdaad kunnen betrappen? Is dat het?'

'Niet op heterdaad. Er vlak voor.'

'Je beseft dat dat soort acties vaak mislopen?'

'Hij loopt vrij rond. Zij allebei.'

'Wat wil je dan precies?' vroeg Petra scherp. 'Denk je iets te bewijzen door je eigen leven op het spel te zetten? Als hij jou te pakken heeft en je je alarmknop indrukt, of hoe je dat ook had bedacht, en we komen net te laat, zou het dat dan waard zijn, je leven opofferen voor zo iemand als hij? We krijgen Daniël en Lee Blackstock wel op de ouderwetse manier te pakken, door te zoeken en te wachten en navraag te doen. Dat is niet erg boeiend of spannend, maar op de lange duur wel succesvol.'

'Zo slim is hij niet,' deed Karlsson nog een duit in het zakje.

'Je hoeft helemaal niet slim te zijn om iemand te doden,' reageerde Frieda. 'Dat is niet moeilijk. Blackstock is een miezerig middelmatig mannetje, maar hij heeft Morgan Rossiter vermoord en Reuben en Jack gemolesteerd. En een politieagente ontvoerd en bijna gedood. Wat gaat hij nog meer doen?'

Toen rinkelde haar telefoon, die naast het fornuis op het aanrecht lag. Ze stond op en keek op het schermpje.

'Wie belt er?' vroeg Karlsson.

'Het is een nummer dat ik niet herken.'

Karlsson wierp een blik op Petra. 'Luister je haar telefoon af?'

'Nog niet.'

Frieda keek hen allebei vragend aan. De telefoon stopte met overgaan.

'Probleem opgelost,' zei ze.

'Ik denk dat je beter terug kunt bellen,' zei Petra. Ze pakte het toestel op. 'Ik zet hem op de luidspreker, als je dat goedvindt.' Ze haalde haar eigen mobieltje uit haar zak. 'Ik ga het opnemen.'

'Het zal wel iemand zijn die me dubbele beglazing wil verkopen,' zei Frieda.

'We zullen zien.'

Petra legde het toestel voor Frieda op de tafel neer, met haar eigen mobieltje ernaast. Toen drukte ze op terugbellen op Frieda's telefoon. Ze bogen zich alle drie naar voren. Frieda kreeg het gevoel dat ze bezig waren aan een seance. Ze hoorden een klik, maar verder niets. Petra knikte dringend naar Frieda.

'Hallo, is daar iemand?' vroeg Frieda. Tot haar ergernis voelde ze een trilling in haar keel.

'Is dat Frieda Klein?' De stem sprak langzaam, nauwkeurig en lichtelijk met dikke tong, maar ze herkende hem direct.

'Daniël?'

'Ik heb een boodschap voor je. Ik–'

'Waar ben je?'

Het bleef stil.

'Ik heb een boodschap–'

'Hoe weet ik dat jij het echt bent? Vertel me eerst waar je bent.'

Weer bleef het stil.

Frieda wilde iets zeggen, maar Karlsson schudde zijn hoofd en legde zijn vinger op zijn lippen.

'Ik stuur je bloemen. Is dat een manier om je te gedragen?'

Frieda keek naar Petra, die met een niet-begrijpend gezicht een vraag naar haar mimede. Karlsson pakte een ongeopende envelop van een stapeltje op de tafel.

'Jij stuurt mensen achter me aan en ik stuur ze naar je terug.'

Karlsson schreef iets op de envelop en hield die omhoog. Hij had er één zin opgeschreven: HIJ LEEST VOOR.

Frieda knikte.

'Maar ik stuur Daniël Blackstock niet naar je terug.'

Hij sprak elk woord apart en langzaam uit. Frieda vroeg zich af of hij iets probeerde duidelijk te maken, maar waarschijnlijk was hij gewoon gedrogeerd of bang. Terwijl ze luisterde deed ze haar best om een idee te krijgen van de ruimte waar Daniël Blackstock zich in bevond. Groot of klein? Harde oppervlakken of zachte? Geluiden van buiten? Ze kon er niets van brouwen.

'Daniël is een kind dat volwassenen lastigvalt, en we weten wat er met stoute kinderen gebeurt.'

Frieda gebaarde wanhopig naar Karlsson.

'Bruce Stringer heeft me over zijn vrouw verteld. Christine Stringer. Zeg tegen Christine dat hij huilde toen hij me over haar vertelde en dat hij huilde om zijn kinderen en daarna smeekte om hem in leven te laten. Frieda Klein, Frieda Klein. Hoe kon je?'

Weer was het even stil. Ze hoorden een kuchje en een snuivend geluid.

'Ik vind dat je een fijn huis hebt. Het ruikt er prettig. Er hangt een prettige sfeer. Het spijt me dat ik die heb verpest, maar ik moest jou je eigendom teruggeven.'

Nu klonk er een snik door in zijn stem en hij kreunde.

'Waar ben je?' vroeg Frieda dringend. 'Is Dean Reeve bij je? Zeg het!'

Toen Daniël Blackstock weer begon te praten, kwamen de woorden nog trager, alsof ze hem veel inspanning kostten.

'Frieda Klein. Ik heb je ooit gezegd dat het je tijd niet was. Waarom luister je niet? Frieda! Stop met vechten. Stop met proberen. We zijn allemaal niet meer dan bladeren aan een boom en het is bijna september, de herfst is in aantocht.'

'Stop,' zei Frieda. 'Laat hem gewoon gaan. Hij heeft hier niets mee te maken.'

'Frieda, alsjeblieft, ik–' Plotseling klonk Daniël Blackstock totaal anders, alsof deze drie woorden echt uit hém kwamen. Toen werd de verbinding verbroken.

Ze staarden alle drie naar de telefoon.

'Wat was dat in vredesnaam?' vroeg Petra.

'Ik denk dat je de bewaking kunt opheffen,' zei Frieda.

'Dit kan een valstrik zijn, zodat wij niet meer op onze hoede zijn.'

'Klonk het zo in jouw oren?'

'We moeten hem nog steeds vinden.'

'Daniël Blackstock is al gevonden,' zei Frieda.

'Wat was dat over "stoute kinderen"?'

'Ik denk dat hij gestraft gaat worden.'

'Net zoals Bruce Stringer?'

'Erger dan Bruce Stringer, denk ik.'

'Gestraft waarvoor?'

'Ongewenste bemoeienis.'

Frieda stond op.

'Wat ga je doen?' vroeg Karlsson.

'Een eind lopen.'

'Ik zou aanbieden om met je mee te gaan.'
'Dat weet ik. Maar jij moet naar Yvette.'
'Zal ik meegaan?' vroeg Petra.
'Als je dat wilt.'
'Ja, ik wil mee.'

De twee vrouwen liepen samen in stilte over straat. Ze zwegen allebei een hele tijd, gevangen in de schaduw van een lange dag. Uiteindelijk zei Petra iets. 'Je hebt het goed gedaan.'
Frieda keek even opzij, maar reageerde niet.
'Maar het is vreemd, vind je niet, dat dit als een einde voelt.'
'Hoe bedoel je?'
'We hebben elkaar bijna een halfjaar geleden ontmoet, toen er een lijk bij jou onder de vloer werd gevonden.'
'Ja.'
'Toen zochten we Dean Reeve. En we vonden Daniël Blackstock – of jíj vond hem. Maar niet Dean Reeve.'
'Nee.'
'Dean Reeve loopt nog steeds ergens rond.'
Frieda knikte.
'Ja,' zei ze heel zacht, terwijl ze recht voor zich uit keek. 'Dat klopt.'

61

Hij zat bij haar bed in het grauwe lichtschijnsel. Soms keek hij naar haar gezicht en soms naar de monitors die boven haar hingen: de lijn die over het scherm zigzagde, af en toe oprees in een serie steile pieken en dan weer bijna helemaal vlak was. Er hingen overal slangen die vastzaten aan verschillende delen van haar lichaam. Het zou lastig zijn geweest om haar hand vast te houden als hij dat had gewild, maar dat wilde hij niet. Het leek onbeschaamd om haar aan te raken terwijl ze bewusteloos was en hij haar nooit eerder had aangeraakt, behalve dan soms voor een schouderklopje of als hij haar over een hoog hek of een muur hielp.

Hij dacht aan alles wat ze samen hadden gedaan in al die jaren, de zaken die ze hadden opgelost en die waarin ze hadden gefaald. Hij dacht aan haar knorrige, onhandige, onwrikbare houding, haar stevige schoenen, haar eeuwige frons en de manier waarop ze bloosde. Ze was Yvette, maar tegelijkertijd was ze een vreemde. Niet alleen omdat ze zo mager was, wat haar gezicht onrustbarend had veranderd, haar trekken had verscherpt, uitvergroot, haar bijna cartoonesk maakte. Het was voornamelijk dat ze zonder de ietwat gespannen, onzekere, zich te zeer van zichzelf bewuste uitdrukking op haar gezicht iemand leek die hij niet kende. Haar ogen waren dicht, haar mond hing ietsje open, haar borstkas ging op en neer door haar oppervlakkige ademhaling.

Er liep voortdurend verplegend personeel in en uit, heel zachtjes. Ze bogen zich over Yvette heen, keken naar de monitors en haar status, checkten de zakjes van de infusen, en gingen weer. Er kwamen een arts en een coassistent binnen die op gedempte toon met elkaar praatten en weer verdwenen. Vlak nadat Karlsson was gearriveerd, had de waarnemend commissaris een bezoekje gebracht. Ze had weinig gezegd, maar een paar minuten naast Yvettes bed gestaan en met een strak gezicht naar haar gekeken.

Iets na drieën in de nacht kwam Frieda de kamer binnen. Ze trok een stoel bij, ging aan de andere kant van het bed zitten en richtte haar blik standvastig op Yvette. Ongeveer een uur later kwamen Josef, Reuben, Chloë en Jack. Frieda hoorde hen op de gang uitleggen waarom ze moesten worden binnengelaten, en toen ging de deur open en liepen ze achter elkaar het kleine kamertje binnen, waar ze een beetje ongemakkelijk aan het voeteneinde van het bed bleven staan. Josef, met stoppels die bijna waren uitgegroeid tot een baard en een smoezelig gezicht, haalde een fles uit zijn binnenzak, nam er een slok uit en gaf hem door aan Jack, die hetzelfde deed. Frieda zag dat Jack een oranje met groen gestreepte pyjama droeg onder zijn jas. Zijn haar stond in wilde plukken omhoog en zijn linkerhand zat in het gips. Chloë droeg een oude overall en haar gezicht, zonder make-up, was blauwachtig van uitputting. Reuben leek in feite de meest frisse van het hele zooitje wier levens Daniël Blackstock had geprobeerd te verwoesten.

'Komt het goed met haar?' vroeg Chloë op doordringende fluistertoon.

'Niet praten alsof ze er niet bij is,' zei Frieda. 'Ze kan ons waarschijnlijk horen.' Ze boog zich naar Yvette over. 'We zijn allemaal hier,' zei ze. 'We wachten op je.'

'Kom terug naar ons,' zei Karlsson. Zijn stem klonk rauw van vermoeidheid.

Een uur later opende Yvette haar ogen. In eerste instantie kon ze niets zien: er was alleen een fel licht dat pijn deed aan haar ogen. Toen begon ze silhouetten te onderscheiden. Ze wilde vragen wie er waren, maar kon de woorden niet vormen. Ze wist niet waar ze was, wie ze was. Ze probeerde het zich te herinneren, maar het voelde alsof ze iets heel zwaars naar boven moest zien te halen. Het was gemakkelijker om het los te laten. Ze deed haar ogen weer dicht.

'Yvette.'

Die stem kende ze. Ze glimlachte, hoewel dat pijn deed aan haar mond.

'Yvette,' zei Karlsson. 'Mijn lieve vriendin.'

'Vriendin?' Dat was haar eigen stem, heel schor.

'Ja. Natuurlijk.'

Ze deed haar ogen open. Ze kon hem zien nu. Haar baas en de man van wie ze hield, die nooit van haar zou houden. En daar zat Frieda, aan de andere kant. Natuurlijk. Zij tweeën. Maar hij had haar 'mijn lieve vriendin' genoemd. Aan het voeteneinde van het bed stonden nog meer mensen. Met een enorme krachtsinspanning lukte het haar zich op hen te focussen, en ze zag het groepje waar ze altijd bij had willen horen. Frieda's clubje.

'Ga ik dood?'

'Nee.' Frieda pakte haar hand en hield die vast. 'Je gaat leven.'

En toen herinnerde Yvette het zich weer... Het was alsof er een zwarte wolk over haar neerdaalde en ze voelde de angst en de pijn. Het mes dat in haar stak, en het heldere besef dat haar leven niet was geweest wat ze had gehoopt en dat dit het einde was.

'Is het allemaal voorbij?' vroeg ze.

'Het is allemaal voorbij,' antwoordde Karlsson. 'Je hebt het gered.'

Langzaam en grijs werd het ochtend. Het ziekenhuis veranderde in een plek die gonsde van de activiteit; buiten op straat nam het verkeer toe. Olivia en Alexei arriveerden, Olivia afgetobd en moe en Alexei met grote donkere ogen die alles registreerden. Wat later lieten ze Karlsson bij Yvette achter en liepen ze met z'n allen de trap af en door de draaideur naar buiten, de nieuwe dag in.

'Ik vind,' zei Jack, met zijn ogen knipperend tegen het bleke licht, 'dat het tijd is voor een stevig ontbijt. Er zijn hier vast wel tentjes heel vroeg open. Ik verrek van de honger.'

Josefs gezicht klaarde op. 'Gebakken eieren met spek,' zei hij. 'Veel eieren.' Hij sloeg zijn arm om Chloë's schouders. 'Goed?'

'Ja, ik voel me nogal duf. Ontbijten lijkt me een goed plan.'

'Frieda?' Reuben keek haar vragend aan.

Frieda schudde haar hoofd. 'Ik niet. Ik moet een stuk lopen.'

'Kun je niet eerst ontbijten? Of anders alleen een kop koffie drinken?'

'Ik moet een stuk lopen,' herhaalde ze.

'Oké. Bel ons als je daarna wilt komen.'

'Tuurlijk.'

Maar ze wisten dat ze dat niet zou doen.

Frieda keek hen na terwijl ze van haar vandaan liepen: Jack met zijn wilde kastanjebruine haar, Olivia in een felrode jurk, Reuben in zijn zomerpak met zijn glimmende kale hoofd, Chloë met haar stoere laarzen en korte haar, met Josef naast haar, breed, met zijn arm om haar schouders en Alexei, heel klein, aan zijn andere hand.

Toen ze uit het zicht verdwenen waren, draaide ze zich om en liep de tegenovergestelde richting uit. Toen pas liet ze alle gedachten en gevoelens toe die ze tot op dat moment had onderdrukt.

Ze liep snel, door kleine straatjes waar voor de bewoners de dag net begon. Achter haar lagen de braakliggende terreinen van Silvertown, de Thames Barrier in de rivier en de vervallen pakhuizen, de doorzonwoning in het verlaten doodlopende straatje waar Chloë en Yvette waren vastgehouden. Links van haar lagen de glimmende wolkenkrabbers, de hoofdkantoren van multinationals, waar mannen en vrouwen al keurig in pak achter hun computerschermen zaten. Ze liep verder, langs winkels waarvan de metalen rolluiken omhooggingen, langs vooroorlogse woonwijken die de bommen hadden overleefd en moderne appartementen, grote lege kerken en kleine stukjes groen. Er kwam een straatveger haar kant op; ze zag dat hij foto's van zijn gezin in zijn kar had geplakt.

Haar vrienden hadden het overleefd, hoewel tegen een prijs: Reuben was mishandeld, Jack was aangevallen en had zijn hand gebroken, Chloë was ontvoerd, gedrogeerd en gefotografeerd, Yvette was op een haar na dood geweest. Anderen hadden het niet overleefd: Morgan Rossiter, Bruce Stringer, Daniël Blackstock zelf. Er waren zoveel mensen dood vanwege Dean Reeve. En vanwege haar. Ze zag al hun gezichten in haar dromen, het waren haar schimmen uit het verleden, die haar altijd zouden blijven achtervolgen.

Ze bleef staan. Er stond een fiets aan een hek geketend, witgeschilderd en behangen met dode bloemen en kransen: een 'ghostbike', die de dood van zijn eigenaar markeerde.

Josef had een uitgebreid Engels ontbijt besteld: gebakken eieren met tomaat, twee plakken bacon, een flinke worst, champignons en toast. Hij kneep tomatenketchup en een klodder mosterd op zijn bord en gooide drie suikerklontjes in zijn koffie.

'Ga je dat echt allemaal opeten?' vroeg Chloë met een mok kruidenthee in haar handen.

Josef keek haar bevreemd aan. Hij prikte een champignon en een stuk worst aan zijn vork, doopte die in het eigeel en stak hem in zijn mond.

'Is goed,' zei hij. 'Eten troost.'

'Een bloody mary, dát is pas troost,' zei Olivia. 'Maar ik geloof niet dat ze die hier hebben.'

Ze waren er allemaal. Karlsson had Yvette een uurtje alleen gelaten en zat nu tussen een katerige Olivia en Reuben in aan een muffin met een kop koffie. Alexei zat dicht tegen Josef aan en bekeek alles, zoals altijd met grote, verontruste ogen.

Ze waren als overlevenden na een afschuwelijk ongeluk, dacht Karlsson, terwijl hij de tafel rondkeek. Er werd nauwelijks gepraat, maar af en toe raakten ze elkaars schouder of hand even aan, zeiden ze een paar woorden, glimlachten ze naar elkaar. Chloë smeerde marmelade op Jacks geroosterde boterham. Josef kauwde zijn weg door de berg eten voor zich en veegde zo nu en dan met zijn hand over zijn mond.

Maar Frieda was er niet. Frieda, die het middelpunt van dit bijeengeraapte groepje vrienden was en er desondanks nooit helemaal bij hoorde.

62

Uiteindelijk brachten haar voeten haar naar de Waterloo Bridge. In het midden van de brug bleef ze staan en keek over de reling omlaag naar de rivier. Ze zag de stad gereflecteerd in het bruine water, de lichten van de gebouwen gefragmenteerd schitteren in stroompjes en wervelingen.

Lang geleden had ze hier met Sandy gestaan en had hij haar gevraagd of ze ooit ergens anders zou willen wonen: Manhattan of Berlijn? Ze had geantwoord dat een mens maar één stad kon hebben en voor haar was dat Londen. Sandy's lichaam was hier in de buurt gevonden, meegevoerd door de stroom. Ze dacht aan hem, dat hij van haar had gehouden en dat ze hem had verlaten; hoe hij was gestorven. Ze dacht aan de arme, krankzinnige Hannah Docherty in de inrichting. Aan de koppige, geobsedeerde Jim Fearby, die zijn zoektocht naar de waarheid nooit had opgegeven en daarom was vermoord. En er waren er meer, een hele familie aan schimmen. Zoveel mensen die ze niet had kunnen redden.

Ze stond er lang te staren naar de rivier, zo diep in gedachten verzonken dat ze niet merkte dat de mensenmenigte die over de brug liep steeds groter werd terwijl de zon steeds hoger klom aan de laatzomerse hemel.

We zijn niet meer dan bladeren aan een boom... De herfst is in aantocht...

Ondanks de warmte ging er een rilling door haar heen. De herfst was in aantocht. De duisternis kwam dichterbij, het einde was in zicht.

Na een hele tijd keerde ze om en liep naar de Embankment. Niet ver ervandaan wachtte haar huis op haar. In gedachten liep ze het met kinderkopjes geplaveide straatje in, duwde ze tegen de blauwe deur en ging naar binnen. In de hal bleef ze even staan; ze rook de bekende geur van bijenwas en boeken. Daarna ging ze de woonkamer binnen, waar de schaakstukken op het bord stonden, klaar om een partij te beginnen, er een lapjeskat in de fauteuil lag opgekruld en altijd een vuur brandde in de winter. Verder, naar de keuken, met gele rozen op tafel en een basilicumplantje in de vensterbank. Naar boven, langs haar slaapkamer en de badkamer met het grote bad dat Josef voor haar had geïnstalleerd, de tweede smalle trap op naar haar werkkamer op zolder. In gedachten zag ze haar schetsboek liggen, geopend, met de beker met potloden ernaast, het dakraam van waaruit ze over de stad uitkeek.

Haar stad. Haar huis.

Maar ze liep in een andere richting, door de smalle straten van Soho, en belde aan bij een bekende voordeur.

Levin zette zijn bril af en poetste de glazen op aan zijn gele das. Hij knipperde met zijn ogen en glimlachte de glimlach die nooit zijn ogen bereikte.

'Ik heb het nieuws gehoord,' zei hij. 'Goed gedaan.'

Ze keek hem recht aan.

'Ik wil dat u iets voor me doet.'

'Wat?'

'Me laten verdwijnen.'